Nox Mortis

La Noche de la Muerte

JF Sánchez

Nox Mortis

Serie
Sicarios
de Lujo

II

DEDICATORIA

Ya tengo publicadas algunas novelas y sé a quién debo dedicar este libro. A ti, siempre a ti, querido lector. A quien se atreve a sumergirse en una historia nueva sin prejuicios, a quien pretende disfrutar de una lectura distinta que intenta sorprenderle. A todos los que me leerán por primera vez, por supuesto, y a los que repiten conmigo porque les gustaron algunas de mis obras anteriores. A los que me conocen y me paran para preguntarme: «¿Cuándo la próxima?» ya sea en el supermercado o en la glorieta durante el baile de las fiestas. A ese lector desconocido que me hace la misma pregunta por redes sociales. Vosotros sois quienes me dan la energía para enfrentarme una vez más al temido folio en blanco con la intención de escribir otra novela. Solo quiero decir dos cosas: la primera es gracias por todo, la segunda: amenazo con seguir publicando mientras me lo sigáis pidiendo. ¡Avisados estáis!

Nox Mortis

CAP. 1	12 DE MAYO, 11:25. FLOR DE VERANO	1
CAP. 2	12 DE MAYO, 15:42. FIN A LA TEMPORADA DE RELAX	13
CAP. 3	12 DE MAYO, 20:41. ENTRE LA MULTITUD	27
CAP. 4	13 DE MAYO, 13:02. COMIENZA EL JUEGO	39
CAP. 5	14 DE MAYO, 09:14. INFORME POLICIAL.	55
CAP. 6	14 DE MAYO, 11:37. LOS PRIMEROS PASOS	71
CAP. 7	15 DE MAYO, 02:52. EL FIN DE ALEX	83
CAP. 8	16 DE MAYO, 13:08. PRIMERA SEÑAL DE ALARMA	95
CAP. 9	16 DE MAYO, 15:26. LA CIENTÍFICA	97
CAP. 10	16 DE MAYO, 17:53. EL VIEJO TATUADOR DEL MALECÓN	105
CAP. 11	16 DE MAYO, 18:07. COMO PERRO TRAS UN RASTRO	113
CAP. 12	16 DE MAYO, 20:37. ¿UNA SIMPLE CENA?	119
CAP. 13	17 DE MAYO, 07:35. EN BUSCA DE RESPUESTAS	123
CAP. 14	17 DE MAYO, 10:16. CASO CERRADO	131
CAP. 15	17 DE MAYO, 13:42. HORA DE TOMAR PRECAUCIONES	141
CAP. 16	17 DE MAYO, 14:04. LA VERDADERA IDENTIDAD	145
CAP. 17	18 DE MAYO, 09:28. LA TRAMPA AL DESCUBIERTO	155
CAP. 18	18 DE MAYO, 13:41. EN LA RESIDENCIA	161
CAP. 19	18 DE MAYO, 21:39 NUEVO DESTINO	173
CAP. 20	19 DE MAYO, 23:04. SONRISA	187
CAP. 21	20 DE MAYO, 09:14. EL PARAÍSO DE SACEDÓN	189
CAP. 22	20 DE MAYO, 21:23. UN ENCARGO CUALQUIERA	213
CAP. 23	21 DE MAYO, 02:43. BÚSQUEDA EN SACEDÓN	215
CAP. 24	21 DE MAYO, 10:53. INFORMACIÓN	227
CAP. 25	21 DE MAYO, 14:12. UNA COMIDA DE TRABAJO	239
CAP. 26	21 DE MAYO, 19:52. UNA AGRADABLE COMPAÑÍA	247
CAP. 27	22 DE MAYO, 07:22. EN BUSCA DE NUEVAS AMISTADES	255
CAP. 28	22 DE MAYO, 22:24. TOMA DE DECISIONES	269
CAP. 29	23 DE MAYO, 08:12. LOS PAJARILLOS	271
CAP. 30	24 DE MAYO, 09:18. UN PEQUEÑO VIAJE	275
CAP. 31	24 DE MAYO, 20:27. RETORNO A MADRID	281
CAP. 32	25 DE MAYO, 11:40. UN NUEVO CASO	285
CAP. 33	25 DE MAYO, 14:38. NECESITO PISTAS	291
CAP. 34	26 DE MAYO, 05:22. MOVER EL AVISPERO	293
CAP. 35	26 DE MAYO, 10:02. TRAS LA PRESA	297
CAP. 36	26 DE MAYO, 10:23. TE PILLÉ	299
CAP. 37	26 DE MAYO, 11:49. DECISIONES DIFÍCILES	307
CAP. 38	26 DE MAYO, 11:54. UNA VISITA INESPERADA	309
CAP. 39	26 DE MAYO, 16:27. AYUDA ENVENENADA	313

CAP. 40	26 DE MAYO, 17:12. COMO CONSEGUIR AMIGOS	317
CAP. 41	26 DE MAYO, 21:15. ESTO SOLO ES EL COMIENZO	325
CAP. 42	26 DE MAYO, 23:12. SILENCIO	327
CAP. 43	27 DE MAYO, 08:02. NOVEDADES	329
CAP. 44	27 DE MAYO, 09:23. MANGO	333
CAP. 45	28 DE MAYO, 01:48. SUENA MI CANCIÓN	337
CAP. 46	28 DE MAYO, 02:32. SILENCIO	341
CAP. 47	28 DE MAYO, 02:44. ESCAPADA QUIZÁS DE ALGÚN NAUFRAGIO	345
CAP. 48	28 DE MAYO, 03:16. ADIÓS	351
CAP. 49	28 DE MAYO, 10:47. LA PLAYA DE LOS MUERTOS	357
CAP. 50	1 DE JUNIO, 09:37. OVILLO ENREDADO	363
CAP. 51	1 DE JUNIO, 10:06. EJERCICIO	369
CAP. 52	6 DE JUNIO, 09:21. MEJORADA DEL CAMPO	373
CAP. 53	6 DE JUNIO, 11:43. LISTO	379
CAP. 54	6 DE JUNIO, 13:19. PERDIDOS	381
CAP. 55	6 DE JUNIO, 14:46. UN PEQUEÑO GUSANO	383
CAP. 56	6 DE JUNIO, 19:31. APARIENCIAS	387
CAP. 57	6 DE JUNIO, 20:07. LA CUEVA	389
CAP. 58	6 DE JUNIO, 20:26. LA LLAMADA	393
CAP. 59	6 DE JUNIO, 20:28. EL ENCUENTRO	395
CAP. 60	7 DE JUNIO, 11:16. RETORNO	403
CAP. 61	14 DE JUNIO, 10:16. DETALLES	405
ACERCA DEL AUTOR		409
OTROS LIBROS DEL MISMO AUTOR		411

Nox Mortis

AGRADECIMIENTOS

A todos los que me ayudan, apoyan y animan para continuar con otra novela, quiero daros las gracias. Sabéis quiénes sois: mi familia, mis amigos, todos los que os atrevéis a leer una novela mía.

En especial a ti, querido lector anónimo. Si al terminar esta novela quieres ofrecerme el mejor de los regalos, te pido encarecidamente que des tu opinión, valores o recomiendes este libro por el método que prefieras. El boca a boca de siempre es el mejor, aunque hoy en día las redes sociales son muy visibles e importantes. Esto me ayuda mucho y tú solo tienes que invertir un poco de tu tiempo.

Gracias de antemano por todo.

AVISO

Querido lector.

Antes de que te sumerjas en el oscuro e inquietante universo de los sicarios de lujo y asesinos a sueldo, te quiero aclarar que todos los sucesos, personajes y tramas que encontrarás en estas páginas son producto de la imaginación del autor. Cualquier parecido con personas o eventos reales es pura coincidencia. El trabajo de documentación asegura que la mayoría de procedimientos que se comentan en la novela son usados con frecuencia por este tipo de personajes en la vida real. Como comprenderás, por motivos obvios, no hablaré jamás de esas fuentes que me ayudaron en la documentación.

¡Disfruta de esta lectura, pero recuerda: es solo ficción!

Atentamente,

JF Sánchez.

Nox Mortis

CAPÍTULO 1, 12 DE MAYO, 11:25. FLOR DE VERANO

Muchos asesinos tienen alguna manía cuando van a matar. La suya es la música. Aunque no cualquier música, una canción en concreto, solo esa.

En los años ochenta muchos temas tuvieron su momento de fama y gloria. Algunos tenían la extraña facultad de meterse en la cabeza de la gente de una forma tan salvaje que no podían dejar de tararearlos. Una de esas canciones es «Flor de verano», la cantaba un joven italiano que se hace llamar Mango. La melodía tiene un ritmo caprichoso y repetitivo, la letra también es un poco peculiar. Ni él mismo es capaz de explicar la razón. Podría ser por cualquier razón absurda, tal vez esa canción sonaba durante su primer asesinato, o por algún otro motivo extraño, imposible de conocer. Sin embargo, cuando quiere matar a alguien, necesita que esa, y solo esa canción, suene en su cabeza. En este momento se prepara para matar. Por tanto, es preciso comenzar su ritual. Se coloca un primer auricular en el oído derecho, el segundo en el izquierdo. Busca el botón del play en un usado mp3, lo acciona. Su mente se inunda con la música del inicio de la canción, un ritmo repetitivo llena su cabeza. Sin prestar mucha atención comienza a canturrear la letra. Solo alguien que esté muy cerca puede oírlo, aunque en su interior la canción suena a todo volumen. Está preparado para lo que vendrá después. Sus labios esperan el momento justo para cantar.

Es la despedida
me creas o no, es la verdad
veo que has llorado
tú lo sabías, ¿desde cuándo?

Comprueba que el cargador de su pistola está lleno, como siempre hace, de forma mecánica. Piensa que en algunos momentos parece un autómata, sonríe, le gusta pensar que es una verdadera máquina de matar. Se asegura de que es fácil cambiar los que tiene preparados de reserva, lleva un cargador con su correspondiente munición en cada bolsillo trasero del pantalón. Enrosca y ajusta con suavidad el silenciador en el arma. Sabe que debe eliminar a varios objetivos, no estarán todos en la misma habitación, el silenciador evitará avisar de su presencia y de sus malas intenciones a las siguientes víctimas.

Flor de verano, ya
todo acabó
Noche encantada
estrellas que brillan
radiantes de luz
me siento cansado
no quiero hablar nada, habla tú

Conoce a la perfección la distribución de aquella casa, también las costumbres de los habitantes de la misma. La mayoría de los hombres jugarán a la consola en el salón. ¡Son como niños! Su intención es sorprenderlos por la espalda, sin que tengan tiempo para reaccionar. Con la facilidad de quien ha visitado muchas veces la vivienda, entra en el jardín y se acerca al edificio. La puerta de la terraza, la que da a la piscina, se encuentra abierta, la cortina le facilita el paso, aunque esa no es su vía de acceso preferida. Por fortuna para él, el día amaneció nublado y nadie nota su sombra al aproximarse a la vivienda. Decide no entrar por el ventanal, es lo mejor para su plan, abre la puerta principal con la intención de llegar hasta ellos desde la oscuridad que le proporciona el pasillo. Al acercarse reconoce los comentarios de un periodista deportivo, tiene una voz inconfundible. Juegan una partida de fútbol en línea en la consola. Se encuentran distraídos. Avanza por el pasillo amparado en la oscuridad. Al final del corredor, este se abre sin puerta de comunicación a un enorme salón que está bien iluminado gracias al ventanal que no quiso utilizar, el que da acceso a la piscina. En este momento, nadie se baña, el calor sofocante aún no ha llegado a Mejorada del Campo.

Flor de verano, ya
todo acabó
Tal vez soñé
que vivías feliz junto a mí
siempre feliz entre mis brazos
Pensé que a ti
te bastaba llegar hasta aquí
escapada quizás de algún naufragio

Desde la esquina del pasillo puede ver que hay cuatro hombres en el salón. Tres están pendientes del juego en el sofá, frente al enorme televisor. El cuarto lo localiza en la cocina abierta, no hay problema, le da la espalda. Supone que prepara algo de comer. Empuña su arma con las dos manos, en décimas de segundo ya decidió que su primera víctima será la que está más alejada, uno de los tres que juegan sentados en el sofá. Apunta a su primer objetivo. Espera unos instantes. Quiere encontrar el momento perfecto de la melodía para comenzar su macabra tarea. En la cabeza suena su canción.

Oh la la la la la la la
Oh la la la la la la la
Pálidos fuegos
somos dos zíngaros en el invierno
los cálidos juegos
duraron muy poco
y la noche se los llevó lejos

El hombre que está en la cocina hace un movimiento extraño. Teme que se dé la vuelta y lo vea preparado con el arma, podría avisar a los demás, se pone en tensión, preparado para apretar el gatillo antes del momento que desea. Falsa alarma, continúa con su tarea, ajeno a lo que va a ocurrir. Lo ve tan concentrado en lo que Vuelve a su idea inicial. Apunta al hombre que está en el sofá más alejado a él, parece que mira la partida sin jugar, sus otros compañeros de asiento tienen puestos unos cascos, supone que en sus manos están los mandos del videojuego. Dispara por primera vez, el silenciador hace su trabajo, su víctima comienza a caer de bruces, no se percata de nada, ya está muerto, sin duda aterrizará sobre la mesita que está frente a ellos. Antes de que se den cuenta de nada, ya giró un poco su cuerpo y apunta a la segunda víctima, la que está en el centro del sofá. Dispara sin dudar, mientras ve que el tercer jugador comienza a girar su cuerpo para buscar el origen de lo que pasa, sabe que algo rompe la normalidad, aunque no qué es. Sonríe un poco mientras le apunta. ¿Qué piensa hacer aquel desgraciado? ¡Solo tiene el mando de la consola entre sus dedos! Dispara rápido y acierta en el blanco, sin darle tiempo a proferir ningún grito que alerte a nadie. Como si fuera un movimiento natural, su arma busca al hombre que está en la cocina. Imagina que ha escuchado los cuerpos de sus compañeros caer y se ha girado, pues le mira directo a la pistola con cara de asombro, busca algo con rapidez. Sabe que allí, bajo la encimera, guardan un fusil ametrallador. Lo que desconoce aquel cocinero ocasional es que él prepara a conciencia sus trabajos, como buen profesional. La búsqueda que realiza su próxima víctima es inútil, el arma está descargada. A pesar de saberlo, no le deja comprobarlo, antes de conseguir levantar el cañón para apuntar hacia su dirección, ya ha recibido un disparo que le destroza parte de la cabeza. Como siempre que tiene ocasión, se prepara para dar a sus víctimas el tiro de gracia. Siempre que tiene oportunidad los remata. Nunca deja testigos, tampoco heridos después de ninguno de sus trabajos. Mientras tanto, él continúa con su canción.

Flor de verano, ya
todo acabó
Tal vez soñé
que vivías feliz junto a mí
siempre feliz entre mis brazos
Pensé que a ti
te bastaba llegar hasta aquí
escapada quizás de algún naufragio
Oh la la la la la la la
Oh la la la la la la la

Sabe que quedan dos hombres más en la casa. Uno duerme, seguro, le toca hacer guardia por la noche. Busca en el dormitorio más alejado del comedor, allí no le molestan sus compañeros, puede descansar mejor. Con los disparos que ha efectuado no ha agotado las balas del cargador, a pesar de estar seguro de ese dato, no quiere tentar a la suerte. Saca el cargador del arma y lo sustituye por uno completo, deja en el bolsillo trasero el usado. Arma la pistola, mientras procura hacer el menor ruido posible, se asegura de tener una bala en la recámara lista para unirse en un abrazo mortal con su objetivo. Abre despacio la puerta, la habitación se encuentra en penumbra gracias a las persianas bajadas. Observa un gran cuerpo, está tapado en parte por una sábana sobre la cama. Su respiración pesada le confirma que dejará este mundo sin enterarse de nada. Sonríe, es un detalle pasar a mejor vida sin sufrimiento. Dispara dos veces mientras tararea en su mente la canción.

Cierra los ojos
y siempre estarás junto a mí
siempre feliz entre mis brazos
y pensarás que otra vez
has llegado hasta aquí
escapada quizás de algún naufragio

Comprueba que aquel hombre también está muerto. El mp3 termina de reproducir la canción, de forma automática comienza a sonar de nuevo. En la memoria de aquel aparato, su dueño grabó sesenta y cuatro veces «Flor de verano». No es un número caprichoso o elegido al azar. Es el máximo de veces que le permitía la capacidad de su memoria. No hay más por una sencilla razón, no es posible. Canta entre dientes mientras intenta localizar a la última víctima. Espera que no se haya percatado de nada, no quiere un enfrentamiento estresante. Hasta el momento, el encargo ha resultado muy fácil y sencillo. Vuelve al salón. Todo está como lo había dejado. El último hombre debe estar fuera, en el jardín o en la cochera. Sale por el ventanal, procura no hacer ruido.

Es la despedida
me creas o no, es la verdad
veo que has llorado
tú lo sabías, ¿desde cuándo?
Flor de verano, ya
todo acabó

Rodea la piscina, despacio, se acerca a la cochera. Allí lo localiza, el último hombre trastea una impresionante motocicleta. Tiene las manos manchadas de grasa y le da la espalda. Está enfrascado en su tarea cuando, de pronto, sin hacer ningún movimiento brusco, abre sus ojos de forma desmesurada. Siempre le han dicho que tiene muy buen oído. Ha escuchado, muy bajo, como alguien susurra la letra de aquella maldita canción. Él la recuerda a la perfección, no sabe su título, desconoce su letra, aunque la reconocería en cualquier momento, sabe que si suena esa melodía, la muerte ronda cerca. Intenta no mostrar signo alguno de que se ha dado cuenta de la presencia de alguien a su espalda. Sobre el sillín de la moto dejó su chaqueta de cuero, en el bolsillo está su revólver. Sin hacer ningún gesto excesivo, con disimulo tira un poco de la prenda. Con suavidad esta comienza a resbalar para terminar en el suelo, delante de él. Da un gruñido, como si le molestara que se manchase la ropa. Mientras hace esto, con su mano derecha empuña el revólver de forma discreta y sin que pueda verlo quien se encuentra a su espalda. Con la mano izquierda levanta la prenda, la deja de forma descuidada otra vez, sobre el sillín. Como si se hubiese activado un resorte invisibe se abalanza hacia la derecha de la moto lo más rápido que puede, obliga a su cuerpo a rodar para alejarse en la medida de lo posible. Cuando su cuerpo gira lo suficiente, puede ver una silueta que está más cercana a él de lo que podía esperar. Sin pensar en nada más que en su propia supervivencia dispara, intenta acertar a aquella figura. En ese preciso instante, sus ojos perciben el destello de un disparo que surge desde el centro de la silueta a contraluz. Nota al instante un fuego abrasador en su pecho. Sabe que es su final, aun así, intenta volver a disparar. No llega a conseguirlo. Ya está muerto.

Noche encantada
estrellas que brillan
radiantes de luz
me siento cansado
no quiero hablar nada, habla tú
Flor de verano, ya
todo acabó

Pensó que no se había dado cuenta de su presencia. Se llevó un gran susto al ver el rápido gesto de aquel hombretón. Ha llegado incluso a disparar. Sintió como el proyectil silbaba cerca de su cabeza. Mientras el grandullón erraba su tiro, él, por su parte, no falló el disparo. El pecho ensangrentado de su víctima no deja lugar a dudas. Yace muerto a sus pies. Da igual, su ritual exige asegurarse. Dispara de nuevo a su cabeza. Ya no queda nadie vivo en la casa, excepto él mismo. Sin mucho miramiento, coge de las manos esta última víctima y la arrastra hasta el interior de la casa. A través del ventanal lo introduce en el salón. Una vez dentro, lo abandona junto al sofá y sus compañeros. Acciona el mando de la puerta exterior, la abre. Aquella es una lujosa casa independiente, no hay nadie cerca, a las afueras de Mejorada del Campo. Lejos de todo, aunque solo a treinta kilómetros de Madrid. Es una ubicación inmejorable para los intereses de quien manda. Ese es uno de los motivos por los que la eligieron en su día. Atraviesa con tranquilidad la entrada de vehículos. Ya no tararea entre susurros, canta a voz normal, no corre el riesgo de delatar su presencia a nadie.

Tal vez soñé
que vivías feliz junto a mí
siempre feliz entre mis brazos
Pensé que a ti
te bastaba llegar hasta aquí
escapada quizás de algún naufragio
Oh la la la la la la la
Oh la la la la la la la

Tarda unos segundos, el mecanismo automático desliza la puerta sobre sus raíles para volver a cerrarla. Llega hasta donde ha dejado su coche, algo alejado de la casa, lo normal en su caso, él siempre es muy cuidadoso con los detalles. Nadie recordará su coche cerca de la casa. Al tocar el mando a distancia del vehículo, unos intermitentes y un ligero toque de bocina le saludan, provienen de un flamante BMW X6. Pone en marcha el motor y se acerca a la casa. Una vez dentro, como si trajese la compra, del maletero saca unas garrafas de disolvente industrial. Por experiencias anteriores conoce muchos datos sobre este líquido. Es muy inflamable, tanto que arde más rápido que la gasolina, también es más difícil de rastrear que esta. Sabe que las gasolinas tienen distintos componentes, aditivos y marcadores que facilitan identificar fabricante y distribuidor. Eso no le conviene. Necesita utilizer materiales anónimos e ilocalizables. Vacía las garrafas sobre los cuerpos de sus víctimas, se esmera con el cuerpo que está en la cama, necesita tomarse su tiempo. Se dirige al baño y toma dos toallas, las empapa bien en agua. Después envuelve con ellas su pierna derecha. Procura mojar a conciencia el resto del cuerpo con aquel disolvente. Deja un reguero del líquido inflamable entre esta última víctima y las que están en el salón. No fuma, aunque la ocasión lo requiere en su mente, el toque artístico que ha visto tantas veces en escenas de películas y series le parece divertido para esta ocasión. Encuentra un mechero y un cigarrillo de un paquete que están frente al televisor, mientras este repite imágenes del juego sin parar, a la espera de que alguien accione algún mando para continuar con la partida. Cruza el ventanal. Se encuentra fuera del salón, mira hacia el interior del chalet, enciende el cigarrillo, da una profunda calada que le obliga a toser. ¿Cómo puede gustarle a nadie el tabaco? Pone el cigarrillo humeante entre sus dedos y lo lanza dentro de la casa, este cae sobre la mesita del televisor. Al instante una llama azulada se alza sobre los cuerpos inertes de aquellos desgraciados. Él cierra la puerta del ventanal desde fuera, no quiere que una corriente de aire estropee su estudiado final. Ve como una llama se adueña de todo el charco de disolvente, el fuego se propaga hacia el interior de la vivienda, sabe que las llamas buscan el dormitorio. Gira sobre sus talones, se sube en su coche a la vez que abre el portón para salir. Mientras se aleja, ve por los retrovisores cómo una columna de humo negro corona la casa que acaba de abandonar.

Pálidos fuegos
somos dos zíngaros en el invierno
los cálidos juegos
duraron muy poco
y la noche se los llevó lejos
Flor de verano, ya
todo acabó

Minutos después, circula a buen ritmo por la M30, baja la ventanilla y lanza a la calzada el mando de la puerta que algún coche que circula tras él destrozará sin duda. Nadie podrá relacionarle jamás con aquel incendio, con aquellas muertes. Ya terminó todo. Detiene el mecanismo de reproducción del mp3, con un movimiento lento se quita los auriculares mientras una tétrica sonrisa se dibuja en su rostro.

Nox Mortis

CAPÍTULO 2, 12 DE MAYO, 15:42. FIN A LA TEMPORADA DE RELAX

El sol primaveral calienta su cuerpo. Permanece tumbado en la cubierta del velero, su piel está en contacto directo con la teca en la zona de proa. El barco fondea en una de las calas más inaccesibles de Menorca. Nota que suda más de lo que le apetece, se pone de pie con movimientos tranquilos, camina hacia la popa del barco con gesto despreocupado y observa el horizonte en calma. Al llegar a la plataforma de baño, sin dudarlo un instante, se lanza al agua cristalina y algo fría, bucea un poco, disfruta del momento. Sale a la superficie para tomar una gran bocanada de aire y decide nadar para alejarse del barco. Durante varios minutos da brazadas que dibujan un círculo alrededor del velero, poco después se detiene. Mueve con suavidad las piernas, se mantiene en la superficie mientras admira la tranquilidad de aquella costa. Un rumor suave llama su atención, gira su posición para mirar mar adentro. A lo lejos, observa cómo un gran yate se aproxima a aquella cala. Con calma, como si no quisiera en realidad alcanzar su objetivo, dirige sus brazadas hacia el barco. Cuando llega a la popa del velero, el yate fondea en la cala a unos doscientos metros de él. Desde el agua, despliega la escalera de baño y sin ninguna prisa sube a la plataforma. Se escucha música electrónica, sus nuevos vecinos parecen disfrutar de una fiesta que se prolonga en el tiempo. Varios jóvenes bailan en la bañera, nadie le presta atención, parece que ignoran su presencia, si en algún momento le vieron. Une su largo pelo en una perfecta cola, la hace con rapidez gracias a practicar aquel gesto muchas veces. Se acerca al cuadro del barco y pone en marcha el motor. Mira al cielo, no hay viento, se alejará de allí sin desplegar las velas, despacio, en silencio y con total discreción. El motor ronronea, conecta el molinete y se dirige a la proa del barco. Acciona con el pie el interruptor que comienza a subir la cadena a un ritmo constante; hay poca profundidad en la cala, pocos segundos después el ancla emerge de las aguas color turquesa. Asegura las piezas del fondeo como si fuera a realizar una larga travesía. Se sitúa frente al timón, embraga avante y comienza a desplazarse a poca velocidad, se aleja del yate sin que nadie le preste atención, no les dirige ni una mirada.

Ha disfrutado de aquella cala unos cuantos días, en solitario. Aquel momento es tan bueno como cualquier otro para cambiar de fondeadero. Avanza por la línea de la costa, sin prisa, hasta llegar a una zona que conoce bien. Un chalet cercano dispone de un buen router wifi, ya lo ha hackeado con anterioridad, por lo que tiene pleno acceso a internet a través de su red. Decide aprovechar el acceso otra vez, gracias al buen samaritano. Recuerda que lleva muchos días desconectado del mundo. Entra en la cabina, busca su mochila impermeable negra que le acompaña siempre. De ella saca un pequeño portátil. Sonríe al ver de nuevo aquel aparente cacharro, está seguro de que engañaría a muchos profesionales. Bajo el aspecto de un viejo ordenador que ha dejado muy atrás sus mejores tiempos, se esconde uno de los equipos más potentes que se pueden tener en la actualidad. Se sienta en cubierta, apoya su espalda en el palo mayor. Tres segundos después de dar al interruptor se encuentra operativo. Antes de comenzar a navegar, confirma primero que la conexión es segura. No hay nadie más conectado en ese momento a la red wifi. Después de tener la certeza de que la conexión es anónima, rebota su navegación hasta poder abrir una extraña cuenta de correo electrónico. No espera encontrar ningún mensaje en la bandeja de entrada, lo hace por rutina. Sin embargo, allí está, hay uno. El título del correo es sencillo e inocente. «Invitación para nueva inauguración». No le hace falta abrir el mensaje para saber quién se lo envía. Solo una persona conoce aquella dirección de correo. Max. Su viejo amigo Max. Deja el mensaje en la bandeja de entrada, sin abrirlo. Recibir un mensaje puede significar que vuelve a estar activo, entonces le viene bien dejar aquel correo sin abrir en su cuenta, es un cebo goloso para cualquier curioso fisgón. Si alguien consigue acceder a esta cuenta de correo, cosa poco probable, seguro que intentará leer el mensaje que ha recibido. Abrirlo es la puerta para que un troyano se cargue de manera automática y discreta en el equipo que intenta acceder a aquella «inocente» comunicación. El ordenador invasor se convierte en minutos en un caro y extraño pisapapeles. Perderá toda la información, no sin antes haber realizado una copia de seguridad de su contenido en una nube remota, a la que solo él podrá acceder cuando quiera. Aquel mensaje, troyano incluido, es la forma de avisarle, debe hablar con Max. Cuando su viejo amigo necesita ponerse en contacto con él, solo tiene que enviarle una copia de aquel inofensivo correo electronico con un título vulgar. Si todo va bien y para ponerse en contacto, debe tener dos palabras que rimen, la primera y la última. Este es el caso, si no hay rima en el título del mensaje, sabe que algo va mal y está en peligro, es algo así como una señal de alarma, por fortuna, este no es el caso, continúa tumbado al sol tranquilo. Aquel correo tiene las dos palabras que riman. Es un mensaje de contacto normal. Por regla general, solo aparecen en su bandeja de entrada cuando hay un encargo para él. Apaga el ordenador. De un bolsillo lateral de la mochila saca un viejo Nokia 3110. Es el modelo que le gusta, no hay posibilidad de rastrearlo vía GPS, hace solo lo que debe: llamar y recibir llamadas. En otro bolsillo de la mochila tiene una vieja cartera con muchos departamentos. En todos ellos hay tarjetas SIM de prepago. Escoge una de ellas, sin preocuparse de cuál es, activa el teléfono, comprueba que puede realizar la llamada. Está cerca de la costa, aunque no en todos los puntos logra establecer buena comunicación; por fortuna esta cala cuenta con una cobertura excelente. Marca el número que se sabe de memoria, decide cambiar de posición y, con el teléfono en la oreja, se tumba en la cubierta de proa a la espera de que contesten a su llamada. Deja la mochila a su lado mientras suena en el auricular los tonos de llamada.

—¿Dígame? —contesta de forma mecánica, como siempre que recibe una llamada.

—¿Es la carnicería de los hermanos Raya?

—¡Desde luego que no!

—¿Entonces no estoy llamando a Dúrcal?

—¿Dúrcal? ¿Dónde está eso?

—En Granada.

—¡Pues va a ser que no! Se equivoca usted.

—Perdone, me confundí.

—¡Seguro!

—Disculpe, buenos días. —Pulsa el botón de finalizar la llamada y se relaja para recibir los cálidos rayos de sol.

Después de recibir la extraña llamada que pregunta por una carnicería, Max apunta el número desde el que le han hablado de un pueblo de Granada que ya no recuerda. Viste un elegante traje blanco, a juego con sus zapatos y su corbata. La camisa es de un rosa salmón estridente, también a juego, aunque en este caso con los calcetines y las paredes de un extraño despacho en Madrid, situado en la planta veintiséis de un olvidado rascacielos de oficinas. Comprueba que el número anotado en aquel papel es correcto, una vez está seguro, de un cajón de su mesa de escritorio rosa, como todos los muebles de aquel despacho, abre una caja muy decorada con varias tarjetas SIM, escoge una al azar, mientras toma un pequeño móvil que guarda a su lado, es un aparato con muchos años, se puede apreciar un gran teclado con una pequeña pantalla verde. Una vez situada la tarjeta en el lugar correcto, intenta que el teléfono vuelva a funcionar. Lo consigue a la primera.

—¡Increíble! Estos viejos cacharros no fallan nunca. —Una vez ve que el aparato se conecta a la red móvil sin problema, marca despacio el número que copió. Espera los tonos de llamada, responde rápido—. ¿De verdad? ¿Carnicería «no sé qué» de un pueblo de Granada?

—¡Dime que no te ha gustado!

—La verdad, en el fondo sí, me encantan tus cosas, y lo sabes. ¡Hola guapo!

—Hola, joven.

—¿Cómo te trata la vida? ¡Viejo sinvergüenza!

—No tan bien como a ti, Max.

—¿Cómo te haces llamar ahora?

—Hoy llámame Alex.

—Bien, Alex me parece perfecto. Llevo tres días a la espera de que me llames.

—Sabes que no estoy pendiente del teléfono, solo lo miro de vez en cuando. Después de nuestra última conversación, pensé que no me llamarías nunca más.

—Yo también lo pensé. Después del trabajo de la señora marquesa, subiste mucho tu tarifa. Nunca imaginé que nadie quisiera pagarla. Hay mucha oferta en el mercado bastante más económica.

—¿Eso significa que alguien quiere contratar mis servicios?

—Sí. Ojo, no es cliente habitual mío, nunca trabajé con él, no lo conozco de nada, no me llegó por los conductos habituales, tú ya me entiendes. Parece saber mucho de tus trabajos. Dijo de forma textual que quería al que encontró al asesino del hijo de la marquesa. Yo le dije que no sabía a quién se refería. Me dijo: «Sí que lo sabes. Necesito al mejor».

—Me resulta extraño.

—¡Ya ves! ¡Y a mí! —Alex se lo imagina sentado en su sillón rosa, en el despacho con paredes pintadas del mismo color, rodeado de muebles color fucsia. Cada vez que recuerda la decoración, sonríe. Max nunca supo que antes de comenzar a trabajar con él, lo investigó a conciencia. ¡Si supiera lo fácil que entró en aquel sitio y registró todo! —Le dije que mi mejor operario había subido su tarifa. Como no me gustó su tono y manera de hablar, pensé que podía tratarse de una broma, le pedí el doble de lo que tú me dijiste. No titubeó ni un momento.

—¡Qué raro! No es una cantidad fácil de digerir. ¿Quieres decirme que le pediste el doble?

—¡Espera! No te lo he contado todo. ¡Ahora viene lo mejor! Me dice que compruebes tu banco, tienes que tener una transferencia preparada para ser ingresada en el momento que tú aceptes el trabajo. Está pendiente de ese detalle para que se abone en tu cuenta.

—Me entró curiosidad. ¿Cómo me pongo en contacto con este cliente?

—Yo te cuento, me dijo que en el concepto de la transferencia te ha puesto un largo número de factura, los nueve últimos dígitos son su número de contacto, exclusivo para ti. Así nadie, nada más que tú, podrá llamar a ese teléfono. Espera tu llamada.

—¿Qué cuenta le diste? ¿La habitual?

—¡Ya te dije que todo esto es rarísimo! ¡Yo no le he dado ninguna cuenta tuya! No tengo ni idea de dónde está ese dinero.

—No me siento muy cómodo con todo esto. Aunque, si te digo la verdad, tengo intriga con esta gente.

—¡Yo no intento presionarte! ¡No es cliente habitual, ningún interés especial para que realices este encargo! Si lo aceptas es cosa tuya. ¿Me oyes, querido? Mi sexto sentido me dice que aquí huele algo a podrido.

—¿Puedo rechazar un trabajo que te dejaría un buen porcentaje? ¡Este no es mi Max! ¡Tú estás cambiando!

—No me gustó su tono de voz, la forma de hablarme. ¡Ya te he pasado el mensaje! También te advertí, mi trabajo está realizado. ¡Haz lo que quieras! Ya me contarás, confío en tu buen juicio.

—Me lo pensaré, Max. Un besote.

—Otro para ti, Alex. ¡Guapetón!

—¿Por qué me dices eso? ¡No me has visto nunca! Imagina que soy feo de narices.

—Con esa voz que tienes, es imposible. Además, te imagino como yo quiera, si no te gusta, lo tienes muy fácil. ¡Mándame una foto!

—¡Ya mismo la tienes! Hasta pronto, Max.

—Lo dicho, Alex, un beso.

Terminada la conversación, Alex abre el viejo Nokia, aparta la batería, saca la tarjeta SIM, la parte por la mitad y la lanza al agua. Con tranquilidad, vuelve a montar el móvil y lo guarda en el mismo bolsillo donde lo cogió momentos antes. La curiosidad le ha picado. Vuelve a tomar su portátil, tarda pocos segundos en navegar otra vez por la internet profunda. Rebota su navegador para evitar cualquier rastreo. Aunque si alguien consigue seguir la señal, esta le llevará a un chalet de la costa de Menorca, de cuya conexión se aprovecha en este momento. Él toma siempre las máximas precauciones, más que por costumbre, es su forma de trabajar. Nadie lo localizará por una tontería si puede evitarlo. Comienza a comprobar sus cuentas principales. No hay ningún movimiento, ni notificación extraña en ninguna de ellas, sus mejores depósitos siguen escondidos a los ojos de todo el mundo. Nadie sabe de ellos. Bien, eso le proporciona una buena dosis de tranquilidad. Piensa que quizás han rastreado de alguna manera las transferencias que le hizo su anterior contratador, la marquesa, ya que este nuevo «cliente» se refirió a ese caso. Esta cuenta también se encuentra inactiva desde que sacó los fondos que le transfirió en su día. Solo le queda por comprobar dos viejas cuentas, nunca las cerró del todo, no las usó en los últimos años, están en otro banco, dejó de usarlas como depósito principal cuando encontró otro banco suizo que le ofreció mejor seguridad. Bingo, en una de ellas hay una transferencia pendiente de confirmación. Comprueba que, en efecto, la cantidad es el doble de lo que pidió a Max en el improbable caso de que alguien reclamara sus servicios. Vuelve a abrir el viejo Nokia, toma otra tarjeta SIM, marca los últimos nueve dígitos de la factura que figura en el concepto de la transferencia que permanece en estado de «pendiente de confirmación». Cuando comienza a escuchar los tonos de llamada, apaga el ordenador portátil. No quiere estar conectado a internet ni un segundo que no sea imprescindible. Alguien contesta al tercer tono.

—Llegué a pensar que no me llamaría usted. —Quien contesta tiene camuflada la voz con un sistema distorsionador. Imagina que se trata de una aplicación similar a la que él usa en algunas ocasiones, en aquel Nokia no es posible instalarla. El tono de voz es imposible de reconocer.

—Acabo de recibir su mensaje. No suelo estar pendiente de los avisos las veinticuatro horas del día. No quiero ser fácil de localizar.

—¡Oh! ¡Bien! ¿Cómo debo dirigirme a usted?

—No se dirija a mí, cuantos menos nombres mejor. Nunca querrá que nos vinculen, yo tampoco quiero ninguna relación directa con usted. Ni la más mínima.

—Veo que le interesa el trabajo.

—No dije eso. No puedo dar una respuesta sin saber de qué se trata.

—Pensé que bastaría con la cantidad que voy a transferirle para convencer a alguien de que haga lo que sea.

—No voy a aceptar un trabajo sin saber qué quiere que haga. Hay cosas que no hay dinero suficiente para pagarlas.

—¡Lo comprendo! Pero no se preocupe. Es algo muy sencillo. Se puede decir sin faltar a la verdad que ni siquiera es delito lo que pido.

—No será tan sencillo, si está dispuesto a pagar una pequeña fortuna para que lo realice.

—¡No tan pequeña! Ja, ja, ja. Bien. Me explico. Ahora dirijo una gran organización. No necesita saber más datos de ella. Para que me entienda, hace unos años, era un simple directivo de provincias, uno más entre muchos tiburones, todos ansiosos por ganar su parcela, imagine la situación. ¿Me sigue usted?

—De momento a la perfección.

—En aquellos años… perdone, ahora me parece un recuerdo muy lejano, aunque no ha pasado tanto tiempo en realidad. Le decía que en aquellos años, yo mantenía una estrecha relación con una mujer, podría decir que era mi pareja. Queríamos casarnos, fundar una familia, todas esas cosas que se suelen pensar para un futuro en común. Sin embargo, mi organización no es, como decirlo con suavidad, una empresa amigable y normal. Hay envidias, golpes y zancadillas, sobre todo, al que destaca. Cuando comenzó a sonar mi nombre para escalar puestos hacia las posiciones importantes, nos dio miedo que pudieran tomar represalias con ella. El peligro era real, muy real. No piense que soy un timorato, el riesgo de que la matasen era muy alto, demasiado para arriesgar su vida. Decidimos de mutuo acuerdo que lo mejor que podíamos hacer era separarnos y que ella se perdiese. No quería que le hicieran daño a ella, tampoco me apetecía que me chantajearan con amenazas o que la pudieran encontrar si me torturaban para saber su localización. Ya se imagina que «mi empresa» no es Ikea, ni nada parecido, como puede usted suponer.

—Me hago una idea.

—Llegó un momento en el que la situación se puso peligrosa, podría decirse así, por su seguridad y nuestro bien decidimos que desapareciese.

—¿Cuánto tiempo hace de eso?

—Unos ocho años. Hace ocho años que no veo al amor de mi vida. Ahora estoy en un puesto donde nadie puede atacarme, ni hacerle daño a ella. Ha llegado el momento de que volvamos a reunirnos con total seguridad. Necesito que la localice.

—Sabe que esa no es mi especialidad.

—¿Piensa que no he acudido a cauces, digamos, más normales?

—¿Lo ha hecho?

—¡Por supuesto! Pero nadie fue capaz de localizarla. Busqué distintas opciones, en conversaciones entre amigos poderosos, surgieron esas extrañas habilidades suyas. Me hablaron muy bien de sus resultados. Espero que valga cada euro que pide.

—En mi humilde opinión, creo que los valgo. Aunque mi caché está calculado para otro tipo de trabajos, no la localización de forma específica.

—No me interesa otra cosa. Sé que usted fue capaz de descubrir a personas imposibles de localizer. Solo quiero volver a encontrarme con ella y recuperar el tiempo perdido. Me gustaría que me garantizase el éxito de su tarea.

—Sabe que eso es imposible, nadie puede hacerlo. Ella podría haber fallecido, por ejemplo. Sí le puedo garantizar que no pararé hasta llegar al final de la última pista. Por otra parte, debe saber que mis contratos son siempre cobrados por adelantado.

—Cuento con ello, aunque debo confesar que no tengo por costumbre confiarme tanto, su fama me da algo de tranquilidad al respecto.

—Puede estar seguro. Hablemos del trabajo. ¿De qué dispongo para comenzar a trabajar?

—Solo dispone de una cosa. Tengo su carnet de identidad. Nada más. Cuando le pedí que desapareciera, lo organizamos para no dejar rastro, sabe Dios que mis enemigos intentaron también descubrir su paradero, tenían la certeza de que ella es mi único punto débil. Por eso tenía que protegerla en aquel momento, fue mi mayor sacrificio, conseguí que desapareciera de mi vida, sin dejar ninguna pista que pudiera permitir su localización.

—Entiendo.

—¿Cómo se lo hago llegar?

—Puede escanearlo. Comprobaré que el pago está realizado. Solo entonces le haré llegar un enlace para una localización anónima en la nube, se lo enviaré en un mensaje a este móvil. En ese espacio deberá usted dejarme ese archivo, el del escaneado del carnet de la mujer que debo encontrar. No volveremos a ponernos en contacto de una forma directa. Con regularidad visite usted esa nube. Allí podrá ver los avances de la investigación. Si quiere decirme algo, allí lo hace. Lo mejor sería que solamente recibiera usted su información. No espere resultados inmediatos.

—Lo sé. No va a encontrar a mi mujer en un periodo breve. Aunque tengo esperanza, quiero que lo haga lo antes posible.

—Me voy a esforzar. Tengo la mala costumbre de conseguir lo que quiero.

—Confío en que lo haga.

—Puede estar seguro de una cosa, lo voy a intentar con todas mis fuerzas.

—Es la primera vez que trabajo con alguien a quien no le he visto la cara, me gusta sellar los tratos dando un fuerte apretón de manos mientras miro los ojos de la persona que tengo delante.

—Imagine que lo ha hecho. Siempre es más seguro para ambos que yo no le conozca, ni usted sepa quien soy.

—Debo reconocer que tiene razón. Puede comprobar ya el pago, mientras hablamos, di la conformidad a la transferencia. Espero su mensaje. —Termina de pronunciar la última palabra y corta la comunicación.

Alex piensa en tirar la SIM que acaba de usar. Antes vuelve a encender el ordenador para comprobar si es cierto lo que dijo su cliente. En su cabeza suena aquella voz distorsionada con acento latino, algo le dice en el fondo de su mente que aquello es una cortina de humo, le suena a falso, aquel acento sudamericano le hace sospechar que su cliente será de cualquier sitio menos de América del Sur. Supone que debe estar acostumbrado a hacerlo así para despistar a mucha gente, aunque Alex está seguro, lo ha pillado. Deja aquellos pensamientos para después. Entra directo en la cuenta para comprobar que, en efecto, la transferencia ha sido confirmada, el dinero ya está disponible en su cuenta. Minimiza aquella ventana. Busca un servicio privado de almacenamiento en la nube que conocen muy pocas personas. En realidad solo lo usan los hackers que lo crearon a la sombra de todo el mundo, también algún afortunado que suele relacionarse con ellos. En este concepto entra Alex. Prepara un espacio privado, imposible de rastrear, crea el enlace para acceder a aquel lugar virtual, a una nube privada, inventa una contraseña segura con la que solo el cliente podrá acceder a su espacio. Alex entrará con su propia contraseña. No hay posibilidad de que nadie conozca el lugar de comunicación, por tanto, nadie podrá saber que se dirán entre ellos. En cuestión de segundos, realiza una transferencia que vacía la cuenta donde acaban de ingresar una enorme cantidad de dinero. Cuando confirma que los fondos se encuentran en lugar seguro, envía a su nuevo cliente un mensaje con el enlace de la nube privada, segundos después, otro con la contraseña para acceder a ella. Desmonta el Nokia, tira la SIM al mar. Desde ese instante es imposible rastrear la llamada o el número desde el que se hizo. Dejará aquella zona con cobertura wifi, aunque antes entra en la nube particular que creó, descubre que allí hay un archivo recién subido. Lo descarga, confirma que es lo que parece, un simple archivo de imagen, sin virus ni troyanos. Solo entonces lo abre para confirmar que se trata del DNI de una mujer. Elisenda García Santisteban. Descarga el archivo en su portátil, lo apaga y guarda en su mochila. Desde este instante, está en modo trabajo. En cuestión de segundos tiene las velas desplegadas, la proa del velero toma rumbo a Mallorca.

Nox Mortis

CAPÍTULO 3, 12 DE MAYO, 20:41. ENTRE LA MULTITUD

El barco se aproxima a Canyamel, un bonito pueblo de la costa mallorquina. Escoge este destino por su relativa tranquilidad. Recoge velas frente a las cuevas de Artà, comprueba que ha guardado todo y tiene lo que necesita; no se deja nada importante a bordo. Alex suele viajar ligero de equipaje, tiene una máxima que repite una y otra vez: si necesita algo, lo puede comprar; en todos los sitios hay tiendas. Espera al atardecer, cuando se pierden los últimos rayos de sol, revisa su mochila por última vez. En efecto, no falta nada, lleva todo lo que puede necesitar. El velero permanece a la deriva mientras él comprueba la pequeña neumática, la misma que hace las funciones de bote auxiliar. Está en perfectas condiciones, amarrada a popa del velero. Con la habilidad que da la práctica, se sube de un ágil salto. Arranca el pequeño motor fuera borda para que tome temperatura; ronronea como un gato. Comprueba que el pequeño depósito de combustible está lleno. Todo listo. Vuelve a subir al velero, marca un rumbo en el plotter. Si todo funciona como debe, el mecanismo del piloto automático guiará el velero al puerto de Tabarka, en Túnez. Sin embargo, sabe que el barco nunca llegará al destino que ha marcado. A las dudas de tener combustible suficiente para realizar esa travesía, deberá sumar la estrategia que pone en marcha a continuación. Baja a la sala de máquinas, donde el viejo motor diésel del velero mantiene el ralentí sin problema. Localiza la bomba de achique y, sin miramientos, pega un fuerte tirón a los cables que la alimentan, los arranca de cuajo. Con esta pieza inutilizada, localiza el grifo de fondo, por donde toma el motor el agua del mar que lo refrigera. Con un destornillador afloja la abrazadera y mueve la manguera lo suficiente para que deje de ser estanca, crea una vía de agua. El flujo de líquido entra en el compartimento de motor, el volumen de agua aumenta poco a poco. Cuando se asegura de que todo está como él quiere, va al puesto de mando, conecta las luces de navegación del velero, confirma el rumbo y que el piloto automático funciona como debe. Da un poco más de gas al motor; el velero avanza hacia Tabarka a unos tranquilos cinco nudos, no necesita ir más rápido. Se sube a la neumática mientras su pequeño motor petardea, suelta el cabo que la mantiene unida al velero por su popa. Ve cómo se aleja el barco que ha sido su hogar en los últimos meses. Se balancea al navegar mientras se hace cada vez más pequeño y difícil de ver en la oscuridad. Calcula que tardará un par de horas, como mínimo, en hundirse y perderse para siempre en el fondo del Mediterráneo. Si alguien lo localiza antes de tiempo, situación poco probable, se encontrará un barco sin ninguna información que lo vincule con él. Aunque a esa hora de la noche se dirige a mar abierto, será difícil que alguien preste mucha atención a un viejo velero solitario. Gira la cabeza para dirigir su mirada a la costa. Mientras la neumática se acerca a tierra, despega el adhesivo con la matrícula del velero y lo guarda en su bolsillo para tirarlo en la primera papelera que encuentre. Cuando llega a la orilla, tira de la neumática hasta dejarla sobre la arena de la playa. Recoge su mochila, las chanclas y una cazadora vaquera que vivió tiempos mejores. Alguien se encontrará la neumática y, al no poder localizar al dueño, seguro que la disfrutará durante mucho tiempo. Mejor para los dos. A Alex le da igual lo que pase con ella, de la misma manera que no volverá a preocuparse por el destino del velero. Son daños colaterales de su trabajo. Su alta tarifa está calculada para incluir esos gastos sin que deba inquietarse lo más mínimo. De hecho, la cifra que le han ingresado hace unas horas le permite realizar una cantidad de compras exagerada. Sonríe, disfruta mucho más de su trabajo cuando no tiene que preocuparse por la cuenta de gastos. Localiza la parada de taxis del pueblo, en una papelera tira la matrícula de la neumática antes de subir al primero y único coche que allí se encuentra. El conductor está acostumbrado a ver muchos turistas un poco desaliñados, sospecha si podrá cobrar sin problemas aquella carrera.

—¡Buenas noches!

—Buenas.

—¿A dónde quiere que le lleve?

—Al puerto, a la terminal de ferrys.

—¡Uffff! No se lo tome a mal. Esta carrera es muy cara, hay más de ochenta kilómetros. ¡Tiene que entenderme! Casi es el momento de terminar para mí, ha sido un día largo y me llevaría más de dos horas regresar a casa.

—¡Comprendo! —Alex abre su mochila, toma ocho billetes de cincuenta euros y se los enseña al conductor—. ¿Esto valdrá?

—¡Creo que sí! —Intenta coger los billetes, pero Alex no le deja y, con rapidez, los aleja del alcance del conductor.

—Bien, yo acepto sus normas, ahora pondré mis condiciones. Mis instrucciones son pocas y claras. Nada de conversación; puedes poner la radio que quieras, nada de carreras locas, marcha normal, sin prisas, pero sin pausa. ¿Te parece bien?

—De acuerdo. —Toma los billetes que Alex le acerca, guarda el dinero rápido en el bolsillo de su camisa y comienza el viaje.

Para evitar cualquier tentación de conversación por parte del taxista, simula dormirse, se acurruca en el asiento trasero, de forma que es difícil ver su cara; por tanto, también será difícil recordar después sus rasgos. Es pura precaución innata en todo lo que hace. Aunque ahora nadie le busca, nadie sabe de su existencia o dónde se encuentra, él actúa como siempre. Mientras tanto, va pendiente de la ruta. El conductor le hace caso, ha sintonizado en la radio una tertulia deportiva. Casi una hora después, para el coche frente a la puerta de la estación marítima de Palma. Antes de que el taxista pueda despedirse, Alex ya bajó del coche. Sin agacharse, para que no le vea el rostro, golpea el cristal de la ventanilla del conductor. Este comienza a bajar el cristal y, antes de que pueda decir palabra, Alex le deja caer otro billete de cincuenta euros. Cuando el conductor levanta la mirada, ve cómo un hippie en bañador, chanclas, pelo largo, con una vieja cazadora vaquera y su mochila, se aleja para adentrarse y perderse en la terminal. Acaba de dejar al mejor cliente de toda su vida como taxista. Poco después, Alex consigue pasaje en el ferry de esta misma noche. Navegará en la oscuridad para amanecer en el puerto de Barcelona. Busca una butaca donde pasar la noche lo más inadvertido posible. No es temporada alta, le es fácil encontrar un rincón donde poder dormir toda la travesía con total tranquilidad. Cuando despierta, no ha amanecido aún. A lo lejos, puede ver las luces del puerto de Barcelona. No cenó nada, en cuanto pisa tierra firme, busca alejarse del ferry. Sale del puerto por la zona de la plaza de Colón. Pide un desayuno completo en la primera terraza que encuentra. El camarero no las tiene todas consigo al ver la pinta de aquel cliente, pero en cuanto comprueba que paga por adelantado, va rápido a traerle lo que ha pedido. Le da una buena propina al camarero y le pide la clave wifi del local. Mientras desayuna, busca con su portátil tiendas de ropa de segunda mano. No quiere que toda su vestimenta tenga el brillo de prenda nueva; necesita no llamar la atención sobre ningún detalle, debe pasar inadvertido, perderse entre todos los habitantes y visitantes de la ciudad condal. Localiza una cercana y se dirige a ella nada más terminar.

Al llegar al establecimiento, se encuentra a dos chicas jóvenes y aburridas. A pesar de su aspecto desaliñado, le ayudan encantadas a encontrar toda la ropa que tienen de su talla. Alex no dice que no a nada de lo que le presentan, siempre y cuando no sean colores chillones o estampados llamativos. Quiere ropa discreta, nada saltón o estridente. Las dependientas no lo sospechan, pero su objetivo es perderse entre la multitud; él quiere ropa difícil de recordar. Consigue un buen montón de prendas. Les cuenta una historia para calmar su curiosidad, les dice que estaba en un camping con unos amigos y alguien les ha robado toda la ropa. Menos mal que no había dejado en la tienda su mochila, con su documentación y dinero. Las jóvenes coinciden, le dan ánimos y comentan la fortuna que ha tenido, dentro de la desgracia del robo. De entre todas las prendas adquiridas, se decanta por continuar vestido con unos vaqueros y un polo blanco, discreto. Les pide un pequeño favor: ¿pueden guardarle todo el resto de la ropa que ha elegido? Su idea es recogerla después, en lugar de llevarse un montón de bolsas, prefiere comprar alguna maleta. Una de las chicas no parece muy conforme; la que parece encargada se muestra muy dispuesta a ayudarle. Alex se ha dado cuenta de que le mira con un brillo especial en los ojos. Paga toda la compra y les deja una buena propina por la ayuda que le han prestado, esto tranquiliza a la empleada dudosa y, de paso, hace sonreír a la convencida. Sabe que la generosidad siempre le ayuda. Es una inversión; la gente recuerda el dinero y tiende a olvidar las caras, un detalle muy importante en su profesión. Ha cambiado de vestuario, se ha vestido cómodo y nada llamativo, perfecto para perderse entre todos los ciudadanos y turistas de Barcelona. Aún tiene el problema de las chanclas. Una de ellas, la que no parece dudar de él, se ofrece para acompañarlo a una zapatería vecina en la que trabaja una amiga suya. Cuando llegan, él no tiene que contar nada. La chica de la tienda de ropa de segunda mano les explica lo que ha sufrido aquel buen hombre. La amiga no tarda en convertir aquel asunto en algo propio, muy dispuesta ella elige un par de modelos cómodos, que le servirán para cualquier ocasión. Una vez realizadas las compras, se despide de las chicas, tira las chanclas en la primera papelera que ve y camina tranquilo con unos sencillos mocasines. Debe ir a hacer unos recados.

Primer paso conseguido, ha solucionado el tema de vestuario, pero está claro que necesita un cambio de imagen. El pelo largo es algo habitual en Menorca, de donde viene; aquí es muy llamativo, demasiado para sus intereses. Ve una peluquería unisex con poca clientela a esa hora. Por la imagen, supone que no es el típico local donde entren muchos hombres. La mirada que le clavan las tres peluqueras confirma sus sospechas. Dos atienden a sendas mujeres; la otra lee una revista.

—¡Buenos días! —dice la lectora mientras levanta la mirada para mostrar con total naturalidad que masca un chicle.

—¡Buenos días! Necesito un cambio de imagen. Llevo mucho tiempo en el paro y me han llamado para una entrevista de trabajo.

—¡Has venido al sitio indicado! ¿Qué quieres? ¿Te recorto las puntas? —Con una rapidez insospechada, la peluquera lanza la revista sobre una pequeña mesita, donde se reúne con otros ejemplares de la prensa del cotilleo. Se ha puesto de pie y le señala un mullido asiento para que se acomode.

—No. Me han ofrecido un buen puesto; necesito una imagen mucho más formal y seria.

—¿Tijera sin miedo?

—Sin miedo.

—Pues es una pena, tienes un pelo muy bonito. Ven aquí, ¿te apetece empezar con un buen lavado de cabeza?

—Perfecto.

—¿Tienes alguna idea o preferencia?

—Me fío de ti, tú eres la profesional, conoces lo que está de moda. Lo único que te pido es que no me hagas nada extraño o extravagante, es un trabajo serio, tengo que dar imagen de persona formal. Fuera de eso, haz lo que quieras.

—¡No sabes lo que me gusta que me digan eso! ¡Vas a quedar encantado!

En su interior, Alex se teme lo peor; quizás se arrepienta de dar total libertad a la peluquera. Mucho entusiasmo muestra esta joven que no deja de mover la mandíbula, para aplastar una y otra vez una goma de mascar que perdió cualquier tipo de sabor horas antes. A pesar de sus temores, Alex le deja hacer, entorna los ojos, más por alejarse de lo que pasa con su pelo que por cansancio. Un buen rato después, recibe dos suaves toques en el hombro. Abre los ojos para ver a aquella chica, mientras sonríe y masca sin parar, con sus manos le muestra su figura reflejada frente a él en un gran espejo que ocupa toda la pared. Cuando ve su nueva imagen, reconoce que la chica ha hecho un trabajo excepcional. Le gusta su actual imagen. Se despide con una buena propina. Al recibirla, la peluquera no duda en darle un sonoro beso en la mejilla. Sale de aquel establecimiento sin saber que lleva restos de carmín en la mejilla. Mientras permanecía con los ojos cerrados, ajeno a su cambio de imagen, en su mente había organizado los siguientes pasos a dar. Necesita moverse con fluidez y encontrar cosas de forma rápida. Busca una compañía de telefonía, le da igual cara o barata, no tarda en encontrar lo que busca. Compra el mejor terminal Android que tienen en la tienda, con una línea prepago y su correspondiente tarifa para navegar, el vendedor le asegura que de forma ilimitada. Para las llamadas comprometidas tiene su viejo y seguro Nokia; para trabajar, navegar y muchas otras tareas necesitará durante este trabajo la ayuda de un terminal potente. Al salir de la tienda, se sienta en una terraza, en las ramblas, pide una caña y unas aceitunas. Mientras le sirven, ya tiene localizados varios pisos en alquiler. El elegido debe cumplir varios requisitos: zona discreta, céntrica y ser de un particular. Llama al que más le gusta, le dice que puede verlo al día siguiente. Descartado. Llama al segundo. Calle Valencia, solo ocho vecinos, entresuelo, recién reformado, muebles de lujo, es bastante caro para la zona, aunque el dinero no es problema para Alex. Vale la pena. Puede verlo en quince minutos. Paga la caña y para al primer taxi que ve. Minutos después, se encuentra frente a un clásico bloque de viviendas de la zona. La vieja e imponente puerta de hierro y cristal le permite acceder a un frío y pulcro portal después de una pequeña conversación por el interfono. El ascensor conoció tiempos mejores, aunque se encuentra en uso. Alex prefiere subir al entresuelo por la escalera. La alta puerta de dos hojas se abre en parte para facilitarle el acceso.

—¡Buenos días! ¿Alex?

—¡Buenos días! ¡Sí! El mismo. Un placer, Lucia me había dicho, ¿verdad?

—¡Exacto! —Se trata de una mujer mayor, muy agradable. Le da dos besos como saludo—. ¿Vamos a ver el piso?

—¡Para eso estamos aquí!

—¡Perfecto! Venga conmigo. Como ve, está todo recién reformado. Lo terminamos de arreglar hace un par de meses, es lo que han tardado en amueblarlo como queríamos, todo es nuevo, lo estrenaría usted. Con los arreglos, todos los muebles sin usar, lo hemos puesto en el mercado, de momento nadie se ha decidido.

—Le puedo asegurar que me gusta lo que veo, por ahora.

—Amplio comedor, cocina americana, como dicen los gemelos de la tele, «espacios abiertos», lo que le gusta a la gente de ahora.

Nuestro dinero nos ha costado el diseñador de interiores.

—¡Claro! —Hace mucho tiempo que no ve televisión, no sabe lo que quiere decirle aquella mujer, aunque no es el momento de llevarle la contraria. Le gusta mucho el piso, quizás hay demasiado blanco a donde quiera que mire, pero le parece bien. Cumple de sobra con lo que necesita.

—Dos dormitorios, uno de ellos, el principal, con amplio baño incorporado que comunica también con un enorme vestidor. Otro baño completo, este es independiente, se puede decir que es el de las visitas. Ya me entiende.

—Por supuesto, continúe.

—Ventanas al exterior, aunque no creo que salga mucho a los balcones, son como todos los de la zona, demasiado pequeños para un uso normal.

—Cierto, yo tampoco lo creo.

—Los acabados son de lujo, como puede apreciar. Decoración minimalista. Se entrega como lo ve, con todo lo instalado: electrodomésticos, baños, muebles, todo a estrenar.

—Bien, Lucia, llegados a ese punto, digamos que me puede interesar. Vamos, si le parece, a «estrenar» este inmenso sofá blanco mientras me dice sus condiciones, por favor.

—Tres meses de fianza, pago por adelantado al comenzar el mes para no tener problemas, luz, agua, internet, comunidad incluidos en el alquiler, así no hay que cambiar de titular, con todo el engorro que eso supone. Usted tiene un solo pago, sin más problemas.

—Me parece bien. Soy un trabajador que hoy estoy aquí, mañana en Nueva York y el miércoles que viene en Japón. No me interesan los pequeños inconvenientes, son molestias que me complican la vida, necesito que las cosas sean de la manera más sencilla posible para mí.

—Le entiendo, aunque si le soy sincera, no sé dónde quiere

llegar.

—No quiero problemas, ni que usted los tenga. ¿Qué le parece si le pago los tres meses de fianza, más el primer año, por adelantado? Así no tiene que estar preocupándose mes a mes por el alquiler, de paso, yo tampoco me intranquilizo. No sé si estaré por aquí, o bien, dejaré que venga algún familiar o compañero de trabajo.

—¡Yo lo que quiero es alquilarlo! ¡Me parece bien su propuesta! Como ha podido comprobar, está totalmente listo para habitarlo desde ahora mismo. —En ese momento, Lucia frunce el ceño, se ha dado cuenta de un detalle—. ¿No estará buscando rebaja?

—¡No! De verdad, me parece un precio justo, no quiero regatearle, soy un hombre de negocios. Si algo me gusta y cumple con mis requisitos y necesidades, lo tomo. ¡No puedo perder mi tiempo!

—¡Perfecto! ¿Cómo me va a pagar? ¡No me gustan los cheques!

—¿Qué le parece en billetes de contar, uno encima del otro?

—¿Eso? ¡Siempre es lo mejor!

—¡Pues prepárese para contar! —De su mochila negra saca billetes hasta completar la cantidad acordada, un año de alquiler, más la fianza. La mujer no puede imaginar que aquella mochila guarda en su interior mucho más dinero aún.

—Listo, el tema del pago está zanjado, ahora debemos formalizar el contrato de alquiler. —Mientras dice esto, los billetes recién contados se pierden de la vista en las profundidades de su bolso.

—¡Por supuesto! Puede realizarlo cuando quiera. ¿Quiere que le envíe una foto de mi carnet?

—Mi nieta me ha enseñado a usar el móvil, si quiere le hago yo la foto, lo digo porque de esta forma no perdemos tiempo.

—¡Así me gusta! Lucia, es usted la mejor. —Mientras dice esto, saca el DNI que lo identifica como Alex. Piensa que es una de las últimas ocasiones para usarlo. La buena mujer fotografía el carnet por sus dos caras. Le enviará el contrato al móvil—. Supongo que ya tiene guardado mi número, es el mismo desde el que le he llamado esta mañana. Siempre que me tenga que localizar, úselo, aunque no se asuste si no le contesto a la primera. Me toca pasarme mucho tiempo en los sitios más raros del mundo, no siempre hay cobertura. Si me pilla en pleno vuelo o en una reunión, no podré contestarle en ese momento. Eso sí, le aseguro que a la mayor brevedad le devuelvo la llamada.

—Me parece bien, lo memorizo.

—Yo guardo su número ahora mismo, «Lucia dueña piso». —La mujer no puede saberlo, en ese momento es el único contacto memorizado en la agenda de aquel móvil—. Una pregunta, la nevera está vacía, como es natural. ¿Dónde me recomienda llenarla?

—Saliendo del portal a la derecha, al doblar la esquina tiene una de las mejores tiendas de la zona. Aquí tiene usted dos juegos de llaves.

—¡Perfecto todo!

Se despiden con mucha amabilidad. Alex piensa que ha sacado provecho a la mañana. Cambió de aspecto, tiene vestuario nuevo, aunque debe recogerlo todavía, vivienda para un año solucionada, todo eso antes de comer. Tiene tiempo, hará una gran compra con la intención de que se la lleven esa tarde a la casa. Antes de ir a comer, recogerá la ropa, recuerda que debe comprar dos maletas de buen tamaño. Ya está camuflado en el mundo, ahora toca comenzar el trabajo encargado.

CAPÍTULO 4, 13 DE MAYO, 13:02. COMIENZA EL JUEGO

Alex termina la compra con el encargo de que se la lleven esa tarde a su nueva casa, a partir de las seis. Consigue en un bazar dos maletas de buen tamaño y toma un taxi para que lo lleve a la tienda de segunda mano. Cuando entra por la puerta, la dependienta que lo acompañó a la zapatería donde trabaja su amiga, la que confió en él desde el primer momento, se acerca con la boca abierta. Su compañera debe estar en el almacén porque no la ve.

—¡Hay que ver lo que cambia un hombre cuando se arregla un poco! Luego dicen de nosotras cuando nos maquillamos. Quien te ha visto entrar como un hippie y quien te ve ahora.

—¡No he cambiado tanto! ¡Soy el mismo!

—¡Tú no te has visto esta mañana! Y ahora estás... muy bien. ¡Vaya que sí!

—Me alegro. ¡Bueno! Como prometí, aquí estoy para recoger la ropa, aunque tengo mucha prisa. No imaginas cómo se me ha complicado la mañana. ¡Qué fallo! ¡No sé ni tu nombre!

—Patricia, y tú te llamas…

—Puedes llamarme Alex.

—Perfecto. ¿Te ayudo a guardar toda la ropa en tus maletas? ¡Vamos a cerrar pronto!

—En realidad, pensaba pedirte un favor.

—Dime, si puedo hacerlo, cuenta con ello. —No se le olvida la propina que recibió horas antes, un cliente generoso hay que mimarlo. ¡Hay tan pocos!

—Tengo una cita ineludible para comer y llego tarde. ¿Podrías guardar la ropa que compré en las maletas y hacerlas llegar esta tarde a mi casa?

—Supongo que sí, no hay problema.

—¡Sería perfecto! Me salvas la vida, de verdad, estoy solo y se agradece toda la ayuda que puedan darme, como soy de fuera. ¿Sabes?

—Lo imaginaba, tu acento no es de aquí.

—¡Claro! Entonces, ¿te encargas de que me entreguen esta tarde las maletas?

—Sin problema. —Patricia sonríe, Alex piensa que es muy amable, mientras ella tiene su mente en otras cosas. Es bastante más joven que él, sin ser una mujer guapa, tiene un atractivo sensual, casi felino. Alex se fija en su piel morena, pelo negro largo y liso, sus ojos parecen tener reflejos castaños y verdes.—Anótame tu dirección. Esta tarde la coloco en tus maletas y te haré llegar tu ropa. ¿A qué hora te viene bien?

—A partir de las siete, en cualquier momento.

—Yo me encargo.

—Con esto conseguirás que me lo entreguen y algo para ti por las molestias. —Deja tres billetes de cincuenta euros, junto a la nota con la dirección del piso de la calle Valencia.

—¡Es mucho! ¡No es necesario tanto dinero!

—¡No quiero que me recuerdes como un cliente molesto! Me voy, tengo mucha prisa. ¡Muchas gracias, Patricia!

—¡Hasta pronto!

Sale de la tienda sin mirar atrás, busca perderse rápido entre la gente, desaparecer, sus pasos se dirigen en dirección al barrio del Raval. Aunque a ojos de un observador imparcial no lo parezca, sabe a la perfección cómo llegar a su siguiente destino. No eligió

Barcelona por casualidad, es una ciudad que conoce muy bien y le proporciona opciones para casi todo. De hecho, en algún asunto, es la única que puede ofrecerle la solución a sus problemas. Este es el caso, debe resolver un tema importante, vital para sus intereses. Bien mirado, no era necesario tanta precaución y sigilo, nadie debe estar tras su pista, seguirlo o buscarlo, por lo menos en este momento, a pesar de eso, comprueba en varias ocasiones que nada de eso ocurre, por ahora ninguna persona tiene interés en él. Entra en una estrecha calle de aquel barrio, por la que con bastante dificultad podría circular una motocicleta. Avanza unos pasos, se detiene en medio de un silencio sepulcral. No parece estar en el corazón de una de las ciudades más habitadas, grandes y ruidosas de Europa. A lo lejos, un rumor recuerda que hay miles de vehículos en constante movimiento por la zona. Mira hacia un lado y al otro, nadie a la vista. Comprueba que nadie controla sus movimientos desde ninguna ventana. Avanza con cautela, mire a donde mire, la visión de sus ojos es oscura y gris. El escenario le recuerda a una escena de película apocalíptica, ninguna persona parece vivir allí. Todo está olvidado y sucio. Se apoya en una pared, junto a una vieja puerta metálica, sobre la que existe un cartel difícil de leer por los estragos del tiempo y óxido. «Ultramarinos Camprubí» se adivina en aquel letrero, no sin esfuerzo. Con discreción da tres golpes con sus nudillos en la persiana metálica del negocio cerrado. Vuelve a comprobar que nadie presta atención a sus movimientos. Varios segundos después, alguien al otro lado de la puerta de la vieja tienda, da dos golpecitos difíciles de oír si no estás cerca. Como un resorte, Alex abandona la posición que mantiene, apoyado en la pared y comienza a andar rápido. Dobla la esquina, aquella calle está algo más concurrida, vuelve a doblar la esquina, más o menos a la misma altura de los ultramarinos, aunque en el lado opuesto de la manzana de viviendas, hay un portal. Es un pequeño bloque de pisos construido hace muchos años. Al contrario de la estrecha calle de dónde venía, en esta hay mucho tráfico, un constante ir y venir de todo tipo de vehículos. Las viviendas están algo más limpias, aunque tampoco en exceso, se aprecian con facilidad señales de estar habitadas. Por una ventana abierta se puede escuchar una televisión a mucho volumen. En una placa metálica, con tres interruptores, bajo ellos se puede leer grabado: bajo, primero y segundo. En ese momento, un señor entrado en años camina apoyado en un bastón, sale del portal, mira calle arriba, donde Alex disimula mientras mira su móvil nuevo con mucha atención. El hombre gira su cuerpo y comienza a andar rápido en dirección contraria. Camina con pasos cortos y rápidos, el bastón en la práctica no toca el suelo. Poco después, entra en un oscuro bar. En su fachada se puede leer «Casa Jordi, Comidas caseras». En su interior hay una larga barra en la que ven pasar el tiempo tres hombres, uno lee el periódico del día, otro mira la televisión sin prestarle atención, el tercer cliente tiene sus sentidos fijados en una copa de brandy. Frente a la barra, hay unas mesas preparadas para dar comidas, lucen los típicos manteles a pequeños cuadros, blancos y rojos, que se pusieron de moda hace cuarenta años. Sobre ellos cubiertos, vasos, servilletas, listas para el servicio del mediodía. Todo está limpio, pulcro, con mucho tiempo a cuestas, aunque en perfectas condiciones.

—¡Buenos días! ¡Voy a mi mesa, Jordi!

—¡Buenos días! Claro que sí, don Manuel.

—¡Una cosa! Hoy serán dos menús.

—¿Dos?

—¿Estás sordo? ¿O hay que limpiarte las orejas? —Se sienta en la mesa del fondo, situada en un rincón, parece escondida, de hecho, está tapada de la visión de los demás clientes por cajas de cerveza y refrescos apiladas una sobre otra.

—¡Tranquilo! ¡Ahora mismo le preparo todo! ¿De beber qué os pongo?

—¿Qué va a ser, Jordi? ¡Lo de siempre! Vino de la casa y gaseosa.

—Como usted mande, don Manuel. —A pesar de sus modales ariscos, le aprecia mucho. Aquel hombre siempre ha sido cliente de la casa, desde que él tenía uso de memoria. Todos los días ha comido allí, antes con su padre, ahora con él. No ha fallado ni un día. En ese momento, entra en el establecimiento Alex que ha seguido a distancia y con el máximo disimulo al hombre del bastón. Se dirige sin dudar a la mesa del rincón. Manuel le espera junto a su mesa de pie, no se ha sentado todavía. Cuando llega a su altura, se dan un fuerte abrazo.

—¡Muchacho! ¡Nunca sé si te volveré a ver!

—Siempre que puedo paso por aquí. ¡Lo sabes! —Se sientan.

—¡Me alegra mucho verte!

—Y a mí también, lo veo mejor que nunca. ¡Está cada día más joven!

—Eso quisiera yo, aunque no me quejo. Nada de nada.

—¿Qué comeremos hoy?

—¡Es jueves! Toca monchetas con butifarra.

—¿Con alioli?

—¡Si no hay, no como!

—¡Cómo tiene que ser! —El camarero saluda, pone una jarra de barro con vino, una botella de gaseosa y una ensalada. Alex sirve bebida para los dos.

—¡Cada vez te veo menos! ¡Supongo que será bueno! ¿No?

—Claro. Trabajo menos y cobro más.

—Ya imagino. Supongo que serán encargos más complejos.

—Sí, para qué te voy a decir otra cosa, nos volvemos algo más exigentes con la experiencia. ¿Y tú?

—Sólo trato con los habituales. Nada de estas bandas nuevas.

Me buscan, saben de mí, aunque ya me encargo yo de que no me encuentren.

—¡Ya me imagino! Sigues siendo el mejor.

—¡No te quepa la menor duda! Como tú, cada vez trabajo menos, ahora tengo mi pensión de funcionario, hago algún encargo, eso sí, bien cobrado, aunque solo a clientes de toda la vida, más que nada para no perder la práctica, y a vivir. ¡Que son dos días!

—¡Di que sí!

Hablan de cosas intrascendentes durante la comida. Manuel se empeña en que todo se apunte en su cuenta, no permite que Alex le invite. Salen del bar, igual que entraron, como si no se conociesen. Alex se hace el remolón con una visita al baño en el último momento, deja el bar un tiempo después que Manuel. Los dos controlan si hay alguien pendiente de ellos. Nadie presta atención a aquel jubilado con bastón, tampoco a aquel hombre más joven que sigue sus pasos algún minuto después. Al llegar al portal, se encuentra con la puerta de entrada sin cerrar. La abre rápido, entra al edificio sin dudar. Justo al lado de la escalera está la puerta del bajo. Como la del portal, está entornada. Pasa al interior de la vivienda, Manuel espera para cerrar dos seguros que convierten aquella puerta, en apariencia normal, en un auténtico refugio antibombas, muy difícil de abrir. Desde el interior se aprecia que es una puerta blindada de máxima seguridad. Desde el exterior, nadie lo puede sospechar. Manuel hace un gesto con la mano, para que lo siga. Ahora se mueve con mucha más agilidad que en la calle, a pesar de las apariencias. El bastón se queda olvidado en un viejo paragüero. El papel de viejo desvalido solo se representa en el exterior. Entran en la última habitación de la vivienda. Un despacho que no se ha usado como tal casi nunca, cubierto de polvo. Manuel no limpia esa habitación exprofeso para dar esa impresión. Detrás de la mesa de su despacho, hay una inmensa librería que ocupa toda la pared del fondo. Está formada por cinco estanterías que ocupan del suelo al techo, de pared a pared. Toca un resorte que pocos conocen. Empuja entonces la estantería central. Esta se desplaza hacia atrás y gira de forma casi mágica. Con medio cuerpo ya dentro, Manuel activa un interruptor que ilumina toda la estancia. Pocos pueden adivinar que la tienda cerrada de «Ultramarinos Camprubí» es el refugio de uno de los mejores falsificadores de Europa. Escondido bajo el paraguas de un funcionario ejemplar, presume desde hace muchos años que nunca han descubierto ninguna de sus documentaciones. Aprovechó su puesto y conocimientos para usar identidades reales, casi siempre de personas fallecidas o desaparecidas, capaz de crear perfiles completos sobre una personalidad hecha a medida para clientes muy exclusivos, que no dudan en pagarle lo que pida.

—Veo que no has cambiado nada. Todo está igual que la última vez —dice Alex, después de dar un vistazo a aquella estancia.

—Sí que he cambiado algo del equipo y algún software, pero en lo básico sí, continúo con el mismo material. Supongo que quieres una identidad completa.

—Sí, necesito todo. Paquete completo.

—Como siempre, carnet de identidad, de conducir, pasaporte, sanitario. ¿De qué comunidad prefieres ser esta vez?

—No tengo preferencias, no conozco por dónde me moveré.

—Vale, miro qué identidad te puede encajar mejor.

—¿Cuándo puedes tenerla?

—¿Para ti? Pasado mañana. Vente de noche, que me dé tiempo.

—¿Cenamos?

—Mejor no. Santo y seña, te vienes para la puerta, tranquilo, como siempre, yo te abro.

—De acuerdo.

—Ven que te haga las fotos. —En uno de los rincones de lo que en su día fue la tienda, hay un estudio fotográfico completo. Alex se sienta en un taburete, pone la típica pose de la foto para el pasaporte. Con el objetivo de no tener la misma imagen, ni vestuario en todos los documentos, se pone algunas chaquetas que Manuel tiene preparadas para estas situaciones. También se peina o se despeina de una toma a otra. Una vez hechas todas las fotos, salen de aquella zona, por el viejo y sucio despacho de la vivienda—. Tengo todo lo que necesito para realizar mi trabajo, te preparo toda la documentación completa. ¿Necesitas algo más?

—De momento creo que no. Si se presenta alguna cosa, te lo digo.

—Por supuesto, sabes que me tienes a tu entera disposición.

—Gracias, Manuel. Una cosa. No te he preguntado si has subido precios.

—La verdad es que sí, aunque para ti, este encargo te los mantengo. El próximo ya vemos.

—Vale, te hago la transferencia esta noche o mañana.

—No hay problema, eres de confianza, cuando quieras.

Se despiden con un abrazo de viejos amigos. Sale a la calle, comprueba que nadie le observa. Camina un poco, hasta encontrar un taxi que lo lleva a la calle Valencia. Sube a su casa, desea darse una larga ducha, deberá esperar, aún no han traído las maletas para cambiarse de ropa. Recuerda que pronto le traerán también la compra para llenar la despensa y el frigorífico. Saca el portátil, decide no usar la red de su casa de alquiler, pura precaución, con la intención de despistar a cualquier rastreador curioso. Localiza la red wifi potente de algún vecino, espera que sea muy confiado en su contraseña, en efecto, como la gran mayoría de personas, lo es. En menos de dos minutos navega con total impunidad usando la IP de un desconocido. Comprueba que es segura para él. Una vez lo confirma, realiza la transferencia prometida al falsificador. Después comienza a navegar por la internet profunda, la que conoce tan bien. Localiza el DNI que le facilitó su cliente. Ahora comienza su trabajo en realidad. A simple vista parece un carnet como otro cualquiera. La foto no es de gran calidad, normal, nadie paga a un buen fotógrafo para esta imagen. En ella se ve a una mujer joven, con una sonrisa un poco forzada, muy maquillada y con una abundante cabellera negro azabache. Sus manos recorren el teclado con rapidez y soltura. Logra acceder al sistema de identificación de las fuerzas y cuerpos del estado, como ha hecho en numerosas ocasiones. Es el que usan para analizar los documentos de cualquier ciudadano en una comprobación rutinaria. Introduce el nombre completo. Elisenda García Santisteban. Espera la contestación del sistema. En la pantalla, donde normalmente aparece la imagen del DNI de la persona, se puede leer un mensaje que dice «No se han encontrado archivos que coincidan con los valores de búsqueda». No puede ser. Acaba de ver el carnet. Realiza la búsqueda a la inversa, con el número del documento de Elisenda. Ahora sí que aparece una imagen, aunque en lugar de una joven de bonitas facciones, eso era lo que esperaba, aparece la imagen de un señor mayor. Ni el nombre, ni ningún otro dato de la documentación que tiene en sus manos, coinciden con lo que ve en la pantalla. No le queda ninguna duda, se trata de una documentación falsa. En definitiva, no va a ser tan fácil localizar a esta mujer. Suspira y encoge sus hombros. No puede ser de otra forma, por eso le han contratado.

Suena un timbre. El interfono, su cabeza funciona de forma rápida y por puro instinto cierra su portátil, lo guarda en la mochila negra, esta termina en un cajón de un mueble del salón. Le traen el pedido de la tienda. Le agradece que le ayuden a meterlo todo en el interior, el empleado tiene que realizar varios viajes, al terminar, le da una generosa propina, entra en los márgenes de gastos varios que le permiten sus honorarios, no hay problema. Comienza a colocar todo lo que han traído. Llena la nevera, el congelador, reparte paquetes, latas y bolsas en varios armarios. Ha pedido muchas cosas, todo lo necesario en una nueva casa. Piensa en una cena tranquila y decide prepararse algo de pasta. Prepara la sartén con la idea de realizar una salsa similar a la boloñesa, aunque más sencilla, cuando vuelve a sonar el timbre. Comprueba la hora, algo más de las ocho. El interfono no tiene cámara, de modo que debe preguntar.

—¿Quién es?

—¡Hola! ¡Le traigo sus maletas!

—¡Perfecto! Use el ascensor, es en el entresuelo. Le espero para ayudarle.

Después de accionar la apertura del portal, cuelga el auricular, abre la puerta de la vivienda y espera que el ascensor termine de subir a su ritmo, tranquilo, hasta aquella planta sus maletas y a quien las trae. Si lo piensa bien, aquella voz le resultó familiar, aunque no se preocupa mucho. El viejo ascensor es de los de doble puerta, cuando se detiene en su planta, abre la puerta de la cancela metálica. Desde el interior del ascensor, abren la puerta plegable de madera. Allí están sus maletas, si es sincero, no las ve, ya que los ojos de Alex solo pueden fijarse en la sonrisa de Patricia. Antes de que pueda asimilar su presencia, ella le ha dado dos besos, a modo de saludo.

—¡Patricia! ¡No esperaba verte! ¡Espero no haberte causado ninguna molestia! —No podía ocultar su sorpresa, no pensaba volver a ver a la dependienta de la tienda de ropa nunca más.

—De verdad que no ha sido así. Me dejaron salir antes y me apetecía hacer algo distinto.

—Perfecto, déjame que te ayude.

—Lleva tú una de las maletas, yo llevaré la otra, para que sea más cómodo.

—Pasa, ven, dejaremos las maletas en el dormitorio, sígueme. —Alex guía a Patricia que le sigue con los ojos muy abiertos, su boca también.

—¡Vaya pedazo de casa!

—¡Oh! No es nada. Mi familia se mueve bien de dinero.

—Y de gusto, qué muebles, vaya decoración. —Patricia camina detrás de Alex, que abre la puerta del dormitorio, entra en el vestidor, donde deja la maleta que lleva. Coge la que ella trae, la deja al lado de la otra. Patricia mira aquel vestidor, algo que sólo ha visto en programas de televisión—. Vaya nivel, colega. ¡Bueno! ¡Ya estás servido!

—La verdad es que sí. Gracias a ti. Ahora me encuentro en un dilema, no sé cómo agrade....

—¿Qué tenías planeado hacer después? —Le interrumpe Patricia con una sonrisa.

—Pensaba hacer algo de pasta para cenar. ¿Quieres acompañarme?

—¡Creía que no lo dirías nunca! ¡Sí! —Da una palmada y se dirige al salón mirando todo con mucha atención.

—Pues iba a empezar a cocinar, aunque si no te importa, aprovecho que ya está aquí la ropa y voy a darme una ducha.

—¡Perfecto! Si te parece, mientras, yo voy haciendo la pasta.

—¡Por supuesto! A ver cómo la preparas.

Le explica por encima cómo ha colocado todo y la deja en la cocina mientras él se dirige al dormitorio, coloca las dos maletas sobre un banco en el vestidor, las abre, busca algo cómodo que ponerse. En otro momento colocará toda la ropa, o no, dependerá de cómo avance el caso. Cuando está satisfecho con su elección, se dirige a la ducha. Por fortuna también compró de todo para el aseo personal, lo dejó sin colocar en el baño, pero allí está. Una vez limpio y cómodo, descubre al entrar en el salón cómo un aroma a buena cocina ha inundado la casa. Patricia tararea mientras mueve con una cuchara de madera algo en una pequeña olla. Cuando se da cuenta de la presencia de Alex, con toda naturalidad lo pone a sus órdenes.

—Localízame un escurridor, he preparado tallarines. ¿Te parece bien?

—Sí. Espera, vi uno por aquí. —Encuentra el accesorio de cocina que le pide, se lo pasa a Patricia mientras él toma la olla. Entre los dos escurren la pasta. Ella reparte los tallarines en dos platos que ya tiene preparados. En una sartén ha cocinado una salsa que huele de maravilla—. ¿Qué has preparado que huele tan bien?

—¡Oh! Es la receta preferida de mi abuela, la que se hace en mi casa desde siempre. Nuestra versión de los tallarines en salsa amatriciana.

—No la conozco.

—Es bastante sencilla, espero que te guste, a mí me encanta.

—La cosa promete. Lástima, no compré lambrusco, es lo que pega en estos casos.

—No hay problema, he metido una botella de vino en el congelador, para que esté fresquito. A grandes problemas, remedios caseros.

—Me parece perfecto.

—No he encontrado mantel, lo siento. ¿Dónde quieres que cenemos?

—No te preocupes, aquí mismo.

No tarda mucho, sobre la mesita que está frente al enorme sofá, coloca unos cubiertos, unas servilletas de papel, localiza unas copas y mientras abre el vino, ella cubre los tallarines con la salsa que ha preparado.

—Espero que te gusten, por lo menos, tanto como a mí. —Lleva los dos platos a la mesa, junto con una bolsa de queso rallado—. ¿Quieres queso con la pasta?

—En realidad, no. De un amigo italiano aprendí a comer la pasta con pimienta molida, casi nunca le añado queso. —Mientras dice esto, pone en la mesa un molinillo de pimienta negra, que de forma previsora había comprado.

—Nunca he probado la pasta así.

—¡Hoy va a ser la primera vez para los dos! Para ti con la pimienta recién molida, para mí la novedad será tu salsa. —Mientras dice esto, sirve vino en las copas.

—Mía no. ¡La de mi abuela!

—¡Pues por ti, y por tu abuela! —Brindan y dan buena cuenta de la cena con las respectivas novedades. Les parece exquisita y perfecta a ambos.

—El toque de la pimienta me gusta, creía que era una locura, pero no, está buenísima.

—Ya te lo decía, por cierto, la salsa está de escándalo.

—Se lo diré a la auténtica cocinera. Oye, perdona si te pregunto, tengo curiosidad. ¿A qué te dedicas?

—En lo fundamental, si te digo la verdad, soy un vago.

—¿Cómo?

—Mi familia tiene una pequeña empresa, los hijos nos hemos repartido las tareas. Unos están en fábrica, la mayoría, a mí me toca marketing, promociones, ferias y las webs. De manera que no paro de dar vueltas por muchas ciudades, puedo trabajar desde cualquier sitio. Mi trabajo lo hago bien, si te soy sincero, es poca tarea o a mí me lo parece. Los clientes son siempre los mismos, aunque mi familia no es capaz de hacerla, algo que no terminaré de comprender nunca. La verdad es sencilla, para mí es cuestión de organizarse bien, ellos quieren dormir todas las noches en su casa, me agradecen que les evite tener que viajar a ferias, reuniones y esas cosas. Saben que trabajo poco, pero ven los resultados, a ellos les evito esos desplazamientos y noches fuera de casa que tanto les molestan, por tanto, me dejan seguir como un vago. —Con la facilidad de haber contado muchas veces esa o parecidas mentiras, lo dice con tal convencimiento que resulta creíble. Con naturalidad, vuelve a llenar las copas.

—¡Eres un puñetero vividor!

—Yo no lo habría dicho mejor. Exacto, eso es lo que soy, un vividor.

—¿Cuántos días te quedarás en Barcelona?

—No lo sé, un par de días fijo, luego quizás vaya a París, volveré en poco tiempo o quizás tarde alguna semana, depende de una historia con unos clientes.

—¿Vas a ir de fiesta?

—¿Te refieres a estas noches? ¿Aquí, en Barcelona? No creo, no soy ave nocturna, me gustan más las veladas tranquilas. ¡Voy a meter otra botella en la nevera!

—¡Oh! No te molestes, no es necesario. Para ti, esta noche voy a ser una chica muy fácil.

Mientras dice esta última frase, ella gira la cara de Alex para enfrentarlo a sus labios, mientras le da un suave y cálido beso, le abraza y ayuda para que se tumbe en el amplio sofá. Él le devuelve sus besos, busca también su cuello que acaricia lento con la punta de su lengua. Patricia reacciona rápida a aquellas caricias, su vello se eriza, siente cómo su deseo crece veloz en un instante. Se separa algo de él, le mira mientras se muerde de manera sensual su labio inferior. Despacio, desabrocha uno a uno los botones de su blusa, le obliga a permanecer tumbado como un simple espectador en aquel gran sofá blanco, mientras ella se sube a horcajadas sobre él. Una vez termina con todos los botones de su blusa, deja ver un sujetador de encaje negro que excita aún más a Alex. Al ver su reacción, Patricia le lanza un beso mientras sus manos dan cuenta con suaves movimientos de su blusa que, de forma misteriosa, cae detrás del sofá. Ella, con un gesto muy femenino y mientras sonríe con lascivia, lleva sus manos a la espalda. En un instante, aquel sujetador tan sexy deja de presionar sus senos. Sus dos manos se dirigen a los tirantes de la prenda íntima. Los guía para que resbalen por su cuerpo mientras, en la caída de la prenda, dejan ver su pecho, moreno y bello gracias a muchas tardes de playa en top less. Él se incorpora para comenzar a besar con cariño sus pezones, los acaricia con suavidad, usa su lengua. Se muestran duros y sensibles a sus caricias. Patricia comienza a gemir despacio y con suavidad. Mientras tanto, el sujetador ha encontrado el camino para hacer compañía a la blusa. Las manos de ella se han comprometido para dejar también a Alex sin camisa. Le cuesta quitarle la prenda mientras él solo piensa en darle el máximo placer. Con un gesto cariñoso tumba a Patricia que se deja hacer. Ella no recordaba que en ninguna relación anterior, se hubieran detenido tanto tiempo en su pecho. Lo goza como nunca hizo hasta este momento. Cuando ella está tumbada del todo, sin dejar de besar, lamer y acariciar sus pezones, sus manos han soltado el cinturón de la chica. Desabrocha los botones de aquel vaquero. Ella levanta un poco su cintura para facilitarle que deslice los pantalones para alejarlos de su cuerpo. Una vez la prenda aterriza en la otra punta del sofá, lejos de la blusa y del sujetador, él se incorpora para ver su belleza en total plenitud. Las braguitas, también negras de encaje, resaltan su espléndida figura, ella le pregunta si tiene protección, él hace un gesto afirmativo con su cabeza, la gira un poco en dirección al dormitorio. Ella lo entiende a la primera y se alza lo suficiente para fundirse en un beso profundo y sensual. Mientras tanto, él aprovecha aquel abrazo para levantarla y, sin dejar de acariciarse, llevarla en brazos hasta el dormitorio.

CAPÍTULO 5, 14 DE MAYO, 09:14. INFORME POLICIAL.

Aquel despacho no ha cambiado nada desde que lo nombraron agente especial y se lo adjudicaron. El tiempo pasa rápido, han transcurrido más de siete años desde la creación de un cargo pensado única y expresamente para él, del que nunca podrá escapar, a no ser que se jubile de manera anticipada como le han ofrecido varias veces, de forma directa, sin subterfugios. Algo que no pasa por su mente en estos momentos; quiere jubilarse cuando le toque, no antes, mucho menos con invitación directa desde arriba. Un buen observador se percata al instante de lo impersonal de aquel lugar: no se ve ninguna foto, ni profesional ni particular, ningún elemento puede dar una pista de la personalidad del usuario de aquel despacho anodino y triste. El único toque que rompe la sobriedad de aquella estancia es la imagen del rey, que parece mirar directo a los ojos del agente que está de pie mientras habla con su inmediato superior. Este permanece sentado y con serias muestras de tener un gran enfado.

—Vamos a ver si yo lo entendí bien. ¿Puedes explicármelo todo como si fuera torpe?

—¿Qué tienes que entender, Daniel? —A pesar de ser su superior, hace mucho tiempo que no le trata como tal. Jorge siempre le habla como si en realidad fueran amigos de toda la vida y compañeros al mismo nivel. No es mucho esfuerzo, lo son.

—¿Me quieres decir que estos asesinatos se cometieron hace dos días?

—Ya te lo he dicho, sí, hace dos días.

—¡Me cago en mi estampa! —Daniel da un golpe en la mesa a mano abierta, queriendo escenificar que se encuentra más enfadado de lo que está en realidad.

—Además, me han dicho que nos centremos en este caso, que nos olvidemos de los demás.

—¿Los demás casos?

—¡Es lo que me han dicho!

—¡Vamos hombre! Si les falta darnos una escoba para ponernos a barrer en lugar de darnos algún expediente. Hasta ahora pretendían aburrirnos, nunca quisieron que investigáramos nada.

—¡Lo sé!

—Jorge, algo me dice que esto va a ser un marrón.

—¡De los gordos! Ya te lo digo yo.

—¿Quién lleva el caso hasta ahora?

—Lo llevan en el cuartel de la guardia civil del pueblo. Mejorada del Campo creo que es.

—¡Vaya gracia les va a hacer cuando les quitemos el caso de las manos después de llevar los dos primeros días de trabajo en él!

—Normal, seguro, llevan cuarenta y ocho horas de trabajo. Todo el esfuerzo que han realizado, perdido para siempre cuando nos lo pasen a nosotros.

—No debes olvidarte de un detalle muy importante: la orden que nos encasqueta esto viene de arriba. Nosotros somos un eslabón más de la cadena, a los que le han colgado este caso. Grábate a fuego esta máxima: nosotros somos unos mandados, obedecemos órdenes, punto. Por otra parte, ¿cómo llegamos allí? Hasta ahora no tenemos coche asignado, no necesitábamos ninguno. Supongo que nos habrán dado algo.

—¡Sí! En el parking nos darán las llaves, me han dado la orden por escrito de retirada del vehículo. Dice que está en la plaza 117.

—¡Me temo lo peor! Ya verás qué porquería nos van a dar. Nos la tienen jurada desde hace tiempo. No te tengo que explicar nada, tú sabes de lo que hablo.

Daniel recoge su acreditación del cajón. También debe llevarse algo más. Hace mucho tiempo que no usa su arma reglamentaria, pero esta vez su instinto le grita que debe llevarla. Algo huele a chamusquina en todo lo que pasa esta mañana; cualquier precaución es poca. Se coloca la pistolera de hombro, la que todos llaman «sobaquera». No le gusta mucho, le obliga a llevar chaqueta para que no se vea con mucho descaro, él siempre se ha visto ridículo con esta prenda, sabe que su imagen no es esa. Del cajón inferior de su mesa, después de abrir una pequeña caja con llave, saca su vieja Beretta. Comprueba que está preparada para ser usada en caso de que la situación lo requiera. No es lo habitual; ningún agente se lleva el arma con la idea de usarla. Si todo está bien, su pistola está igual que seis años antes, cuando la vio por última vez mientras la guardaba en aquella caja. Permanece operativa al cien por cien. La mira con cierta ternura hasta colocarla en la funda y suspira. Tendrá que pensar en perder una tarde para limpiarla y engrasarla, eso será en otro momento, quizás más adelante si estos cambios se mantienen en el tiempo. Se siente muy incómodo, ya no está acostumbrado a llevar aquel bulto bajo la chaqueta. Para disimular, mira a los ojos de Jorge y le señala con su dedo índice.

—Que sepas que vas a conducir tú.

—Eso ya lo sé, lo tengo claro. Me gusta hacerlo, lo sabes. Veremos qué nos tienen preparado, solo pido que nos lleve sin averías.

—No te hagas ilusiones, Jorge. ¡Vamos! Hay que ir a Mejorada del Campo, quitarle el caso a la Guardia Civil, para después esperar un rato de quejas y broncas. Lo normal en estos casos. Buena cara, sonríe y disfruta de nuestro momento, no sabemos cuándo tocará otro.

—Tienes toda la razón. ¡Vamos jefe! —La sonrisa y dinamismo de Jorge delatan su alegría por estar de nuevo activos, después de tanto tiempo.

Abandonan el despacho. Jorge lleva una bolsa de ordenador donde guarda toda la documentación que le han pasado sobre el caso, todavía no la ha visto y él va a conducir. Se la acerca a su superior.

—¡Toma! Recuerda que es nuestro caso. Aquí tienes todo lo que me han pasado. A ver si te pones al día mientras llegamos.

—Claro que sí, Jorge, faltaría más. ¿Algo más?

Bajan hasta el parking principal. Jorge enseña al funcionario la orden que les asigna vehículo oficial. Después de estudiarla, le pide que firme un recibí. Solo después le da un sobre con documentación del vehículo y unas llaves. Escrito con letras grandes puede leerse «Plaza 117». Los mira de arriba abajo y les indica cómo llegar hasta esa plaza. Mientras andan hacia el coche, Daniel da un primer vistazo a las hojas del informe preliminar, por lo que no presta atención a nada más, camina de manera mecánica junto a su compañero, no se da cuenta de lo que ocurre a su alrededor.

—¡La hostia! —exclama Jorge. Deja de caminar con brusquedad. Daniel tropieza con su amigo.

—¿Qué pasa? —Sigue pendiente del informe sin levantar la cabeza.

—Pues solo pueden ser dos cosas. O bien has regalado algunas botellas de vino bueno, o nos vamos a meter en un lío de cojones.

—Ya te digo que no he regalado nada a nadie, por esa parte puedes estar tranquilo, o más nervioso, depende de lo que busques.

—¡Pues cuando quieras me lo explicas! —Mientras dice esto, le da un leve codazo para que levante su mirada y vea lo mismo que él.

Se encuentran frente a la plaza 117. Mientras tanto, busca dentro del sobre las llaves del coche.

—¿Eh? ¡La madre que me parió! —Frente a ellos está el vehículo que les han asignado. Un flamante Audi A4, negro, brillante, de estreno—. Esto es más grande de lo que nos pensamos. Jorge, pies de plomo. Ya verás lo que tardan en llamarnos para presionarnos, o colgarnos un muerto de los que hacen época en la comisaría. Esto no hace otra cosa que confirmarme el marronazo que nos han metido. Mira lo que te digo, no podemos fastidiarla y esto tiene una pinta muy rara. ¡Joder! ¡Mucha precaución con todo! Ay, señor, en qué lío nos has metido.

—Daniel, una cosa te voy a decir. ¡Disfruta mientras dure! Llevamos mucho tiempo solo dedicados a realizar papeleos inútiles, soñamos desde hace años con un caso. Este tiene que ser bueno y nuestro trampolín para volver a la normalidad. ¡Por Dios! ¡No la caguemos!

Encuentra el mando en el sobre, acciona el botón de apertura y el flamante coche responde con sus intermitentes y un leve toque de bocina. Una amplia sonrisa ilumina el rostro de Jorge.

Minutos después, el Audi avanza suave mientras salen de la capital en dirección a Mejorada del Campo. Jorge tarda unos minutos en la configuración del menú del vehículo y en comprender cómo funciona todo. En aquellos instantes disfruta de «su coche nuevo». Ha puesto la dirección del cuartel al que se dirigen en el navegador y una voz femenina les guía entre cruces, rotondas y salidas. Conoce el camino mejor que aquella voz, sin embargo, quiere disfrutar del hecho de tener un coche del trabajo con GPS, algo que no pueden decir muchos compañeros. Daniel, mientras tanto, no levanta su cabeza del pequeño informe que le proporcionaron. Quiere memorizar el mayor número de datos posibles para localizar los pequeños detalles que pueden ser considerados pistas en algún momento.

—Jorge, esto es muy raro.

—¿El qué?

—¡Pues todo! Dime, ¿tú has visto alguna vez un ajuste de cuentas entre bandas?

—¡Muchas veces!

—¡Bien! ¿En cuántas recuerdas que después de matar a varios elementos de la banda contraria a tiros, les den el tiro de gracia para asegurar su muerte, y se entretengan en quemar a las víctimas?

—¿Cómo que han quemado a las víctimas?

—Pues eso, las encontraron carbonizadas. Para empezar, no recuerdo ninguna vez que prendieran fuego al escenario del crimen en un ajuste de cuentas. Entre bandas suele ser un «aquí te pillo, aquí te mato» y a otra cosa. Sin embargo, este no es el caso. El detalle que me llama más la atención es que el acelerante no se vertió sobre los muebles o el suelo. Según el primer informe, el acelerante se derramó sobre las víctimas. El interés de quien lo hizo no era el escenario. No sé, llámame loco, pienso que todo esto es muy raro, mucho.

—Si no te conociera, pensaría que vas perdido. Como te conozco mejor que nadie, ya sé que tienes tu primera conclusión de este caso.

—¡Pues sí! Desde este instante vamos a plantearlo como un asesinato. Esto no es un ajuste de cuentas, por mucho que eso sea lo que nos quieren hacer creer.

—¡Vale! Tú mandas.

—Toma nota, Jorge, no lo olvides. —Daniel vuelve a enfrascarse en la lectura de aquellas hojas, ajeno al tráfico y a todo lo que le rodea.

Al llegar a la Casa Cuartel, aparcan el Audi en el lugar destinado a coches oficiales. Al instante se les acerca un Guardia Civil para decirles que allí no se puede estacionar. Los dos sacan su acreditación como aprendieron tiempo atrás, sobre todo de las películas y de la televisión, abren la cartera donde se ve su identificación y el escudo de la Comisaría de la Policía Judicial de España. El guardia tiene un pequeño momento de incertidumbre, no espera ver un Audi nuevo como coche oficial. Se recompone rápido, les saluda y los acompaña al despacho del jefe de aquel cuartel, un brigada que espera su jubilación con muchas ganas, algo que se producirá muy pronto.

—¡Buenos días!

—¡Buenos días, mi brigada! —Daniel le saluda mientras alarga el papel que les autoriza a quedarse con toda la información que han conseguido al haberles asignado aquel caso en un principio—. Aquí tengo la orden que nos han…

—¡No hace falta! No me enseñes nada. Llevan toda la mañana, llamada tras llamada, para intentar explicarme por qué tengo que inhibirme de este caso y daroslo a vosotros.

—Nosotros también somos unos mandados. ¡No queremos causarle ninguna molestia!

—¿Molestia? ¡Qué cachondos que sois los de la capital!

—No le comprendo, perdóneme usted.

—Te lo explico muy fácil, joven. Permíteme que nos tuteemos, aquí entre compañeros.

—Faltaría más, sigue.

—Aquí tenemos dos rateros, cuatro camellos de medio pelo, alguna pelea ocasional y poco más. Si te llevas este caso y me lo quitas de las manos, menos problemas para mí. ¿Me entiendes?

—¡Te entiendo!

—No quiero pasarme horas y horas de trabajo, de escribir informes, de buscar pistas donde no hay. Estos casos son para vosotros, los jóvenes. A mí no me interesan en absoluto. ¡Para cuatro días que me quedan! A ver si los puedo pasar tranquilo.

—De acuerdo, mejor así.

—Y tanto. Si te preguntan alguno de arriba, haz el favor de taparme un poco, di que estaba cabreado como una mona. Que no quería pasarte nada. Que he dedicado muchas horas a este caso. Tú ya sabes, lo normal.

—Así lo diré, no te preocupes. Te haré quedar bien.

—Por cierto, esa es la carpeta con todo lo que tenemos. Los informes del forense ya hemos dicho que os lo remitan a vosotros. Aquí no ha llegado nada aún.

—Perfecto. Ya está todo, entonces. Nos hacemos cargo de este caso de forma oficial. Si se te ocurre algo, recuerdas un detalle o cualquier cosa, me puedes llamar a mí. ¿Te parece bien? —Daniel ha sacado una tarjeta con su número personal. Hace años que no da ninguna. Por eso comprueba que se vea bien y que el número de teléfono es el correcto antes de dársela.

—Por supuesto, no creo que te moleste. Aunque puedes contar con eso, si surge algo, te llamo. Firma aquí, como que te has llevado todo. No quiero historias con los burócratas.

—Claro, tranquilo. —Daniel firma el documento mientras Jorge recoge la carpeta.

Se despiden con la certeza de que nunca volverán a verse. El viaje de regreso a la comisaría transcurre de la misma manera que el de ida. Jorge conduce con una sonrisa imborrable en su rostro. Disfruta de su coche nuevo el tiempo que dure, mientras Daniel intenta leer lo poco que ha descubierto la Guardia Civil hasta este momento. Nada más llegar a la comisaría, justo después de volver a dejar el coche en la plaza de aparcamiento 117, reciben un mensaje. Deben ver lo antes posible al comisario Romero. La sonrisa de Jorge desaparece de su rostro. Daniel no parece inmutarse.

—¡Ya está aquí el marrón!

—Tranquilo, Jorge. No me digas que no te lo esperabas.

—¡Pues no!

—Yo sí. El mismo que nos castigó en su día a hacer papeleo inútil es el que nos ha sacado de nuestra cueva. Tengo la sospecha de que no puede hacerlo otra persona, nadie más puede levantar el castigo. Tiene que ser él. Ahora hay que averiguar por qué lo hace, por qué en este momento y qué quiere que hagamos.

—No sé cómo le voy a mirar a la cara.

—Pues de la misma forma que en las comidas de navidad, con indiferencia. Como si no te importase y te diera igual.

—¡Es que no puedo! No me va a salir.

—Tienes que poder. Si le demuestras que te hizo daño, se sentirá ganador. Si te ve tranquilo y sosegado, creerá que tú eres el que venció, que su plan para hundirnos no ha funcionado. Mírame.

—¡Sangre de horchata! Eso es lo que tienes.

—¡No te creas! Estoy seguro de una cosa, Jorge, es lo que más le puede jorobar.

Mientras dicen esto, se acercan al despacho del comisario. Su secretaria, Loli, les conoce desde hace mucho tiempo. Se levanta y les espera con los brazos abiertos. No es muy alta, aunque tiene su atractivo. De joven le llamaban «Dolly Parton», por su parecido con la cantante, así de voluptuosa es.

—¿Dónde está la secre más guapa del mundo?

—¡Ven aquí guapetón! —Antes de que Daniel pueda zafarse, ya le ha plantado dos sonoros besos en la cara que dejan un visible rastro del carmín rojo que lleva en sus labios.

—Yo también te quiero. —Dice Jorge, mientras se mantiene un poco detrás de la pareja que continúa abrazada.

—¡Tranquilo! También hay para ti. —Ha soltado a Daniel y le da su correspondiente par de besos. Señala con el pulgar hacia el despacho que está detrás de ella, cambia su tono de voz a uno más serio y formal. También baja el volumen. —¡Ojo con él! Hoy está nervioso. Algo ha tenido que pasar.

—¡Y tanto! Nos ha dado trabajo y quiere vernos. Todo en un solo día. —Jorge no puede disimular su intranquilidad.

—Me ha dicho que paséis directos en cuanto lleguéis. Pues ala, ya podéis entrar al «matadero».

—¡Allá vamos! Deséanos suerte.

—¡Suerte!

Loli les saluda con una sonrisa nerviosa mientras se vuelve a sentar en su sitio, sin perderlos con la mirada. Desde hace mucho tiempo aquel despacho recibe ese apodo. No es fácil salir vivo de aquella oficina, si se habla de forma metafórica. Mucha gente perdió su trabajo o lo degradaron entre aquellas paredes. Daniel y Jorge en su día fueron víctimas de la maldición del «matadero». De allí salieron cabizbajos, fueron arrinconados y olvidados hace tiempo. Por aquel caso ellos se hundieron, mientras ascendía el hoy comisario Romero. En teoría eran amigos. Daniel y Sergio Romero fueron compañeros de promoción, aunque el desarrollo de sus carreras fue muy diferente en ambos casos. Mientras el primero destacaba por sus buenas investigaciones y sumarios resueltos, el segundo sabía cómo ascender a base de favores, sin haber realizado ningún trabajo relevante. Jorge tiene la fundada sospecha de que su arrinconamiento profesional se debe a órdenes directas del comisario. Daniel no lo sospecha, tiene una certeza absoluta, aunque nunca dijo nada. Quizás por eso les extraña la amplia sonrisa con la que les recibe el comisario, incluso se levanta para saludar a su viejo compañero.

—¡Por fin! ¿Cómo estás Daniel?

—¡Bien, Sergio! ¡No me puedo quejar! —Nunca le llamó comisario, siempre utilizó su nombre de pila. Sabe que eso molesta a su superior, sobre todo si hay alguien delante que pueda notar la familiaridad que se permite con su jefe. Daniel también tiene la certeza de que este nunca se atreverá a llamarle la atención por eso. Sabe cómo logró algún ascenso.

—¡Me alegro! Jorge, te veo perfecto. ¿Todo bien?

—Digamos que sí, comisario.

—Bueno, vayamos al grano, que para eso estamos aquí. —En lugar de sentarse en su mesa, les ofrece asiento en unos sillones que se encuentran bajo una ventana, en la zona más iluminada del despacho. Es donde el comisario trata los asuntos más peliagudos o importantes, para diferenciarlos de los asuntos corrientes que se tratan en la mesa—. He conseguido, no sin reticencias de arriba, que os designen este caso a vosotros. No me parece que este sea un asunto para un pequeño cuartel de pueblo.

—Gracias, Sergio. Me gustaría que me explicaras la «importancia» del mismo, tanta como para que se lo hayamos quitado de las manos a la Guardia Civil. —Mientras dice estas palabras, levanta la carpeta que le ha dado el brigada.

—¡Por supuesto! Imagina nuestra sorpresa al encontrarnos semejante carnicería. Buscamos en los archivos para encontrar que no tenemos ni idea de que esa banda está instalada aquí al lado y trabaja en la zona.

—¿No hay nada registrado en nuestros archivos?

—¡Nada! Parece ser que viven en la misma casa, sin levantar ninguna sospecha, no menos de cinco años. Ni una queja de los vecinos, ni movimiento de camellos, nada. Por no encontrar, no tienen ni una multa de aparcamiento.

—Bueno, eso tampoco es algo definitivo, comisario. Tampoco es el primer grupo que permanece invisible durante un tiempo. —Jorge no tiene la suficiente confianza para llamarle por su nombre de pila.

65

—No durante tanto tiempo. Hay más. Supongo que ya le pegaste un buen vistazo al informe, Daniel. ¿No hay nada que te llame la atención?

—Sí.

—Así me gusta, veamos si coincidimos.

—El planteamiento inicial está muy equivocado desde mi punto de vista. Parece que lo presentan como un vulgar ajuste de cuentas. Sin embargo, no veo que encontrasen un número excesivo de armas. Lo habitual en un grupo activo, si mis cuentas no fallan, no llega a una por cabeza. No es normal que, en su guarida, tengan tan pocas armas. Más parecen pequeños delincuentes ocasionales que una banda organizada.

—¡Sabía que eras el indicado! Sin embargo, reconozco que ese detalle es importante. El que hace saltar las alarmas tiene algo de relación con lo que dices. Al suponer que se trata de una riña entre bandas rivales, lo lógico es pensar que toda esta rivalidad gira sobre temas de drogas, armas o prostitución. Sin embargo, las pruebas indican todo lo contrario. No hallan una cantidad significativa de armamento, la cantidad de droga detectada es ridícula. En la mayoría de pisos de estudiantes se puede encontrar mucha más. Tampoco hallan ningún indicio de que una mujer hubiese estado allí nunca. Ni una crema, ni una colonia, ni una puñetera compresa. Por allí no pasó una mujer nunca, ni siquiera de visita.

—¿Cómo?

—Por eso este tema se va de las manos a un simple cuartel de pueblo. Aquí hay gato encerrado. ¡Tiene que haberlo!

—Vale, ahí tienes la excusa perfecta para quitarles el caso a la Guardia Civil. No me entiendas mal, me encanta que nos lo des a nosotros. Nos sacas de la cueva, nos facilitas un coche nuevo. Todo eso está muy bien, Sergio, perfecto. Nos conocemos desde que empezamos. Necesito que me lo expliques, sin rollos y sin andarte por las ramas. ¿Ahora? ¿Por qué no antes?

Daniel mira a los ojos de su superior mientras le dice esto. Quiere observar bien su reacción a la pregunta. Jorge traga en silencio. No puede creer lo que acaba de escuchar. Se imagina hundido en la cueva, esta vez para siempre.

—Si se analizan las cosas con la perspectiva que da el tiempo, quizás fuimos injustos con vosotros. Si se estudia con profundidad, no se puede decir que fallasteis entonces. Alguien buscó una cabeza de turco que pagara el pato y fuisteis vosotros. Os tocó, lo lamento mucho, sé que es injusto.

—¡Sabes que no lo merecíamos! —Jorge se arrepiente de hablar así a su superior nada más terminar de pronunciar la frase. Él no tiene la confianza de su compañero. Piensa en no volver a meter baza de aquella manera en la conversación. Ni de ninguna otra forma, considera que calladito no se mete uno en problemas.

—¡Lo sé! Alguien os marcó con el caso «luz de neón» como si hubiera sido culpa vuestra.

—¿Culpa nuestra? ¡Sabes que nos dieron el caso después de pasar por cuatro manos! Aun así, encontramos más pistas que nuestros predecesores y no hicimos nada mal. —Daniel se acelera. Se da cuenta de que esa no es la vía correcta, decide tranquilizar su tono. Baja incluso su volumen de voz—. En ningún caso nos ganamos un castigo o reprimenda.

—Estoy de acuerdo.

—¡Ya! ¡Pero eso no nos libró de que nos metieran en la cueva! ¡No hemos vuelto a salir a la calle!

—Hasta hoy, recuerda eso. Ahora estáis con un caso. Uno importante. Ha llegado el momento de corregir esa injusticia. Céntrate en lo nuevo, aprovecha tu oportunidad. ¡Debéis olvidar el pasado!

—Supongo que no me queda otra que olvidarlo, por muy injusto que sea. Eso ya es viejo, no quiero pensar siempre en ese puñetero asunto. —Contesta Daniel estas palabras mientras sus ojos le miran, intenta hacerle entender con claridad que sabe quién le señaló entonces. Tiene la certeza de que es la misma persona que se encuentra frente a él.

—¡Exacto! Esa es la actitud. Olvida el pasado y céntrate en el presente. Mira mi ejemplo. Pronto me voy a jubilar de esto.

—Permíteme que te diga una cosa, Sergio, no me lo termino de creer. ¿Jubilado tú? Aún te quedan años para la edad de jubilación. Recuerda que sé los años que tienes.

—¡Oh! Sí, Daniel, sí. Mi tiempo se acaba, soy como un dinosaurio en esta oficina. Este mundo ahora lo controlan los informáticos. Son los que consiguen toda la información desde un ordenador perdido en cualquier despacho, sin haber pisado la escena, sin mirar a los criminales a la cara, sin moverse de su silla. Los inspectores de campo, poco pueden hacer ya. Mira la norma que se aplica en un mes. Para completar el banco de ADN, todos los funcionarios vamos a estar metidos en él. Ordenadores, ADN, yo ya estoy fuera de estos métodos modernos. Ni sé, ni me gusta trabajar como en las series de televisión, donde el que investiga y soluciona los casos es un científico de bata blanca. Nos hemos convertido en antiguallas profesionales, no somos queridos ni bienvenidos en este mundo. Somos vejestorios fuera de lugar. He realizado un serio análisis de mis decisiones durante todos estos años antes de abandonar este despacho, esta diminuta parcela de poder. Por eso os doy esta oportunidad, chicos. Estoy seguro de que fuimos muy injustos con vosotros. Antes de irme, quiero dejaros en mejor lugar. Aunque una cosa os voy a decir, sois igual de prehistóricos que yo, no os equivoquéis.

—¿Me estás diciendo que me jubile?

—¡Yo voy a hacerlo, Daniel! Veremos lo que haces tú cuando te veas rodeado por esta nueva era de la investigación policial. A mí me supera. Tienes otra oportunidad de subirte al tren, yo me bajo en la próxima estación. A lo mejor este caso se queda en nada, pero ya estarás metido en el juego de nuevo. ¡No la desaproveches! —Se levanta para dar a entender que la reunión llega a su fin.

—Descuida. Haré un buen trabajo.

—Estoy seguro, de eso no tengo la menor duda. Recuerda que debes reportarme a mí cualquier novedad. Solo a mí. Soy yo el que se la juega con los de arriba.

—Cuenta con eso.

Se despiden con cordialidad. Al salir no está Loli en su mesa, aprovechan para ir al ascensor y bajar hasta su planta sin interrupciones o conversaciones. No dicen ni una palabra hasta llegar a su minúsculo despacho compartido. Cierran la puerta, algo poco habitual, para hablar con más privacidad.

—Daniel, un euro por lo que piensas.

—¿La verdad?

—Por supuesto.

—¡Que nos vamos a comer el marrón del año!

—Joder, lo mismo que yo me temía.

—Pero se la vamos a dar en toda la boca. Vamos a descubrir quién era esta gente, a qué se dedicaban y por qué los mataron.

—¡Esa es la actitud!

—De momento solo tenemos este ridículo informe. Ya tardas, llama a la científica, deben tener claro que todos los resultados de este caso nos tienen que llegar directos, nada de desvíos tontos. Mételes prisa, los necesitamos ya. Inventa lo que sea. Mete presión de cualquier forma, utiliza el nombre del comisario si es necesario.

—Ahora mismo.

—¡Este caso lo resuelvo yo por mis santos cojones!

Termina de decir la frase y comprueba que se encuentra solo.

Suspira mientras se deja caer en la silla. Saca la Beretta de la sobaquera y duda si limpiarla o guardarla de nuevo en la caja fuerte. Decide lo primero, su instinto le dice que más pronto que tarde la puede necesitar, este no es un caso sencillo, cuando las cosas se complican, es mejor tener las herramientas preparadas para ser usadas. Tiene que organizar con Jorge un día en el campo de tiro, deben quitarse años de óxido acumulado. Es muy desagradable un escenario que se decide con las armas, eso lo sabe por experiencia, puede ser mortal si tu enemigo las utiliza mejor que tú. Comienza a pensar que vivía muy tranquilo cuando nadie le daba un caso, olvidado de todos. Vuelve a suspirar mientras busca algo para limpiar la puñetera pistola.

CAPÍTULO 6, 14 DE MAYO, 11:37. LOS PRIMEROS PASOS.

En una estrecha calle del Raval de Barcelona, alguien golpea suavemente tres veces en la vieja persiana de los «Ultramarinos Camprubí». En el silencio de aquella vía olvidada, se oyen dos pequeños golpes de respuesta. Una silueta avanza rápido para dar la vuelta a la manzana, como hizo el día anterior. La puerta de entrada se encuentra abierta, le espera. Mira con discreción a todos lados antes de entrar en el portal. En dos zancadas se encuentra en el piso de Manuel.

—¿Qué haces aquí? ¡Todavía no te he avisado! ¿Piensas que ya tengo lista tu nueva documentación?

—¿La tienes?

—¡Sí! Demonio, sí. Estoy dando los últimos retoques a una tarjeta sanitaria, en veinte minutos te la puedes llevar.

—¡Perfecto!

—¡Ni se te ocurra pensar que hoy comemos juntos!

—Nunca lo hubiese sugerido, no hay que romper las rutinas. Hay que mantener una imagen.

—¡Exacto! Pasa al taller. Hablamos mientras termino el trabajo.

Una vez dentro de la zona camuflada, se sitúa en una mesa con un potente foco, se coloca una lupa de joyero y continúa con los detalles de una tarjeta sanitaria.

—Dime la verdad, ¿qué te trae por aquí?

—Necesito información.

—Nunca te hablaré de mis clientes. De la misma manera que

nadie sabrá nada de ti por mí. No guardo nada de trabajos anteriores. Si alguna vez, Dios no lo quiera, entrasen aquí, solo podrán pillar el trabajo que tenga entre manos. Diría que jugaba, experimentaba o cualquier tontería, pero no hay nada guardado, de nadie. No hay rastro físico que puedan seguir, mi memoria tampoco ayudará o perjudicará a nadie.

—Por supuesto, lo entiendo y lo tengo claro. No quiero que me hables de ningún cliente. Nunca te pediría algo así. Quiero saber si eres capaz de reconocer un trabajo, si puedes identificarlo como tuyo o de la competencia, cosas así.

—Eso es otro cantar, aunque te advierto, no estoy al día, no me muevo entre otros falsificadores, ya lo sabes.

—Es un carnet que tiene algún tiempo. Solo te pido que le des un vistazo. —Le acerca un pen drive. Manuel lo toma con delicadeza. Gira su silla y se pone frente al ordenador, abre el único archivo de aquella memoria. Es el escáner de un DNI. Una persona normal, si ve esta imagen, se fija en la foto de la mujer o en los datos que figuran en la documentación. Manuel ha ampliado la imagen al máximo que le permite su programa sin pixelarla, mientras estudia minúsculas marcas invisibles para los ojos de un profano.

—¿Qué te parece?

—Tienes buena y mala suerte. Las dos cosas a la vez.

—Dime primero la mala.

—Esto no es una falsificación de mala muerte. Es un trabajo muy caro. Te relacionas con gente gorda, muy gorda. Esta mujer tiene un DNI muy bueno, de los mejores. Alguien ha pagado mucho dinero por hacer esto. A un buen amigo le diría que se fuera, que corra y se olvide de esto. ¿No me escuchaste? ¡Corre!

—Muy gracioso. No voy a huir, Manuel, de ninguna manera. Tengo un encargo que cumplir. Dime la buena.

—Yo soy un profesional discreto y perdido. Casi nadie sabe que existo, mucho menos quién soy, eso tú ya lo sabes. Este trabajo lo hago con esmero, no solo te doy una documentación para presentarla en el próximo control, te hago una identidad nueva. — Mientras habla, busca información en su ordenador. Sus dedos teclean con mucha velocidad mientras sus ojos miran la pantalla, reune información sobre aquel carnet.—Si miran con lupa mi trabajo, si lo investigan a fondo, se encontrarán todo lo que debería estar si fuese una documentación normal, de cualquier vecino. En este caso el carnet es perfecto, pero no han hecho trabajo de campo que lo respalde. No sé si me explico, no hay un paquete completo como el que tú te vas a llevar. Hay un DNI perfecto, nada más, no es una identidad completa. ¿Cuánto tiempo tiene este carnet?

—¿Cómo?

—Que si sabes cuándo lo hicieron, más o menos.

—Como mínimo, ocho años, quizás tenga más tiempo.

—Bien, aquí tienes tu ración de buena suerte. Como imaginaba, esta documentación se hizo tiempo atrás. Te voy a decir una cosa, hace ocho años este carnet indetectable solo podíamos hacerlo dos personas.

—Una eres tú, lo tengo claro. ¿Quién es la otra?

—«El cubano». Es un artista, muy bueno, caro y difícil de localizar. Le he desviado algunos encargos. Por supuesto, él no conoce nada sobre mí. Por el contrario, yo sí le tengo fichado.

—Necesitaría hablar con él.

—¿Cara a cara?

—Lo prefiero.

—Te toca ir a Madrid. Busca un taller de tatuajes. Cierra uno y abre otro cada poco tiempo, con la idea de que no le localicen. Siempre tiene en el nombre del negocio a Cuba o alguna referencia de la isla. Eso solo lo saben sus buenos clientes, aunque no pienses que trabaja para todo el mundo, con el tiempo se ha vuelto exclusivo. Como debe ser, por otra parte. Por ahí lo localizarás. Ojo. No es un cualquiera. Imagino que tendrá buena protección.

—Espero que no sea tan buena.

—Ya me contarás. Ve a la cocina y tráete un par de cervezas, esto está casi listo.

Al cabo de un rato, sale de aquella vivienda con su nueva documentación en un pequeño sobre. Ya tiene una primera pista, algo con lo que intentar localizar a aquella mujer. Aunque no está conforme con su situación actual. No le gusta trabajar a ciegas. No tiene ni idea de para quién trabaja. Eso no ha sucedido nunca y le hace sentir incómodo. Necesita tener todas las cartas en la mano, para llevar la partida por donde él quiere. Para un taxi y le da una dirección del centro. El coche se dirige a un edificio nuevo, de estilo muy moderno, su fachada es todo espejos. No se ve nada del interior. Parecen unas oficinas como tantas de las que se pueden ver en la ciudad condal, estas tienen un detalle particular, no cuentan con letrero alguno en la puerta. Alex pulsa un timbre, mientras mira con descaro a la cámara que está sobre la puerta, sonríe para quien le vigile en la pantalla. Un chasquido metálico le informa de que puede entrar, solo debe empujar la puerta. Ya dentro, se encuentra en una gran entrada. Lo único extraño es que no se ve más puerta que la utilizada para acceder. Las paredes están cubiertas por completo con paneles de madera oscura, unos grabados de dudoso gusto y varios sillones son parte del extraño mobiliario de aquel recibidor. En un mostrador, un joven bien trajeado, sin mediar palabra, le saluda con un ligero gesto de su cabeza, le facilita una tablet donde introduce un usuario y una larga contraseña. Aquella pantalla cambió su blanco tono de fondo por un vivo azul. De forma automática suenan dos chasquidos metálicos. Uno indica que la puerta de entrada se acaba de bloquear. El segundo descubre cómo se abre uno de los paneles de la pared detrás del joven del mostrador, es el acceso a las oficinas camufladas.

—Bienvenido a la sucursal de Barcelona del Swiss Bank of Exceptional Credits.

—Gracias.

—El color azul me indica que tiene usted cita con el señor Barreiro.

—Correcto.

—Es la tercera puerta.

—Gracias de nuevo.

Comienza a caminar por el pasillo al que da acceso aquel panel camuflado. Tiene la seguridad de que, si intenta abrir alguna de las otras puertas, la encontrará bloqueada, no va a probar, tiene la certeza de estar vigilado. Al abrir la indicada, se encuentra con un gran despacho, al contrario de la recepción, este cuenta con decoración clásica y muebles de calidad, robustos y oscuros, procedentes con toda seguridad de algún anticuario.

—Pase, pase. Me presento, soy Carlos Barreiro, estoy seguro de que no nos conocemos. Por confidencialidad, desconozco sus datos personales. ¿Cómo quiere que me dirija a usted?

—Alex, llámeme Alex.

—Perfecto. Señor Alex, recibimos su orden de transferencias y la preparación de una cantidad en metálico para ser retirada hoy. Las transferencias ya están realizadas, puede comprobarlo si quiere.

—Después, si le parece bien. Primero desearía completar la retirada de fondos.

—Como usted prefiera. Además de su identificación a la entrada, necesito confirmar que usted puede retirar estos fondos, es una seguridad complementaria. Hablamos de una cantidad importante. Supongo que lo comprende.

—Por supuesto.

Realizan todos los trámites necesarios para la entidad bancaria.

El dinero es contado dos veces delante del cliente y depositado en un discreto maletín, obsequio del banco. Para comprobar las transferencias, Alex solicita acceso a un ordenador, para poder confirmar no solo la salida de fondos de su cuenta, también que ya están registradas en las entidades receptoras. El señor Barreiro llama por teléfono y una mujer mayor le trae un ordenador portátil que coloca frente al cliente, preparado para su uso inmediato. Carlos Barreiro y la empleada recién llegada actúan con la discreción que se les supone a unos empleados de banca suiza, con total naturalidad dan la espalda al ordenador mientras Alex introduce las claves y contraseñas para acceder a sus otras cuentas. Son varias transferencias y el cliente necesita su tiempo. El comercial le dice a la empleada que ya se encarga él del portátil, le invita a que les deje solos. Alex aprovecha esta conversación y que el empleado continua de espaldas a él, para colocar un pequeño dispositivo USB que de forma automática descarga un programa espía, capaz de pasar inadvertido para el antivirus de cualquier ordenador y que permanecerá durmiente hasta el momento que sea necesario. Retira con discreción el dispositivo mientras realiza las últimas comprobaciones, con la seguridad de que ya tiene instalado aquel troyano. Con calma controla cuenta tras cuenta, una vez comprobadas todas las transferencias, el señor Barreiro guarda el portátil en el cajón de su mesa.

—¡Bien! Una vez realizó todas las comprobaciones, debo preguntarle. ¿Necesita alguna cosa más?

—Creo que no, muchas gracias por todo, como siempre han sido muy amables y eficientes.

—¡No se olvide el maletín!

—¡Oh! No se preocupe. Solo le pediré una cosa más. Si fuera tan amable.

—Dígame, si está en mi mano, puede contar con ello.

—Necesito ir al aeropuerto y con esta cantidad de dinero no me sentiré seguro si me subo a cualquier taxi con un desconocido.

—Comprendo lo que me dice. Tiene mucha lógica. No es normal que retire una cantidad semejante una sola persona.

—Ya es casi la hora de cierre, por lo que sé. ¿Sería tan amable de llevarme usted o algún compañero suyo? Si debo esperar, por mi parte no hay problema, espero. O quizás un transporte de su total confianza, abonaré lo que sea necesario

—¡No se preocupe! Yo me encargo. Seguro que mis compañeros esperan a que yo salga para cerrar hoy. —Toma el teléfono que hay sobre su escritorio, hace un par de preguntas y da unas instrucciones. Abre un cajón de su mesa, saca unas llaves y le pide que le acompañe.

Alex sonríe. Acaba de asegurarse de que nadie toque el portátil que le han dejado hasta el día siguiente. De esta manera evita la posibilidad de que lo apaguen. La salida trasera de la entidad, la usada por los empleados, tiene fuertes medidas de seguridad, como no puede ser de otra manera. Después de varios controles y puertas blindadas, acceden a un ascensor que necesita accionarse con una llave especial para poder ser usado. Bajan a un sótano, donde los empleados comparten aparcamiento con el resto de los vecinos del edificio. Alex estudia todo aquel entorno mientras su rostro no parece mostrar ningún interés. Barreiro acciona el mando a distancia de su llavero, un flamante BMW contesta esa acción con un sonoro pitido mientras enciende las luces de cruce.

—En unos minutos estará usted en el aeropuerto.

—¡Perfecto!

—Una curiosidad, si no le molesta. ¿No tendrá problemas para subir al avión con tanto dinero?

—No es molestia. Nuestro avión privado debe estar preparado y me espera.

—¡Por supuesto! Perdone.

—No se preocupe, no pasa nada.

Quiere cambiar la conversación, piensa que lo más sencillo para desviar la atención de aquel hombre sobre su persona es preguntarle por el coche. Tiene claro que es su capricho.

No se equivoca. Durante todo el trayecto, Barreiro le explica lo contento que está con su BMW, los opcionales que le mandó instalar, la potencia del motor, consumo, cualquier detalle es explicado con minuciosidad, mientras Alex contesta como si tuviese verdadero interés. Cuando llegan al aeropuerto, se despiden con mucha cortesía. Entra en la gran zona de salidas, mira distraído una pantalla, cuando está seguro que el señor Barreiro se encuentra bastante lejos, sale a la zona de taxis y pide que lo lleven a la calle Valencia. Durante el trayecto llama a Patricia.

—¿Dígame?

—Buenos días. ¿Cómo llevas la mañana?

—¡Alex! No esperaba tu llamada. Estoy comiendo con mi compañera en un bar del puerto. ¿Te vienes?

—¡Imposible! Por eso te llamo. Hoy toca comida y cena de negocios. ¿No te importa si nos vemos mañana?

—¿Mañana? ¿Hoy no puede ser? ¡Aunque sea tarde!

—Me temo que es imposible. Hoy no me puedo escapar

—Eso te costará caro.

—¡Me lo temía! —Ríe tranquilo, busca la sonrisa de Patricia, cosa que consigue—. Pensad un sitio para comer mañana, te invito a ti y a tu amiga.

—¡Vale! Ya sé dónde vamos a ir, te va a gustar.

—¡Perfecto! Pero la cena de mañana, luego tú y yo, solos.

—¡Cuenta con eso! ¡Un beso!

—¡Otro!

Cuelga el teléfono mientras desciende del taxi. Sube a su casa, guarda el contenido del maletín en su mochila. Esa tarde tiene que comprar. Abre su portátil y busca una página de venta de artículos de segunda mano. Necesita un coche. Potente, aunque discreto, no muy ostentoso, no debe parecer lo rápido que pueda ser. La transacción tiene que ser rápida y, sobre todo, secreta. Comienza su búsqueda, primer filtro, zona de Barcelona, combustible gasolina, menos de tres años. Varios modelos entran en los requisitos que necesita. Decide llamar al anuncio de un particular. Es un Mercedes, clase A, AMG 45. Un pequeño coche que esconde más de trescientos ochenta caballos de potencia bajo su capó. En las fotos se ve un vehículo cuidado y sencillo en apariencia. En la descripción del anuncio se puede leer en mayúsculas «URGE SU VENTA». En las fotos se lee la matrícula, es fácil entrar en la base de datos de Tráfico y comprobar que el vehículo no está denunciado, no tiene ningún embargo y está limpio. Marca el número que figura en el anuncio, le responde un joven que le explica su situación, necesita venderlo por traslado urgente, cosas del trabajo. A Alex le da igual la excusa para venderlo, a él le interesa el coche. Quedan para verse en un par de horas. El lugar de encuentro es un centro comercial de Castelldefels. Alex baja a la calle, toma un taxi y una hora después come algo en uno de los restaurantes de aquel complejo. Cuando llega la hora pactada, llama al vendedor, quedan para verse. Poco rato después, Alex se sienta en el coche que aún parece oler a nuevo, antes de darse cuenta conduce el pequeño Mercedes por las calles de Castelldefels. El coche funciona de forma perfecta y está impecable. Le pregunta si le viene bien el pago al contado, al vendedor le parece perfecto. Alex regatea un poco, no es necesario, sabe que le pidió un buen precio, sin embargo, piensa que eso haría todo el mundo, debe realizar el trato de la manera más disimulada y discreta posible. Le pide sentarse en los asientos traseros. El vendedor no entiende nada al inicio, luego, cuando comienza a sacar los billetes de su mochila y empieza a contar, cualquier duda desaparece. Se acercan a una gestoría de confianza para él, depositan la documentación para que realicen la transferencia de propietario y les proporcionan un contrato de compra venta estándar que preparan los mismos empleados. Alex les deja que escaneen su documentación. La saca de un pequeño sobre. El mismo que le proporcionó horas antes su amigo Manuel. Les pide su teléfono, ya les llamará para proporcionarles la dirección de envío de la documentación. Paga los gastos de la gestoría, se despide del vendedor que mantiene una enorme sonrisa desde que tiene el dinero en su bolsillo. En menos de tres horas realiza toda la operación, ahora dispone de coche propio para moverse con total libertad.

Alex conduce con prudencia. Espera junto a la entrada del parking donde estuvo por la mañana. Con un mando a distancia especial, preparado con ingenio por Misha, un hacker ruso desconocido para las autoridades, amigo de Alex que le ayudó y formó en todo lo que se pueda piratear en informática. Con paciencia espera que algún vecino abra la puerta del garaje. Cuando eso sucede, el mando capta también la señal inalámbrica y la copia. Minutos después, Alex acciona su propio mando y la puerta del garaje se abre para él. Busca la plaza que ocupaba por la mañana el BMW de Barreiro y aparca allí el coche. Saca su portátil de la mochila y comienza a trabajar. Prepara una red wifi privada. En cuanto se abre la conexión, el troyano introducido en el portátil durante su visita de la mañana le envía información. Utiliza ese ordenador como puente entre su portátil y la información que busca del banco, gracias a la conexión del portátil guardado en el cajón de Barreiro se introduce en la red wifi privada del banco. Sabe que aquel portátil no tiene conexión directa con ningún servidor, por tanto, no tiene acceso directo a ninguna cuenta, no puede realizar movimientos de fondos con aquel aparato. Por eso busca a través de la red wifi del banco los terminales que están conectados las veinticuatro horas del día. Encuentra un ordenador que, según la información que consigue de aquella red, es el que más movimientos realizó en los últimos días. Intenta acceder a él, para hacerlo necesita una clave de doce dígitos, además de otro pequeño detalle: que no salte la alarma. Activa un pequeño programa que debe encontrar la contraseña en menos de dos horas, tambien cortesía de Misha, su amigo ruso. Mientras espera, decide probar todo lo que lleva su nuevo coche. Descubre cómo funciona el sistema de audio cuando un pitido le avisa que ha conseguido conectar con el ordenador. Una vez se conoce el sistema operativo de un banco, puedes decir que los conoces todos. En pocos minutos localiza su cuenta. Busca los datos que puede conseguir de quien le realizó la transferencia para el pago del trabajo. Para su sorpresa, su cliente se siente tan seguro e inalcanzable que hizo una transferencia interna. El ordenante es una empresa, Global Trans Oceanic Business Industries, con sede en Oregón. Tiene cuenta en este mismo banco. Eso le facilita mucho las cosas. Accede a la ficha del cliente y descarga todos los documentos que tiene el banco de aquella empresa. Se desconecta de la red wifi de la entidad, no ha realizado ninguna transferencia, no ha desaparecido nada. Al día siguiente nadie notará que han tenido una visita curiosa. Por si acaso, decide sabotear la red de cámaras del parking, algo mucho más sencillo que todo lo realizado hasta ahora. ¡Gracias Misha por todo lo aprendido! Decide borrar todo el día, desde las cero horas hasta las veinticuatro. De manera que no quedará ninguna imagen suya, ni con el señor Barreiro, ni con su nuevo coche. Con tranquilidad, sale del edificio y se dirige a su casa.

Ya en el piso de la calle Valencia, decide hacer una cena ligera. No termina mal el día. Tiene una pequeña pista sobre su búsqueda y, más importante aún, sabe por dónde comenzar a buscar a su cliente. Nunca aceptó un trabajo sin saber a ciencia cierta quién le contrata hasta este asunto. Cuando termina su cena, comienza a estudiar toda la documentación de la empresa fantasma. Una rápida búsqueda por las dos redes, el internet que todos usamos y la red profunda, le convence de que Global Trans Oceanic Business Industries de Oregón es una empresa ficticia, una sencilla tapadera. Estudia toda la documentación aportada, sobre todo escrituras y poderes. Solo puede identificar un nombre, aquella sociedad se presenta como unipersonal. Todo indica un solo propietario: Raimundo Guzmán Cortes.

—¡Te tengo! —Dice en voz alta mientras aprieta su puño derecho.

Continúa con la búsqueda de información, se centra en la identidad que salió a la luz. Figura en investigaciones policiales, aunque no hay constancia de ninguna detención en algún informe. Tampoco puede localizar imágenes suyas. Solo una identidad reconocida como líder de una banda de delincuentes en un informe policial. No es lo habitual, parece tener intereses con cualquier cosa que sea ilegal, sin embargo, no tienen nada físico de él, aquel nombre siempre ha sido referenciado, alguien dio sus datos o de forma indirecta habló de él, nadie logró detenerlo, interrogarlo o fotografiarlo. La única información que puede conseguir es que comenzó desde la base de la organización, hasta convertirse en el líder de aquel grupo, al parecer en fechas recientes. Bien mirado, eso coincide con lo que le dijo, pensó.

CAPÍTULO 7, 15 DE MAYO, 02:52. EL FIN DE ALEX

Sus próximos pasos se darán lejos de Barcelona. Las pistas señalan Madrid como destino. Alex llena las dos maletas con la ropa recién comprada. Escoge de la nevera lo que le parece oportuno para su viaje y carga todo en su nuevo coche. Antes de salir, limpia la vivienda, busca no dejar ningún rastro o huella suya. Con todo eso, también tiene su propio plan para que no puedan encontrar rastro suyo en aquel piso. Lo pondrá en marcha más adelante, es muy tarde para realizar esta llamada.

Sale de Barcelona de madrugada, nunca le molestó conducir de noche. Ya domina todos los accesorios de su coche y elige una radio generalista como compañía. Quiere estar un poco al día de las últimas noticias, conocer algo de actualidad, por si se plantea alguna conversación, saber un poco de las noticias políticas o deportivas. El Mercedes avanza tranquilo, respeta de manera escrupulosa los límites de velocidad. Sería estúpido que le parasen por una infracción de tráfico. Aprendió con la experiencia que su supervivencia comienza por pasar desapercibido, no destacar o llamar la atención en ningún caso. Antes de dejar la A2, por tanto, de llegar a Madrid, ya ha amanecido, decide parar a tomar un café, desayunar con calma y aprovechar que ya es una hora más o menos prudente, para hacer la llamada que tiene en mente desde el día anterior.

—¿Dígame?

—Buenos días, Patricia.

—¡Alex! ¡Qué alegría me das!

—Tengo que darte una noticia.

—¡Vaya! No me digas que me vas a fallar, me dijiste que me invitabas a comer.

—Te voy a fallar, pero a medias.

—¡Explícate!

—La comida de trabajo de ayer me obliga a realizar un viaje forzoso, es muy urgente y no puedo fallar. En breve tomo un avión y no sé cuándo volveré. Te llamo desde el aeropuerto.

—¡No me he podido despedir!

—No te preocupes, ya lo haremos. Tengo un regalo para ti.

—¿Sí?

—¡Sí! Mi casa está pagada por un año, tengo la nevera llena y tienes que vaciarla. No podemos permitir que la comida se ponga mala. Lleva a tu amiga, quédate a dormir, vive allí, lo que quieras. No me la dejes deshabitada, que me la desvalijan. —Se lo dice en un tono que podría parecer que le importase de verdad.

—No sé, me pillas por sorpresa. ¿Cómo entro yo a tu casa?

—Espera que alguien abra el portal y debajo del felpudo tienes el juego de llaves. Donde voy no tendré teléfono, te llamo en cuanto pueda. Recuerda, ¡como mínimo tienes un año para disfrutarla!

—Vale, puedo entenderlo, aunque a mí me gustaría estar contigo.

—Debes estar tranquila, en cualquier momento te doy una sorpresa y aparezco el día menos pensado.

—Eso será lo mejor. Te espero pronto, Alex. ¡No tardes!

—No tardaré. De verdad, usa mi casa como prefieras, como si fuese tuya, con toda tranquilidad.

—Para no estar sola, ¿puede quedarse algún día mi compañera?

—¡Como si quiere vivir contigo! Ya te lo dije antes, úsala como tú prefieras.

—¡Oh! Muchas gracias, Alex. Eres un amor.

—Gracias a ti, piensa que me haces un favor, me guardas la casa mientras yo estoy fuera. Tengo que dejarte ahora, llaman a mi vuelo.

—Te daré una sorpresa cuando vengas, un beso.

—Otro para ti.

Cuelga con la tranquilidad de que, en el caso de que quedase algún rastro suyo en el piso, Patricia y sus amistades terminarán por borrarlo. Ningún vecino se acordará de aquel hombre que pasó por esa vivienda unos pocos días. Sí lo harán de unas chicas jóvenes, algo alocadas y que más pronto que tarde celebrarán alguna fiesta. Una cosa hecha. Ahora toca la siguiente tarea. Reúne toda la documentación que tiene a nombre de Alex y decide que ya es hora de desaparecer de este mundo cruel. Con una sonrisa pierde entre los restos de su desayuno el carnet de identidad, el de la seguridad social, el de conducir, todo lo que tiene el nombre de Alex. Abre su móvil, saca la tarjeta SIM y la parte, la coloca después junto con la documentación, entre los restos de comida. Vacía su bandeja en un enorme cubo de basura que el restaurante del área de servicio tiene para que los clientes les hagan el trabajo de recoger las mesas. Comprueba que está medio lleno. Sonríe al ver que junto a la entrada aparca un autocar, descienden muchos jóvenes, con mucha probabilidad se trata de un viaje de estudios, ha parado allí para que sus pasajeros desayunen. En breves minutos aquella documentación será imposible de localizar. Tiene la completa certeza, Alex ha dejado de existir. Debe memorizar su nueva identidad. Coloca en su cartera la nueva documentación, mientras susurra su nuevo nombre: Miguel Acosta. No está mal, ha sufrido otros peores.

Se dirige al coche. Sentado al volante, abre su portátil, necesita buscar vivienda en Madrid. No es partidario de ningún tipo de hotel. Tienen cámaras, registran la documentación de los clientes, te cruzas con otros huéspedes del establecimiento. Eso no es lo que busca. Aunque resulte más caro, necesita la invisibilidad que le proporciona un buen trato entre particulares. En pocos minutos localiza un apartamento en el barrio de Salamanca con plaza de garaje. Tres horas después, el Mercedes se encuentra en su correspondiente lugar de aparcamiento, el anterior Alex, ahora Miguel, duerme sobre la cama sin deshacer mientras sus maletas esperan ser abiertas, olvidadas de momento en el salón comedor.

El sol se oculta cuando se despierta el nuevo Miguel. No espera quedarse muchos días en Madrid, su experiencia le dice que solo estará allí una semana o dos, lo suficiente para recabar información, no mucho tiempo más. En esta ocasión no llenará la nevera. Toma la decisión de abrir las maletas, se ducha y sale a cenar. Cuando regresa, comienza a buscar por internet un taller de tatuajes con referencias a Cuba. No sin esfuerzo, un buen rato después localiza «El viejo tatuador del Malecón de la Habana». Ese debe ser el local que busca. Está en la zona de Malasaña. Una sonrisa de triunfo se dibuja en su rostro.

Amanece un nuevo día, el renovado Miguel se encuentra descansado y listo para lograr su objetivo: conseguir el máximo de información posible. Se dirige en metro al barrio de Malasaña. Localiza un bar cercano frente al local. Todavía no ha abierto el taller de tatuajes cuando ya está Miguel sentado en una mesa, con su portátil. Nadie le presta atención, mientras él no pierde detalle. Poco después de las diez de la mañana, un hombre moreno, alto y delgado sube la persiana llena de grafitis del negocio de tatuajes. Supone que es él. Espera un tiempo prudencial, no ve entrar nadie más al taller. Paga su desayuno y con mucha tranquilidad guarda su portátil mientras controla todo a su alrededor, nadie se ha fijado en él, tampoco parece que haya muchos interesados en la tienda de tatuajes. Intenta entrar en el local, no puede hacerlo, la puerta se encuentra cerrada. Utiliza un pulsador, suena un timbre lejano. Al poco ve como el hombre que abrió el negocio atraviesa una cortina al fondo de la sala de entrada, luce una agradable sonrisa, Miguel se la devuelve para crear confianza.

—Perdona, arreglaba unas cosillas en la trastienda. Pasa. —Un tono cubano da cierta calidez a sus palabras. Le deja entrar a la primera sala del negocio, la que se ve desde la puerta, supone que es algo así como una recepción. Fotos de espectaculares tatuajes presiden todas las paredes. Un pequeño mostrador para atender a los clientes y unos viejos sillones son todo el mobiliario. Después de entrar Miguel, el cubano vuelve a cerrar la puerta con llave.

—¿Tenías cita para hoy?

—No, ya sabes, ha sido un impulso, solo quiero ver si me decido a hacerme mi primer tatuaje.

—Has venido al sitio indicado, aunque no te lo podré hacer hoy, ando algo liado.

—No te preocupes. ¿Puedo escoger el dibujo que me tatuaré?

—¿La plantilla?

—Sí, como se llame.

—No estás muy puesto.

—La verdad es que no. Hay una chica…

—¡Siempre hay una mujer en nuestras vidas! ¿Verdad? Son la base de mi negocio, ellas. Mira, siéntate aquí. —Le hace sentar en uno de los viejos sillones, realiza una señal para que espere, cruza la cortina por la que había salido momentos antes, puede ver la silla de tatuador. Al poco sale con algunos álbumes de fotos —. Aquí tienes varios catálogos, estos son los más frecuentes y normales. Si quieres algo más específico, puedes pedirlo que te lo haré sin problema. Ya supones que un tatuaje exclusivo tiene un precio distinto. Avísame cuando hayas decidido el que te gustaría y te digo su precio. También dependerá de dónde quieras hacértelo, entonces podemos programar cuándo lo hago, si te decides.

—Claro, perdona, estoy algo nervioso.

—No te preocupes, tómate tu tiempo, ahorita vengo contigo.

Elige uno de los catálogos que le ofreció y simula buscar entre los muchos dibujos para elegir un diseño. Lo que hace en realidad es confirmar que no hay ninguna cámara que grabe sus movimientos. Cuando está seguro de que no lo vigilan, busca a su alrededor. No ve ningún objeto que pueda usar como arma. Al final se decide por un clásico, el cable de una vieja lámpara. La desenchufa y arranca de un tirón el otro extremo del cuerpo macizo casi sin hacer ruido. En su mano derecha toma el enchufe y para asegurar el cable le da dos vueltas a su mano. Lo mismo hace en la izquierda con el otro extremo del cable. Con sigilo se acerca a la cortina. Una melodía de salsa suena lejana. Al abrir la cortina se encuentra con un pasillo en penumbra, a la vista varias puertas cerradas. Descarta intentar abrir ninguna de las primeras, la música procede sin duda de la habitación del fondo. Despacio, se acerca a la puerta. La abre con cuidado, descubre al cubano sentado en una mesa, de espaldas a él. La música suena mientras el hombre, ajeno a lo que le viene encima, tararea de mala manera una letra repetitiva. Él tiene un soporte con una lupa de aumento frente a sus ojos, su mirada permanece fija en un pasaporte al que da algunos retoques. Antes de que pueda darse cuenta, ya tiene el cable alrededor de su cuello, sin darle tiempo a reaccionar siente un tremendo tirón que lo levanta del sillón, mientras algo le corta la respiración y la carne a la vez.

—No tengo paciencia. A la más mínima tontería te dejo tieso, solo necesito algo de información. ¿Te queda claro? —Miguel afloja un poco el cable para que pueda contestar.

—Sí.

—Bien. Lo primero es lo primero. ¿Dónde tienes las armas?

—No tengo. —Si pensaba decir algo más, no pudo. Miguel lo levantó de la silla del tirón que dio hacia arriba del cable.

—Error. No mientas. Nadie tiene montado este tinglado sin tener varias armas para protección. Dime dónde. Ya.

El cubano señala un cajón. Miguel afloja un poco el cable para soltar una de sus manos. Con la otra coge también el otro extremo, pegando un ligero tirón hacia arriba, para que el cubano no piense hacer ninguna tontería. Abre el cajón sin perder de vista su presa. Saca un revólver corto. Con la habilidad que da la práctica, abre el tambor con una sola mano y comprueba que está cargado. Afloja un poco el cable mientras le apunta directo a su cabeza.

—¿Dónde tienes precinto?

El cubano señala una caja, sin dejar de apuntarle, la tira al suelo, coge un rollo de precinto que rueda al salir despedido, se lo da para que pille una mano al brazo de la silla. Cuando termina, él le hace lo mismo con el otro brazo. Los dos pies los fija también a la altura de los tobillos con una de las patas del sillón. A la altura del pecho, da varias vueltas con la cinta adhesiva para unir su cuerpo al respaldo de la silla. Le vacía los bolsillos, encuentra tres juegos de llaves, una vieja cartera, algo de dinero y un móvil. El teléfono es desmontado en segundos. La batería bien lejos del terminal. Cuando se asegura de tener bien inmovilizada a su presa, gira el sillón para que le mire directo a la cara.

—Ahora vamos a presentarnos como es debido. Aquí, delante de ti, tienes a un sicario que necesita información. Tú eres «el Cubano», pareces ser uno de los mejores si alguien necesita documentaciones falsas. ¿Voy bien?

—Sí.

—¿Tienes bien clara la situación en la que te encuentras?

—Por supuesto. —Aquel hombre tiene sus ojos muy abiertos, se ha encontrado en peligro otras veces, jamás en tan mala posición. Suda y tiembla como nunca antes.

—¿Verdad que vas a responder a mis preguntas?

—Sí, seguro.

—Bien, comencemos por la primera cuestión. ¿Dónde tienes la otra arma?

—No hay otra. —Nada más terminar su respuesta, recibe un puñetazo en su mandíbula. Su barbilla aterriza en el pecho mientras un pequeño hilo de sangre brota de entre sus labios.

—¿No me tomas en serio? ¿Te crees que está delante tuya cualquiera de los tontainas que tienes como clientes? Jamás tendrías solo un arma corta como defensa en tu negocio. ¿Dónde tienes la buena?

—Debajo de la mesa de la entrada. No en el cajón. Debajo.

—Eso está mejor. No te vayas a mover, cubano. No he terminado aún con nuestra conversación. —Se dirige a la entrada, vuelve segundos después con una ametralladora M3 —. Esto es otra cosa. ¿Ves cómo nos entendemos? Ahora vamos a la cuestión principal.

—Dime. —Aquello fue un susurro que le costó pronunciar, el sabor a sangre le revuelve el estómago, la mandíbula le duele de forma atroz.

—Busco la identidad de un trabajo que hiciste hace tiempo. No te voy a preguntar por nadie en concreto, quizás no te acuerdes, yo no me lo crea y nuestra relación termine mal. Muy mal. Tengo la certeza de que guardas un archivo con todos tus trabajos. Imagino que lo tienes como protección, algo así como un seguro, por si alguna vez te pasa algo, por si a alguien se le ocurre hacerte daño o intentan apretarte las clavijas. Ese día ha llegado, auque no como tú esperabas. Vas a decirme dónde está.

—Si te digo que no tengo esa mierda de archivo, ¿qué harás?

—Cubano, cubano. No te quieres bien. Te voy a explicar cómo

va a terminar esto. Solo tienes dos opciones. Primera. Me dices dónde están esos papeles. Sé que los tienes. Voy, compruebo que es cierto, tomo la información que necesito, por tanto, tú no me la das, regreso, te suelto y te pierdes de España. Esa es mi recomendación, por una buena razón, más pronto que tarde van a saber que de una forma y otra has largado, en ese momento más de uno y de dos te van a buscar para freírte, se sentirán en peligro. O bien, segunda opción. Me dices que no tienes los papeles que busco, no me lo creeré y te torturaré hasta que lo sueltes. En este caso, yo te aseguro que conseguiré la información, siempre la consigo, aunque en ese caso no te dejaré escapar. ¿Me entiendes? —El cubano asiente con su cabeza —. Perfecto, ya tardas, cuenta rápido.

—De las llaves que me has quitado, las que tienen el llavero verde, abren un viejo local que no está lejos. Busca la bañera, está suelta aunque no lo parece, debajo hay unas bolsas. Cada una contiene un año de trabajo. —El cubano mira la determinación de su interrogador, sabe que no miente, el miedo se ha apoderado de él. En ese momento solo piensa en sobrevivir, tiene que ceder con el menor sufrimiento posible, no le queda otra opción. Comienza a gemir y llorar—. No te miento. De verdad. Puedes comprobarlo.

—Lo haré. Espero por tu bien que no me falles, no me conoces aún enfadado, esto no es nada para lo que puede venir después.

Le explica dónde se encuentra el local. Miguel guarda en una bolsa de deporte que encontró por allí el revólver y la ametralladora M3, son herramientas que pueden serle útiles en un futuro. Encuentra un montón de camisetas con dibujos de demonios y calaveras, rellena la bolsa para darle forma y que pase desapercibido su contenido real. Se marcha rápido a buscar el local. Se preocupa de cerrar bien el taller con llave. Ha calculado que, si el cubano se aplica, tardará una hora o poco más en soltarse. Si se esfuerza mucho puede hacerlo en media hora. Cuando piensa que también existe la posibilidad de que alguien vaya al taller y le ayude a liberarse, comienza a sopesar la opción de matarlo. La desestima rápido, es difícil que llegue alguien con la llave, una visita normal, al no encontrar respuesta y estar cerrado, pensará que está fuera. Además, no quiere levantar ningún foco innecesario sobre él o su búsqueda, lo último que necesita es a un grupo de policías con preguntas e investigaciones, solo necesita la información, además tiene un as guardado en su manga, si alguien pregunta al cubano, este no sabe qué información busca Miguel.

No tarda en llegar al local que, como era de esperar, es un viejo taller de tatuajes cerrado. Con seguridad trabajó en aquel local algún tiempo atrás. La llave funciona como se espera, entra en aquel lugar que muestra serios síntomas de abandono, todo está cubierto de polvo. Empieza a dudar si el cubano le ha engañado. Su experiencia le dice que sus ojos, tan llenos de miedo como de sangre, no mentían, no suele equivocarse en esos temas. Al fin localiza la bañera que tiene muchos indicios de no haber sido usada en años. Como le dijo, la bañera está suelta, con algo de maña consigue levantarla. En aquel extraño hueco aparecen varias bolsas con documentaciones. Cada bolsa tiene pintado un año. Puede ponerse a mirar todas aquellas documentaciones hasta localizar la que le interesa, o bien, llevárselas todas y estudiarlas con más tranquilidad en su casa. Se decide por la última opción. De la bolsa de deporte saca las camisetas y la llena con los papeles. No pierde tiempo, una vez guarda la documentación, sale del local sin preocuparse de cerrarlo, camina un par de calles hasta que toma un taxi y pide que lo lleve al barrio de Salamanca.

Con calma, en la tranquilidad de su nueva guarida, comienza a estudiar todos aquellos documentos. El cubano tiene bastante bien organizado su peculiar archivo, si se tiene en cuenta que está todo guardado en bolsas de plástico. No tarda en localizar una copia del carnet de Elisenda, viene unida con un clip a un carnet de identidad que estudia con mucho detenimiento. Le queda claro que se trata de la misma mujer, María José Hernández Balbín, en la foto de este documento se la ve con similar pose y parecido peinado. En el mismo paquete de aquella documentación figura una pequeña hoja con dos palabras escritas a mano en ella: «Raimundo pagó» y un garabato a forma de firma.

No conoce muchos Raimundos. Si lo piensa bien, lo cierto es que no conoce ninguno. Supone que la misma persona que pagó la documentación de Elisenda, antes llamada María José, es la que aparece en la documentación de la empresa que le realizó la transferencia. Todo parece encajar. Su cliente le paga a través de una de sus empresas pantalla, para que localice a la mujer que tiempo atrás ayudó a cambiar de identidad. Esto le hace suponer que, en efecto, tiene una íntima relación con la misma. Todo lo que consigue encontrar en aquel encargo parece demostrar que es lo que parece ser. A Miguel no le gusta que sus clientes le mientan, lo soporta en casi todos los casos, aunque no le agrada.

Su siguiente paso es buscar información de aquella mujer en la base de datos de los cuerpos de seguridad del estado. Algo bastante sencillo para las «habilidades» adquiridas gracias a Misha. Sin embargo, una vez dentro de la mejor base de datos sobre personas de España, no figura ningún dato sobre alguna mujer con aquella identidad. Realiza la búsqueda contraria, en lugar de por el nombre, a través del número que figura en aquel carnet, tampoco da ningún resultado. Miguel mira con detenimiento aquel carnet. Es muy bueno, parece legal, y sin embargo, acaba de comprobar que no lo es, o bien, alguien se ha tomado muchas molestias para hacer desaparecer toda la información de esta identidad. Este encargo se convierte en un auténtico reto. Miguel sonríe, le gustan los retos; conseguir lo que otros no pudieron le hace muy feliz. Ya sabe cuál será su siguiente paso.

CAPÍTULO 8, 16 DE MAYO, 13:08. PRIMERA SEÑAL DE ALARMA

Escribe un correo electrónico en su ordenador. Usa solo sus dos dedos índices, como los viejos empleados de banca que se niegan a estudiar mecanografía. Al igual que ellos, la mucha práctica le proporciona tal destreza que sus dos dedos vuelan de tecla en tecla a gran velocidad. Su concentración es máxima, pequeñas gotas de sudor se ven en su frente; es un gran esfuerzo transformar en palabras lo que quiere decir. Un pequeño pitido le hace interrumpir su trabajo al instante; de inmediato salta un llamativo aviso en su pantalla. No puede ser, es imposible; sin embargo, ahí está. No puede ignorarlo.

En su más profundo interior, prefería no haberlo visto nunca. Su lado pesimista lo esperaba, aunque no tan pronto, quizá. Con el ratón activa aquel aviso, comprueba que, desde un punto remoto e imposible de rastrear, alguien ha realizado una búsqueda sobre María José Hernández Balbín en la base de datos del Estado. Solo hay otra persona que puede facilitar información de esa identidad. Una única opción es posible, solo una. El cubano ha hablado de una forma u otra. En ningún caso pensó que el falsificador podría dar una pista sobre esa mujer; creía que no se acordaría de ese trabajo, un carnet sin importancia entre cientos de encargos. Siempre imaginó que esa era una vía muerta, que nadie podría tirar de ese hilo. Se equivocó.

Lamenta su decisión. Tenía que haberlo liquidado en su día,

aunque recordó la razón que evitó su muerte: es un personaje valioso para la organización, proporciona documentaciones de gran calidad. Eso le salvó. Hasta ahora. Puede considerar que cometió un error. Un tremendo error. La situación actual requiere medidas urgentes y drásticas. Esperó que ese momento no llegase nunca, que aquella mujer hubiese desaparecido de su vida para siempre, que nadie encontrase su pista; sin embargo, no puede negar la evidencia. En la pantalla está ese aviso con un nombre que supuso nunca volvería a cruzarse en su vida. Tiene que hacer muchas cosas y rápido. Se olvida por completo del importante correo que escribía segundos antes, comienza a pensar cuáles serán sus siguientes órdenes, qué es lo que debe hacer a continuación. Activó aquel loco plan del sicario solo para tener la absoluta certeza de que nadie podría encontrar nunca a esa mujer. Para su sorpresa, este tipo, en pocos días, encontró la pista de María José. Debe reconocer que es bueno; parece que su precio no está tan mal calculado. Cuando termine la misión debe plantearse unirlo a sus filas, necesita gente buena que resuelva problemas como él hace, rápido y bien. Por otra parte, si él pudo llegar, otros tienen la opción de seguir sus pasos. Es el momento de evitarlo. Necesita permanecer en el anonimato, aquella mujer puede reconocerle y hacer tambalear todo su imperio, valorado en miles de millones. No puede dudar, toca borrar huellas y eliminar molestias

CAPÍTULO 9, 16 DE MAYO, 15:26. LA CIENTÍFICA

Jorge entra en el despacho casi a la carrera mientras agita un sobre de gran tamaño. Su compañero levanta la mirada de una aburrida lectura para ver qué novedades trae.

—¡Daniel! Ya están aquí los primeros resultados de la científica.

—¡Por fin algo con lo que trabajar!

—¡Sí! Porque la visita al escenario del crimen, en realidad, no sirvió para nada.

—Veamos qué dice.

—Te hago un resumen rápido, cortesía de la casa. Los cuerpos han sido calcinados a conciencia, imposible identificarlos con el ADN.

—¡Vaya mierda!

—Tranquilo, Daniel, todos son imposibles de identificar, excepto uno.

—¡No me jodas! Dame esos papeles. El cuerpo identificado es el que se encontró solo en el dormitorio principal. Bien, veamos cuál es su identidad. Raimundo Guzmán Cortés. —Levanta la mirada de aquel informe y la dirige a su compañero—. Jorge, ilumíname. ¿Quién es este?

—¡Ni idea, Daniel! Espera. —Se sitúa frente a su ordenador y busca información sobre aquella identidad en la base de datos—. Líder de una banda que brilla por su discreción. No hay detención anterior ni foto. No hacen nada estridente, procuran pasar desapercibidos, sin embargo, parecen ser los principales proveedores de todos los traficantes de la zona. Tienen contactos internacionales. La mayoría de los envíos grandes que provienen de América del Sur hacia Europa pasan por sus manos de una u otra manera. También trafican con armas al mismo nivel, internacional. No se han metido en trata de blancas, que se sepa. Todo esto es lo que se le atribuye o se sabe por confidencias y comentarios de terceros, ya que nunca se les ha pillado con las manos en la masa.

—Por eso no había una cantidad de armas y de droga excesiva en su casa. Era muy cuidadoso.

—Un confidente lo situó en una escena hace muchos años. Se archivaron restos de ADN. Aquella muestra es la que ha coincidido con un trozo de fémur del cadáver.

—No entiendo, ¿un trozo de fémur?

—Nada más se pudo aprovechar de los cuerpos de aquella casa. Un trozo de ese hueso y gracias. Derramaron disolvente en los cuerpos, con toda seguridad para dificultar la investigación. No veo otro motivo.

—Menos mal que algo se ha podido usar, una pequeña luz donde todo es oscuridad.

—Si te das cuenta, al final va a tener razón el brigada de la Guardia Civil, se trata de un ajuste de cuentas.

—No lo parece, Jorge, no lo parece. No he visto un ajuste de cuentas así nunca. —Daniel se toca el mentón mientras mantiene la mirada perdida por el suelo de la oficina, no las tiene todas consigo.

—Deberías hablar con tu amigo el comisario.

—Tienes razón. Voy a verlo para contarle esto, más que nada quiero ver la cara que pone. ¿Vienes?

—¿De aguanta velas otra vez? ¡No! ¡Gracias! ¿Qué hice de malo en otra vida para que me trates así?

—¡Tú mismo! —Descuelga el teléfono, abre su cajón para buscar el listín de extensiones internas de la comisaría. Encuentra la que busca y la marca—. ¡Hola, Loli! ¿Qué tal la mañana?

—Tranquila, la verdad es que bastante bien. ¿Y tú? ¿Qué tal te va todo? ¡Guapetón!

—¿Crees que tu jefe tendrá un par de minutos para que le cuente las novedades del caso que nos encasquetó el otro día?

—¡Seguro! «Nuestro» jefe me dijo que tu caso era prioritario para él.

—¿Y eso qué significa?

—¡No lo sé! Nunca había dicho nada parecido.

—Bien, subo y te veo ahora.

—¡Te espero!

Toma el informe que acaba de llegarle y se dirige al ascensor. La realidad es un poco tozuda, hay poco que comentar, a excepción de la identidad confirmada de uno de los fallecidos. Aunque Daniel tiene la mosca detrás de la oreja desde el primer momento, quiere ver la reacción de su superior al conocer el pequeño avance. También quiere ver si este le sugiere por dónde deben continuar la investigación para confirmar si quiere teledirigir sus pasos o, en realidad, tiene total libertad para trabajar a su aire. Saluda a Loli con los correspondientes dos besos de rigor, le parecen más cálidos de lo normal. Le devuelve la mejor de sus sonrisas, esta no se borra de su rostro hasta que abre la puerta del despacho de su superior.

—Buenos días, Daniel. ¿Novedades? —Le dice mientras le invita a sentarse frente a él, al otro lado de su escritorio.

—Por desgracia, pocas. Hemos identificado a uno de los cadáveres.

—¿Solo uno?

—¡Sí! Y debemos dar gracias, no ha sido nada fácil. Quien realizó ese trabajo se cuidó mucho de que los cuerpos fueran consumidos por las llamas. No sé muy bien cómo, se le escapó ese hueso. La identificación ha sido posible gracias a un trozo de fémur, solamente eso se ha podido usar para tomar muestras de ADN.

—¡Menos mal! ¿Quién era el tipo?

—Raimundo Guzmán Cortes.

—¿Quién es ese? ¿Tenemos algo de él? —Mientras dice estas palabras, teclea rápido para buscar datos en su ordenador.

—Hasta ahora parece haber sido un fantasma. Se sabía de su existencia, aunque solo por referencias, ni fotos ni más datos que unos restos de ADN que han sido con los que se le ha identificado.

—Aquí dice que era el cabecilla de una banda de traficantes muy bien organizada.

—¡Sí! Si quiere investigamos qué pasará con la banda, quién la dirigirá ahora, si alguien quiere ocupar su hueco, esas cosas.

—¡No! No es necesario. Para eso ya tengo a otro equipo que está detrás de ellos desde hace tiempo. Les informo de que hemos localizado a este tipo. Ellos verán si la organización tiene sucesión. Tú céntrate en localizar al asesino, a ver si hay forma de identificar a las otras víctimas. Pueden ser de su banda o no, aunque lo más fácil es suponer que las víctimas son gente de su organización. Tomaron muchas molestias para borrar a esos hombres.

—Al final va a ser un puñetero ajuste de cuentas para eliminar competencia.

—¡Eso parece! Cuando tengas algo más, dímelo. ¡Esta es tu prioridad absoluta!

—¡Por supuesto! —Se despide, no sin dejar de pensar en lo que acaba de vivir con el comisario.

Al salir del despacho, Loli le espera. Daniel intenta, con cierto disimulo, no dirigir su mirada hacia el escote de la secretaria. Está seguro de que al entrar tenía un botón más de aquella blusa bien abrochado. Ella sonríe al ver que se acerca sin poder desviar la mirada de su pecho.

—¿Todo bien, querido?

—¡Oh! Sí. —Intenta centrar su mirada en los ojos claros de ella o en su sonrisa envuelta en carmín rojo intenso. Se dice a sí mismo: «No la bajes, ¡no la bajes! ¡Joder! ¡La bajaste! ¡Vaya tetas!»—. Todo perfecto.

—¿Cuándo me vas a invitar a cenar, Daniel? Tenemos que contarnos muchas cosas, ponernos al día, todo eso.

—Cualquier día de estos.

—No lo dejes, hay que celebrar tu aumento.

—¿Mi aumento?

—¿No lo sabes? También tu compañero cobrará más a partir de este mes.

—Si no te importa, ando muy liado. ¿Qué te parece si buscas un restaurante que te guste? Reservas y me lo dices. Si me conceden una subida de salario, hay que celebrarlo. ¿Y con quién mejor que contigo?

—¡Por supuesto que sí! —No puede disimular su felicidad. Por fin se presenta la oportunidad que busca desde hace mucho tiempo.

Loli está contenta, segura de que el toque de desabrochar el botón de su blusa ha sido decisivo para que Daniel se lance de una vez por todas. Le gusta ese punto de timidez en él. Lo sigue con la mirada, espera que se gire para verla por última vez antes de desaparecer en el ascensor y así aprovechar para saludarlo, quizás lanzarle un beso o un guiño. Daniel no piensa en Loli en ese momento. No tiene sensación de andar, parece flotar sobre el suelo, camina de forma mecánica mientras su mente intenta encontrar respuestas a sus dudas. Sus manos mueven los papeles, aunque sus ojos no miran nada concreto. Parece un autómata, entra en el ascensor y se gira. A lo lejos ve a Loli enviarle un guiño, levanta la mano a modo de saludo y al bajarla, acciona el correspondiente botón del ascensor con su cabeza en otro lugar. Poco después entra en su despacho sin mirar a Jorge.

—¿Qué te ha dicho?

—Si querías saberlo, tenías que venir conmigo. Ahora no preguntes.

—¡No jodas!

—Tranquilo, te hago un resumen completo: que no metamos mucho las narices. Tenemos que centrarnos en el asesino. Todo lo que es la banda o la organización criminal ya está en manos de otros.

—Pues hay poco donde rascar.

—¡Ya! No sé cómo vamos a localizar al asesino sin interesarnos por los enemigos de su organización, ni en quién son, qué hacen, si tienen sucesores, nada por ahí.

—¿Sabes qué? Buscaremos por donde sea, preguntamos a quien queramos. ¿No te han dicho que encuentres al asesino? ¡Pues eso te da carta blanca!

—¡Tienes razón! Así lo haremos. —En ese momento suena un aviso de mensaje en su móvil. Daniel mira la pantalla con cara seria.

—¿Problemas?

—No lo sé muy bien. Esta noche tengo cena en un restaurante italiano.

—¿Con quién?

—Con Loli. No comprendo muy bien qué pasó. No sé cómo, pero acepté una cita con ella, o quizás la he invitado yo, no lo tengo muy claro. ¿Sabes? Algo me dice que yo he hecho bien poco. Porque, aunque no lo creas, ha sido ella quien lo ha organizado. Yo me dejé llevar.

—¡Por fin lo ha conseguido! ¡Bien por Loli!

—¿Cómo?

—Desde que te divorciaste va detrás de ti. No me digas que no te dabas cuenta.

—¡Pues no!

—¡Pero si lo sabe todo el departamento!

—¡Anda ya!

—¡Muy mal se tiene que dar la noche, para que no termines...!

—¡Calla!

—Pero si te vendrá bien, hombre. ¿Quién mejor que ella? Guapa, soltera y sin problemas.

—Ahora que has dicho sin problemas, que sepas que nos han subido el sueldo.

—¿Qué?

—Pues eso, a los dos.

Jorge se queda pensativo. Instantes después llama a su mujer para darle la buena noticia. Daniel empieza a preocuparse por su cita. Algo que no ocurría desde hace mucho tiempo. Una sonrisa se dibuja en su rostro. ¿Qué es lo que dijo Jorge? ¡Ya lo recordaba! Es algo así como: «¡Muy mal se tiene que dar la noche, para que no termines...!». La sonrisa no se borra de su cara. ¡Mira que si su compañero tiene razón!

CAPÍTULO 10, 16 DE MAYO, 17:53. EL VIEJO TATUADOR DEL MALECÓN

Se detiene frente a una tienda de tatuajes. Un cartel junto a la puerta anuncia: «El viejo tatuador del Malecón de la Habana». En la acera, una furgoneta de alquiler con las puertas traseras abiertas sugiere una mudanza.

Es el momento de actuar, no puede permitir que desaparezca de su alcance ahora, realizar una búsqueda puede ser engorroso y lento a veces. Viste un chándal azul Adidas, lleva deportivas blancas gastadas y una bolsa de deporte negra. Cualquiera puede pensar que va o viene de un gimnasio. Abre la bolsa de deporte y toma su gastado MP3, como es su costumbre, el viejo aparato viene unido a sus auriculares por un largo cable. Instala uno en cada oreja y acciona el correspondiente botón para darle vida a aquel cacharro mientras lo guarda en su bolsillo. De forma automática cierra sus ojos, para dejarse llevar por la repetitiva melodía que ha escuchado tantas veces. Mete la mano derecha en la bolsa de deporte, se asegura tener bien cogida el arma, también de que esta no lleva el seguro puesto. Conoce aquella canción de memoria, se prepara para tararearla mientras cruza el paso de peatones en dirección al taller de tatuajes.

Es la despedida
me creas o no, es la verdad
veo que has llorado
tú lo sabías, ¿desde cuándo?

Canta cuando entra en el taller. Hay unas cajas que parecen estar preparadas para ser llevadas a la furgoneta que espera fuera. Alguien desde detrás de una cortina se da cuenta de su presencia y grita:

—¡Chicos! ¡Ya podéis subir las cajas a la furgo! Las llaves están sobre el mostrador. No temenos todo el día.

Parece que se equivoca de persona, piensa, mejor. Lo que ha dicho significa que espera a alguien más, no puede perder tiempo. De uno de sus bolsillos saca unos finos guantes de cirujano, con la habilidad que da la práctica, se los pone en un instante. Deja con suavidad la bolsa de deporte en el suelo para evitar cualquier ruido que pueda avisar al cubano de que las cosas no suceden como él espera. Se abre paso a través de la cortina con su mano izquierda. La derecha empuña la pistola con silenciador.

Flor de verano, ya
todo acabó
Noche encantada
estrellas que brillan
radiantes de luz
me siento cansado
no quiero hablar nada, habla tú

Abre la puerta de la última habitación del oscuro corredor. El cubano le da la espalda, guarda papeles en una caja. Se incorpora y gira su cuerpo para ver quién es el que se atreve a entrar allí. Cuando lo reconoce, pues la documentación que usa en ese momento se la hizo él mismo, abre sus ojos de sorpresa. Intenta decir una palabra, una negación, sin embargo, la oscura pistola ya silbó dos veces. Su camiseta blanca luce una carabela verde en su parte delantera, comienza a teñirse de rojo a la altura de su destrozado corazón. Su cuerpo se desploma boca arriba. La mancha no para de crecer. Tiene que darse prisa, el cubano espera ayuda para la mudanza.

Flor de verano, ya
todo acabó
Tal vez soñé
que vivías feliz junto a mí
siempre feliz entre mis brazos
Pensé que a ti
te bastaba llegar hasta aquí
escapada quizás de algún naufragio

Encuentra una caja grande de madera, supone quede alguna máquina. La abre y saca todo lo que hay guardado en ella. Mete el cuerpo del cubano dentro, no sin cierto esfuerzo. Con un atornillador cierra bien la tapa. Desde la entrada llegan unas voces, son varios hombres, se acerca para hablar con ellos. Le viene bien algo de ayuda, piensa. Se trata de dos chicos jóvenes y fuertes.

—¡Hola! El cubano nos dijo que le ayudáramos. Veinte pavos por cabeza.

—¡Sí! Serán treinta si lo hacemos rápido, comenzad a cargar las cajas, yo os digo lo que tenemos que hacer. Las llaves de la furgoneta están sobre el mostrador. —Se dirige al que parece más fuerte—. Tú, ven conmigo, tenemos que cargar una caja que está aquí dentro.

—Okay, brother.

—Toma esa carretilla, nos va a hacer falta.

—Yes.

Oh la la la la la la la
Oh la la la la la la la
Pálidos fuegos
somos dos zíngaros en el invierno
los cálidos juegos
duraron muy poco
y la noche se los llevó lejos

La música suena fuerte en sus oídos. Cuando da por terminada la carga, los inesperados ayudantes no preguntan nada, lo que hace su labor más fácil. Pide las llaves para conducir él. La furgoneta dispone de tres asientos en la cabina, esto le obliga a dejar su bolsa de deporte en la zona de carga, no puede llevarla al alcance de su mano. Minutos antes ha guardado dentro de ella su arma, es difícil disimular aquella pistola y su silenciador cuando su vestuario es un chándal y una camiseta de deporte. Arranca la furgoneta mientras aquella canción inunda su cabeza con su peculiar melodía, los auriculares siguen en su sitio. Pronto se alejan del centro. Tenía previsto llegar hasta el cubano y volver en distintos transportes públicos, al encontrarse con los cubanos y la furgoneta, decide cambiar el plan sobre la marcha. Como en otras ocasiones, improvisa, debe adaptarse a las nuevas circunstancias. Su mente criminal tiene claro cuáles son los siguientes pasos a seguir, además, los cambios pueden ser favorables para sus intereses. En su interior no se queja, aquellos dos chicos le han ayudado. Si están en el sitio equivocado, en un mal momento, peor para ellos, no es su problema, para nada. En un polígono de las afueras de Madrid, tiene localizada una nave en construcción que abandonaron hace años. Antes de ir a por el cubano, se acercó y dejó escondido allí su BMW X6. También quitó la cadena de la cancela para facilitar su acceso al regresar. Para la furgoneta delante de ella.

—Tengo que recoger una cosa más aquí dentro, es un encargo del cubano, tardamos un minuto.

—Sin problemas.

—¿Puedes abrir la puerta?

—Yes, brother.

Flor de verano, ya
todo acabó

Tal vez soñé
que vivías feliz junto a mí
siempre feliz entre mis brazos
Pensé que a ti
te bastaba llegar hasta aquí
escapada quizás de algún naufragio
Oh la la la la la la la
Oh la la la la la la la

No duda ni un momento, aquel joven abre la cancela, vuelve a subirse tranquilo y confiado a la furgoneta. Conduce el vehículo dentro de la nave en construcción. Esta tiene las placas de las paredes y la estructura de acero completa, pero la cubierta del techo y demás piezas no llegaron a montarse. Despacio, sin prisa, se dirige a la zona donde dejó su coche, el rincón más alejado de la puerta abierta de aquella nave. Al acercarse, los jóvenes empiezan a hablar entre ellos del «cochazo» que tienen delante. Les pide un momento, ellos sonríen y asienten. Se baja y cierra su puerta, el motor continúa en marcha. Abre la puerta trasera, la que da a la zona de carga, busca en su bolsa de deporte. Empuña de nuevo su arma, de forma mecánica se asegura de que el silenciador está bien apretado, cambia el cargador por otro que está completo. Pone su mano derecha en la espalda, la esconde por si ven, con ayuda de los retrovisores, la pistola antes de tiempo. Con una tranquilidad pasmosa abre la puerta de la furgoneta. Los dos jóvenes le miran sonrientes, ajenos a todo lo que va a pasar. Antes de que puedan darse cuenta, levanta la pistola y dispara al más cercano en la sien a escasos dos centímetros de su piel. Su cuerpo se desploma encima del de su amigo. Este grita, quizás su mente comienza a entender qué sucede y el final que le espera. Sus pensamientos ya no son racionales y actúa por miedo o instinto. Empuja el cadáver de su compañero para quitárselo de encima. Gran error, eso deja al sicario una visión completa de su pecho. No necesita más, apunta directo al lugar donde se encuentra su corazón. Un silbido más de aquella pistola y el músculo del joven deja de latir.

Cierra los ojos
y siempre estarás junto a mí
siempre feliz entre mis brazos
y pensarás que otra vez
has llegado hasta aquí
escapada quizás de algún naufragio

Los disparos no han sido caprichosos. Apuntó a cada uno exactamente donde quería. Sabe por experiencia que cada cierto tiempo debe cambiar o renovar su arma, con el único objetivo de que su herramienta no acumule mucha historia. Aquel plan improvisado se le ocurrió durante el trayecto. Sonríe mientras piensa en lo bueno que es, sus jefes se lo dicen poco. Limpia con mucho cuidado el arma. Saca el cargador y lo limpia también. Las balas no son problema, está seguro de que no tendrán restos ni huellas, ya que siempre las carga y manipula con guantes. Es algo que aprendió en las series de televisión: el arma puede estar limpia, inmaculada, aunque luego encuentran huellas en las balas, porque nadie se pone guantes para llenar los cargadores. Nadie hasta ahora, él lo hace, aprendió de la tele. Sonríe al pensar en eso. Pone el arma varias veces sobre la mano derecha de aquel desdichado, para que queden varias huellas en la misma. Tiene la precaución de tener en cuenta que la sien disparada coincide con la mano que empuña la pistola. Otra vez las enseñanzas de las series televisivas. Limpia la zona del conductor y las puertas, no puede quedar ninguna huella suya. Está seguro de que no ha tocado nada más en el vehículo. Decide sacar al que disparó en la sien, lo tumba boca arriba, corrige su posición para que parezca más real. Cuando está satisfecho de su escenificación, deja la pistola entre sus dedos. Al otro no le mueve. Realiza un rápido repaso mental, no se deja nada. Les quita las carteras y los móviles a los pobres desgraciados, no van a ser todo facilidades para la policía. Les deja dinero en los bolsillos, indocumentados, aunque con dinero para moverse, lo típico entre chicos de bandas. Recoge su bolsa de deporte. De ella saca un pequeño paquete de cocaína pura. Se asegura de que lleve huellas de los dos jóvenes y lo esconde en la guantera de la furgoneta que alquiló el cubano. La traía preparade para esconderla en el taller del Cubano y que la policia pensara en un ajuste de cuentas por temas de drogas, con eso investigan menos. Como parte de la escena que pensó y con la idea de despistar en todo lo posible, deja la furgoneta con el motor en funcionamiento. No sirve para nada, sonríe al imaginar las locas teorías de los agentes para encontrar explicación a ese absurdo detalle. Se sube a su coche y lo pone en marcha. Al salir piensa cerrar la cancela, lo descarta y la deja abierta. No vaya a ser que la policía no encuentre el pequeño regalo que les ha preparado. Está tranquilo, esta mañana usó guantes. Si encuentran alguna huella en el candado o la cancela, serán de otra persona. Sonríe mientras piensa: «¡Dios, qué bueno soy!».

Es la despedida
me creas o no, es la verdad
veo que has llorado
tú lo sabías, ¿desde cuándo?
Flor de verano, ya
todo acabó

A las afueras del polígono hay una cabina. Con un rápido vistazo confirma que no existe ninguna cámara de vigilancia cercana. Cuando la localicen buscarán huellas, no hay problema, él continúa con los guantes puestos. Mira a todos lados y no parece que nadie note su presencia. Aparca el coche a la vuelta de la esquina, lejos para que no puedan relacionarlo. Despacio, controla el entorno mientras se acerca a la vieja cabina telefónica. Descuelga el auricular y marca el cero noventa y uno. Antes de que descuelguen, para su MP3. Ya ha terminado el momento de tensión musical, además sabe que aquella conversación será grabada.

—Cero noventa y uno, dígame.

—He escuchado disparos.

—¿Dónde se encuentra usted?

—En una nave de este polígono, no sé ni como se llama. Está abandonada, en construcción. ¡No quiero que me involucren, no he visto nada! —Deja sin colgar el auricular, este se balancea cerca del suelo, sin cortar la llamada para que sea más rápido y fácil de localizar. Se aleja de la cabina con un andar tranquilo, dobla la esquina sin mirar atrás, acciona el mando a distancia de su BMW, se sube al coche y se va.

CAPÍTULO 11, 16 DE MAYO, 18:07. COMO PERRO TRAS UN RASTRO

Miguel se sienta en el sofá. Envía el carnet de identidad que consiguió del cubano a Manuel, espera que pueda darle alguna pista. Tras buscar de forma exhaustiva, comprueba que ese documento no figura en ninguno de los papeles que sacó de la bañera, por lo tanto, deduce que no lo realizó el cubano. Si la identidad es falsa, espera que su viejo amigo pueda orientarlo en su búsqueda.

Su nueva casa le proporciona una excelente conexión a internet, da igual, como siempre, prefiere el anonimato que le brinda conectarse a través de la red wifi de algún vecino. Una localización indeseada señalará a otro domicilio. Como en otras ocasiones, entra en el buscador de identidades de las fuerzas de seguridad del estado. Realiza una actualización de sus últimas búsquedas mientras espera noticias de la ciudad condal. La pantalla muestra una novedad: Raimundo Guzmán Cortés ha sido dado por muerto en lo que parece un ajuste de cuentas entre bandas rivales. Su baja como persona de interés para la policía aparece registrada.

Para Miguel, esa es la identidad de su cliente. Por lo que ha podido averiguar, él es quien le transfirió el dinero, por lo tanto, lo considera su directo pagador. ¿Es posible que hayan matado a quien lo contrató? Eso parece. Con una rápida búsqueda, accede a los detalles de ese nuevo informe. El cadáver lo hallaron en Mejorada del Campo junto a otros cuerpos sin identificar. Todas las víctimas fallecieron de forma violenta, con balas del calibre 9 milímetros, rematadas y luego fueron quemadas, con seguridad para dificultar las labores de la Guardia Civil que realizó las primeras pesquisas. Esto es algo inusual: el caso fue asignado en un primer momento al cuartel más cercano, lo normal, aunque luego lo transfieren a la comisaría de la Policía Judicial. Entre la documentación del caso, encuentra la orden de traslado del expediente firmada por un tal Sergio Romero, comisario. Aquí se acaba la información accesible a través de esa red.

Su acceso es sencillo, ya que se puede realizar desde cualquier comisaría, control policial o patrulla. Se facilita la información, aunque no se pueden añadir o modificar datos. El nivel de seguridad y de cortafuegos es bajo para sus conocimientos informáticos, adquiridos primero entre hackers ingleses y americanos, hasta que descubrió que en Rusia hay auténticos talentos en este campo, como Misha.

Misha, o Baltasar, como le conoce ahora, le demostró que todo lo que aprendió con especialistas de Londres o California era solo el aperitivo de un buen menú. Con él descubrió el primer plato, el segundo y el postre. El sistema operativo de su móvil, imposible de rastrear, fue preparado por Misha y su equipo de trabajo en la universidad. Miguel decide poner en práctica una de sus enseñanzas más valiosas. Sabe que el acceso a la información de la red interna de la comisaría de la Policía Judicial es imposible desde el exterior, sin ayuda. Para conseguirlo debe introducir un Caballo de Troya.

Localiza en un pen drive uno de los programas que le facilitó Misha. Sonríe mientras entorna los ojos, ya sabe cuál será su próximo movimiento. Amanece un nuevo día y se dirige temprano al rastro de Madrid. No resulta tan fácil como tenía previsto, le cuesta algunas búsquedas en los puestos especializados, pero al final consigue un portátil adecuado. Lo compra y logra que se lo den dentro de una bolsa sin llegar a tocarlo. Busca en internet un piso en alquiler que tenga conexión a internet. Llama a la agencia que lo anuncia y concreta una cita para verlo al día siguiente.

Sin pérdida de tiempo, se dirige al barrio de Chueca, a la dirección donde se citó para mañana, hoy esta vacío, por alquilar, es el sitio adecuado. Entra en el apartamento y, con sus manos protegidas, comienza a trabajar. La conexión a internet es buena. Conecta el pen drive con el troyano preparado en el portatil del rastro. En menos de veinte minutos, salva el primer cortafuegos de la red de la comisaría de la Policía Judicial. Eso provocará un aviso urgente a la unidad de delitos telemáticos. El ciberataque de Miguel ha sido detectado y dirigido a una base de datos obsoleta, cuyo único fin es entretener al hacker con datos falsos, es el Sistema que tiene, de esta forma ganan tiempo para atraparlo.

Miguel entra en la base de datos trampa, abre varios archivos al azar y deja el ordenador abierto con esa tarea. Sale tranquilo a la calle y observa desde una terraza cercana. Pide una cerveza, poco después, dos coches frenan bruscamente frente al edificio. Cuatro agentes sin uniforme entran en el portal que Miguel abandonó minutos antes. Pide otra cerveza para disfrutarla mientras ve el espectaculo que prepare. Bastante rato después, ve salir a dos agentes con una bolsa que, supone, contiene el ordenador que usó. Paga sus consumiciones y se dirige a la estación de metro más cercana con una leve sonrisa.

El Caballo de Troya permanece oculto e invisible. El portátil es revisado, aunque él no descargó ninguna información. El historial de navegación muestra que el usuario accedió una única vez a la red de la Policía Judicial y abrió archivos trampa. El agente al cargo del analisis del equipo encontrado en el barrio de Chueca supone que el atacante consiguió las claves de acceso, aunque no tenía interés, ni conocimientos para llegar más lejos. Da por finalizada su investigación y abandona el equipo en una estanteria, rodeado de muchos ordenadores, debe preparar un informe escrito. Varias horas después, bien entrada la noche, el programa de Misha pone en funcionamiento el ordenador. Localiza la red wifi de la comisaría, consigue entrar por la fuerza a traves de su propia red interna, de esta manera no hace saltar la alarma. Todo este proceso se realiza en menos de un minuto. Miguel espera la conexión cuando suena un pequeño pitido en su portatil, sonríe, es un aviso de la llegada de un correo electrónico de Manuel.

El mensaje es breve. Le dice que tenga cuidado y confirma que el documento es legal, no se trata de una falsificación. La única explicación posible es que lo emitió la propia policía para un agente infiltrado. Según Manuel, María José Hernández Balbín es el alias de una policía encubierta.

Miguel sopesa las novedades: ¿Ha fallecido su cliente? ¿La mujer que debe localizar resulta ser una agente infiltrada? ¿Debe seguir con esta investigación? ¿Para qué y para quién? Se conecta a la nube preparada para comunicarse con su «cliente». Deja un mensaje sencillo: «Conozco la verdadera identidad de Elisenda. Voy tras ella». A la hora prefijada, casi medianoche, aparece la conexión esperada. Su Caballo de Troya le abre las puertas para navegar en la base de datos real de la comisaría de la Policía Judicial. En pocos minutos descarga toda la información archivada del caso de Raimundo Guzmán. Encuentra usuarios y contraseñas de altos mandos con acceso sin limitaciones.

Va a cerrar la conexión cuando decide probar un último cartucho. Escribe en el buscador María José Hernández Balbín y, para su sorpresa, aparece una carpeta. Ordena su descarga, entre otros archivos, encuentra una copia de la documentación de la agente y un justificante de entrega con la identificación G6355F9077. La copia y procede a buscar cualquier cosa con ese usuario. Aparece otra carpeta, la descarga y considera que ya lleva mucho tiempo dentro del sistema. Analizará el resto de la información una vez desconectado. Ordena al Caballo de Troya que elimine toda la información del portátil, aunque no cree que nadie vuelva a analizar el equipo, por si acaso.

En la parte alta de una vieja estantería, situada en el almacén de pruebas de la comisaría, un ordenador se formatea, destruye la poca información que contiene. Miguel espera que le quedara batería suficiente para completar la tarea.

Una vez desconectado, abre la carpeta de Raimundo. Parece claro que fue víctima de un ajuste de cuentas, según el informe inicial de la Guardia Civil. Sin embargo, su mirada experimentada sentencia que es una conclusión equivocada. Lo que tiene delante solo puede ser un crimen por encargo, realizado por un profesional. Miguel no tiene dudas. Un sicario está detrás de esas muertes. Cierra su portátil y se marcha a descansar. Mañana será otro día.

CAPÍTULO 12, 16 DE MAYO, 20:37. ¿UNA SIMPLE CENA?

Loli sale del portal radiante, luce una hermosa sonrisa en su rostro; es la viva imagen de la felicidad. Daniel llamó antes al interfono de su casa. En su interior agradece que Jorge se acordara de darle la dirección de ella. Loli lo saluda con dos besos, cuida de no mancharlo con el carmín que se puso al retocarse en el espejo del ascensor.

—Gracias por recogerme. Has sido muy puntual, tenemos mesa a las nueve en el restaurante italiano que te mencioné. Llegamos de sobra.

—¡Eso espero! Me gusta llegar a mi hora a los sitios, tengo la mala costumbre de ser puntual —dice mientras le abre la puerta, deja tiempo para que se acomode. Ella le agradece el gesto con una gran sonrisa—. Estás muy guapa.

—¡Muchas gracias, Daniel! Tú también lo estás. ¡Vaya! Veo que mantienes tu coche a la perfección, parece recién comprado.

—¡Soy cuidadoso con mis cosas! —Piensa que es verdad, aunque el buen aspecto de su coche esta noche le costó unos cuantos euros. Hace mucho tiempo que no le hacían una limpieza tan a fondo. Daniel se dice esto mientras pone su viejo Seat Ibiza en marcha.

—¡Te veo nervioso!

—¡Lo estoy! Para qué te voy a engañar.

—Venga hombre, si siempre pareces tener todo bajo control, das la imagen de estar muy seguro de ti mismo.

—En este caso, te puedo asegurar que no. Ya no recuerdo lo que es una cita. Estoy muy desentrenado.

—¡Tranquilo! No soy una desconocida, piensa que somos dos amigos que vamos a tomar algo juntos.

—Eso es fácil de decir, de hecho, era lo que venía repitiéndome mientras llegaba. Luego te veo, tan…

—¿Tan?

—No me hagas decirlo, por favor.

—¡Sí! ¡Dímelo!

—¡Tan guapa! Estás espectacular, Loli. En la oficina destacas, sabes que eres de las mujeres más guapas del departamento. Ahora mismo estás que te sales.

—Muchas gracias. ¿Ves cómo no era tan difícil, guapetón? —Le habría plantado un gran beso en sus labios en ese mismo momento, no quiere causar un accidente. En lugar de eso, decide acariciar con suavidad su pelo—. Sabes que hay chicas nuevas muy monas, monísimas diría yo.

—Son otra generación, Loli, no tienen nada que hacer contigo.

—¿Me consideras vieja? —Lo dice en tono irónico. Daniel no se da cuenta y piensa que ha metido la pata.

—¡No! ¡De ninguna manera! No puedes tomártelo así.

—Tranquilo, Daniel, te tomaba el pelo. Te entendí a la primera. Ese parking es el mejor sitio, nos pilla cerca.

—Tienes razón.

Minutos después, salen del ascensor que da a la calle. Hablan como cualquier pareja que lleva mucho tiempo junta. Ella abraza su brazo con una naturalidad insospechada para una primera cita. La cena transcurre entre risas y conversaciones sin más finalidad que ponerse al día de todos los pequeños detalles de sus vidas. Tras el postre deciden tomar un licor cortesía de la casa. Sirven un chupito para ella y otro para él. Beben con la mirada clavada en los ojos del otro, sin desviarla.

Ella lo invita a tomar algo más en su casa. Daniel traga saliva y pide la cuenta. Cuando salen del restaurante, van de la mano en dirección al parking, se suben al coche y toman el camino de regreso a casa de Loli.

—¡Ahora toca aparcar en tu barrio!

—No te preocupes, lo tengo pensado. No iba a dejar que nos rompiera la noche perder tiempo dando vueltas para encontrar un sitio donde dejar el coche. Ve directo a mi casa.

—Si tú lo dices.

—¡Verás! —Ella busca en su bolso y saca un pequeño mando. Al acercarse a su portal, lo acciona—. Mi vecina está fuera esta semana, no le molesta si ocupamos su plaza hoy, te lo aseguro. Entra, yo te guío.

—¡Vaya! No debería sorprenderme, lo tienes todo bien pensado.

—No lo dudes ni un momento. —Lo guía hasta que aparca.

Loli espera a que baje del coche. Antes de que pueda decir ninguna palabra, toma su cara con las dos manos y le da un suave y cálido beso, promesa de muchos otros que vendrán después. Daniel se muestra algo torpe, como el joven que besa por primera vez. Loli, con suavidad, se abre camino y consigue que la dormida lengua de Daniel cobre vida y se muestre con la experiencia que tiene en realidad. Con mucha dificultad podrían explicar cómo han llegado hasta la puerta del apartamento de Loli. Desde el coche hasta el ascensor, el trayecto vertical o la salida de ese pequeño habitáculo se convierte en un completo catálogo de besos y caricias. Sin separar sus labios, ella es capaz de localizar las llaves en su bolso y abrir la puerta del piso. Daniel la toma entre sus brazos y la levanta mientras respira el mismo aire que ella, sus bocas no se separan. Al pasar al interior, la mano de ella, en un gesto medido, mecánico, cierra la puerta. Él no ha estado nunca en esa casa, se detiene un instante y una luz parece encenderse por arte de magia. Otro gesto de Loli mientras continúa aquel beso, sin parar a Daniel. Les parecen horas, pero solo han transcurrido segundos. Daniel deja con suavidad a Loli en el suelo. En ese momento abandona su boca para dirigirse a besar y acariciar su hermoso cuello. Mientras ella da un leve gemido, parece empujar a Daniel que está centrado ahora en el lóbulo de una de las orejas de Loli. Se hace la luz en una habitación nueva para él, presidida por una gran cama. Las sábanas superiores están preparadas para acoger a quien se quiera acostar en ella. Antes de darse cuenta, Daniel cae de espaldas en la cama. Loli lo mira con una sonrisa tierna y lujuriosa, mientras baja con un gesto sensual la cremallera del vestido, que resbala por las curvas de su cuerpo hasta caer junto a sus pies. Sus manos se dirigen a la espalda, realizan otro gesto mecánico para quitarse el sujetador, lo hace con calma para que Daniel saboree el momento que le regala. Él le sonríe con agradecimiento cuando por fin puede ver su generoso pecho. Comienza a besar aquellos hermosos y grandes pezones. Sin embargo, antes de lo que él hubiera deseado, ella lo detiene, pone el índice delante de sus labios para pedirle silencio, que no diga nada. Se muerde un poco el labio inferior, quiere poner cara de chica mala, aunque para Daniel en ese momento es un ángel. Ella le quita la camisa despacio, afloja su correa, desabrocha el pantalón y, antes de que puedan darse cuenta, la prenda está lejos de la cama. Él tiene su miembro erguido, presenta sus respetos a la dama. Ella lo descubre y comienza a besarlo. Pone su mano derecha en el pecho de él. Sin dejar de saborearlo, lo obliga a permanecer tumbado en la cama. Él cierra los ojos para disfrutar de ese momento, no recuerda la última vez que había gozado tanto. Hace mucho tiempo, mucho, mucho.

CAPÍTULO 13, 17 DE MAYO, 07:35. EN BUSCA DE RESPUESTAS

Miguel despierta con la sensación de tener muchas cosas pendientes y poco tiempo para cumplir con su objetivo. Al despejarse, comprende que la urgencia por resolver su trabajo es autoimpuesta; en realidad, puede tardar lo que quiera. Decide darse una buena ducha, se viste con ropa cómoda, comprueba que su portátil tiene toda la batería disponible, lo guarda en su mochila y sale a desayunar en alguna terraza, quiere esconderse a la vista de todo el mundo. Encuentra lo que busca cerca de la Plaza Mayor: una terraza al sol. Pide un café y unos churros, como muchos de los clientes que comparten aquel espacio y, como la mayoría, se encierra en su propia burbuja. Unos crean su espacio con el móvil, la mayoría, los menos, con un portátil. Miguel se sienta con la espalda pegada a la pared para evitar que alguna mirada distraída vea lo que él encuentra en su ordenador. Saca su portátil de la mochila, abre la pantalla y en segundos encuentra una red wifi para conectarse. La cafetería ofrece ese servicio a sus clientes, aunque él localiza una más potente, con seguridad es de una oficina cercana. Activa un programa que Misha le proporcionó para buscar la contraseña de cualquier red, no termina de endulzar su café cuando la pantalla del portátil le avisa que navega a toda velocidad. Comienza a abrir páginas de internet mientras disfruta de su desayuno. Con tranquilidad, accede a la nube que creó para su cliente. No espera encontrar ningún mensaje, para su sorpresa, sí hay uno, breve y claro: «¡Deme toda la información que tenga!». Después de pensar un rato, decide que le dará más información, aunque no toda. Sube a la nube la imagen que tiene del

DNI de María José. No esperaba encontrar ningún mensaje de correo electrónico en su cuenta, hace días que no la revisa. Como esperaba, no tiene ningún mensaje.

Analiza la situación actual. Su jefe, quien le paga, no es Raimundo Guzmán como sospechó. Este está muerto con toda Certeza, el ADN no engaña, no es quien le pide más información en su nube secreta. Debe ser alguien superior a Raimundo, o quizás su sucesor. Se pregunta cuál será el verdadero interés por localizar a esa mujer. Si lo piensa bien, tampoco le importa mucho; le pagan por encontrarla y eso es lo que intentará.

Se desconecta de la red y analiza la información que contienen las carpetas descargadas la noche anterior. Vuelve a estudiar la de Raimundo. No descubre nada nuevo. Pensó que él era su cliente al ser el administrador de la empresa que le pagó, una suma tan importante la tiene que autorizar la persona que manda de verdad en esa organización. Quizás Raimundo fuese un hombre de paja o un testaferro, aunque esa carpeta en la red de la comisaría le hace sospechar que debe ser algo más. Sin embargo, es imposible; allí está el informe, es claro y contundente, lo mataron, él no puede ser su cliente. Además, tiene los detalles de la muerte del administrador de la empresa que le contrata. Según su experiencia, un asesino profesional, meticuloso, con tiro de gracia y fuego para borrar sus huellas después. ¿Cómo lo han identificado? ¡Un momento! Abre el informe de la autopsia y lo estudia con más detenimiento. Todos los cuerpos quedaron calcinados en su totalidad, excepto aquel fémur. Este detalle le trae un recuerdo de su memoria. Una idea comienza a rondarle la cabeza. Según puede leer en el informe, al no tener posibilidad de obtener ningún dato del resto de cuerpos, se centraron en el cuerpo de Raimundo. Pegada a la piel por las altas temperaturas alcanzadas en el incendio, se encontraron indicios de algún tipo de seda, sin duda de las sábanas, restos de tela sintética, en lo que supuso sería un bañador o pantalón, también trazas de algodón sobre la zona del fémur. Esto le hace recordar algo, comentarios entre profesionales, una vieja historia. Los forenses y la policía no han visto nada más, nada inusual; Miguel sí.

Guarda su portátil en la mochila, pide la cuenta y mientras se la traen, saca el viejo Nokia y una nueva tarjeta SIM. Activa el teléfono, espera a pagar y comienza a pasear mientras marca un número que sabe de memoria. Espera el tono de llamada, mientras piensa lo que va a decir. Si quiere sonsacar la información que necesita, tiene que inventarse una buena historia, una gran mentira.

—¿Dígame?

—¿Está Miriam?

—¿Miriam? ¡Aquí no vive ninguna Miriam!

—¡Perdón! Me equivoqué, le pido disculpas.

Miguel cuelga. Sabe que Max tardará unos minutos en llamarle. Tiene que copiar su nuevo número, coger el otro móvil, colocar una tarjeta nueva, montarlo, encenderlo, da unos pasos más, aquí está la llamada.

—Esto se está convirtiendo en una agradable costumbre.

—Podría ser, viejo amigo, podría ser.

—¿Sabes una cosa? Hablamos más estos días, que en los últimos años.

—¡Seguro! Ya sabes que eso solo es culpa tuya.

—Truhán, si yo siempre estoy para ti. ¿Qué necesitas? Seguro que quieres algo de tu amigo Max. Una cosa tengo segura. ¡No me llamas para preguntarme cómo estoy!

—¿Cómo que no? Max, yo me preocupo mucho por ti. ¿Cómo estás?

—¡Divino de la muerte, querido! Déjate de monsergas, dime lo que sea, eso que necesitas, tengo muchas cosas que hacer todavía. —Aquellas palabras son pura mentira. Como casi siempre, se encuentra sin nada mejor que hacer, sentado en la butaca de su despacho, mientras se odia a sí mismo por no ser capaz de poner los pies sobre la mesa.

—Quiero hacerte solo una simple consulta. Es de hace unos años. ¿Recuerdas el caso del industrial del norte? El que yo rechacé porque estaba en Moscú.

—Sí, ese que tuve que pasar a otro, porque el muchacho estaba en uno de sus periodos de formación.

—Exacto, para conseguir los mejores resultados, estar considerado entre los mejores y poder cobrar como si lo fueras, debes formarte y mejorar siempre, tú deberías saberlo y aplicarlo con el resto de tus «empleados».

—¡Que sí, pesao! ¿A qué viene eso ahora?

—¿Tú no darías alguna información sobre mí?

—¿Por quién me tomas? ¡Jamás doy información de nadie que colabora conmigo! ¡Solo doy los únicos contactos necesarios! Los mínimos, me ofende que me preguntes esas cosas. Yo soy una tumba a la hora de dar información. ¡Y tú lo sabes!

—Lo sé, Max. A pesar de eso, he recibido un correo de la «afligida viuda».

—¿Cómo? ¡Eso no es posible!

—Parece ser que el trabajo quedó incompleto, además de eliminar al marido, había que cargarse a un socio, de manera que el paquete mayoritario de acciones fuera a parar a manos de su hijo.

—¡Solo me encargó una historia!

—Eso no es lo que dice en el correo que recibí.

—¿Qué más dice?

—Poca cosa más. Que entiende la forma de trabajar, para no levantar sospechas, es lógico realizar los trabajos con una distancia temporal, así se evita la relación entre los dos «encargos», todo eso le parece muy bien, aunque necesita que cumpla con el trato acordado. Con el segundo pago realizado, me lo recuerda.

—¡La madre que lo parió! ¡Ni un trabajo más! ¡Este no sabe con quién se la juega!

—No te pongas tan nervioso. —Miguel necesita que le dé un nombre—. A mí lo que me preocupa es por qué dio mi correo para que se comunicaran con él.

—No es tan tonto. Tampoco se trata de un simple error. Lo ha hecho por algo.

—Me imagino que de alguna manera lo controla, puede acceder a él al ser externo, pensó que yo habría abandonado esa cuenta de correo y la utiliza para borrar sus huellas. O quizás para confundir y apuntar hacia mí. Imagina que es detectada, si alguien tira de la manta, se encontrarían conmigo, en lugar de con él.

—¡Eso va a ser! —Max parece asombrado, los ojos muy abiertos, su semblante cambia—. ¡Ten mucho cuidado! Es un tipo cruel, muy sanguinario y presume de no dejar testigos, si sospecha que has leído ese mensaje puede ser que vaya a por ti.

—¿A por mí?

—¡Puede ser! No es trigo limpio, es muy peligroso. A partir de ahora, ten ojos en la nuca.

—Vale, necesito que me ayudes un poco. En este momento voy a ciegas, no tengo ninguna pista. ¿A quién tengo que esperar? —Vamos Max, di su nombre, di quién es.

—Nadie lo conoce, es casi tan bueno como tú. Él piensa que es el mejor, se lo cree de verdad. Solo sé su nombre, apodo o lo que sea. Mango se hace llamar.

—¿Mango? ¿Cómo la fruta?

—¡Eso es!

—Dame más pistas.

—¡No tengo! No es uno de mis empleados habituales, créeme. Cuando busca trabajo me avisa que está disponible, me da una dirección de correo, solo se utiliza una vez, la última fue la usada para ese trabajo, para ser exactos. No ha vuelto a ponerse en contacto conmigo. ¡Y cuando vuelva a hacerlo, no le voy a dar ni un trabajo más!

—Hombre, no te pongas así.

—¡Cómo que no! Ponte en mi lugar, esto es un puñetero negocio, ilegal, aunque negocio al fin y al cabo. Va a hacer dos encargos, el cliente se lo he pasado yo, solo cobro por uno, él ha pactado un segundo trabajo de forma directa con el cliente. ¿De qué vivo yo? Mis contactos son mis ingresos. ¡Si me saltan, voy directo a la ruina!

—Te entiendo, ya sabes lo que tienes que hacer.

—¡No lo dudes! Tú ten cuidado. Ese no es trigo limpio.

—¡Lo tendré! Aunque no sé de quién me tengo que proteger.

—A partir de ahora, ¡hasta de tu sombra!

—Muchas gracias por tu ayuda. Tendré ojos en todos lados. Ciao, Max.

—Sobre todo, en la nuca, no lo olvides. Ciao, guapetón.

Le da mucha pena la jugarreta que le hace a su viejo amigo Max, no puede llegar y preguntarle sin más quién hizo aquel trabajo, el del industrial del norte. Necesitaba sonsacarle el nombre del sicario de forma sibilina. En su día prestó atención a aquel caso. Le habían encargado una muerte, la de un potente empresario. Su futura viuda necesitaba que desapareciera y, de esa manera, el control de las empresas pasaría a manos de su hijo, al que ella controlaba mejor. En ese momento él se encontraba en Moscú, mejoraba sus capacidades de infiltración en redes wifi con Misha, aunque el trabajo estaba bien pagado, no le atrajo lo suficiente como para dejar aquella formación tan interesante para él y sus futuros encargos. Poco tiempo después reconoció el nombre de la víctima en las páginas de sucesos: un trágico accidente había causado su muerte, en una de sus empresas se produjo un incendio fortuito. El empresario quedó totalmente calcinado. Lo que llamó su atención era algo que venía al final de un artículo de prensa. «Por fortuna», decía el periódico, se le pudo identificar sin ningún género de dudas, gracias a su fémur, una parte de ese hueso quedó en mejor estado y pudo utilizarse para una identificación por ADN. Esta coincidencia es la que llamó la atención a Miguel. Dos muertes, tras un incendio solo se les puede identificar por los restos de un hueso, en las dos ocasiones el mismo, el fémur. En los dos casos necesitaban por algún motivo la identificación precisa y exacta de la víctima. No accedió a la autopsia del empresario, imaginó cómo lo habría realizado él mismo. Tenía una certeza gracias al informe de Raimundo. El hueso no se calcinó para poder facilitar su identificación posterior, gracias a alguna tela de algodón, con toda seguridad bien empapada en agua o algún retardante. Es un método demasiado específico para que sea pura coincidencia en dos casos diferentes. Es la firma de un asesino profesional como él mismo. Ahora ya sabe que debe buscar a un sicario que se hace llamar «Mango». Miguel ahora conoce su existencia y que, de una forma u otra, algo tiene que ver con su nuevo trabajo si fue el encargado de eliminar, entre otros, a Raimundo Guzmán. Mientras su cabeza da vueltas y su pensamiento está en aquel asesino a sueldo, abre el móvil, saca su tarjeta SIM, la rompe y deja caer los trozos al suelo. De pronto para en seco su caminar. ¿Sabe Mango que él es quien lleva este caso? Comienza a caminar de nuevo. Si lo piensa con frialdad, debe hacer caso a Max, siempre lo hace, ahora con más motivo. Debe controlar su espalda, su sombra. Le pueden vigilar en estos momentos, o peor aún, pueden apuntarle con un arma. Por propio instinto, con disimulo, controla quién camina tras él.

CAPÍTULO 14, 17 DE MAYO, 10:16. CASO CERRADO

E s una mañana tranquila en la Comisaría de la Policía Judicial. Los agentes trabajan en sus casos, concentrados en atrapar a los culpables y resolver problemas, aunque algunos están más pendientes de otros temas. Suena el teléfono en un despacho de difícil acceso, algunos lo llaman «la cueva», pocos entran en él. El agente que está ahora mismo en su mesa estudia un expediente por quinta vez. De forma mecánica, estira el brazo, descuelga el auricular y contesta sin mucho entusiasmo.

—Agente Iglesias. ¿Dígame?

—¿Cómo estás, cari?

—¿Cari?

—¡Ay! ¡Daniel! ¡Cari, de cariño!

—Eso lo entendí a la primera, Loli —Mintió, no se lo imaginó—. Debes entender que en el trabajo eso no suena... digamos que no suena profesional. Debemos ser más formales entre nosotros, cuando tengamos a gente cerca, a la vista de los compañeros.

—¡Anoche no pensabas lo mismo!

—Ni tampoco lo pensaré luego. ¡No puedo quitarte de mi cabeza!

—¡Pues al final vas a tener razón!

—¿Qué quieres decir?

—Que vas a tener que ser más profesional: el comisario quiere veros. A ti y a Jorge. Cuanto antes.

—¡Vale! Así aprovecho y te veo.

—Verás lo mismo que esta mañana, cuando desayunamos.

—¡Lo más lindo del mundo! —cuelga sin esperar respuesta. Piensa en lo que acaba de decir y no se reconoce; habla como un crío en su primera relación. Menos mal que no lo escuchó nadie. Va a llamar a Jorge cuando este entra por la puerta—. ¡Vamos! El comisario quiere vernos.

—¿Qué has hecho esta vez?

—¡Nada! Lo juro, no he hecho nada.

—Pues te recuerdo que vamos al «Matadero».

—¡Nunca me gustó ese nombre!

—Creo que ni a ti, ni a nadie. Perdona, a alguien sí le gustó: al propio comisario.

—Muy propio de él, ese nombre para su despacho intimida, por eso le gusta.

—¡A ver qué nos encontramos! —El ascensor abre sus puertas, Jorge hace un gesto para que pase primero su compañero. No por guardarle las espaldas, sino para evitar la primera confrontación—. Jefe, pase usted.

—¿Ahora me llamas jefe? ¡Tú sabes algo que yo no sé! —Las puertas del ascensor se cierran, pulsa el botón del piso al que van y mira a Jorge—. ¡Desembucha, chaval!

—Saber, lo que se dice saber, no sé nada nuevo. No te voy a negar una cosa: como toda la comisaría, mis sospechas tengo.

—¿Sospechas? ¿Toda la comisaría? ¿De qué hablas?

—¡Joder! Daniel, hay que dártelo todo bien mascadito. Ayer, cena, sonrisa de los dos esta mañana. ¡Vamos! ¡Que muy mal se tuvo que dar la noche, para que no mojaras!

—¡Jorge!

—¡Que no sois unos críos! —La puerta del ascensor se abre, baja mucho su tono de voz, lo convierte casi en un susurro—. ¡Pero que todos nos alegramos! ¡Por los dos! Que conste.

—¡Vale! ¡Deja el tema! —Con una sonrisa, Loli le señala la puerta del «Matadero». Después del comentario de su compañero no se atreve a mostrar más afecto del habitual, aunque un ligero guiño se le escapa—. Gracias, Loli.

—¡No hay porqué! —Ella le hace otro gesto con discreción, se muerde de forma sutil el labio inferior, nadie más lo ve, consigue ruborizar a Daniel. Este abre la puerta del despacho para dejar pasar primero a Jorge, devolviéndole así la jugada a su compañero, lo que sube mucho la intensidad de los nervios que este tiene. Cierra la puerta una vez entran.

—¡Sentaros! —Señala las dos sillas que se encuentran al otro lado de su mesa—. Os he hecho llamar, esta es la razón, me ha llegado un informe ahora mismo.

—¿De qué se trata? —pregunta Daniel mientras toma el informe y, sin esperar ninguna otra explicación, comienza a ojearlo.

—Parece ser que la Guardia Civil de Mejorada del Campo tenía razón. Al final ha resultado ser un simple ajuste de cuentas. ¡Caso cerrado!

—¿Seguro? —Daniel no lo parece, sin embargo, en ese momento recuerda datos, frases, fotos de aquel informe a una velocidad vertiginosa.

—¡Por supuesto! Han encontrado el arma que causó las muertes.

—¿Dónde?

—Ayer se recibió una llamada en el cero noventa y uno. Gracias a todo lo que encontramos por ella empieza a aclararse todo este asunto. Es más sencillo de lo que habíamos pensado, después de todo.

—¿Podemos escucharla?

—¡Por supuesto! Tienes una copia en ese informe, la tienes en un pen drive. Ahora también puedes oírla, yo la tengo descargada en mi ordenador. Un momento.

Teclea algo, mira con detenimiento la pantalla, a los pocos segundos les mira sonriente, mientras se escucha esta conversación:

—Cero noventa y uno, dígame.

—He escuchado disparos.

—¿Dónde se encuentra usted?

—En una nave de este polígono, no sé ni cómo se llama. Está abandonada, en construcción. ¡No quiero que me involucren, no he visto nada!

A continuación, solo se escucha silencio durante un buen rato.

—No hay nada más, en la grabación digo.

—¿Desde dónde se hizo?

—Una cabina, en un polígono de las afueras. Una pequeña búsqueda de una patrulla por los alrededores y encontraron, en una nave a medio construir, una furgoneta, con dos cuerpos de dos sudamericanos, sin fichar y sin papeles, de momento son desconocidos para nosotros. Uno de ellos muerto en el asiento del acompañante de un disparo, el otro parece que se ha suicidado después de matarlo.

—Eso no es muy frecuente. —Jorge no había dicho nada desde que entró en el «Matadero», aparte de un simple saludo. Cuando se da cuenta de que habló en voz alta, se maldice a sí mismo por su indiscreción. ¡Cierra la boca! Se dice para sus adentros. Ver, oír y callar. ¡No aprenderás nunca!

—¡A saber qué piensan los drogatas estos! —dice el comisario, por lo menos no da muestras de estar enfadado.

—Algo más hay en este caso. Si me lo permites. —Daniel se da cuenta de los nervios de Jorge, quiere que su superior centre la conversación con él.

—¡Oh, supongo que puede ser! Aunque está todo más claro que el agua. El arma coincide con los disparos que mataron a los del chalet de Mejorada, antes de quemarlos. Es la misma. ¡Por si te parece poco, hay más cosas! Dentro de la furgoneta se encontraron varias cajas y trastos, parece que desvalijaron algún negocio. En una de esas cajas, hemos encontrado el cuerpo sin vida de un viejo conocido.

—¿Quién?

—¡Seguro que lo recuerdas!

—Mi memoria no es la que era.

—Yo creo que sí. No en vano eras el listo de nuestra promoción, que se note. Si te digo Ernesto Rodríguez, ¿tú qué me cuentas?

—Ernesto Rodríguez, déjame pensar. —Daniel cierra los ojos, aunque solo lo hace para dar un poco más de tensión a la pausa, es un poco de teatro, tiene claro desde el primer momento quién era aquel hombre. No se las quiere dar de demasiado listo con su jefe, cuando piensa que ya es suficiente, abre los ojos y comienza a hablar—. ¿Puede ser un tatuador cubano, cuya tapadera es esa, pero su actividad principal es la de falsificar documentaciones?

—¡El mismo! Sabía que no me fallarías.

—¡No entiendo! Ese hombre no se lleva mal con nadie. Unos antes, otros después, todos recurren a él; más pronto que tarde necesitan de sus «habilidades especiales».

—Pues algún callo ha tenido que pisar. Como detalle extra, me comentan que él es cubano y los otros dos, por su aspecto, tienen pinta de que también lo son.

—Bien, a raíz de los acontecimientos, tengo que hacerte esta pregunta, Sergio. ¿Alguna sugerencia? —Daniel supone que la llamada de su jefe no es para darles las novedades; para eso les habría mandado el informe y que hicieran su trabajo. La visita al «Matadero» es, con total seguridad, para teledirigir la investigación, deberán hacer lo que él quiere que hagan, nada de salirse del camino marcado. No quiere enfados ni malos entendidos con su superior, con aquella pregunta, le deja bien claro que sabe por qué está allí.

—No me entiendas mal. ¡Vosotros lleváis la investigación! ¡Por supuesto! Tenéis que tomar las decisiones sobre el caso. Ahora bien —por fin llegan a la parte importante, la que Daniel espera desde hace un tiempo. Sergio, el comisario, le mira directo a los ojos—. Yo concentraría mis esfuerzos en descubrir quiénes son los dos de la furgoneta sin identificar y su relación con el tatuador.

—Quizás también sea interesante intentar conocer la relación de estos con los cuerpos encontrados en el chalet, ¿no?

—Sí, también puede ser interesante, aunque creo que si cierras esta última parte, se resuelve la primera, la de Mejorada.

—Es muy posible.

—¡Perfecto! A ver si me lo tienes envuelto con un lacito en un par de días, se avecinan más casos donde seréis necesarios. —Dicho esto, se levanta y señala su puerta para animarlos a abandonar su despacho, el gesto da la sensación de ser amigable—. Ahora, muchachos, manos a la obra.

—Una pregunta, comisario. —Jorge tiene una duda que necesita ser resuelta—. Por si debemos realizar alguna pesquisa, ¿tenemos aún a nuestra disposición el coche que nos asignaron el otro día?

—Ese es vuestro coche de trabajo, se os asignó. Sois mis chicos mimados.

—Gracias, comisario.

—Traedme buenas noticias. ¡Es una orden! —Se escucha decir antes de cerrar la puerta.

Loli no está en su mesa, Daniel la busca con la mirada, aunque no la encuentra. Como no la ve, camina hacia el ascensor, mientras mira una de las fotos de aquel informe. Una sonrisa se dibuja en su cara. Ya lo tiene. Aquello lo cambia todo y lo localizó en menos de dos minutos. Aquel es el hilo del que debe tirar.

—Daniel, quiero hacerte una pregunta de compañero. ¿Qué opinas de todo?

—Espera que lleguemos a nuestro despacho, esto hay que estudiarlo bien. No podemos cagarla, no quiero más tiempo de nevera. —En el ascensor mantienen un discreto silencio mientras uno mira al suelo y el otro ve cómo cambia la iluminación que indica el piso por el que se encuentra.

—¡Ya estamos solos! —dice Jorge al cerrar la puerta de su oficina tras de sí—. ¿Qué tienes dentro de tu mollera?

—¡Dímelo tú! Estoy seguro de que lo vas a ver a la primera, como mucho a la segunda. —Cogió el pen drive del informe, lo conectó a su ordenador y manipuló su ratón, hasta que consiguió que sonara la grabación que había escuchado un poco antes, en un despacho situado unas plantas más arriba de aquel edificio.

—*Cero noventa y uno, dígame.*

—*He escuchado disparos.*

—*¿Dónde se encuentra usted?*

—*En una nave de este polígono, no sé ni cómo se llama. Está abandonada, en construcción. ¡No quiero que me involucren, no he visto nada!*

Daniel mira a Jorge, espera que se dé cuenta de lo mismo que ha visto él.

—Me parece lo mismo que he escuchado antes, no me dice nada. Daniel, ¿tú qué has oído aquí?

—Lo correcto sería preguntarme qué he visto en las fotos del caso que no es posible si es cierto ese audio. Dales un buen vistazo. —Le pasa el grupo de fotos en los que se ven los cuerpos sin vida de los tres hombres. Como se los encontró la policía, antes de que nadie tocase la escena del crimen.

—Son fotos como muchas que hemos visto. No veo nada que me haga saltar de emoción.

—Fíjate bien.

—Daniel, no me tengas dando vueltas para una tontería. ¿Qué tengo que mirar en concreto?

—Te ayudaré, aunque no lo mereces. La foto del que está en el suelo.

—¿Dices el que se suicidó? ¿El que lleva el arma?

—Eso es, al final llegarás tú solo.

—¡Pues no veo nada! ¡Hazme el favor! ¿Qué tengo que ver?

—Descríbela. En voz alta, por favor.

—¡Joder! Se ve un chaval joven, veintipocos, tirado en el suelo, con un disparo en su sien derecha.

—Vas bien, pero frío.

—¡Me estás tocando los cojones, pero bien! ¿Sabes?

—Continúa, Jorge, tranquilo. Tú puedes hacerlo.

—A ver, tiene postura de haber caído de espaldas, lo normal si se ha pegado un tiro.

—Error.

—¿Cómo que error?

—No opines, solo dime lo que ves.

—¡Uy! ¡Se me está hinchando la vena!

—No te enojes, no te quiero contar nada, me gustaría que lo vieras tú solo, de esta manera, luego puedes presumir de esto con tu mujercita. Sigue, no te enfades.

—Lleva la pistola en la mano derecha.

—¡Caliente!

—No veo bien qué arma es, solo puedo ver que lleva silenciador.

—¡Bingo!

—¿Bingo? ¿Por qué?

—Lo sabes, en tu interior lo sabes, aunque no has caído aún en el detalle definitivo. Te doy un pequeño empujón. ¿Recuerdas la llamada al cero noventa y uno?

—¿La llamada? ¡Espera! ¡Joder! El tío dice algo así como: «He oído disparos».

—Exacto, dice de forma textual: «he escuchado disparos».

—Eso, eso es lo que dice.

—Pero... —Daniel anima a Jorge para que desarrolle el tema.

—¡Si el arma lleva silenciador, es imposible que hubiese escuchado los disparos!

—¡Exacto! Mucho menos si el testigo se encuentra a bastante distancia, se supone que no está en la nave.

—¡El que llamó está en el ajo!

—Para ser precisos, estoy seguro de que se trata de quien se ha cargado a los tres, a los dos de delante y al tatuador. Además de tener todas las papeletas para ser el que eliminó a los del chalet.

—¡Vamos a decírselo al comisario!

—¡Tranquilo! No tengas prisa. Tenemos que actuar con la mayor serenidad posible. Vamos a trabajar en serio, a estudiarlo todo. Ahora tenemos una prueba, esto ya no es un indicio. Vamos a estudiar todo desde esta nueva perspectiva. Cuando nos toquen las narices, descubrimos este asunto, ya no será un indicio o una sospecha. Hay algo más y vamos a encontrarlo.

—Sobre todo, piensa en lo que nos ha dicho el comisario, quiero tenerlo contento.

—Tienes que entender que a él le presionan para que tenga el mayor número de casos resueltos, para eso le vienen muy bien las soluciones rápidas, sencillas y fáciles.

—¡Y eso no va contigo! ¿Verdad, Daniel?

—A mí me enseñaron a hacer mi trabajo bien hecho.

—¡Claro! Eso significa tocar las narices. Mira que no quiero nevera otra vez.

—¡No te equivoques! ¡Yo tampoco!

—Entonces, ¿qué vamos a hacer?

—De momento, si te parece bien, vamos a estudiar bien este informe. Lo mismo tiene más datos que pueden ayudarnos, o quizás alguna otra pista que se nos haya pasado.

—¡A nosotros y al resto!

—Tienes toda la razón. Te hago una copia y te la envío para que estudiemos los dos el caso.

Poco tiempo después, los dos agentes están enfrascados en la lectura y análisis de aquel informe. Daniel sonríe; ha encontrado una prueba clara e incuestionable de que aquel caso es mucho más complejo de lo que pensaron en un principio. Ahora quiere más.

Nox Mortis

CAPÍTULO 15, 17 DE MAYO, 13:42. HORA DE TOMAR PRECAUCIONES

De forma discreta, realiza una mirada a su alrededor para comprobar que no están pendientes de sus movimientos. Nadie. Escoge el ordenador más lejano a la puerta de entrada de aquella oficina. Acciona el ratón mientras desea que el usuario de aquel equipo no lo tenga bloqueado con una contraseña. Sonríe con malicia al ver que la pantalla se ilumina al instante, por tanto, tiene acceso a toda la información que guarda en su disco duro. Teclea mientras piensa con cierto enfado: «Esta gente es una irresponsable, cualquiera puede llegar y meter las narices en datos delicados». Casi al instante sonríe, eso es lo que hace en ese momento. Vuelve a asegurarse de que nadie le presta atención. Abre el navegador. Busca en su cartera una larga y difícil dirección de una página web que le da acceso a la nube que le facilitó el sicario de lujo.

Cada día, sin falta, entra en aquella nube, siempre a una hora distinta y desde un equipo diferente, nunca desde uno propio. No sabe si pueden llegar a localizarle si rastrean el enlace desde el que se conecta. Toda precaución es poca frente a un asesino que ha demostrado ser capaz de llegar a localizar a «su Elisenda» en un plazo tan breve de tiempo. Hay un mensaje en la nube, una imagen. Mira a su alrededor, cuando confirma que nadie está pendiente, abre la imagen. Allí está el DNI de María José. Siempre supuso que nadie podía llegar hasta ese punto. Hasta ahora parecía imposible rastrear aquella identidad. Destruyeron toda la información que existía, o eso era lo que había pensado todos estos años. Y, sin embargo, allí está: una copia de un carnet de identidad del que no debía quedar rastro. Decide su nuevo movimiento. Hay que tomar más precauciones. Cierra aquella página, borra el historial del navegador y, con discreción, se aleja de la mesa, sale de la oficina y huye del edificio. Nadie podrá localizarle nunca si continúa con estas medidas de seguridad.

Sin embargo, empieza a sospechar que este sicario sí puede encontrar a Elisenda. Si eso sucede, todo tendrá sentido. Pasará lo que tenía debió suceder ocho años antes, cuando coincidieron en el peor momento y situación posible, cuando desapareció entre la gente, sin darle la opción de contactar con ella. Si hubiera podido hacerlo, la habría eliminado en aquel preciso momento. Ahora necesita terminar con ella, aunque antes debe conocer respuestas a preguntas que nadie debería responder. Por eso no ordenó su muerte imediata, solo su localización. La muerte puede llegar un poco después

Mientras camina por una calle del centro de la ciudad, analiza la situación en la que se encuentra. Ya no quiere tener solo el nexo de unión de aquella anónima nube, debe ser capaz de controlar y vigilar a su sicario de lujo. No en vano él es su empleado, le paga un precio más que generoso, aunque reconoce que los resultados y la rapidez con la que los consigue reflejan a las claras que vale el dinero que cuesta. Ahora mismo no imagina por dónde se mueve, qué hace o a quién persigue. Eso no es aceptable. Tiene que ser capaz de saber dónde está y qué sabe en todo momento. Lo primordial es adelantarse a él si consigue localizar a Elisenda, o como quiera que se llame en realidad. Comienza a pensar en cómo localizar a alguien especializado en vivir en paradero desconocido.

No es una tarea fácil para cualquier persona, por fortuna, no es cualquier persona. Cuenta con dos puntos a su favor. El primero es que dispone de toda la financiación del mundo para poder solventar cualquier cuestión que se presente. Aprendió hace mucho tiempo que el dinero soluciona todos los problemas. El segundo punto para localizar a este sicario se resume en una sola palabra: Mango.

CAPÍTULO 16, 17 DE MAYO, 14:04. LA VERDADERA IDENTIDAD

Miguel come en un pequeño restaurante del centro, disfruta de un sencillo menú que le sabe a gloria. Se siente perdido entre la multitud de gente que entra y sale del establecimiento. Decide que volverá alguna vez más, aunque no imagina cuando. Empieza a valorar que su estancia en Madrid se prolongará. Poco después entra en su casa, saca el portátil de su mochila y, en breves segundos, navega entre los documentos guardados. Busca en la carpeta que se descargó la noche anterior, identificada como «Agente G6355F9077». Por su pequeño tamaño, teme lo peor, podría ser una vía muerta. Solo hay tres documentos. Uno es el «recibí» de la documentación falsa que ya conoce. Lo inspecciona de nuevo, sin obtener nada nuevo. Busca en los metadatos, pero alguien se tomó la tarea de dejarlo limpio. No hay ninguna información útil.

El segundo documento es una solicitud con palabras borradas con tinta negra, de manera que las partes importantes no se pueden leer. Este es el texto que puede ver:

Yo---------, con D.N.I. nº ----------, y con domicilio en ----------------, pongo en su conocimiento que a partir de ---------, es mi deseo terminar la relación laboral que mantengo con ustedes, por motivos de seguridad que mis superiores conocen y aprueban.

Esta comunicación la remito con la antelación que, a tales efectos y a tenor de mi categoría profesional, prescribe la legislación vigente. Por ello, les solicito me preparen la correspondiente liquidación, con el detalle de cada uno de los conceptos, para la fecha indicada.

Es importante que borren de sus archivos, ya sean físicos o digitales, cualquier referencia a mi persona o a las actividades que he realizado durante mi prestación de servicios, dadas las graves circunstancias que concurren sobre mi identidad.

Atentamente,

Vuelve a leer aquel documento varias veces. Le proporciona información, aunque escasa. Aquella mujer debió ser un agente infiltrado, eso ya lo sabía, allí pedía su baja por motivos de seguridad. No puede encontrar nada más, busca también en los metadatos de aquel documento. Encuentra un trabajo igual de eficiente al borrar cualquier huella. Sin duda, lo hizo el mismo informático, es muy bueno. Abre el tercer y último archivo de aquella carpeta. Un simple vistazo le basta para reconocer que es el recibí y la aceptación de la solicitud que vio antes. Nombres tachados, fechas borradas, igual de inútil que los anteriores. Va a cerrar el ordenador cuando recuerda que no ha mirado los metadatos de este último archivo. Imagina que estarán borrados por el mismo informático, sin embargo, debe probar todas las opciones posibles. No se lo puede creer, está claro que este último documento no ha pasado por las manos del mismo empleado. Han borrado datos, sí, pero no todos. Localiza una fecha parcial, 12 de noviembre, además del número de serie del equipo desde el que se creó y grabó aquel recibí. Con la excitación del que encuentra una pista después de una larga búsqueda, copia toda la información. Poco después comienza a buscar aquel número de serie. En breves minutos ya sabe que es un equipo de la marca HP y el modelo concreto. Es parte de una licitación para un organismo oficial, esa venta está registrada y el número de serie de aquel ordenador debe estar en un listado correspondiente a una adjudicación. No es fácil, le cuesta más trabajo del que esperaba, por fin localiza el destino final de ese equipo: el ordenador se asignó a la oficina del Director General de la Policía Nacional de Madrid. Esa información puede parecer inútil para cualquiera. Para Miguel, es una ventana que se abre en su búsqueda. Ya sabe lo que debe hacer mañana, esta jornada termina para él, ya no puede avanzar más. Decide pedir comida a domicilio. Cena y duerme con la esperanza de que en pocas horas podrá dar un gran paso en su búsqueda.

A primera hora se dirige al rastro de Madrid. Cerca de este inmenso mercado al aire libre, desayuna los típicos churros madrileños, se confunde entre los miles de curiosos que buscan la ganga o el objeto imposible de encontrar en ningún otro sitio. Miguel comienza a buscar un puesto con ropa de trabajo usada. Encuentra uno, pero no disponen de las prendas que tiene en mente. Poco después, en el segundo puesto que encuentra, halla lo que necesita: una chaqueta y una gorra de un repartidor de UPS. Le da igual la empresa de paquetería, necesita chaqueta y gorra para su plan. Sabe que un repartidor lo tendrá más fácil que un usuario normal para entrar donde piensa. En otro puesto compra una carpeta y un rollo de precinto transparente. Lo guarda en su mochila. Tiene casi todo lo necesario, le falta un pequeño detalle, eso lo buscará cerca de su próximo destino. Ha localizado las oficinas de la Seguridad Social más cercanas, se pierde entre la gente en el metro a esas horas. Poco después está frente a las oficinas. Mira la información en la entrada: las oficinas ocupan las seis plantas del edificio. Es lo que necesita saber, de momento. Busca en la calle un contenedor para reciclar cartón. A la vuelta de la esquina localiza uno. Se dirige a él, hay un par de cajas grandes de cartón al lado del contenedor. Como si fuera un cívico ciudadano, coge una caja y abre la tapa del contenedor para introducirla. Lo que parece un gesto inocente es una treta para ver si encuentra algo útil para su plan. Al abrir la tapa, ve una caja de paquetería de tamaño mediano. Lee la etiqueta de envío, sonríe. Está dirigida a las oficinas de la Seguridad Social. Deja la caja grande y toma la mediana, sin hacer gestos extraños. Busca no llamar la atención, una precaución innecesaria, nadie parece fijarse en él. Entra en una cafetería, pide un café y un paquete de chicles, paga y se lo bebe rápido mientras localiza los baños. Una vez terminado, se dirige al servicio. Cierra la puerta y se quita la cazadora que lleva. La dobla con cuidado y la guarda dentro de la caja que tomó del contenedor. Saca de la bolsa de plástico la chaqueta y la gorra de UPS. Se los pone y mete la bolsa vacía junto a la cazadora, en la caja. También guarda la mochila, con lo que el paquete queda lleno y con cierto peso. Lo cierra con el precinto transparente, mira su trabajo, está satisfecho. A ojos de cualquiera, parece un paquete sin abrir. Mira la etiqueta, rompe la parte que identifica a la empresa de paquetería, no coincide con su disfraz. Arranca la parte de la etiqueta donde se leen los apellidos del destinatario. Abre el paquete de chicles y se mete dos en la boca. Con dificultad, comienza a mascar. Con la caja bajo su brazo derecho y la carpeta en la mano izquierda, sale de la cafetería con su gorra y chaquetilla de repartidor, masca chicle de forma exagerada. Nadie se fija en él.

En la acera frente a las oficinas, espera con paciencia a que aparezca algún repartidor. Sabe que no pueden tardar mucho. Unos minutos después, una furgoneta para y pone los cuatro intermitentes. Un chico joven baja a la carrera, abre la puerta lateral. Es el momento que Miguel espera. Se acerca despacio, el chico prepara varios paquetes en una carretilla, cierra la furgoneta y se acerca a la entrada. Miguel comienza a andar tras él. En la entrada del edificio hay un vigilante junto a un arco de seguridad. Todos los visitantes deben dejar sus objetos metálicos y pasar por él. Miguel sigue de cerca al repartidor, espera ser capaz de imitarlo para entrar sin llamar la atención. El joven repartidor saluda al vigilante, que lo deja entrar sin pasar por el arco de seguridad. Se dirige directo a un ascensor de servicio a un lado de la entrada. Miguel saluda al vigilante al entrar, como ha visto hacer al compañero.

—¡Buenos días! —Miguel acerca la mano que lleva la carpeta a la gorra, a modo de saludo. El gesto también le tapa un poco la cara.

—¡Un momento! ¡No te conozco! ¿Dónde vas?

—¡A solucionar la cagada de algún compañero! Mira, algún torpe ha roto la etiqueta. Puedes leer el nombre, pero ni la planta ni el puesto de quien recibe el paquete. —Le pone el paquete delante de la cara, espera la reacción normal: que intente ayudarle.

—¿Gloria? Ni idea de qué Gloria se trata.

—Pues la dirección es esta. Me toca buscarla. ¡Mi jefe me odia, te lo juro! Imagina, esta cagada no es mía, pero me la como yo solito, y mis paquetes en la furgo, sin repartir. —Abre la boca y masca el chicle con descaro. Si alguien quiere hacer memoria, recordará el gesto, no el resto.

—Manolo, déjalo, yo le ayudo. Creo que sé quién es. —El repartidor ya está dentro del ascensor y le hace gestos para que suba con él.

—Tira, que te ayude este. —El vigilante hace un gesto para que entre. Al final reacciona como esperaba, ayuda al compañero con problemas.

—¡Gracias, chaval! Entonces, ¿sabes dónde está esta mujer?

—Creo que sí, debe ser la que trabaja en la planta 5. Hoy me toca repartir en casi todas. Empiezo por arriba y luego bajo, aunque en la sexta solo tengo que entregar uno. Está casi vacía. Si quieres, te acompaño o la buscas tú.

—¡No te quiero entretener! Ya sé que está en la quinta. La encontraré rápido. Tú sigue como siempre.

—Pues esta es tu parada. ¡Que te sea leve!

—¡Igual para ti!

Se baja en la quinta planta. Le interesa lo que comentó el repartidor sobre la sexta planta, que está casi vacía. Nada más salir del ascensor, busca las escaleras interiores. Nadie presta atención a un repartidor más. Casi nadie usa las escaleras hoy en día. Sube a la sexta planta y espera un tiempo prudencial para que el joven repartidor termine su reparto y baje a otras plantas. Cuando ha pasado el tiempo previsto, abre con cuidado la puerta, pasa por delante de varios despachos con su paquete en la mano, como si buscara a alguien. Localiza una oficina con tres mesas vacías. Prueba la puerta, está abierta, entra y cierra tras comprobar que nadie se fijó en él. Al fondo hay una puerta. Reza para que sea otra oficina y que no haya nadie. Da dos golpes y entra con decisión. La luz está apagada, no tiene ventanas. Eso es buena señal, aunque puede ser un archivo. Busca junto a la puerta un interruptor, lo encuentra y acciona. Es un despacho equipado, aunque con síntomas claros de estar sin uso durante mucho tiempo. Se sienta en la mesa y enciende el ordenador. Espera que no tenga contraseña, aunque sabe que debe tenerla. La pantalla comienza a iluminarse. En breves segundos se puede leer con claridad «Usuario» y «Contraseña». Sobre la mesa solo hay un teclado, un ratón y un pequeño calendario de los que se pasan las hojas día a día. Se fija en la fecha abierta, un par de años anterior a la actual. Mira los cajones de la mesa, su contenido es triste: algún bolígrafo, un lápiz, una grapadora y poco más. Vaciaron el despacho antes de irse. Una idea pasa por su mente. Coge el calendario y busca anotaciones. En efecto, el anterior usuario anotaba teléfonos y tareas. En el 1 de enero, festivo, se puede leer: Admin1253, y en la línea inferior: Antequera0203. Prueba suerte con ese usuario y contraseña. Pocos segundos después el ordenador abre la pantalla de inicio. Lo primero que hace es comprobar si puede acceder al servidor con la base de datos de la Seguridad Social. Navega un poco y comprueba que puede. Una vez dentro, saca la nota donde guardó los datos que necesitaba. Intenta localizar a personas que causaron baja en la Seguridad Social ocho años antes, el 12 de noviembre, después de trabajar en la Policía Nacional en Madrid. Cero resultados. Nadie se dio de baja ese día en aquel cuerpo de seguridad. No puede ser, él vio la solicitud de baja y la fecha, 12 de noviembre. Comprueba si cambia de año y obtiene un resultado distinto, negativo, no figura ninguna baja en la Seguridad Social con aquellos términos. Aprieta los dientes, estaba seguro, aquella era una pista que podía darle la identidad de la persona que buscaba, sin embargo, no ha conseguido ningún dato. Apaga el ordenador. Se quita la gorra y la chaqueta de repartidor. Abre la caja que ha traído, se pone su cazadora, se cuelga la mochila y cierra la caja con el disfraz que ha usado dentro y la carpeta. Sale con precaución al despacho que continua vacío, y se dirige a las escaleras, recuerda que ha visto un cubo de basura en cada planta. Baja con tranquilidad mientras sigue dando vueltas a la cabeza su mala suerte, abre el cubo de la planta cuatro, deja en su interior la caja, piensa que pasará más desapercibido si baja en el ascensor, entra en la planta cuatro, busca los ascensores que usan el público y los funcionarios, no el de servicio en el que subió. Cuando lo localiza, pulsa el botón de bajada y espera a que llegue el ascensor y abra sus puertas. Poco después, a su lado hay dos mujeres que hablan de sus cosas, ajenas a todo lo que les rodea.

—Ya sé que es muy amable, pero que pida todos los días un

favor detrás de otro, no se paga con una botellita de regalo en navidad.

—¡Mujer! La mayoría no nos da nada. Por eso yo al menos sí que le tengo un poco más de cariño a los papeles que me trae. —La puerta del ascensor se abre por fin y entran los tres, Miguel callado se acomoda en la parte interior, las mujeres continúan con su conversación, ajenas a él que permanece a sus espaldas para no llamar la atención.

—Si yo le tengo mucho aprecio, de verdad te lo digo, hago cosas por él que no hace nadie. ¡Pero no me pidas que una baja solicitada hoy, a última hora, te la dé hoy! ¡Con suerte, la tendrás mañana!

—¡Perdón! Me bajo aquí y no le di al botón. —Con prisa y un pequeño empujón, Miguel pulsa el botón de la planta uno para bajarse. Las mujeres lo miran con un poco de desagrado, se apartan y le dejan salir en cuanto las puertas abren.

Miguel, con paso tranquilo se dirige a la puerta de las escaleras interiores, sube los escalones de dos en dos hasta llegar de nuevo a la planta sexta, con cuidado vuelve a acceder al despacho donde estuvo minutos antes, cierra la puerta, enciende la luz y vuelve a dar vida a aquel ordenador. Introduce la clave y entonces busca bajas en la Seguridad Social de algún Policía de Madrid, ocho años antes el trece de noviembre. Allí aparece una, la baja completa de una funcionaria de policía. Coge el lápiz del cajón y una hoja del calendario. No cree que nadie note su falta. Apunta aquel nombre nuevo con su correspondiente número de DNI. Miriam Hernández Ayuso, dice el informe. Desde aquel mismo ordenador decide buscar toda la información que pueda encontrar de esta mujer. Sin embargo, descubre después de más de una hora que alguien se preocupó de borrar a conciencia cualquier huella de Miriam. Lo único que puede descubrir sobre su vida es que es hija única y que sus padres fallecieron, su padre siendo ella una niña, su madre,

Anabel Ayuso, hace cuatro años.

No tiene muchas opciones para continuar su investigación. La única posibilidad se presenta con la madre. Consigue el número de identificación de la seguridad social, entre las pocas carpetas que localiza, encuentra la de a su historial médico. Cuando la abre descubre un amplio dossier. Aquella mujer padeció Alzheimer los últimos años de su vida, por lo que ve, fueron varios. Comienza a realizar deducciones sobre todo lo que lee. Si su única hija trabajaba, su marido falleció varios años antes, comienza a rondar por su mente una pregunta, una persona con esta enfermedad necesita atención de forma permanente. ¿Quién cuidó de aquella mujer? Necesita seguir aquel rastro hasta sus últimas consecuencias, como un buen pescador, continua con la tarea de tirar del hilo. Descubre el dato que necesita, aquella mujer pasó sus últimos años en una especie de asilo. Residencia para mayores Virgen de la Luz en Guadalajara. Toma buena nota. Era lo más lógico en su situación. Con los nombres encontrados y la dirección de la residencia en su poder, sonríe satisfecho, apaga el ordenador, no sin antes borrar el historial del navegador. Supone que nadie podrá llegar a descubrir el uso que le ha dado a este equipo, una de sus máximas es que siempre vale más prevenir, que curar. Después de todo, no se dio mal la mañana. Con precaución, sale del despacho, nadie se fija en él. Se dirige a la zona del ascensor, lo llama y llega a la planta baja en soledad. Al abrir las puertas, sale con decisión y determinación, no en vano cumplió su objetivo. Nadie repara en él, nadie se fija en ese hombre que sale de las oficinas de la Seguridad Social con una idea clara en mente, el que será su próximo destino.

CAPÍTULO 17, 18 DE MAYO, 09:28. LA TRAMPA AL DESCUBIERTO

Daniel mira la pantalla de su ordenador, cualquier otro agente de la Policía Judicial que entre y lo vea tan atento a lo que hace, pensará que estudia con minuciosidad algún detalle de un caso. Jorge en cuanto lo ve, sabe con total seguridad que juega en el ordenador al buscaminas. Algo que han hecho los dos por aburrimiento muchas veces durante los últimos años, ahora sí tienen un caso. Además, se trata de un caso real.

—¿Qué haces?

—¡Ya ves! ¡Lo de siempre!

—No te entiendo, tenemos un caso que resolver.

—Ya sabes que nos encontramos con las manos atadas mientras no nos llegue el informe de la científica. Estamos a merced de los forenses. Recuerda que ayer no nos dieron nada.

—Vale, compro lo que dices, aunque no lo comparto, mientras tú pasas el rato como puedes, yo me he movido un poco.

—¿Qué has hecho?

—He preguntado quien lleva nuestro caso.

—¡Me temo lo peor!

—¡Para nada! Esta vez nos sonríe la suerte. Es nuestro amigo Manolito.

—¿Gafotas?

—¡El mismo!

—¡Coge las llaves del coche! ¡Vamos a verlo! —Mientras dice esto, cierra la partida que ha perdido todo interés y se pone de pie.

—¡Creía que no lo ibas a decir nunca!

Las oficinas de la científica donde analizan la furgoneta, junto al resto de pruebas, están en la otra punta de Madrid, hay que cruzar la capital, tardan un buen rato en llegar. Aparcan en la zona destinada a coches oficiales, en cuanto el policía que está en la puerta se da cuenta de que un Audi negro, bastante nuevo, ocupa una plaza destinada a vehículos oficiales, se dirige directo a él para disfrutar mientras le obliga a buscar otro aparcamiento, algo casi imposible en esta zona y a estas horas. Mientras se bajan del coche, Jorge, que lo ve llegar, le enseña su identificación.

—¡Tranquilo! ¡Somos del cuerpo!

—¡Perdón! No les reconocí. ¿A quién hay que sobornar para que te den uno de estos?

—¡A mí no me preguntes! ¡Yo solo lo conduzco!

—¡No le hagas ni caso! —Daniel se dirige al policía de uniforme—. Hazme un favor. ¿Dónde puedo localizar al gafotas?

—Creo que está en el taller, pero no le gusta que lo llamen así, la última vez que lo escuché montó un pollo gordo. —Les señala una puerta grande. Un letrero gastado avisa: «Taller de análisis».

—Con nosotros se reirá, ya verás. —Abre la puerta y grita bien alto y fuerte—. ¡Gafotas! ¿Dónde estás?

—¿Quién cojones se atreve a...? —Desde detrás de una furgoneta sale con cara de enfado un hombre de mediana edad, con muy poco pelo y unas gafas de gran tamaño. Viste una bata blanca y cuando reconoce a Daniel, cambia la cara de cabreo por una sonrisa—. ¡Tú tenías que ser! Maldigo el día que a nadie se le ocurrió el puñetero título del libro del gafotas.

—Y de paso, que a tu padre se le ocurriera llamarte Manolito.

—¡Joder! Pues igual que él, me llamo igual que mi padre. —

Mientras dice esto, se funden en un abrazo, el policía de la entrada los mira desde lo lejos sin entender nada.

—Te veo bien, como llevas el tema.

—¿Cuál?

—El de la frente larga esa que llevas.

—Ya mismo lo soluciono. Con la próxima paga extra, me da para ir de vacaciones a Turquía y regresar con pelo nuevo.

—¡Ole tus pantalones! ¡Al final lo haces!

—¡Vaya que sí! Vale, ahora la verdad, no deis más vueltas, ya nos hemos saludado, bromeado un poco y puesto al día, más o menos. ¿A que habéis venido? Mi pelo os importa una mierda, tampoco creo que vengáis solo a reíros de mí.

—Nosotros llevamos ese caso. —Jorge habla mientras señala a la furgoneta.

—Entonces os hemos ayudado a resolver otro crimen.

—Ya sabemos las coincidencias que ha dado balística, está muy bien, perfecto. Sin embargo, hay cosas que no entiendo. —Daniel le habla con sinceridad, se conocen desde hace mucho tiempo.

—Pues bienvenido a mi club.

—Dime todo. ¿Tú también has visto cosas raras?

—No sé qué habréis visto vosotros, por mi parte yo voy a presentar un informe lleno de rarezas.

—Adelántame algo.

—Vale. Os cuento el relato del caso que parecen querer vendernos, es el siguiente. Los dos cuerpos sin identificar, los vamos a llamar desconocido uno y dos. ¿Vale?

—De acuerdo.

—Pues estos dos, o quizás una tercera persona, se cargan al tatuador cubano, lo meten en una caja y lo ponen con otras cosas de la tienda del cubano en la parte trasera de la furgoneta, si alguien abre la puerta, pensará que está de mudanza. Es la primera idea que se viene a la cabeza de cualquiera.

—Bien, hasta aquí, el relato parece normal.

—Exacto. Sigo. Llegan hasta una nave en un polígono a medio construir. Se observan varias huellas de vehículos que parecen haber sido dejadas hace tiempo. Después de analizarlas todas, además de las de esta furgoneta, recientes solo encontramos unas que parecen de un gran todo terreno. El resto no son actuales.

—Por tanto, hubo alguien más.

—Podrían ser de otro día, o de otro momento, no tienen por qué coincidir en el tiempo, aunque yo creo que sí lo hacen. Ahora os explico por qué creo que sí hubo alguien más. El relato normal seguiría tal que así: son dos los desconocidos que van delante en la furgoneta, llegan hasta allí. El desconocido uno, que parece ser el que conduce, se baja, abre la puerta del acompañante, le pega un tiro y luego se suicida. ¿Tú te crees ese relato? ¿En qué cabeza cabe? Nunca, en todos los años que trabajamos aquí, hemos visto una actuación parecida.

—La verdad es que no tiene mucha lógica.

—¡Eso digo yo! ¿Te cargas a tu compañero y luego te dan tales remordimientos que te pegas un tiro a continuación? Ojo, un dato importante. ¡No encontramos ningún signo de lucha, ni de defensa! No me lo creo.

—Vale, pruebas, necesito las pruebas . . .

—Las pruebas dicen que tampoco te lo creas. Vamos a ver, hay huellas del desconocido uno en la pistola, en la empuñadura, pero el gatillo está limpio.

—¿En serio?

—¡Con mi trabajo nunca bromeo! Además, eso no es lo único raro, el lado del conductor está limpio de huellas.

—¡Lo que yo decía! Aquí hay otro asesino. ¿Hay algo más que esté limpio y que la lógica nos dice que no debería estar así?

—¡Pues me alegro de que me hagas esta pregunta! ¡Sí! La zona de la puerta trasera también está huérfana de huellas, maneta incluida, por si fuera poco, tampoco hay en la puerta del acompañante. Alguien se tomó la molestia de que los lugares donde deberían aparecer más rastros humanos estén limpios.

—Pues a ver cuánto tardas en mandarme el informe completo, que solo dispongo del preliminar, en el que se identifica el arma como la misma que se utilizó en el chalet de Mejorada.

—No menos de una semana.

—¿Qué me dices? ¿Tanto tiempo?

—¿Te crees que solo llevo este caso?

—¡No me cuentes tus penas! ¿Todavía tenéis aquella cafetera tan buena?

—¿La que nos quedamos tras analizar el crimen de aquel bar?

—¡Esa misma!

—¡Si se la llevan le pegamos fuego a todo esto! ¿Os apetece un café en condiciones?

—¡Creía que no lo dirías nunca! ¡Por supuesto!

Un buen rato después, mientras vuelven a su oficina, Daniel permanece en silencio mientras Jorge conduce.

—¿Qué piensas? ¡No has dicho nada desde hace rato!

—Pues… —Daniel mantiene un largo silencio, parece pensar bien lo que dirá a continuación. Al fin vuelve a hablar—. Que está muy seguro.

—¿Que está muy seguro? ¿Quién?

—El asesino. Le da igual que sepamos que alguien ha limpiado la zona de huellas, que hay otro coche, se muestra muy tranquilo, piensa que no lo vamos a pillar. Que vamos a pasar de puntillas sobre estos asesinatos y nos liaremos con otras cosas en pocos días. Es como si ya tiene la Certeza de que daremos carpetazo rápido al asunto.

—La verdad es que lo tenemos difícil.

—¡Imposible! Piensa como él, supone que no nos ha dejado ningún rastro más. La pistola que mató a los del chalet, está aquí, ya no hay más pistas que seguir, es un callejón sin salida. Tú, gafotas y yo sabemos que alguien se ha cargado a estos tres, de la misma manera que se cargó a los otros. No nos deja ninguna pista o rastro que seguir, por tanto, no lo vamos a pillar, se siente seguro, está muy tranquilo y cómodo. ¿Encontraremos algo que nos pueda ayudar a identificar a este criminal? ¡Lo dudo!

—¡Puede que tengas razón!

—¡Sabes que la tengo!

—¡Sí! ¡Eso me temo! Ahora mismo estamos atados de pies y manos. ¿Qué podemos hacer nosotros en este caso?

—¿Ahora? Nada, me parece a mí que nos quedan unos cuantos días de jugar al buscaminas, si no nos dan otro asunto.

—¡Pues espero que nos den algo más!

—¡Yo también!

Daniel suspira y pierde la mirada entre el tráfico de la M-30, Jorge se concentra en conducir, procura no pensar en nada que tenga relación con el trabajo.

CAPÍTULO 18, 18 DE MAYO, 13:41. EN LA RESIDENCIA

Nada más salir de aquellas oficinas, Miguel se pierde en las profundidades del metro. Le encanta la sensación de saber con exactitud lo que debe hacer a continuación. Se dirige a la zona de su actual casa. Busca donde comer y una vez da buena cuenta de un sencillo menú, se dirige a donde guardó el coche. Busca en la mochila las llaves, desde lejos acciona el mando a distancia, se acomoda mientras pone en marcha el motor. Busca en el móvil como llegar hasta la Residencia para mayores Virgen de la Luz, deja que el aparato busque la mejor ruta. Cuando queda satisfecho, comienza a seguir las instrucciones que le proporciona. En menos de una hora se encuentra frente a un edificio sencillo, de ladrillos pintados de blanco, con una inmensa cruz negra a la entrada. Es un edificio de una sola planta por el que han pasado los años, se conserva bien sin intentar disimular su vejez, intenta llevar los años con la mayor dignidad posible, cuenta con unos jardines sencillos y cuidados, proporcionan un ambiente triste sin saber muy bien por qué. Aparca el coche en la zona habilitada para las visitas, se dirige a la entrada, la puerta está cerrada, se extraña, no entiende el motivo, es una hora prudente para realizar una visita. Acciona un timbre que localiza junto a la puerta. Suena un chasquido que le indica que alguien le facilita la entrada. Abre la puerta y un fuerte olor parece darle una bofetada, le recuerda al de un hospital, sin embargo, lo que ve es distinto, todo está muy limpio, varias macetas muy cuidadas dan un toque de color al siempre presente blanco, al fondo distingue un mostrador con una señora mayor que le sonríe, le invita a acercarse, lleva el hábito de una monja, tambien de color blanco, sus facciones no ocultan su avanzada edad, al contrario, parece presumir de su experiencia, tiene un semblante que da la sensación de ser pura amabilidad.

—¿Es la primera vez que viene?

—Pues la verdad, hermana, sí, lo es.

—Debe indicar a quien viene a visitar, en esta hoja están los varones y en esta las señoras.

—¿Cómo?

—En esta residencia hay como dos secciones, en una están los hombres y en otra las mujeres, hay zonas comunes, como el jardín, o el comedor, por ejemplo, las habitaciones donde descansan están separadas.

—Entiendo, lo cierto es que no vengo a visitar a nadie.

—¡Oh! Comprendo, perdone mi equivocación, caballero. No es lo habitual. Entonces comenzaré por el principio, si le parece bien. ¿Qué se le ofrece?

—Quería consultar la opción de ingresar a mi padre.

—¡Oh! Entiendo.

—Es muy mayor y le han diagnosticado Alzheimer.

—Se trata de una mala enfermedad, aquí tenemos muchos pacientes que la padecen, es una pena y un sufrimiento para los familiares.

—Veo que usted me comprende.

—¡Y tanto! Mire hacia allá. ¿Ve aquella puerta?

—¿La de cristal?

—No, la que está al lado, vaya allí, son las oficinas, buscaré a la madre superiora para que hable con usted, hay pocas plazas, la verdad es que está difícil, suele tener lista de espera, mejor será que hable con ella. Espere allí, intentaré localizarla rápido.

—No se preocupe, no tengo nada que hacer, antes de solucionar este tema.

—Muy amable, la busco para que venga a hablar con usted. — Coge el teléfono mientras Miguel se dirige a donde le indica.

Abre la puerta y se encuentra una pequeña oficina, con una sencilla mesa y un gran armario detrás repleto de archivadores. Frente a la mesa de oficina hay dos sillas y junto a la pared, dos sillones con una mesa pequeña en la que se encuentran viejas revistas, ordenadas en una pila, no parece que nadie las ojee con frecuencia. Hay otra puerta en la pared del lado con un pequeño letrero que pone «Dirección» en letras gastadas. Piensa en intentar entrar en el servidor de la residencia, sería un trabajo rápido, no imagina una gran seguridad en el sistema informático de este lugar, sin embargo, no tiene forma de saber cuándo vendrá la directora, lo descarta desde un principio, no le conviene que le pillen mientras busca información, su visita debe ser olvidada cuanto antes. Comienza a caminar, como si buscase una forma de pasar el tiempo de manera inocente mientras espera, con las manos cogidas a su espalda. Sus pasos le llevan detrás de la mesa de oficina, mientras camina de forma inocente. El ordenador presenta su pantalla apagada, en su esquina inferior izquierda hay una pegatina que indica: «Wifi: RESVIRLUZ cont:123456», da gracias por esa gente que no se complica la vida y, de paso, se la hace mucho más fácil. Se sienta en uno de los sillones, toma una de las revistas, la que se encuentra en la parte superior de la pila, imagina que será la más reciente, justo en el momento en el que abre la puerta la mujer que le atendió al llegar.

—Me dice que está muy ocupada en este momento. Puede esperar un buen rato o concertamos una cita. Como usted prefiera.

—¡Oh! Lo comprendo, una residencia de este tamaño debe

necesitar muchas horas de dedicación y esfuerzo. Quizás sea mejor que venga otro día, yo también tengo cosas que hacer, nada urgente, entonces lo dejamos para otra ocasión. —Se levanta, ya que no le parece correcto mantener aquella conversación si la mujer está de pie mientras él permanece sentado.

—Como usted prefiera, me ha comentado que plazas para mujeres, ahora mismo dispone solo de una, aunque está solicitada.

—Entiendo.

—Para hombres, ahora mismo no hay.

—Entonces le parece bien que me pase el mes próximo.

—¡No hace falta que espere tanto! Aquí se producen muchos movimientos, por desgracia. La semana próxima puede venir.

—Perfecto, si no encuentro una solución antes, así lo haré. Como imagina todos los hermanos buscamos la mejor opción. —Salen de la oficina, mientras ella se dirige a su puesto, Miguel por su parte va hacia la puerta, antes de coger la manivela, suena un chasquido que le recuerda que le deben abrir para poder entrar o salir de allí. Saluda a la mujer que le atendió con tanta amabilidad. Ella parece comprender la duda que se plantea su visitante.

—Tenemos residentes que no deben salir solos, por eso lo de la puerta.

—Me parece lo mejor para ellos, por su seguridad. Muchas gracias por todo, hermana. Hasta pronto.

—Hasta pronto, vaya usted con Dios.

Se dirige hasta el aparcamiento, se sienta en el asiento del conductor, abre su mochila y en pocos segundos ya tiene su portátil a pleno funcionamiento. Busca la red wifi que estaba anotada en la pegatina, espera que sea bastante potente, por lo menos que llegue con fuerza hasta el lugar donde está, prefiere evitar tener que mover el coche. A los pocos segundos allí está el aviso que espera, introduce los datos que recuerda a la perfección: «RESVIRLUZ», en mayúsculas, como leyó minutos antes, prueba con la contraseña que ha visto en la pegatina del ordenador, funciona. Instantes después ya navega a través de la red de la residencia. Para sus conocimientos es bastante sencillo entrar en el servidor, localizar en el disco duro la zona de archivo, al contrario que en la mayoría de redes donde suele colarse para buscar información, aquella es muy sencilla, lo tiene todo en pocas carpetas y a su alcance. Es muy rápido localizar la carpeta de Anabel Ayuso. Allí está todo, informes médicos, cuando entró y cuando dejó la residencia. Abre la ficha económica, ninguna pista, cada primero de mes, les hacían un ingreso en cuenta, siempre por ventanilla, cada vez desde una oficina distinta. Vaya, parece que alguien se preocupó mucho de borrar sus huellas, de no facilitarle su búsqueda. Estudia en profundidad aquella carpeta, no le facilita nada más. Hay una ficha para cada residente, con un apartado para familiares a los que avisar en caso de problema o necesidad, no figura nadie. Cierra el portátil mientras maldice su suerte. Eso no es posible, tuvieron que avisar a alguien del fallecimiento de la anciana. Eso es. Abre de nuevo el portátil, busca los archivos de contabilidad, después de un buen rato localiza lo que busca, la factura de la compañía telefónica que corresponde al mes en el que falleció Anabel Ayuso. El listado de llamadas es menor del que podía esperar, le es sencillo localizar las llamadas al exterior que se hicieron poco después de la muerte de aquella mujer. Apunta los números de teléfono. Piensa en realizar la localización de sus propietarios en Madrid, aunque valora que en aquel lugar navega bien, es un perfecto punto para pasar de incógnito y nadie parece prestarle ninguna atención. El primer número resulta ser un móvil de prepago que se ha dado de baja, una vía sin salida. El segundo número es fácil de identificar, ya que es de una funeraria cercana. El tercero resultó ser de un proveedor del comedor, un supermercado, por lo que queda descartado. No tiene nada más. No puede avanzar tanto y tener las manos vacías. Prueba la única opción que tiene ahora mismo.

Busca en el móvil la dirección de la funeraria y le pide que le guie hasta sus instalaciones. Arranca el Mercedes y se pone en marcha con suavidad. Sigue las instrucciones que le facilita el navegador de su teléfono, a los pocos minutos se encuentra frente a una funeraria que ha disfrutado tiempos mejores. Se dirige sin dudar, directo a las oficinas. El escenario es tétrico de solemnidad, coronas mortuorias, ataúdes y cualquier parafernalia fúnebre al alcance de su vista. Solo se puede apreciar algo de vida en una chica joven que le sonríe al fondo de aquella especie de tétrico escaparate. Por lo menos ella parece despierta, con un impecable traje de chaqueta dos o tres tallas más grande de lo que necesita, a pesar de la imagen grotesca en un ambiente tan lúgubre, ella le saluda con cortesía.

—Buenas tardes. ¿En qué puedo ayudarle?

—Buenas tardes, mire, en el funeral de mi tía, mi prima corrió con todos los gastos, yo estaba en aquel momento en una situación económica difícil, muy apretada. ¿Me entiende?

—A la perfección.

—Tuve que irme al extranjero, donde pude encontrar trabajo y me fue imposible venir a su funeral.

—Lo siento.

—Cosas de la vida. ¡Qué le voy a contar a usted! Se encontrará con tantos casos distintos. En aquel momento ella corrió con todos los gastos, yo le prometí que cuando me encontrara mejor en cuestión de dinero, yo cubriría la mitad del importe del servicio fúnebre. Mi tía era una persona muy importante para mí, tiene que saber que ella cuidó de mi cuando era un niño, como si se tratase de mi propia madre. Yo quedé huérfano, mis padres fallecieron en un lamentable accidente. —Los ojos de Miguel parece que romperán en lágrimas de un momento a otro.

—Lo lamento mucho. —Se nota que está muy acostumbrada a situaciones en las que debe mostrar su apoyo, su mano derecha coge con suavidad el brazo de Miguel, en señal de cariño y comprensión.

—Ha llegado el momento, hoy puedo darle a mi prima la parte que me corresponde pagar, ahora ella se niega. Dice que era su madre y que le correspondía a ella correr con todos los gastos.

—¡Vaya!

—¡Sí! Dice que de ninguna manera. Ese es mi problema, yo le hice una promesa a mi tía, no quiero que quede así este tema. Además, mi prima está en una situación económica terrible, no me permite ayudarla, así de orgullosa es. No puedo dejar este asunto en el olvido, pronto vuelvo a Alemania y esto debe quedar zanjado. He pensado en ingresarle mi parte a su hija, de manera que de alguna forma yo cumpla con su madre, dejándole ese dinero para la pequeña. Mi prima no se puede negar a un regalo para la pequeña. Yo tranquilizo mi conciencia, ella no ve pisado su orgullo y todos tan contentos.

—Es una acción muy loable. Comprendo toda la historia que me cuenta, señor, aunque todavía no entiendo qué necesita de nosotros.

—¡Oh! Claro, aún no se lo dije. Es que nunca nos dijo cuanto le había costado el funeral.

—A lo mejor fue a través de un seguro.

—Conozco como hacía las cosas mi tía, lo dudo. Tengo la certeza absoluta de que les pagó en metálico. Aquí tiene los datos de mi tía, y la fecha del fallecimiento, para que localice la factura del servicio, si es tan amable.

—Hace tiempo de esto.

—La crisis ha durado más de lo que parecía, no me ha sido fácil regresar a España antes.

—Tiene toda la razón. Acompáñeme, voy a ver si encuentro la ficha.

—Seguro que sí.

—Eso espero. Siéntese mientras lo busco. —Se sentó en su mesa, con Miguel frente a ella. Unos minutos después de usar el ratón y el teclado, la chica le sonríe y le mira a los ojos —. Tenía usted razón. Su prima pagó en metálico, ni transferencia, ni ingreso.

—Típico de mi prima. Para que vea como la conozco de bien. No me extraña nada.

—No es tan raro, no se crea, es bastante frecuente. El servicio completo fueron cuatro mil doscientos euros.

—Me puede dar más datos, del servicio digo.

—El ataúd era de semi lujo, varias coronas, la cremación …

—¡Claro! Fue incinerada.

—¿Es que no lo sabía? —Preguntó con algo de desconfianza aquella mujer.

—¡Oh! Sí, por supuesto que algo se, recuerde que no estaba aquí. Lo que no tengo muy claro es si se llevó las cenizas o las puso en un columbario.

—¿No sabe lo que hizo su prima con su madre? —Aquella chica se ponía nerviosa por momentos.

—¡No me entienda mal! Mi prima no tenía muy claro qué iba a hacer con las cenizas, tan pronto pensaba una cosa, como decía que haría otra, tampoco era aquel el momento más indicado para según que preguntas.

—La verdad es que no puedo ayudarle, las familias pueden contratar el columbario, si lo quieren, con nosotros o de forma directa en el cementerio que elijan, también pueden decidir que esparzan las cenizas en algún sitio concreto, incluso los hay que las guardan en su casa.

—No se preocupe, mi prima me lo aclarará todo, tome por las molestias. Ya tengo la cantidad que necesitaba conocer y poder cumplir con la promesa que le hice a mi tía. —Miguel deja sobre la mesa dos billetes de cincuenta euros y se levanta, deja a la chica pendiente de recoger el dinero mientras él sale de la funeraria.

—Gracias, no era necesario.

—Ya imagino, ya.

Vuelve a estar sin pistas otra vez. En el camino de regreso a Madrid comienza a plantearse que tiene en realidad. Tras mucho pensar, cae en la cuenta de que la única pista de la que dispone es de un número de móvil recargable que ya fue dado de baja. Comienza a pensar en lo que acaba de pasar por su cabeza. El móvil era recargable. Cada vez que necesitó usarlo, si no tenía saldo, debía ingresar dinero en la cuenta de aquel número. Una ligera sonrisa ilumina su rostro. Lo primero es averiguar de qué compañía era aquel número. Pocos kilómetros antes de entrar en Madrid, en un área de servicio, aparca el coche, busca una conexión fiable y conecta el portátil, se pone manos a la obra, algunos minutos después localiza la compañía, aquel móvil era de Vodafone. La información que busca ahora no será fácil de localizar. Sopesa si es mejor entrar en la red de la compañía telefónica desde un distribuidor, lo descarta de inmediato, ellos solo tienen acceso a la parte comercial de la compañía, no será posible llegar a través de ellos a la información que necesita. Después de un buen rato, durante el cual intenta localizar el lugar para encontrar los datos que necesita, llega a una conclusión, la mejor opción que tiene es dirigirse al Vodafone Plaza, en la avenida de América, en la capital. Pone en marcha el coche y el navegador le dirige de nuevo. Una vez frente al edificio, localiza una cafetería para los empleados, con decisión se dirige allí.

—Buenas tardes, ¿que desea?

—Un café corto, por favor. Un ristretto, si puede ser.

—Por supuesto, un ristretto para el caballero.

—Gracias, una consulta, ¿tienen wifi en el local?

—¡Por supuesto! En una cafetería de Vodafone, en el edificio de la empresa, ¿cómo no vamos tener wifi?

—¿Me puede decir la contraseña?

—¡Es libre, no necesita contraseña!

—Muchas gracias.

Espera a que le sirva su ristretto antes de abrir el portátil. En efecto, la navegación por la red es automática y rápida, sin necesidad de contraseña. Sin embargo, él quiere entrar en los servidores de la empresa. Aquello es bastante más complicado, esta empresa cuenta con un buen soporte informático. Pasan los minutos y pide un segundo café. Cuando por fin puede localizar una puerta débil por la que acceder a una mayor información, aquella no es la que necesita. Está un poco contrariado, le cuesta acceder al servidor exacto, tampoco son datos muy sensibles lo que busca, aunque una gran empresa suele tener buenos cortafuegos para todas sus entradas. Aquella lo es. No sin esfuerzo, después de muchos minutos de búsquedas infructuosas, consigue abrir una carpeta con las recargas efectuadas en aquel número mientras estuvo en posesión de su propietario anterior, durante las fechas que él conocía. Copia aquella carpeta y sale a continuación de la red interna de la empresa, no quiere que salte alguna alarma o detecten su presencia, sobre todo cuando ya ha localizado la información que necesita. Paga los cafés y se va a su casa. Deja el coche en la plaza de aparcamiento, poco después, puede analizar la carpeta que descargó. Espera pocos movimientos, no se imaginó que estos se reducen a solo seis recargas y de cantidades pequeñas. La primera, en un centro comercial de Madrid, imagina que fue donde compraron la tarjeta, las siguientes cinco recargas se prolongan en el tiempo, aquel móvil se usó muy poco. Entre la primera y la última pasaron poco más de tres años y todas se produjeron en un mismo sitio. En un pequeño estanco de pueblo, el Paraíso de Sacedón. Busca donde está ese negocio. Junto al pantano de

Entrepeñas, cerca de Sacedón, en Guadalajara. Piensa que es lógico cuando lo sitúa en el mapa, se encuentra bastante cerca de su madre. Allí se localizaba hace cuatro años, cuando ella falleció. ¿Seguirá en aquel pueblo? Solo hay una manera de saberlo, hasta el momento supo esconderse bien, no puede ir allí y preguntar por Miriam. Toca infiltrarse, le gusta la idea.

CAPÍTULO 19, 18 DE MAYO, 21:39 NUEVO DESTINO

S u manera de trabajar es la misma de siempre. Se trasladará a la zona para rastrear cualquier posible pista sobre el terreno, camuflado. La idea es sencilla, se enfrentará a la curiosidad de un pequeño pueblo, tiene que construir una excusa, un personaje que le facilite estar allí un tiempo, debe poder desaparecer cuando le interese, quiere tener la posibilidad de preguntar lo que necesite sin llamar en exceso la atención. Por fortuna, cuenta con buenos fondos para hacer lo que quiera, entran en el apartado de gastos corrientes de su trabajo, en este caso, su cliente le proporcionó dinero para cubrir hasta las ideas más descabelladas. Como las que toman forma en su imaginación en estos momentos. Primer paso, localizar donde vivir para construir un personaje creíble, esta búsqueda le llevará varias semanas. Para hacerlo, intenta localizar alguna vivienda de la zona en las páginas de ofertas inmobiliarias. Según lo que encuentre, creará un personaje u otro. Localiza varias ofertas que pueden interesarle, no le sirven si piensa en la excusa para estar allí y moverse por la zona sin llamar la atención o levantar sospechas. Su objetivo, Miriam, puede estar todavía en la zona, o quizás dejó algún rastro que él pueda seguir. Si nadie se cree su papel, no confiarán en él para contarle ese pequeño detalle que necesita saber. Tras muchas búsquedas, de descartar apartamentos y casas pequeñas, al final se decide por una que le llama mucho la atención. Es una finca enorme, quince hectáreas que lindan con el pantano, tiene un gran chalet para reformar y otro de invitados más pequeño que han vivido tiempos mejores. Llama al número del anuncio y lo único que puede escuchar es el mensaje grabado de una inmobiliaria, le proporciona su horario de apertura al público. Se va a dormir mientras prepara la conversación que debe mantener al día siguiente. Tiene que construir un personaje completo, creérselo e interpretarlo.

Se levanta de buen humor, toma su inseparable mochila como siempre, busca perderse entre la gente, toma el metro hasta la estación más próxima a la inmobiliaria. Se dirige a la oficina, cuando la localiza entra sin dudar, una chica joven está en la primera mesa que se encuentra al entrar, al fondo, una mujer madura le lanzó una mirada a modo de examen. Por el gesto que hace, Miguel supone que le suspende, no lo ve como un buen cliente, sonríe al pensar lo que va a hacer. ¡Te vas a enterar, listilla!

—Buenos días, soy Laura, en que puedo ayudarle.

—Buenos días Laura, hoy voy a ser tu mejor cliente.

—¡Eso es perfecto!

—Recuerda lo que te he dicho.

—Sí, que hoy va a ser mi mejor cliente.

—Quizás no me expliqué bien. Hoy me voy a convertir en tu mejor cliente. Para siempre.

—¿Está seguro?

—Muy seguro. Esta inmobiliaria supongo que es una franquicia de esas.

—Más bien no, es una empresa familiar.

—Perfecto, supongo que vosotras vais a comisión, ¿verdad?

—Bueno, no es normal hablar esto con los clientes, mucho menos en la primera visita, si te digo la verdad, tenemos un pequeño fijo de sueldo y el resto es a comisión por ventas.

—Bien, pues me vas a hacer un favor.

—Dime.

—Cuando tu compañera quiera quitarte el contrato, lo hará, no tengo la menor duda, le dices que de eso nada, soy tu primo, si tú no me atiendes, no lo hará nadie. ¿De acuerdo?

—¡Me parece bien! Cuando viene un cliente por segunda vez, entonces hace lo imposible por terminar de atenderlos ella. Dice que los reincidentes vienen otra vez al no atenderles bien yo la primera.

—Claro, en esos casos es ella quien se lleva la comisión. Hoy no va a ser así. Laura, me llamo Miguel y ya sabes, a partir de ahora, somos primos.

—¡Que gracioso! Claro que sí, primo, te ayudo. ¿Qué buscas? ¿Un apartamento de alquiler?

—¿Ese es vuestro negocio habitual?

—Sí, los alquileres en el centro.

—¡Oh! No guapa, no. Te he dicho que voy a ser tu mejor cliente, quiero algo más que un apartamento en alquiler.

—¡Que bien! Dime que necesitas. ¿Una oficina? ¿Quizás una nave?

—Laura, me has caído bien, atenta, te voy a poner al día, desde hace tiempo me dedico a comprar viviendas, apartamentos, chalets, les hago una buena reforma y venderlos luego.

—¡Ah! Como en la tele.

—Más o menos, de ahí tomé la idea.

—Pues que bien, una pregunta, yo no me creo mucho esos programas. ¿Te funciona?

—La verdad es que sí, hasta ahora me va genial.

—¡Qué bueno!

—No es tan sencillo, hay que tener un ojo clínico al seleccionar la vivienda de partida, no todo vale, ni todo se vende después. Ahora mismo tengo un cliente que le he arreglado un chalet en Marbella, tiene pasta para aburrir, me ha pedido algo cerca de Madrid, para fines de semana, jornadas de trabajo y esas cosas. He visto por internet que tenéis una finca cerca del pantano de Entrepeñas, por Sacedón.

—¡Ostras! ¿La grande con dos chalets? —Laura abre los ojos con gesto de sorpresa.

—La misma.

—Esa sólo tiene opción de venta.

—¿Me comprendes ahora? ¡Ya te he dicho que voy a ser tu mejor cliente!

—¡Espera que voy a por el dossier! —Se pone de pie y se acerca a un armario que está en la pared del fondo, cerca de su compañera, mientras esta la sigue con la mirada. Cuando ve el archivador que Laura coge, se levanta y se dirige hacia Miguel con una gran sonrisa.

—¡Buenos días! Si necesitas cualquier cosa, puedes contar conmigo, tengo más experiencia y puedo llegar a ofrecerte el mejor trato posible.

—Buenos días, muchas gracias, estoy con Laura. Mi prima. —En ese momento llega ella con la carpeta de la finca, mira a su compañera con una sonrisa.

—Te presento a mi primo Miguel, no te preocupes, ya lo atiendo yo.

—¡Ah! Perdona, perdona, si tienes cualquier duda, ya sabes que estoy aquí para lo que necesites.

—Ya me encargo yo, gracias, «compañera». —El tono con el que lo dice, le hace mucha gracia a Miguel.

—¡Prima! Ahí te he visto bien.

—Gracias, si tú no me avisas antes, esta se queda con la venta. Como ya hizo varias veces.

—Ya te dije que no te voy a fallar. Venga explícame la finca.

—Es grande, quince hectáreas.

—Me viene bien.

—¡Perfecto! Tiene un chalet como principal, con más de trescientos cincuenta metros construidos, todos en una única planta, cuenta con un amplio salón-comedor con chimenea, 4 dormitorios, el principal con chimenea independiente también, vestidor y baño propio. Tiene en total cinco baños, uno por dormitorio, más otro grande para invitados junto al salón-comedor. La cocina es grande. El salón-comedor tiene salida directa al jardín y a la piscina. Cuenta con aire acondicionado centralizado, también cuenta con armarios empotrados. Adosado a la vivienda tiene un garaje privado para tres coches. Amplia terraza con vistas al pantano. Te leo todo lo que viene aquí, no sé qué más decirte, trastero, puerta blindada, y muchas cosas más. No tiene muchos muebles, los anteriores propietarios se los llevaron casi todos. Toca amueblarlo casi todo, por completo, por lo que sé, si te soy sincera, todo necesita una revisión seria o reforma.

—De eso me encargo yo, recuerda que ese es mi trabajo. El otro, del pequeño que me puedes decir.

—Parece ser que está al otro lado de la piscina, es una casa para invitados, se puede decir. Ese está algo más cuidado, tiene un amplio dormitorio, un baño y una cocina americana que da al comedor. Nada más.

—Bien. ¿El servicio eléctrico llega hasta la finca?

—¡Sí! Los anteriores propietarios también dejaron conexión a la red de agua potable, la finca no está vallada, aunque se encuentra rodeada de un precioso bosque, que dificulta mucho el acceso a personas ajenas.

—Las fotos que tienes ahí son las mismas de internet, ¿No?

—Sí, eso me temo.

—Me vale. Hasta el momento me encaja todo. Precio.

—Aquí viene lo duro.

—No creo, ya verás, respira.

—La tenemos tasada en un millón doscientos mil euros.

—Me parece bien.

—¿No vas a regatear?

—Yo no le voy a permitir regatear a mi cliente. No voy a hacerlo contigo.

—No sé bien que responder, esto no me pasa nunca.

—Dame una factura proforma, con número de cuenta para el ingreso y toda la parafernalia.

—Ya imagino, para el banco, necesitas tasación para pedir

préstamo y esas cosas.

—¿Qué banco? Esto es una empresa seria. Te haré la transferencia hoy mismo, en un rato si todo va bien.

—¿Sin ver la finca?

—¿Quién te ha dicho que no conozco la finca? —Sonríe a Laura, para hacerle creer que ya la conoce, ella le devuelve la sonrisa, piensa que nunca realizó un trato tan rápido y fácil. —Una pregunta, para organizar mi trabajo. ¿Tienes planos de las viviendas?

—Sí, son viejos, supongo que te valdrán.

—Vale, me da igual que sean viejos, vamos a realizar una reforma, recuerda. Me vienen bien para trabajar sobre ellos.

—Los originales te los puedo dar al finalizar el trato, si quieres te puedo hacer unas copias.

—Eso me parece perfecto. Déjame un par de tarjetas tuyas, no me queda ninguna mía, te anotaré mi número en una de ellas, la otra la utilizaré para llamarte luego, prepara el contrato.

—¿Para notaría?

—No voy a pedir una hipoteca, ya te lo he dicho. Me vale con un contrato privado de compra venta. Te llamo en un rato, te daré una dirección de correo para que envíes los planos. ¿Te parece?

—Claro. —Laura no deja de sonreír. —Necesitaré tus datos para la factura proforma.

—¡Por supuesto! Te los anoto en esta tarjeta. Por cierto, te veo muy contenta. ¿A qué sé una cosa que tú no sabes?

—Dime. —Por un instante, vuelve a poner su semblante más serio, se teme una mala noticia, aquello va a ser una broma, no puede ser todo tan fácil. Ha caído como una colegiala. Mira a su compañera, aunque esta no ríe. Tiene su habitual cara de mala leche.

—¿A que todavía no has calculado tu comisión?

—¡No! ¡Ni se me ha pasado por la cabeza!

—Por eso prefiero realizar este trato contigo, «prima», por eso. Dame la factura proforma con el número de cuenta, la necesito para realizar la transferencia.

—Un momento, ya está la impresora con ella. Oye, por curiosidad. ¿Siempre haces las cosas así?

—¿Así? ¿A qué te refieres?

—A tan rápido, sin pensar. —Se levanta de la mesa para recoger la factura que ya está lista, regresa junto a Miguel mientras comprueba que no hay ningún error.

—Eso puede ser lo que tú crees, que no hemos estudiado el trato, antes de venir ya tenía claro lo que necesito y lo que quiero, tú piensas que todo ha sido rápido, en realidad no es así, llevamos en nuestra empresa muchas horas de trabajo y estudio detrás. —Miguel está tan acostumbrado a mentir, que su tono de voz y sus gestos son muy convincentes.

—Si es así, perfecto, encantada de hacer tratos contigo. Aquí tienes tu factura. Espero poder cerrarlo pronto todo.

—Por mi parte, ya puedes considerar que la transferencia estará confirmada hoy. Si quieres, mañana podemos firmar el contrato que te pedí. Me gustaría empezar cuanto antes con las reformas.

—¡Cuánta prisa!

—Yo también tengo que cumplir con mi cliente, no lo olvides, esto es un negocio, no un capricho.

—¡Claro!

—Bueno, prima, seguimos en contacto, muévete rápido, necesito cerrar todo cuanto antes. —Se levanta de la silla, saluda y sonríe a la compañera de Laura, que le devuelve el saludo con un gesto de mala gana. Para despedirse le da dos besos, como si fuesen primos de verdad, aprovecha para susurrarle al oído unas palabras. —No corras para decirle que has realizado la venta, espera que ella venga a preguntarte, le dolerá más.

—Así lo haré. Muchas gracias por todo.

—Gracias a ti.

Sale de la oficina, localiza en su móvil una dirección que buscó la noche anterior. No quiere perder mucho tiempo, para un taxi y le dice a donde quiere ir. Pocos minutos después, entra en las oficinas de una empresa de construcción y reformas. Tras una breve presentación, pocos minutos después se sienta en un despacho frente a un joven profesional.

—Buenos días. Mi nombre es Santiago, aunque todos me llaman Santi.

—Buenos días, yo me llamo Miguel. Miguel Acosta.

—Bien, me dicen que necesita una reforma completa.

—Sí, es una gran reforma, aunque tenemos un problema.

—¡Todos nuestros clientes tienen alguna necesidad especial! Dígame cual es la suya.

—Bueno, bien pensado son dos, el primero es el tiempo, necesito que la obra se realice lo antes posible.

—Eso es fácil de solucionar, lo único que debe tener en cuenta es lo siguiente: estas reformas son trabajos que deben realizar profesionales, si quiere realizarlos más rápido, eso significa más profesionales, todo esto repercute de forma directa en el precio final.

—Esta obra es un capricho de mi jefe, mejor dicho, de su mujer, no hay problema, siempre que la tenga lo antes posible.

—Contamos con los mejores profesionales y subcontratamos con las mejores empresas especialistas.

—¡Todo lo que me dice es lo que quiero oír! La segunda parte es que la reforma se debe realizar cerca de Sacedón, en Guadalajara.

—No es mucho problema, lo único es que en situaciones como esta, en la que los clientes necesitan que la obra se realice en un tiempo breve buscamos soluciónes para ganar tiempo.

—Lo que esté en mi mano para ganar ese tiempo, puede contar con eso.

—Los trabajadores estarán desplazados de su casa, eso no es problema, pero la comida sí, si queremos que aprovechen al máximo las horas productivas, el tema de la comida debería estar resuelto para los trabajadores.

—Bien, de eso me encargo yo. No creo que ese sea un problema de difícil solución.

—¿Qué es lo que necesita usted concretamente?

—Anote este número de teléfono, le atenderá una chica, se llama Laura, dígale que llama de parte mía, de Miguel. Pídale los planos, son dos viviendas, un chalet principal y una pequeña casa de invitados. La casa de invitados es donde me alojaré yo mientras se realiza la obra.

—Bien, hasta ahora todo es fácil. No veo ningún problema

—La casa pequeña también necesita alguna reforma, ya la veremos sobre la marcha. Para comenzar a trabajar, quiero que mientras diseñan la reforma integral de la vivienda, pongan a punto la piscina y los jardines de la entrada.

—No termino de entender su idea. En la practica, ¿cómo quiere que lo hagamos?

—Yo estaré en la vivienda desde pasado mañana. Envíame primero al encargado de la reforma de la piscina y al de los jardines. Este es mi teléfono, me llaman y trabajamos sobre la marcha. Tú también debes ponerte en contacto conmigo, para enviarme los planos con las propuestas, para que yo pueda aprobar vuestros diseños o modificar lo que sea.

—Todo esto está muy bien, pero debe comprender nuestra situación, no podemos comenzar a trabajar, enviar gente sin presupuesto, sin concretar…

—Ya me imagino cual es el problema. Deme el número de cuenta de la empresa, para comenzar con tranquilidad, que se desplacen estas personas a preparar y organizar el trabajo, también para que vuestra empresa empiece con el trabajo de diseño de la reforma y del interior, si te parece, voy a realizar una provisión de fondos, para que tus jefes estén tranquilos. Siempre iremos por delante de vuestros gastos.

—Eso sería magnífico, de esa manera, trabajamos mejor.

—Ya me imagino, sabes que te ha tocado la lotería, pocos clientes vas a tener tan buenos como nosotros, ahora, dos cosas te aviso.

—Dime.

—Mi jefe no tolera tonterías, no te va a regatear ni un euro, sin embargo no os columpiéis con los precios. Sabemos lo que vale todo. Ojo.

—Entendido, en ese sentido no tenemos queja de ningún cliente anterior.

—Me alegro, eso es bueno, la segunda cosa que te aviso, no quiere problemas, esta obra será llave en mano. De manera que mobiliario, decoración, cuadros, todo deberá incluirse. Antes de empezar y realizar el ingreso. ¿Os podéis encargar?

—En esas condiciones sí.

—Todo necesitará aprobación por mi parte o la de mi jefe, aunque la verdad, siempre hablareis conmigo.

—Por esa parte no hay ningún problema.

—Cuál es la cantidad que necesitas de provisión de fondos para empezar, una con la que empieces tranquilo y seguro.

—Pues mira, este es el número de nuestra cuenta bancaria, que le parece si para comenzar fuerte empezamos con una inyección de cien mil euros y ya trabajamos a partir de ahí.

—Me parece bien. Un momento. ¿Me puedes dar la clave de wifi?

—Por supuesto, aquí tienes.

—Voy a tardar un par de minutos, no más. —Saca de la mochila su ordenador bajo la atenta mirada de Santi que aún no se cree lo que sucede delante de sus ojos. Se conecta a internet, en breves minutos ya navega por la intranet de uno de los bancos suizos donde ingresó los fondos de su actual cliente. Teclea la cuenta que le ha dado y realiza todos los trámites hasta completar la transferencia. Le envía al correo electrónico de Santiago el justificante de la misma. —Listo. Mañana tienes el dinero de provisión en vuestra cuenta. Te he pasado el resguardo para que comiencen a trabajar en diez minutos con nuestra reforma. Pasado mañana quiero allí a los primeros operarios, recuerda jardines y piscina incluidos, máxima prioridad. Oye, ahora que lo pienso, manda también un equipo de limpieza que le dé un buen repaso a la casa de huéspedes.

—Eso está hecho. ¿La dirección exacta?

—Laura, cuando te envíe los planos, te la facilita.

—Perfecto, pues cuenta con nosotros.

—Ya lo hago, espero estar en buenas manos.

—¡Las mejores! —Se levantan y despiden con un fuerte apretón de manos.

Al salir del despacho escucha como Santi usa el teléfono y pregunta por Laura. Parece que ha acertado con su elección. Ya tiene varias cosas en marcha. Puede parecer que es una inversión exagerada, aunque si tiene en cuenta lo que le ha cobrado a su cliente por localizar a «su antigua pareja» se lo puede permitir sin problema, son gastos que están cubiertos por el precio de su trabajo, además, si lo piensa bien, es una inversión que piensa revalorizar a futuro, quizás también en su cuenta final. Debe realizar más gastos aún. Piensa que para la tapadera que ha preparado, el Mercedes Clase A no es el vehículo más indicado. Ve una terraza tranquila, con una mesa pegada a la pared que esta al sol, justo lo que necesita. Se sienta con el edificio a su espalda, abre su portátil y le pide al camarero un Vermut, unas aceitunas y la contraseña del wifi, este saca un pequeño papel que la tiene escrita y va a preparar su pedido. Para cuando le trae su servicio, Miguel ya busca en una página web el coche que tiene en mente. Encuentra varias opciones, una le llama más su atención que las demás, incluye su frase favorita: «Urge su venta». Busca su teléfono y marca el número.

—Buenas, llamo por un Range Rover que anuncia.

—Buenas tardes, sí. ¿Le interesa?

—Espero que sea lo que estoy buscando.

—¡Ojo! Es gasolina.

—¡Lo sé!

—Perdone, ya he tenido varias llamadas, piensan que es un diésel y cuando se enteran que es gasolina, me dicen que si consume mucho y que si tal, de manera que pierdo el tiempo, si usted sabe lo que tengo en venta, ningún problema.

—Me lo imagino, no se preocupe conmigo, no me voy a asustar si me dice que consume mucho, es un todo terreno grande, bueno y con potencia, tiene que gastar gasolina, es lo lógico. Por favor, deme detalles del coche.

—¡Uf! ¿Qué le digo?

—Todo lo que recuerde.

—¡Bien! Es el modelo Sport 5.0 v8 Supercharged, su motor tiene 510 caballos, como hemos hablado es de gasolina. Sólo me ha tenido a mí como dueño, es nacional, no importado, nunca ha tenido un siniestro, tengo todas las llaves, libros, manuales, en su carpeta original. La mayoría de kilómetros son en autovía, lo puedo demostrar. Los mantenimientos siempre al día en la casa oficial. Nunca se ha fumado en el coche.

—¡Eso es de agradecer! Por favor, continúe. El color que recuerdo del anuncio es gris metalizado, ¿verdad?

—¡Sí! Por cierto, está impecable de interior y exterior, lleva todos los extras.

—¡Eso me interesa! ¿Los recuerdas?

—Así, de sopetón, pues lleva las cinco cámaras de visión exterior, asientos de piel con calefacción, tanto los delanteros como los traseros, suspensión neumática, navegador, techo solar panorámico, arranque sin llave, ordenador de a bordo completo, cambio automático con palancas en el volante, …

—¡Perfecto! Una pregunta nada más. ¿Lo vendes porque vas a comprar uno mejor?

—¿Mejor? ¡Más nuevo, quizás! ¡Mejor imposible!

—¡Eso es lo que quería escuchar!

—Mi mujer, está embarazada otra vez, mellizos.

—¡Enhorabuena!

—¡Gracias! Ya tenemos uno, necesito un mono volumen.

—Pues vamos a ayudarnos. ¿Piensa bajar algo del precio del anuncio?

—Mejor ver, probar y luego hablamos.

—Me parece bien. Cuando le viene bien que nos veamos.

—Cuando usted quiera, el coche lo tengo aquí conmigo, en el trabajo. Si quiere verlo después, yo vivo en las afueras.

—¡Ahora me viene bien! En un rato salgo parar a comer, podemos vernos en ese momento. Dígame dónde.

—Anote. —Le da la dirección, no está muy convencido, piensa que no lo verá. Ya recibió alguna llamada que se interesó mucho por el coche, al final no llegó a buen puerto.

Sin embargo, una hora después, ese hombre, rebosante de felicidad, tiene guardados en su bolsillo todos los euros que pidió por su coche, mientras llama a su mujer para pedirle que le recoja del trabajo. Por su parte, Miguel aparca en un parking público cercano a su casa el Range Rover. Le encanta su compra, parece el típico todo terreno aburrido de un señor mayor, sin embargo es todo lujo por dentro y esconde un enorme motor que proporciona más de quinientos caballos, potencia que en un momento de apuro, puede sacarle de cualquier situación complicada. Aquel día ha transcurrido bien, su idea fue agitar un poco el árbol que tenía en su cabeza, objetivo cumplido. Cuando llega a su casa, abre el portátil y pone un nuevo mensaje en la nube particular que tiene con su cliente, nada complejo. «Sigo nuevas pistas». Queda satisfecho con lo enviado. Piensa que se merece salir a cenar algo, de manera que busca un sencillo restaurante.

CAPÍTULO 20, 19 DE MAYO, 23:04. SONRISA

Antes de acostarse, decide comprobar si hay alguna novedad en la nube privada que le proporcionó el sicario. No espera encontrar nada nuevo, no ha tenido tiempo material para avanzar en una búsqueda tan compleja, sólo pasaron unos días desde el último mensaje recibido. Nunca esperó mucho de aquella opción, resultó muy caro, en su momento se planteó no hacerlo, ahora tiene que reconocer que el tipo vale lo que cobra, en días consiguió más que otros profesionales en años. La pantalla del ordenador le indica que hay una novedad. Allí están aquellas tres palabras. «Sigo nuevas pistas». ¿Nuevas pistas? Contrató hombres que no lograron avanzar en varios meses lo que aquel sicario en unos días, si lo piensa bien, ninguno fue capaz de llegar hasta aquel punto y este mercenario ha encontrado nuevas pistas. Mira que si él es capaz de localizarla. Sonríe ante esa posibilidad. ¿Será posible ver por fin el rostro de esa mujer?

CAPÍTULO 21, 20 DE MAYO, 09:14. EL PARAÍSO DE SACEDÓN

Miguel desayuna en un bar, cerca de la inmobiliaria, cuando suena su teléfono.

—¿Dígame?

—¿Miguel?

—¡Yo mismo!

—Buenos días, soy Santiago.

—Dime Santi.

—Te llamo porque a mi jefe le va a dar un ataque.

—No creo que pase nada de eso. ¿Qué te ocurre?

—Le comenté todo lo que hablamos ayer, si te soy sincero está muy contento, en su ignorancia cree que yo hice un gran trabajo, aunque tú y yo sabemos que me lo diste todo hecho.

—Hasta el momento no veo ningún problema.

—Ya, el tema es que le dije que os pedí realizar una provisión de fondos de cien mil euros.

—Eso es lo que hablamos, sí.

—Cierto, sin embargo, esta mañana, al comprobarlo en contabilidad se han dado cuenta de que la transferencia que habéis realizado es del doble.

—No te asustes, mi jefe ha previsto que el gasto será mucho mayor y para evitar movimientos continuos, retrasos e historias ha realizado una provisión mayor.

—Me ha llamado pensando que yo la había cagado.

—Para nada. También viene bien que piense que somos gente seria y que le conviene tenernos contentos. Necesito que me trates como a

189

tu mejor cliente durante el tiempo de esta reforma, que mejor forma de dar un toque de atención que ingresarte el doble de lo que pides, no es para que trabajes más, es para que lo hagas mejor.

—Pues ya me presiona, si eso era lo que buscabas, que sepas que lo conseguiste.

—Ya te dije, mañana empezamos con exteriores y limpieza, eso puedo decidirlo yo sobre la marcha, recuerda piscina y jardinería, cuanto antes tengamos los planos de las mejoras del interior para estudiarlos y aprobarlos, mejor, después, manos a la obra.

—Cuento con todo eso, esta tarde si quieres concretamos todo.

—Sí. Yo te llamo y te paso la ubicación exacta.

—¡Así quedamos! Un abrazo.

—¡Otro!

Termina tranquilo su desayuno, paga al camarero, se cuelga su mochila negra y se dirige hasta la inmobiliaria. Nada más entrar ve como la empleada de más edad le fulmina con una mirada que no sabe muy bien cómo debe definir, de cualquier forma, menos «amigable», piensa. Laura está muy pendiente de la pantalla de su ordenador. Cuando le reconoce, esboza su amplia y bonita sonrisa. Se levanta rápida y se acerca para darle dos besos en la mejilla, como haría con cualquier primo suyo.

—¡Miguel! ¡Qué alegría volver a verte!

—¡Ya me imagino! ¿Te han avisado de que la transferencia se realizó?

—Siéntate, que te cuento. Ayer, tu amiguita se dedicó a comunicar a todo el mundo que me engañaron, que se rieron de mí, que era imposible vender esa finca que lleva años en cartera y nadie se interesó nunca por ella. Casi me pongo a llorar. Llamó a todo el mundo, le contó que de ninguna manera, yo, en menos de una hora iba a cerrar aquel trato. Yo callada, imagínate, mandé todo el informe a la central sin hacer ningún comentario, me fui a casa cabreada como una mona, no te voy a engañar, en algún momento pensé que era demasiado bonito para ser verdad, incluso tuve el teléfono en la mano para llamarte en mi desesperación, de hecho, no he pegado ojo esta noche. Cuando esta mañana, a primera hora, ha llegado desde la central el contrato de compra venta, por mensajería, sólo a la espera de que firmes, no se lo creía, se ha puesto a llamar a los jefes, que si son unos primos, que si creen todavía en cuentos de hadas, y no sé cuántas tonterías más. Yo callada, parece ser que le han dicho de forma textual que ellos solo creen en los números que le da el banco, estos dicen que el pago está hecho. Justo unos minutos antes de tú entrar me ha llamado el jefe para darme la enhorabuena y para decirme que este mes recibiré la mayor comisión que se ha ganado uno de sus comerciales junior.

—¿Comercial junior?

—Sí, es una historia para diferenciar a los nuevos de los veteranos. Para pasar de comercial junior a senior hay que conseguir un volumen de ventas, siendo senior tu comisión es mayor y tienes acceso a los mejores clientes y a las mejores propiedades.

—Entiendo. Puesto en práctica, ella es senior y tú junior.

—No, las dos somos junior, aunque ella lleva mucho más tiempo y tiene acumuladas un montón de comisiones más que yo, ella calculaba ser senior en poco tiempo. Es un sistema copiado de una franquicia americana, creo. Lo que tienes que entender es que gracias a ti, «primo», a partir del próximo mes soy comercial senior, mientras que a nuestra amiga todavía le queda un tiempo como junior, aunque es más veterana, no ha subido de categoría.

—¡Ahora entiendo su mirada de hace un rato!

—Pues sí. Vamos a ver. ¿Comenzamos con el papeleo?

—Imagino que sólo queda la firma.

—Eso es, he consultado y como el pago está realizado, tienes razón, vale un contrato de compra venta, luego debes formalizar la compra en el registro de la propiedad y todos esos trámites. Si quieres los realizamos nosotros.

—Mi empresa se encarga, no te preocupes.

—Junto con el contrato, me han mandado este juego de llaves. Una cosa, las fotos que vistes en la web, las de la finca y las casas tienen un tiempo.

—Me lo imagino, no sé qué quieres decir.

—Pues que todo estará igual, con suerte, aunque lo más probable será que el estado de las cosas lo encuentres algo peor, mejor sería imposible. No sé si me explico bien, perdona.

—¡Ah! Entiendo, que estará más sucio y con alguna rotura.

—No creo que hayan entrado y roto cosas, tiene alarma y servicio de vigilancia, pero sucio seguro que está.

—Gracias por decírmelo, ya lo tenía en cuenta. —Mintió otra vez.

—Bueno, tengo autorización para invitarte a comer.

—¡Oh! Nada me gustaría más, tengo muchas cosas por hacer, no me va a ser posible.

—¡No me has entendido! Quiero decir que tengo autorización, me han facilitado un pico para invitarte a comer, si no vamos, eso que se ahorran, yo me pierdo un tiempo de la oficina remunerado y desperdicio una oportunidad de oro para hacer rabiar a nuestra amiga común.

—Ahora sí que te entiendo. ¿A qué hora terminas?

—A las dos pero podemos irnos antes.

—A la una y media paso a por ti.

—Eso espero.

—No le digas nada a nuestra amiga, cuando nos vea irnos, mientras ella se queda, va a explotar.

—Así lo haré. Hasta luego.

—Ciao.

Nada más salir de la inmobiliaria se dirige a su casa, recoge toda la ropa, prepara las dos maletas completas que trajo desde Barcelona y hace tiempo hasta la hora de comer. Cuando lo cree conveniente lleva todo el equipaje al Range Rover, deja la mochila también y se dirige a recoger a Laura. Mientras se acerca a la inmobiliaria llama a Santi.

—¿Dígame?

—¡Hola Santi!

—¡Miguel! ¿Qué tal? ¿Todo bien?

—Todo perfecto, te envié la ubicación al móvil, necesito algo más.

—Dime.

—Recuerda enviar un equipo de limpieza para darle un buen repaso a las dos viviendas.

—No hay problema, está previsto. Una cosa, Miguel.

—Dime.

—Mañana estarán allí a las ocho, si te parece bien, los tres equipos, el de limpieza, piscina y los de jardinería.

—Eso es lo que queremos, bien.

—También iré yo, así veo la obra, siempre es mejor ver todo de forma física, los planos pueden darnos una idea equivocada, igual que las fotos, podemos decidir los cambios, estudiar opciones, sopesarlas y eso.

—Me parece bien. Vamos, seamos claros, tu jefe te dijo que estés encima de este trabajo

—Exacto, así es. Lo normal es que desde la oficina llevemos dos o tres reformas a la vez, después del ingreso dijo que me centrase en teneros contentos.

—Eso es lo que queremos.

—Te llevaré también los primeros diseños para decidir algunas modificaciones, ¿te parece bien?

—Por supuesto, nos vemos mañana.

—Por cierto, para el tema de la comida, mañana seremos unos doce.

—Cierto, tengo que organizarlo, yo me encargo.

—Nos vemos mañana.

—¡Hasta mañana! —Cuelga cerca de la inmobiliaria. Sonríe al

entrar, bajo la mirada inquisitiva de la compañera de más edad —. ¡Hola, Laura! ¿Te parece si vamos a comer?

—¡Hola! ¡Claro! Yo invito.

—¿Dónde vamos?

—Mi jefe me ha recomendado un buen restaurante.

—¿A que esperamos?

—Nada, ya apago mi ordenador. —Se dirige a su compañera, levanta la mano a modo de despedida —. Nos vemos esta tarde, te toca cerrar. ¡Hasta luego!

—¡Adiós! —Miguel también se despide de la compañera de Laura. Ya en la calle, le pregunta por donde deben ir.

—Está cerca, caminamos un poco y llegamos.

—Muy bien, creo que a tu compañera le va a dar un soponcio. Hemos sido muy malos con ella. Ahora me da un poco de pena.

—No te creas, nada que el karma no haya solucionado, desde que empecé a trabajar aquí se ha portado bastante mal conmigo, gracias a ti, eso va a cambiar.

—¡Me alegro!

La comida transcurre de forma que Miguel deja a Laura hablar y contar cosas de su vida, él no quiere hablar mucho, no es su intención dar información a esta mujer, o empezar a contar mentiras sin ningún fundamento. Es agradable, incluso simpática, nada más necesita de ella, no piensa volver a verla. Terminada la comida, acompaña a Laura hasta la oficina, pues ella tiene que volver para trabajar, él se dirige al parking para subirse al Range Rover, comprueba que lleva todo lo necesario, solo deja en Madrid el Mercedes, no sabe si regresará para recuperarlo. Se sienta en el cómodo asiento de piel, pulsa el botón de contacto, el motor ronronea con suavidad, sale del parking y sigue las instrucciones del navegador para llegar a su destino. Circula con tranquilidad algo más de una hora, atrás queda la capital, deja la autovía y circula por la carretera nacional que le lleva hasta Entrepeñas y Sacedón, el pueblo se encuentra a un lado del pantano, después de salir del núcleo urbano se acerca al barrio conocido como Paraíso de Sacedón, lo atraviesa despacio, realiza un completo reconocimiento de la zona. Algún kilómetro después, río arriba, el navegador le avisa de que ha llegado a su destino. Desde que dejó atrás las ultimas casas del barrio, al lado izquierdo de la carretera no se ve el pantano, un frondoso bosque impide ver más allá de los árboles, cuando el navegador avisa, lo que ve a su izquierda es la pequeña entrada a una finca, una gran cancela de hierro algo oxidada, con un viejo cartel que reza una palabra en alemán, «Paradiesgarten», si no está equivocado y su alemán no está tan oxidado como aquella puerta de acceso, la traducción quiere decir algo así como el jardín del paraíso. Se baja del coche ante la imponente puerta de hierro. No muestra señales de que se haya abierto en mucho tiempo. Buscó la llave adecuada para aquella cerradura entre las que le dió Laura. Cuando localiza la mejor candidata de aquel manojo, murmura algo entre dientes, espera que aquellos susurros faciliten el buen funcionamiento de la cerradura. No sin esfuerzo, el mecanismo gira, permite la apertura de la cancela. Abre las dos hojas y utiliza unos soportes que obligan a las grandes piezas de hierro a no moverse y cerrarse de forma inesperada, su función es impedir algún que otro susto. Se sube al Range Rover y avanza despacio entre los árboles, mientras tanto, sobre él, las ramas de los que flanquean el camino se entrelazan hasta formar un túnel que obliga al coche a encender las luces de forma automática. Poco tiempo después tras un pequeño giro, una gran explanada se abre delante del coche, a la izquierda tiene una impresionante vista del pantano, en primer lugar hay una pequeña casa, un poco más alejada y en alto, la vivienda principal. Están rodeadas por un descuidado seto, junto al mismo está el espacio destinado a dejar los vehículos de los invitados. Para allí el todo terreno, toma el manojo de llaves y la carpeta con la documentación que le proporcionó Laura, se dispone a conocer su última adquisición. Está más cerca de la casa pequeña, la que parece ser para invitados.

Cuesta trabajo abrir la puerta, pero finalmente la cerradura cede. Las cortinas o persianas están cerradas, la estancia está sumida en una completa oscuridad, el aire está viciado, no imagina cuanto tiempo ha permanecido sin abrir y ventilar aquella vivienda. Intenta accionar el interruptor, pero no funciona. En la inmobiliaria le dijeron que la luz estaba conectada, algo no parece estar como debe. Consigue abrir una persiana y una columna de luz cambia el aspecto del lugar. Un pequeño vistazo le permite comprobar que está bastante bien, sucio, aunque bien, los pocos muebles que se adivinan están tapados con algun tipo de lona. Aquella vivienda no necesita muchas reformas, basta con una buena limpieza, unos pocos muebles y algún cambio para ser su nueva morada. Tiene muchas cosas que hacer aún, cierra la casa de invitados y se acerca a la vivienda principal, un ligero vistazo a la piscina le permite ver que era la joya del anterior dueño, se nota descuidada, aunque tiene buen potencial. Cerca de la entrada principal comienza a sentirse intimidado, la primera visión de aquella casa engaña, es mucho más grande de lo que parece de lejos, antes de intentar abrir la puerta, comprueba el código de la alarma en la documentación que le dieron. Una vez desbloqueada, abre la puerta. La casa impresiona con sus techos altos y su enorme salón comedor. Al igual que en la casa de invitados, las habitaciones están en penumbra debido a las persianas cerradas. En este caso el interruptor de la luz funciona con normalidad y revela algunos muebles bien cubiertos. El paso del tiempo es evidente, ya que todo está cubierto por un manto de polvo. Menos mal que Laura le recordó que pidiera un equipo de limpieza, tienen un buen trabajo por delante. Él también debe realizar algunas tareas y necesita hacerlas rápido. Cierra todo, conecta de nuevo el sistema de alarma y sube al coche, al salir de la finca piensa dejar la cancela abierta, después de valorar las opciones, decide que lo mejor será dejarla como siempre, antes de empezar a llamar la atención de los curiosos. En el Paraíso de Sacedón resulta que el estanco es también una tienda para todo. No cuenta con encontrar un sistema de vigilancia que grabara y guardase las imágenes de hace más de cuatro años. Sin embargo, debe realizar esa visita. De hecho, no ve ninguna cámara y la mujer que le atiende no parece muy comunicativa. Pregunta si hay donde dormir o cenar, le dice que para algo más que una pequeña compra, debe ir al pueblo, le recomienda buscar el bar Simpson en Sacedón, está cerca. Resulta fácil de localizar, el local que le han dicho es de los pocos que dan a la carretera nacional a su paso por el pueblo. Aparca el Range Rover junto a otros coches frente al establecimiento. Al entrar por la gran puerta de cristal, la larga barra queda junto a la pared que está a su derecha, a la izquierda varias mesas, un billar, una máquina de dardos, al fondo una enorme cristalera permite una espléndida vista del pantano. En aquel momento, hay tres personas en la barra, las mesas permanecen vacías. Supone que es temprano para la clientela habitual. Una pareja al fondo de la barra se cuenta intimidades delante de unas cervezas. La cafetera está centrada en la barra, frente a ella un hombre mayor toma un carajillo mientras habla con la única camarera. Ella le ve entrar, aunque no quiere cortar la conversación del hombre, es un pobre anciano, está sólo y sale de su casa todas las tardes a tomarse un café cuando sabe que es el momento más tranquilo, de esa manera puede hablar un poco con ella, esa conversación es lo único que rompe su rutina del día a día. La camarera no va a cortar su momento diario de charla porque un señorito de ciudad entre en su bar. Hace un gesto a Miguel para que se lo tome con calma. Él sonríe, quiere que entienda que no tiene prisa, espera con calma, sin mostrar impaciencia. El hombre mayor también ha visto entrar al forastero, termina lo que cuenta y le pide que atienda a su nuevo cliente, ya continuarán la conversación. Ella le dedica una bella sonrisa antes de dirigirse a su nuevo cliente, sonrisa que no pasa desapercibida para Miguel. Parece una mujer decidida, acostumbrada a tratar con mucha gente, una experiencia que se adquiere en pocos sitios, uno de ellos es detrás de una barra.

Es rubia, de ojos oscuros, no muy alta, el pelo muy corto, casi como un chico, con un físico similar al de una buena deportista, no parece tener un gramo de más. Lleva una camisa blanca con un bordado, se puede leer el nombre del bar y unos vaqueros que le quedan como un guante. Calcula que puede tener algunos años más que él, aunque no se atreve a decir una cantidad. Le mira a los ojos mientras pronuncia unas palabras repetidas miles de veces.

—Buenas tardes. ¿Qué desea?

—Varias cosas, no tengo prisa, si quiere puede servirme un whisky, para continuar su conversación con ese señor, después me gustaría hacerle algunas consultas.

—¿Qué whisky le pongo?

—Si es posible, el mejor escocés que tenga.

—Yo no sé decirle cual es el mejor, no entiendo mucho de whisky, si puedo decirle cual es el más caro.

—¿Y cuál es ese?

—Bueno, tengo sin abrir una botella de Dalmore.

—Una botella de whisky «The Dalmore», ese me gusta. ¿De doce o de quince años?

—Ni idea si te digo la verdad, espera que lo mire. No es algo que sepa de memoria, no suelo servirlo todas las semanas. —Se aleja un poco. Aquel es uno de esos viejos bares que en la pared detrás de la barra tiene las bebidas más exclusivas, por tanto, las que menos venden, en estanterías agrupadas por géneros, en unas los rones, en otras las ginebras, en otras los brandys y así hasta llenar la pared. Toma una botella, la limpia de polvo mientras se acerca a su nuevo cliente, es una bonita botella de cristal transparente, con una cabeza de ciervo metálico que destaca sobre el vidrio —. Una cosa voy a decirle…

—Tutéame, creo que vamos a vernos bastante a menudo.

—Vale, una cosa voy a decirte. Esta botella vale un pico, no sé cómo la tengo, si fue un regalo o de qué forma llegó a la estantería, tiene una etiqueta especial, me dice que debo cobrar mucho por cada copa.

—Comprendo. Puedo comprarte la botella.

—¿Cómo?

—Muy sencillo. Dime lo que vale que te compre la botella, será solo para mí, no parece que tengas muchos clientes que la pidan. Cada vez que venga, te pediré un café, una cerveza o lo que sea, cuando te pida un whisky, será de mi botella, que ya te la habré pagado, así te duele menos abrirla, cobras por adelantado.

—¿Quieres decir que yo te cobro hoy toda la botella, y tú te la vas tomando poco a poco?

—Sí, si te sirve de referencia, de cada botella deberías sacar unos quince whiskies.

—Entiendo, de esa manera, habré cobrado la botella, de paso me aseguro que vengas hasta que te la termines.

—Exacto.

—¿Con que lo tomaras? ¿Con cola?

—¿Este whisky? No, sólo.

—Entiendo.

—Dime que me vas a pedir.

—¿Te parece mucho ciento veinte euros?

—Ciento cincuenta y cada copa que me pongas me das algo para acompañarla. —Mientras dice esto, pone tres billetes de cincuenta euros en la barra.

—¿No me has dicho que lo querías solo? —Pregunta mientras recoge los billetes, no quiere que se arrepienta.

—Me refiero a unos frutos secos o algo así, este whisky se toma sin refrescos, ni agua, tampoco hielo.

—¡Ah! Vale, algo de picar, ciento cincuenta, genial. —Sin cortarse un pelo, guarda aquellos billetes en el sitio que considera más seguro, dentro de su sujetador.

—Si te parece, cuando puedas sírveme una copa y después sigue con aquel buen hombre.

—¡De acuerdo! —La sonrisa de la camarera, le indica que se la ha ganado. Poco después ella sirve un poco de su whisky en un vaso bajo y ancho, le pone unos frutos secos y a continuación habla con el hombre mayor y solitario, mientras él disfruta del whisky, recuerda mientras lo saborea, unos lejanos días por tierras escocesas. Pocos minutos después, el hombre que habla con la camarera se marcha. Ella vuelve a coger su botella y se acerca a Miguel. —Bien, se supone que debo marcar lo botella, como que es tuya. ¿Qué quieres que ponga?

—Pues quizás estaría bien poner mi nombre.

—Perfecto, no soy adivina.

—Perdona, creía haberme presentado como las personas correctas. Miguel, pon Miguel.

—De acuerdo, Miguel, marco tu botella, espero que la disfrutes.

—Como supongo que vendré algunas veces para vaciar la botella, será perfecto conocer el nombre de la amable camarera a la que compré la botella.

—La misma camarera que te atenderá siempre, este bar tiene un servicio único. ¿Lo has pillado?

—Supongo que sí, quieres decir que tiene una única camarera.

—Un tío listo, hay veces que tengo que explicar esta broma durante varios minutos.

—Supongo que es un halago, gracias.

—¡Lo que yo te diga! ¡Un tío listo! Sí que es un halago. Nuria, me llamo Nuria. Nunca te he visto por aquí, por lo que dices, supongo que nos veremos a menudo.

—¡Seguro! Por lo menos durante un tiempo.

—Eso es bueno, más clientes. ¿Dijiste algo de unas consultas?

—¡Sí! Vamos por la primera y supongo que más fácil.

—¡Venga!

—Mira, mi empresa ha comprado una casa cercana, hay que

arreglarla para venderla a un cliente.

—Vale, si no es mucha indiscreción, soy curiosa por naturaleza. ¿Qué casa compraron?

—Tengo pocas pistas que darte, una de las pocas que me dieron a mí es que se llama «Paradiesgarten», está un poco más arriba, a orillas del pantano.

—¿La casa del alemán?

—Será esa, por el nombre es lo más fácil.

—¡Guau! Lleva en venta mucho tiempo, pedían un dineral.

—Pues mi empresa la ha comprado.

—Le vais a dar un disgusto a Sole.

—¿Sole?

—La alcaldesa. Bueno, mejor dicho, es la mujer del alcalde.

—¿Y eso?

—Lleva años a la espera de que bajen el precio para comprarla.

—¡Pues creo que el precio va a subir mucho!

—¿Y eso?

—Hay un interesado, quiere algo perfecto y bien acabado, mañana vienen ya a empezar la reforma, la vamos a dejar como nueva.

—¡Pues te vas a crear una enemiga!

—¡Yo no busco enemigos! Te lo aseguro, para nada.

—Venga, suelta tus consultas, me tienes intrigada.

—Mientras se adecenta la casa de los invitados …

—¿Casa de invitados?

—¡Sí! ¿es que tú no conoces la casa?

—Poca gente la ha visto bien, está dentro del bosque, no se puede ver desde fuera, hay que entrar en la finca para conocerla.

—No me digas más, la alcaldesa sí que la ha visto, por eso la quiere.

—Será por eso. Sigue.

—A lo que voy, necesito dos cosas, y rápido.

—Si te puedo ayudar, cuenta con Nuri.

—¡Vale! Primera, como te decía, mientras se arregla la casa de invitados, necesito un lugar donde dormir.

—Esa parte es fácil, sobre este bar tienes ocho habitaciones.

—¿Alguna disponible?

—Las ocho hoy, el fin de semana ya aprieta la cosa.

—¿Te parece bien por semanas?

—Me parece estupendo, Miguel. No son cosa del otro mundo, pero tampoco son caras.

—No hay problema, me arreglo con cualquier cosa.

—Más consultas.

—Necesito que los operarios que vienen a trabajar tengan solucionado el tema de la comida.

—¿A qué te refieres?

—Pues que unos días vendrán muchos, otros pocos, pero el tema de su comida me toca solucionarlo a mí. Te pregunto si das comidas, ¿tienes menús?

—Creo que tengo una solución.

—Perfecto, ¿te encargarás tú?

—¿Yo? ¿Comidas? Ni loca.

—Vaya. Eso no me lo esperaba. Tú dirás que solución tienes.

—Hay una mujer que hace comida para llevar, es la que le lleva la comida a los que están de servicio en el ambulatorio, por ejemplo y también sirve a domicilio.

—Es una opción, me parece bien, y ¿para cenar?

—Aquí te puedo ofrecer algo para picar, una pizza o algo sencillo, sí. Menú va a ser que no.

—Me vale, entonces aquí puedo hacer las cenas y desayunos, la comida con ese servicio, como decirlo, ¿de catering?

—Supongo que sí, espera, creo que tengo alguna tarjeta suya. —Se acerca a la caja registradora, busca un poco hasta que parece encontrar lo que busca, saca una tarjeta y vuelve frente a Miguel —. Aquí tienes, cocina muy bien.

—La vieja marmita, vale, ahora la llamo a ver si puede ser mi solución.

—Perfecto, Miguel, sigo con mis cosas, si necesitas algo, solo tienes que decírmelo.

—Cuento con eso, por cierto, una pregunta ¿tienes wifi?

—Claro.

—¿Me puedes decir la contraseña?

—¿De verdad necesitas wifi aquí?

—¿Cómo?

—Todo junto, en minúsculas y con los signos de interrogación.

—¿Esa es la contraseña?

—Claro, esa misma. No imaginas lo que nos reímos de los capitalinos, suelen poner una cara como la que tú has puesto. —Se aleja con una sonrisa, le encanta la broma, se acerca a la pareja del fondo de la barra por si quieren algo y después se pierde en la cocina por algunos instantes, reaparece en la barra de vez en cuando por si entró alguien y no se enteró.

Miguel toma su copa y el platillo de frutos secos que le preparó Nuria, se sienta en una mesa alejada de la barra. Saca de su mochila el portátil, no encuentra otra conexión a la que piratear, por tanto se conecta a la red wifi del local, comprueba que aquella contraseña es la correcta y analiza la privacidad y velocidad de la misma. Es buena, abre su correo, este permanece sin recibir ningún mensaje, como esperaba, la bandeja de entrada permanece vacía. De manera mecánica entra en la nube que creó para comunicarse con su cliente. No debe encontrar ningún mensaje, piensa que con el último aplacaría durante un tiempo la curiosidad de quien le paga. ¿Quién será? Mientras logra adivinar quien paga sus honorarios, encuentra un mensaje que contestar. Es tan escueto como el suyo anterior. «Necesito conocer cuáles son esas pistas nuevas que sigues». Una vez analizado con frialdad el mensaje, sabe lo que tiene que hacer. Mira a Nuria, se pone de pie, cuando consigue que ella se fije en él, le hace un gesto mientras sonríe, señala su copa para que se la llene de nuevo. Mientras tanto él saca el Nokia de la mochila y se dispone a llamar. Sale al exterior, a la entrada del bar Simpson. Abre la vieja cartera, saca una tarjeta SIM, se la instala al viejo móvil mientras guarda el nuevo android que compró en Barcelona y que usa de contacto en este trabajo. Cuando consigue que su teléfono recobre vida, marca el número que sabe de memoria.

—¿Dígame?

—Buenas tardes, me puede poner con Pepe Montoya.

—¿Pepe Montoya?

—Sí, o si lo prefiere, con José Montoya.

—¡Se ha equivocado! Esto es una oficina, aquí no hay nadie con ese nombre, ni con ese apellido.

—Perdón, me equivoqué al marcar, o quizás un cruce de líneas. Adiós. —Cuelga la llamada, camina un poco sin rumbo mientras espera a que Max haga todo lo que debe hacer antes de devolver la llamada. Copiar el número desde el que le llamó, tomar su viejo teléfono con una SIM virgen, activarlo y llamar. En menos tiempo del que espera su Nokia suena —. ¡Hola Max!

—Hola cariño. ¿Todo bien?

—Más o menos.

—No me llamarías si todo fuera bien, te conozco.

—¡Que malo es conocerse! Una cosa, Max. Me pongo en la situación del que supone los pasos que va a dar el adversario.

—No te entiendo.

—Te digo lo que yo haría si estuviese en el sitio del enemigo.

—¿Quién es el enemigo?

—Me temo que el que me contrató.

—¿En serio?

—Muy en serio.

—Bien, me apunto. Jugaré a tu juego. ¿Tú qué harías en su lugar?

—Se muestra mucho más impaciente de lo que esperaba. Tiene tal desesperación que buscará información en el único lugar que imagino se la puede proporcionar.

—¡No te entiendo!

—El único punto de unión que ellos tienen conmigo, sin que yo se lo diese, eres tú.

—¿Qué quieres decir?

—Es muy sencillo. Si son un mínimo de buenos, y me temo que tienen gente buena en nómina, van a ir a por ti para sacarte todo lo que sepas.

—No sé nada.

—Lo sé, ellos no, creen que tienes información sobre mí, van a intentar sacártela.

—Una pregunta. ¿Todo esto lo dices por algo que ha pasado entre vosotros?

—No, por mi parte todo bien, encuentro sus respuestas demasiado impacientes, alguien capaz de pagar mi tarifa, si tiene prisa, se salta la cola. ¿Me explico bien?

—Sí, quiere más de lo que le das.

—Eso es lo que pienso. Creo que tiene demasiada prisa, va a querer venir a por mí, la única fuente de información que puede tener eres tú.

—Entonces. ¿Qué hago?

—Te lo voy a poner fácil, cuando te interroguen, nunca cantes a la primera, jamás lo hagas. En ese caso te ven débil y te darán más leña, tú eres un tipo listo, cuando veas conveniente, le das mi dirección de correo. Ya sabes nuestra clave, si me mandas algún mensaje tiene que ser un ripio, tiene que rimar. Esa parte te la saltas, como ya debes suponer, no se lo digas para que yo sepa que te han tocado, de esta forma se activará nuestra defensa.

—¡No sabes lo que me tranquilizas!

—¡Va en tu sueldo! ¡Ya lo sabes!

—¿Recuerdas mi comisión de este trabajo? ¡Quiero el doble! ¿Qué digo? El triple. Me van a partir la cara, y eso no me gusta.

—¡Si te gusta, cabrón! ¿Es que no recuerdas que conozco tu faceta de masoca?

—¡Es verdad que lo sabes!

—¡Y tanto! Tranquilo, le das mi dirección de correo, sin decir nada de la rima, ya me encargaré yo de ellos cuando entren en el juego. No te preocupes, los pondré al día. Max, te voy a dar otro consejo y mi más sería recomendación es que lo sigas. No estará de más que prepares una recepción como la del caso de los colombianos.

—¿Tan serio ves el tema?

—Sí, creo que estos son de los que no dejan huella, de los que dejan el camino limpio tras su paso.

—¡Joder! ¿Crees que son muy chungos?

—Eso me temo. Yo haría lo mismo que aquella vez, avisa a Carla.

—¡Sí! Es buena y de fiar. ¡Sólo te pido una cosa!

—Dime, Max.

—Si me tocan la cara, ya sabes lo que tienes que hacer.

—No te preocupes, lo sé.

—Cuídate.

—Tú también, me temo que pronto recibirás una visita.

—Espero que no.

—Creo que sí, además no tardarán mucho. ¡Que no te den una sorpresa!

No espera ninguna respuesta y cuelga. Realiza su habitual ritual de desmontar el Nokia, romper la tarjeta y perderla para siempre. Guarda ese móvil y toma el nuevo. Saca la tarjeta que le dio Nuria momentos antes, marca el número que viene en ella. Al momento escucha el tono de llamada.

—La vieja marmita. ¿Dígame?

—Buenas tardes, una pequeña consulta. Tengo entendido que sirven comida a domicilio.

—Lo entendió usted bien. ¡A eso nos dedicamos!

—Perfecto, le pongo en antecedentes. Me ha facilitado su teléfono Nuria, la del bar. Soy el encargado de una obra de restauración y tenemos que darle de comer a los empleados. ¿Puedo contar con ustedes?

—Sin problema, debo decirle que trabajamos a menú fijo, esto no es comida a la carta, si quieren algo especial hay que pedirlo a parte y con anterioridad.

—¿Sirven a domicilio?

—Si, siempre que estén cerca. ¿Dónde es la obra?

—La finca tiene un nombre raro, aunque creo que la conocen como la casa del alemán.

—¿La que esta pasado El Paraíso?

—La misma.

—¿Cuánto tiempo necesitará el servicio?

—No se lo puedo asegurar, mínimo un par de semanas, aunque me temo que serán más. Siempre de lunes a viernes.

—Cenas no, ¿verdad?

—No.

—Mejor, las cenas me complican la vida ¿Cuántos menús serán?

—Mañana doce, en principio.

—Doce, entonces sí, a las dos y cuarto puedo llevarlos.

—Me parece bien, nos organizamos.

—Los menús para empresas incluyen como bebida agua, es lo que más me piden, si alguien quiere otra cosa y ustedes lo permiten, me avisa con tiempo.

—Vale, correcto.

—Sí, en cuanto a eso, la comida irá emplatada en bandejas, una por persona las de mañana las recojo al día siguiente, cuando lleve el menú.

—Entendido.

—Eso quiero, que lo entienda, por tanto, las del viernes, me las llevaré el lunes. De manera que, por higiene para todos, aunque aquí les demos una limpieza exhaustiva, le ruego que las guarden limpias una vez terminado el servicio.

—Es lo mínimo, muy lógico, cuente con eso.

—Necesito que antes de las diez me llame para confirmarme el número de menús que tenemos que preparar.

—Lo entiendo, me parece bien, mañana le llamo en cuanto lo tenga seguro.

—Espero su llamada. ¿Estará usted mañana allí?

—Sí. Yo soy uno de los comensales.

—Pues entonces le diré el precio exacto del menú, tengo que calcular los gastos del transporte y eso, aunque no se preocupe, no será caro.

—No me preocupo en absoluto.

—Muy amable. Hasta mañana.

—Ciao.

Cortó la llamada con la tranquilidad de tener todos los temas pendientes controlados. Aunque está preocupado con la suerte que pueda correr Max, espera que le haga caso y tome precauciones, sabe que no suele hacerlo. Decide volver a entrar el bar Simpson para tomar su Dalmore. Cuando se acerca a su mesa, comprueba que todo sigue igual, menos su copa que vuelve a tener un nivel aceptable de whisky, a su lado ve un platillo lleno de frutos secos. Sonríe, le gusta cuando toman la iniciativa correcta. Conecta de nuevo su portátil, prepara la contestación del último mensaje, suspira, intuye las consecuencias que puede traer, él no debe actuar de otra forma, no le pidieron un plazo de tiempo, ahora no es el momento de presionar, él quiere avanzar a su ritmo que es lo estipulado. Contesta con una sola frase. «Avanzo más de lo previsto, pronto podré darle la solución a su consulta, si todo sale bien». Decide guardar su ordenador otra vez en la mochila y colgarla al hombro, toma su copa y los frutos secos para regresar a la barra. Cuando Nuria se acerca con expresión dubitativa le pregunta:

—Si te viene bien ahora. ¿Puedo conocer mi habitación?

—Me pillas sola en este momento. ¿Puedes esperar a que venga el refuerzo de la noche? Tiene que estar al caer. —Nada más decir estas palabras, entra un chaval joven, saluda a todos y se acerca a Nuria que le saluda con afecto. Se acercan a la caja registradora y le explica algunas cosas. De un pequeño tablero que hay junto a la caja registradora toma unas llaves unidas a un llavero con un gran número ocho—. Vamos, mejor ahora que estamos tranquilos. Sígueme.

—¡Te sigo! —Miguel la sigue solo con su mochila. Salen al exterior, le enseña que en aquel llavero hay dos llaves, la pequeña es de una pequeña puerta en la fachada del establecimiento, junto a la esquina, al abrir se ve una pequeña entrada que da acceso a una estrecha escalera, una vez arriba, solo hay un largo pasillo, con puertas a un lado, ella lo guía delante de él hasta el final del mismo.

—Esta es la habitación ocho, la Suite Nupcial.

—Estas de broma.

—Para nada.

—¿Lo dices en serio?

—Claro. ¿Por quién me tomas? ¡Totalmente en serio! —Contesta mientras abre la puerta. La habitación es igual a cualquier otra de un pequeño y viejo hotel. Una cama doble, un armario, una pequeña televisión, una puerta junto a la cama que da a un baño y al fondo, una puerta de acceso a la terraza.

—¿Que atributos tiene esta habitación para ser la Suite Nupcial?

—Es evidente, es la mejor. —Se divierte con la broma.

—Explícate.

—Es la que está más lejos de la escalera de acceso, no tienes vecinos más que a una pared, y desde la terraza tienes las mejores vistas al pantano. ¿Te vale?

—¡Por supuesto! Me has convencido. ¡Me la quedo!

—¡No lo dudé ni un momento!

—Vale, pues ahora subiré mis cosas.

—Ya me imagino. Toma la llave de tu habitación, la pequeña es la de abajo, organízate como quieras, yo voy a bajar al negocio.

—¿Necesitas algún dato?

—Lo normal, carnet y rellenar la ficha.

—Me parece bien, ahora te lo doy y te pago, de esa manera todos tranquilos.

—Vale, bajo ya que pronto empezarán a llegar los clientes. —Le da la llave de la habitación cuando pasa junto a él, se aleja tranquila, consciente de que le mira su femenino movimiento de caderas. Poco después Miguel sigue sus pasos, al entrar de nuevo en el bar nada ha cambiado, la pareja cuchichea sus cosas, mientras que el camarero seca unos vasos. Nuria está en la otra punta de la larga barra, se acerca a Miguel. Este le deja el carnet que recogió unos días antes en Barcelona, al lado pone varios billetes. —¿En metálico? Te confirmo que lloraré el día que te vayas. Odio las tarjetas.

—Te aseguro una cosa, me lo dicen muchas veces. Soy muy partidario del dinero de contar, como decía mi abuelo.

—Me lo creo. ¿Te apetece cenar?

—Es el momento adecuado, ahora que lo dices.

—¿Pizza?

—¡Me vale!

—¿Hago dos y las compartimos?

—Me has leído el pensamiento.

—Siguiente consulta. ¿Eliges o me dejas que te sorprenda?

—¡Por favor! Siempre la sorpresa.

—Perfecto. ¡Te gustarán! —Dice mientras se pierde tras la cortina de la cocina.

Miguel saborea tranquilo su copa, parece distraído, mientras tanto su mente planea con total frialdad sus próximos pasos. Aunque parezca un turista despreocupado, no lo es en absoluto. Tiene una misión que cumplir y su cabeza está centrada en sus próximos movimientos. Los tendrá que dar unas horas después.

Nox Mortis

CAPÍTULO 22, 20 DE MAYO, 21:23. UN ENCARGO CUALQUIERA

Una vibración en el bolsillo le indica que hay una novedad en su móvil. ¿Cuál será? Un mensaje, una llamada perdida o cualquier otra cosa. Cuando ve la información que le ofrece su teléfono, se excusa con los amigos que comparten zona de la barra, sale al exterior de la cafetería en la que se han reunido. Le ha llegado un aviso de mensaje entrante en la nube que mantiene con el nuevo sicario. Accede a ella y lee la única frase del mensaje. Sabe lo que quiere hacer a partir de este momento. Le ha pedido más información, un momento, eso no es así. ¡Exige más información! ¡Para eso paga bien! Aquel sicario es bueno, si de verdad está cerca de ella, es el mejor, eso no le debe impedir obedecer las órdenes de quien paga. ¡Ha llegado el momento de demostrar quién es jefe de todo! ¡Se va a enterar de quien manda aquí! De un pequeño bolsillo del interior de la chaqueta, saca un viejo teléfono móvil, pequeño, con una ridícula pantalla verde, nada que ver con el que acaba de usar y guardar. Descarta llamar a Mango, quiere reservarlo para trabajos más especiales y delicados, este lo puede realizar otro de sus sicarios en nómina. Además, piensa otra cosa, no le interesa que este encargo lo haga un hombre solo. Marca uno de los pocos números que tiene guardados en la memoria de aquel teléfono. Espera en silencio a que contesten.

—Rubén.

—Buenas noches. Memoriza lo que te diga, no voy a repetirlo.

—Sin problema. Usted manda. Dígame lo que necesita que haga.

—Este es un encago Nox Mortis, ya me entiendes.

—Por supuesto.

—Llama al informático. Pregúntale si localizó a quien le dije, si es así, me lo confirmas y mañana se le hace una visita, como mínimo debéis ir dos chicos, espero que lo comprendas bien, quiero un trabajo conjunto. Cuando lo tengas receptivo para responder a lo que se le pregunte, me llamas y yo diré lo que quiero saber y las preguntas exactas que se le deben hacer.

No espera contestación a sus últimas indicaciones, cuelga sin más. Poco después está de nuevo con sus amigos, nadie ha notado nada fuera de lo normal, nadie presta atención a su breve ausencia. Horas después, al subirse al taxi que le llevará a casa, comprueba el viejo móvil. Tiene un mensaje con pocas palabras. «Localizado. Mañana le hacemos una visita a las once, voy con el ruso». Sonríe, así le gustan las cosas, obedecen y le comunican. Rubén llegará lejos. No como otros, por caros y buenos que sean.

CAPÍTULO 23, 21 DE MAYO, 02:43. BÚSQUEDA EN SACEDÓN

Por lo poco que ha podido investigar, el Paraíso de Sacedón es una pedanía del pueblo del mismo nombre, por tanto todos los datos de interés se guardan en el ayuntamiento, este se encuentra cerca de donde él está ahora. Pensó en usar su coche, lo descartó rápido, sin dudar. Aunque no espera mucha gente en las calles a aquella hora, alguien puede verlo o escucharlo, es un vehículo nuevo en la zona, puede llamar la atención, esa no es su intención, es más fácil pasar desapercibido si va a pie. Decide vestirse con ropa oscura, después de buscar en sus maletas entre las prendas compradas en la tienda de Patricia, elige una sudadera negra que tiene capucha. Se cuelga la mochila y sale sin hacer ruido de la habitación, sabe que no hay nadie más en el edificio, controló como Nuria cerró el negocio y se alejó de allí. Valoró por un momento la opción de que aquella mujer viviese en el establecimiento, no era el caso, mejor para él y sus intenciones. A pesar de eso, procura salir sin encender luces y sin hacer ruido. En el portal espera unos minutos, su visión se debe adaptar a la oscuridad, poco después alcanza la calle sin mayor problema, planea dejar la puerta de acceso a las habitaciones superiores entornada, sin cerrar con llave por si regresa con alguna prisa, más vale prevenir que curar. Para que la puerta no se abra por algún capricho del destino, ha creado una especie de cuña de papel, bien colocada en la parte inferior de la puerta, impide su movimiento al viento, aunque con un leve empujón se puede abrir sin problema. No espera que nadie vaya a hacerle una visita. Controla la calle, no ve a nadie, no le sorprende a la hora que es, solo percibe silencio. Al ver que no se escucha nada a estas horas, avanza mientras procura permanecer entre las sombras, cruza la vieja carretera nacional, se aleja del pantano y entra en el núcleo urbano del pueblo, unas calles más arriba se encuentra la iglesia del pueblo, la entrada principal da a una plaza, en el lado opuesto de la plaza se encuentra el ayuntamiento, es el edificio que busca. Amparado en la oscuridad de la noche, camina pegado a la pared, se funde con las sombras y deja atrás la puerta principal del ayuntamiento, sale de la plaza y dobla la esquina, llega a una calle estrecha donde el ayuntamiento también tiene fachada lateral. Busca un lugar donde pueda pasar desapercibido, aprovecha el zaguán de una puerta que parece usarse muy poco. Entre las sombras se sienta y abre su portátil, ya tiene configurado el modo oscuro en la pantalla, de manera que no llama la atención. En pocos minutos localiza la red wifi del ayuntamiento, descubre que es de libre acceso, aunque sí que tiene una contraseña para acceder a su servidor, utiliza de nuevo la aplicación que le proporcionó su viejo amigo Misha, en menos de un minuto le proporciona vía libre a toda la información del ayuntamiento de Sacedón. Aquel servidor tiene sus archivos organizados de una forma muy compleja, nada que se parezca a lo que está acostumbrado, es un pequeño caos, tras unos minutos de rastreo, localiza todas las carpetas que busca, el censo, las altas y bajas de los vecinos del municipio. Piensa que Miriam, la mujer que busca, desapareció hace ocho años. Para no equivocarse, copia todos los archivos con antigüedad de nueve años hasta la fecha de defunción de la madre de su objetivo. Cuando archiva en su portátil aquellas carpetas, imagina una posibilidad, aquella mujer pudo abandonar el pueblo después de la muerte de su madre y volver a desaparecer, tiene que saberlo, cambia de opinión y rectifica, descarga también los archivos hasta la fecha actual. A lo lejos escucha un vehículo que se acerca, no quiere que le vean, de ninguna manera, acelera el proceso de descarga, ya analizará los datos después. El ruido del vehículo parece estar más cerca. El ordenador le informa que los archivos están copiados en el disco duro en el mismo momento que un ensordecedor ruido le informa de dos cosas. La primera: el vehículo en cuestión es un camión, la segunda: acaba de entrar en la calle. Sin pensarlo un momento, a una velocidad increíble, cierra el portátil y se tumba en la acera, rueda sobre sí mismo hasta llegar junto al bordillo, desciende en el mismo instante que comprueba la cercanía del camión, unas voces le indican que algunos hombres hablan distraídos entre ellos mientras se acercan. Miguel se arrastra debajo de una furgoneta que, por fortuna para él, está aparcada junto a su escondite, tiene cuidado para que el ordenador no sufra daño. Cuando se encuentra emparedado entre el asfalto de la calle y el acero de su escondite, el camión ilumina toda la zona con sus faros. Ya no tiene duda, es el camión para la recogida de la basura, los empleados hablan de futbol mientras trabajan, no molestan a los vecinos, lo hacen en voz baja, en el silencio de la noche escucha su conversación, hablan de tácticas y jugadores como si fuesen expertos. Los operarios recogen unas bolsas que hay junto a un contenedor y continúan con su ruta de todas las noches. Miguel ve como se acercan, no es fácil que lo localicen, por si acaso, él permanece inmóvil. Aquellos hombres pasan a su lado por el centro de la calle, mientras el camión avanza despacio, ellos lo siguen a unos metros. Están concentrados en la poca efectividad del último fichaje de campanillas de su equipo, no rinde para lo que cobra. Miguel espera, mientras ve como se alejan. Otra parada, recogen un contenedor más, una vez lo vuelven a colocar, ahora vacío, donde estaba momentos antes, los operarios se suben a los pescantes traseros del camión, uno de ellos silba mientras golpea el lateral de chapa y el vehículo acelera hasta perderse al doblar la esquina del ayuntamiento. Miguel no se mueve, quiere estar seguro de su completa soledad en las calles del barrio, con mucho cuidado se arrastra para salir de su escondite, debajo de la furgoneta. Una vez fuera, guarda su portátil en la mochila y busca de nuevo la protección de las sombras e inicia su marcha de vuelta, camina rumbo al bar Simpson. No tiene ningún encuentro más, es un pequeño pueblo tranquilo, comienza a valorar por qué María José, o Miriam, eligió aquel sitio para esconderse. Está a menos de una hora de la capital, aunque allí permanece perdida a ojos de todo el mundo. Cerca y lejos a la vez. Empuja la puerta que da acceso a la escalera de las habitaciones, todo está como lo dejó antes, cierra con la llave y se dirige directo a la suite nupcial. Una vez dentro saca de su mochila el portátil y comienza a analizar las carpetas que ha copiado. Descarta todas las altas de hombres solos o de parejas, no imagina a una agente encubierta con pareja, ese trabajo lo suelen hacer personas que viven solas. Busca una mujer que se diese de alta desde la baja de la funcionaria de policía hasta la fecha del fallecimiento de su madre. Por fortuna se trata de un pueblo pequeño, no tiene muchos movimientos, en pocos minutos descarta familias, matrimonios, una mujer muy mayor para ser su objetivo, hasta quedarse solo con dos posibles opciones, nada más. Busca en la carpeta de bajas y ninguna se encuentran entre ellas. Después de cribar durante horas aquellos datos solo tiene dos nombres en la pantalla. Amelia Hernández y Soledad Pérez. Los memoriza y decide descansar, mañana le espera un nuevo día y el comienzo de una gran reforma.

Poco tiempo después, la oscuridad aún envuelve a Miguel mientras baja con la idea de desayunar algo antes de ir a su paraíso particular. Detrás de la barra se encuentra el joven que ayudó a Nuria la noche anterior acompañado de una simpática mujer. Varios clientes toman café en la barra, muchas tazas están acompañadas de copas de balón que marcan la cantidad correcta de licor o aguardiente con una fina línea roja. Cada vez que rellenan o sirven una nueva, aquella frontera es traspasada con mucha generosidad. Miguel pide un café y una tostada. Minutos después, satisfecho y envuelto en la claridad del nuevo día, abre la cancela de «Paradiesgarten», uno de sus primeros objetivos es cambiar aquel nombre, tampoco quiere que la llamen «la casa del alemán». Tiene que pensar en algo. Deja las puertas abiertas de par en par y vuelve a recorrer el mismo camino del día anterior. Le gusta aquel sitio perdido entre los árboles de un frondoso bosque que se abre para dar paso a unas magníficas vistas, se acerca al límite de la explanada, al barranco que linda con el pantano, este se encuentra unos treinta metros por debajo de él, cálcula. El agua está en calma, tranquila, tiene un color oscuro, eso le indica que en aquel punto el fondo se encuentra a gran profundidad, si mira a la izquierda, con algo de esfuerzo, puede llegar a ver el pueblo de Sacedón, incluso reconoce el edificio del bar Simpson. Una ligera bruma flota sobre el pantano, ofrece una magnifica e inquietante vista de aquel hermoso paisaje. El ruido de unos motores le obliga a retornar a la realidad. Desde el camino llegan varias furgonetas, también un pequeño BMW que siguen el ejemplo de su Range Rover, aparcan a su lado en la zona destinada para las visitas, el garaje de momento continuará cerrado. Mira su reloj, aún no son las ocho, la jornada laboral de los trabajadores no ha comenzado aun, algunos se bajan de las furgonetas con tranquilidad para fumarse un cigarrillo antes de comenzar la tarea, otros duermen en los asientos, pocos dan una vuelta de reconocimiento a su nueva zona de trabajo con las manos en los bolsillos y la mirada curiosa. Santi se baja con una sonrisa y se dirige directo a Miguel que ya camina a su encuentro.

—¡Buenos días!

—¡Buenos días, Santi! ¿Encontraste bien este sitio?

—¿Bromeas? ¡Sin problema! Ha sido fácil. ¡Oye, qué bárbaro! Este sitio es espectacular. En los planos no dice nada del entorno, ni de las vistas. Me encanta este proyecto.

—Eso está bien, recuerda. ¡Tenemos que dejarlo mucho mejor aún!

—¡Para eso estamos! Oye, los trabajadores me preguntan, espero que no te moleste. ¿Está solucionado el tema de la comida? Esta gente no se traen tartera, con hambre son peligrosos, tú ya me entiendes.

—Sí, tranquilo, está solucionado, lo tengo todo controlado.

—Es que algunos ya me han avisado que no se han traído nada, ni siquiera un euro.

—No te preocupes, contraté un servicio de catering, solo tengo que decirles cuantos comeremos cada mañana para que no falte nada.

—Pues hoy vienen doce empleados.

—¿Incluidos tú y yo?

—¡No! Te explico, mi plan es venir todos los días para controlarlos, consultarte cambios y decidir cosas sobre la marcha. Este encargo es la niña mimada de los jefes.

—¡Vale! Entonces tengo que repetirte la pregunta, que no me aclaro. ¿Comerás con nosotros?

—¡Sí! Es que no caí en el detalle de contarme.

—No te preocupes, ahora llamo y les digo que somos catorce.

—Vamos con la tarea, que esto hay que empezar a moverlo. Dime cosas, para organizar a la gente.

—Vale. Los de la limpieza primero que empiecen en esta casa, vamos a mirar qué cambiamos, qué dejamos para que viva yo mientras se realiza la obra, los muebles que hay que comprar, decoración, todas esas cosas.

—Entiendo.

—Por otra parte, pensé una cosa, si te parece bien, en el porche de la casa hay una gran mesa de exterior con unos bancos corridos, muy alemán, podemos comer todos juntos para hacer grupo, por tanto, estará bien que limpien eso a partir de la una, o el tiempo que necesiten, debes tener en cuenta que la comida llega a eso de las dos y cuarto.

—Bien, buena idea, lo organizo.

—Una vez tengan eso listo, lo siguiente será limpiar en la casa principal.

—Vale, si te parece para organizarnos todos, a esta le llamamos de invitados, a la otra como tú dijiste, la principal.

—Me parece lógico, los de la piscina allí tienen su zona, deben darle un vistazo a la instalación completa y comprobar que todo funciona como debe ser. No quiero chapuzas, todo lo que necesite ser cambiado, se cambia, todo lo que se pueda mejorar, se mejora, eso sí, nada se hace sin mi consentimiento.

—Por supuesto.

—Los de los jardines, que vean todo, antes de hacer nada que nos pasen una propuesta.

—Viene con ellos una paisajista que es la mejor del país.

—¿La mejor?

—Si no lo es, por lo menos es la más cara. Yo he trabajado con ella en otras ocasiones y los resultados son magníficos, de verdad.

—A ver si merece su reputación. Una cosa que he visto una vez aquí y que no tenía previsto. Quiero que pongan un sistema de apertura automática en la puerta de entrada, me gustaría conservar la cancela que existe, tiene su encanto, aunque necesito que funcione sin tener que bajar del coche, volver a subir, ya me entiendes.

—Eso no es problema, hago una llamada y lo soluciono rápido. Perdona, son casi las ocho, hora de que comiencen a trabajar, les reparto las tareas.

—Vale, organiza todo, después vamos viendo más cosas.

—¡Descuida! —Santi gira sobre sus talones, se lleva una mano a la boca y suelta un potente silbido, en segundos le rodean todos los empleados. Con la habilidad que da la práctica, ordena a cada trabajador lo que debe realizar, reparte órdenes y tareas, envía a cada uno a realizar alguna cosa. La mayoría recogen herramientas y utensilios de las furgonetas y se dirigen a realizar los trabajos encomendados. Sólo una mujer mayor, de pelo moreno y corto, muy delgada, se queda con Santi, espera a que este le presente—. Miguel, esta es Sonia, la paisajista de la que te hablé, la mejor de España.

—¡Por favor! No le haga usted caso. No puedo decir que soy la mejor del país.

—¿No? —Preguntó Miguel.

—¡No! ¡Estoy entre las dos mejores! Si bien, mis trabajos superan en mucho los de la otra.

—¡Eso es justo lo que buscaba! —Los tres rieron ante la simpática respuesta.

—Bien, Sonia, que nos propones.

—Si le parece bien...

—Tutéame, esto es un trabajo conjunto, vamos a llevarnos como compañeros.

—Mejor. Como te decía, si te parece bien, voy a ver como tenían distribuido el jardín, qué encontramos aprovechable, qué no, a raíz de eso, os comento los cambios que te pueda proponer.

—En tus manos lo dejo, me parece bien.

—Me pongo manos a la obra, con tu permiso. —Sin esperar respuesta, da media vuelta y se va en busca de los jardineros. Su andar refleja a las claras que es puro nervio.

—Oye, si puedes avisar vienen dos más, para automatizar la cancela de la entrada.

—Perfecto, ahora llamo con el número total

—¿Te parece bien si empezamos a estudiar los primeros bocetos que hemos preparado?

—Podemos darle un vistazo, diles a los que van a limpiar la casa de invitados que en cuanto terminen, nos avisen, para trasladarnos allí, mientras tanto podemos ver esos planos aquí mismo.

—Me parece bien. Espérame aquí. —Santi da instrucciones, recoge de su coche un largo tubo de cartón y se acerca a Miguel. Saca unos planos y los abre sobre el capó del Range Rover. —En cuanto veamos esto, nos damos una vuelta por la casa principal para ver si lo que hemos diseñado tiene algo de lógica, queda bien y, sobre todo, te gusta.

—Es lo suyo.

Ambos se centran en analizar algunas distribuciones que preparó el equipo de Santi en poco tiempo. Son unos simples bocetos que indican por donde quieren llevar el diseño y distribución de la vivienda. Pocos minutos después ambos entran en la casa principal con la idea de imaginar en la localización real los dibujos que acaban de estudiar. A Santi le maravilla la altura de las estancias, le proporcionan una amplitud que él no podía sospechar cuando analizó los planos, los grandes ventanales permiten que la luz ilumine todo con mucha naturalidad, la visión de la casa le hace recapacitar sobre algunas de las modificaciones que plantearon en un inicio, ver la casa le proporciona algunas nuevas, las comenta con Miguel y toman decisiones entre los dos. Realiza muchas fotografías y llama a su equipo de diseño, ellos están en las oficinas de Madrid, les pasa las imágenes que ha tomado y les da instrucciones con muchos comentarios para que entiendan lo que necesita que realicen. Este momento Miguel lo aprovecha para llamar a «la vieja marmita» y confirmarle el número exacto de menús que deben suministrar. Al terminar la llamada, se gira y encuentra a Sonia de conversación con Santi. Este le hace gestos para que se acerque y una a la charla.

—¡Ven! Los chicos de la limpieza le han dado un primer tute a la casa de invitados, nos servirá para decidir qué cambios realizar, de paso, también podemos usarla como oficina, si te parece.

—Por supuesto.

—Me han dicho que después se centrarán en dejarlo todo perfecto, es solo el primer zafarrancho de limpieza en el que eliminan lo gordo. Por otra parte, nuestra amiga Sonia ya tiene cosas que decirnos. ¡Vamos! —Santi encabeza la pequeña comitiva que entra dentro de la casa de invitados. Una vez el equipo de limpieza ha quitado las fundas que cubrían los pocos muebles que dejaron, la vivienda se muestra vacía, aunque acogedora. Se acercan a lo que parece ser la mesa del comedor, en el centro de la estancia principal, nada más entrar, Santi despliega los planos que trae sobre el mueble, se dirige a Sonia. —Dinos que has visto hasta ahora.

—¡Bien! Hay muchas plantas interesantes, sobre todo por llevar mucho tiempo aquí, ya están climatizadas con la zona, soy de la opinión de aprovechar esta situación. Si les parece, hoy vamos a limpiar las malas hierbas, entre tanto bosque no lo parece, pero el jardín está invadido. Luego nos dedicamos a las que no están en el lugar que a mí me parece mejor y las vamos a preparar para trasplantarlas, adecentamos todo el exterior, mientras termino el diseño de lo que me gustaría realizar, en ese momento, si les parece bien, ustedes lo aprueban y por fin, lo terminamos.

—¿Es mucho trabajo? —Preguntó Miguel.

—Ahora es usted el que tiene que decirme lo que debo hacer. Tiene varias opciones, me ajusto a los mínimos, cuatro cambios, un par de plantas nuevas, trasplantamos otras, podamos alguna que está muy descuidada, eliminamos malas hierbas, y por una módica cantidad le ha pegado un buen lavado de cara a sus jardines. O nos vamos por otra opción, puedo realizar algún cambio, unos cuantos o muchos, depende de su presupuesto.

—¡Entiendo! —Miguel fija sus ojos en los de la mujer. Espera unos segundos y se dirige a ella con seguridad y aplomo. —Mira Sonia, quiero que te des todas las vueltas que necesites, imagina que algún día vivirás aquí y me dices como pondrías tú estos jardines si fuese tu casa, todo lo que te gustaría cambiar o mejorar. Con eso, yo te diré que sí a lo que me guste, o que no. ¿Te parece bien?

—Me parece perfecto, ¿Lo que a mí me gustaría?

—¡Lo que a ti te gustaría!

—Entonces voy a tomar fotos y medidas. Mañana no podré venir, pero en cuanto tenga las cosas claras, se las enseño.

—¡Eso es lo que quiero!

—¡Pues lo tendrá! —Sin esperar ninguna contestación, se levanta y sale de la casa de invitados.

—Ten cuidado. —Dijo Santi cuando se encontraron a solas.

—¿Por qué?

—Porque te gustará todo lo que te presente, es buena, mucho, no barata.

—¿Te he discutido algún precio?

—La verdad es que no, no se para que hablo algunas veces. Con lo guapo que estoy callado. Perdona. Vamos a lo nuestro. ¿Te parece si nos planteamos esta reforma que te presentamos en el primer diseño para el salón comedor, nos olvidamos totalmente de la propuesta del segundo y se incluyen estas de las habitaciones del tercero?

—Espera que lo analice.

Se enfrascan en planos, diseños y decisiones, mientras un pequeño ejército de operarios cambia el aspecto general de la propiedad.

Nox Mortis

CAPÍTULO 24, 21 DE MAYO, 10:53. INFORMACIÓN

El interfono suena con un tono desagradable. Max se dice que tiene que cambiarlo, aunque piensa que no recordaba haberlo escuchado nunca antes. Nadie lo usa. Descuelga el telefonillo del video portero. Un hombre joven, le resulta muy atractivo, aparece en la pantalla.

—¡Hola! Buenos días.

—No nos molesten. ¡No queremos publicidad, no necesitamos seguros, ningún servicio, nada por el estilo! —Grita Max, imagina que no se escucha bien si habla con su tono normal.

—¡No! ¡Por favor! Ese no es nuestro caso, queremos contratar sus servicios.

—¿Mis servicios?

—¡Para ser más concreto, los de uno de sus representados!

—¡No le entiendo! Aunque este no es un tema para hablarlo por el video portero, creo. Suban hasta el piso veintiséis, es la única puerta que encontraran al salir del ascensor.

—Gracias.

—¡De nada!

Max se acerca a la entrada de su oficina, no le resultó barato comprar toda la planta en su día, aunque lo consideró una inversión necesaria para su negocio, le proporciona el máximo de discreción, varias plantas sobre la suya, y otras tantas por debajo, están vacías, abandonadas por causas de la crisis, lo que le proporciona una inmejorable situación mientras se olvida de curiosos. Se mira en un gran espejo que tiene junto a la puerta. Se arregla el pañuelo rosa que sobresale del bolsillo superior de su impecable chaqueta blanca, pañuelo que hace juego con su corbata y sus zapatos, como no puede ser de otra manera. Comprueba su perfecto peinado y suspira, está preparado para lo que va a suceder. Suenan dos ligeros golpes en la puerta. Toma aire y espera unos segundos antes de abrir. El guapo hombre que ha visto en el video portero electrónico está frente a él, detrás puede ver a otro hombre que no aparecía en la pequeña pantalla, es bajo y robusto, rubio, de aspecto extranjero, permanece agazapado, su aire distraído no engaña a nadie, está pendiente a todo lo que ocurre.

—Bienvenidos a mi oficina. Pasen ustedes

—Gracias.

—¡Perdone por presentarnos sin avisar! Soy Rubén. Aquí mi compañero es ruso, no sé pronunciar bien su apellido, sólo sé que si digo Vladimir, me hace caso.

—Un placer, todos me conocen como Max. ¡Tranquilos! Somos gente moderna. Los negocios se hacen cuando se presenta la ocasión, no todo se puede organizar con antelación. Que pereza vivir pendiente de una agenda.

—Cierto.

—Síganme.

Max los conduce a través de un corto pasillo a su enorme despacho, todas las paredes y el techo son de un color rosa salmón, si bien la pared que está detrás de su mesa es una enorme cristalera, igual que la que se encuentra a su izquierda, ambas proporcionan unas espectaculares vistas de Madrid. Los pocos muebles de su oficina son de un color rosa chicle, entre ellos la gran mesa, una gran biblioteca llena de libros que jamás se leyeron se encuentra en la pared de la derecha, al entrar, en la otra pared sin ventanales de cristal hay un enorme aparador, es la que está frente al sillón del despacho. Sobre su gran mesa para trabajar, también de cristal, sólo se puede ver una pantalla, un teclado y el ratón blanco de su Mac. Las sillas y el sillón principal de Max son de piel blanca, al igual que los sofás que se encuentran junto a la cristalera. La pequeña mesita entre ambas piezas, quizás por casualidad, también es de color rosa.

—No sé muy bien qué quieren contarme, creo que vienen algo confundidos. Si es algo muy oficial o todo lo contrario. Si les parece, podemos sentarnos aquí, en estos cómodos sillones.

—Me parece bien, Max. Entiendo que dada la peculiaridad de los negocios a los que nos dedicamos, estamos en una situación, no sé muy bien como decirlo, discreta, de total incógnito. —Rubén se sienta en el sofá opuesto al de Max. Vladimir continua de pie, junto a él, aunque algo retrasado, parece dejar claro que su papel en aquella reunión no es el de hablar. Sin embargo, ha controlado todas las paredes en busca de cámaras de video vigilancia y no las encontró, le hace un gesto negativo a su compañero. Max tiene cámaras, aunque mucho más discretas, sonríe al ver que sus interlocutores creen que no están siendo grabados en estos momentos.

—Querido, si debo serle sincero, no le entiendo.

—A ver si me explico. Debido al carácter… confidencial, por así decirlo, de los encargos que le hacen, supongo que estas oficinas cuentan con el máximo de privacidad.

—Sigo sin saber muy bien a qué se refiere o qué es lo que me quiere decir.

—Si no me entiende, es inútil ir con medias tintas, no voy a dar más rodeos, no nos gusta perder el tiempo, para nuestra organización, es muy valioso. —Levanta su mano derecha, la acerca al pecho de Vladimir, este sin dudar ni un momento, saca una pistola de su americana y se la deja con delicadeza en la mano. Rubén empuña el arma con una soltura que sólo proporciona la práctica y la experiencia. Apunta sin dudar entre los ojos de Max —. Vamos a dejarnos de juegos e historias, si le parece bien.

—Como no se explique mejor, sigo sin entender nada, joven. —Max contesta con mucha tranquilidad, quizás para demostrar a su interlocutor que no es la primera vez que le apuntan con un arma.

—Sabemos a lo que se dedica y necesitamos localizar de manera urgente a uno de sus, digamos, «representados».

—Cómo sabemos de lo que hablamos, veo innecesario que me apunte con su arma, yo no estoy armado, mi vista no alcanza para ver a ninguna otra persona, comprenderá que su amigo tiene capacidad de sobra para obligarme a decirle lo que quiera. Se va a cansar sin necesidad alguna. En mi humilde opinión.

—¡Me gusta cuando me encuentro con gente razonable! —Dice esto mientras baja el arma hasta apoyarla sobre su pierna, siempre sin dejar de apuntar a Max.

—Bien, le proporcionaré la información que está a mi disposición, aunque esta es escasa.

—¡Oh! No te creas, siempre sabemos bastante más de lo que pensamos. —Hace un leve gesto con su cabeza, tras él, el rubio acompañante da unos pasos al frente, se acerca a Max y le propina varios golpes con excesiva violencia. Aquel hombre, sin mostrar ningún cambio anímico, deja de golpear a su víctima y aprovecha su inmovilidad, ha quedado como un fardo olvidado, para registrarlo a conciencia. Gira su cabeza y le hace un gesto de negación a Rubén, confirma que no tiene ningún arma escondida, continua con sus movimientos a cámara lenta, vuelve a la posición inicial, junto a Rubén. La blanca ropa de Max y el sofá, han dejado de ser del color blanco puro inicial. Ahora muestran varios rastros de un vivo tono rojo. —¿Nos entendemos ya?

—¡Sois animales! —Max coge el pañuelo rosa de su chaqueta y se lo aplica en la boca, que sangra en abundancia. —¡No os he hecho nada! ¿Qué mierda quieres?

—Así me gusta, directo y sin adornos. ¡Queremos contactar con uno de tus sicarios!

—¡Estúpidos de mierda! Sois unos auténticos trogloditas, las cosas ya no funcionan así. ¡Yo no tengo ningún sicario, imbéciles! Si alguien quiere algo, yo pongo en contacto al que lo necesita, con quien puede hacerlo. No cobro de ningún cliente. Si alguien realiza un trabajo, es el profesional quien me paga una comisión y se asegura que yo le ponga en contacto con más clientes, como en cualquier negocio, el que más me paga, recibe los mejores trabajos. No conozco a ningún cliente, no me interesa para nada, mucho menos a los que trabajan para ellos. Yo sólo los pongo en contacto. Preguntarle a quien mierda os envíe si le vi la cara alguna vez o pregunté su nombre. ¡Imbéciles! Ni transmito órdenes, ni siquiera conozco los detalles de los encargos que realizan. No sé nada de nadie, es mi póliza de seguros, también la de los clientes y sicarios. Si no sé nada, nada puedo decir. ¡Subnormales de mierda! —Max comprueba que también sangra por su pómulo y nariz, su pañuelo deja de lucir su color original, el rosa.

—Me complicas mi trabajo. Necesito respuestas. ¿Me vas a decir cómo te pones en contacto con él?

—¿Con quién? ¿No te das cuenta lo estúpido que parece? ¡No has dicho a quien buscas!

—No es difícil, no lo compliques. Si te digo quién se encargó del tema de la marquesa, sabes de quién hablo.

—Sé a qué sicario te refieres, ya te he dicho cómo funciona la cosa. No tengo su dirección. ¡No sé nada! ¡No existe un número de teléfono para llamarlo! Es él quien se pone en contacto conmigo.

—¡Respuesta equivocada! —Mientras dice esto, Rubén vuelve a realizar un gesto con su cabeza. Al instante ocurren dos cosas, la primera: Vladimir comienza a avanzar hacia Max. La segunda: este último adopta una posición defensiva, levanta sus brazos para protegerse, aunque sabe que será inútil. Comienzan a caer sobre su cuerpo un golpe tras otro, en alguna ocasión, el ruso silencioso mira a Rubén por si debe parar de golpear, aquel hombre encaja los golpes sin poner ninguna resistencia, es un auténtico saco de boxeo. —Basta. Querido Max. ¿Nos entendemos ahora?

—… —Un sonido imposible de entender sale de los

ensangrentados labios de aquel hombre.

—Hazme un favor, si puedes, necesito que te repongas un poco, voy a hacer una llamada. Tú, Vladimir, relájate un poco, esto ya está listo. —El fortachón se separa un poco de él, se sienta en una de las sillas destinadas a las visitas, les da la espalda, saca un móvil de su bolsillo y se pone a jugar a un juego. Mientras tanto, Rubén efectúa una llamada, espera unos segundos a que le contesten y comienza a hablar con calma. —Sí. Está todo muy suave. Este hombre es muy blando, no sé cómo se dedica a esto, no vale, no tiene ninguna preparación. Hemos estado atentos y estudiado el asunto, no hay cámaras en el edificio, tampoco en esta oficina. Está todo limpio. Se llama Max, o eso dice. De acuerdo, lo pongo en manos libres.

—¡Hola Max! —Rubén deja el móvil sobre la mesita rosa, el sonido que sale del altavoz suena distorsionada por un modulador de voz, con el objetivo de hacer irreconocible a quien habla. Max, reconoce el sistema, fue quien le llamó para este encargo. Con dificultad, mira con asco el aparato. —Lamento que no estés en tu mejor momento, en serio te lo digo, tienes que entender que necesito que me facilites la información que quiero, sin rodeos. ¿Me entiendes?

—...

—¿Cómo?

—¡Sí! —Max logra con esfuerzo que se pueda entender su susurro. Le duele todo el cuerpo y le da igual toda la sangre que brota de sus heridas. Su ropa y el sofá, antes blancos, ahora tienen zonas de un rojo intenso.

—¡Bien! La pregunta es bastante sencilla. ¿Cómo te pones en contacto con él? ¿Le llamas?

—¡No! ¡Ya se lo he dicho a tus esbirros, no hay un número para llamarlo!

—Eso concuerda con lo poco que sabemos de él, cierto. Entonces, ¿Cómo lo haces?

—Le envío un correo desde mi ordenador. —Cada palabra que

dice, le cuesta un enorme sufrimiento.

—Dame la dirección.

—Carpeta Cupido. Nunca sé cuándo verá el correo, a veces tarda días. Después es él quien me llama, siempre desde un numero nuevo. —Susurra estas palabras y cae desplomado al suelo, entre el sofá y la mesita rosa, sin fuerzas. Vladimir gira su cabeza al escuchar el ruido del cuerpo al caer, al comprobar que todo está tranquilo, continua con su partida.

—¿Ha dicho carpeta Cupido?

—Sí jefe. —Rubén ha tomado el móvil, aunque sigue en manos libres. Se dirige a la mesa de despacho, se sienta en el sillón giratorio, frente a su compañero que mientras tanto continúa con su partida, mueve el ratón y la pantalla de aquel ordenador recobra vida. —Espere que miro en su ordenador.

—Vale, busca bien.

—Abro su correo. Vale, ya veo. Tiene sus mensajes organizados en varias carpetas, aquí está la que se llama Cupido. Jefe, solo tiene correos de salida, ninguno de entrada.

—Entiendo, este tío le manda un correo y el sicario contesta con una llamada.

—Eso debe ser. Antes ha dicho que él no le llama, es el otro, el sicario quien se pone en contacto con este.

—Bien, dime la dirección de correo para que nuestro informático la monitorice y lo localice.

—La copio y se la mando en un mensaje.

—Mejor, así no hay errores en el dictado.

—Enviada, jefe.

—Bien. Mira los mensajes que tiene enviados. Dime lo que hay.

—Poca cosa, una frase inocente en cada correo, en el asunto, no hay nada en el cuerpo del mensaje.

—Claro, entiendo el sistema, no es malo si lo piensas bien, solo sirve para que el sicario se ponga en contacto con él. No tiene que contarle nada por correo.

—¿Qué hago?

—Aprovecha que estás ahí, utiliza su ordenador, para que no vea una dirección de envío distinta, pon una frase sencilla, que sea un mensaje parecido a los otros.

—Vale, así lo hago. ¿Me llevo su móvil?

—¡No! No sabemos cómo se pone en contacto con él, prefiero que el informático lo localice sin que éste se entere de que lo tenemos en el punto de mira.

—Bien, jefe, sólo tardo un momento. —Rubén escribe unas pocas palabras, una vez está contento con su frase, usa el botón de enviar. —Listo, ya está enviado el mensaje.

—De acuerdo, lo siguiente es bien sencillo. Nox Mortis. Mátalo. No quiero dejar huellas o que tenga la opción de avisarlo de alguna forma. Intenta que no encuentren el cuerpo, que tarden tiempo en descubrir su desaparición. Después necesito que cojas ese ordenador, lo destruyas y lo tires a un contenedor, bien lejos de allí. Tú y el ruso, perderos durante un tiempo, descansad tres o cuatro semanas, hasta que os necesite de nuevo. Yo me pondré en contacto con vosotros, desde ahora estáis de vacaciones, os las ganasteis. ¡Buen trabajo!

—De acuerdo, así lo hacemos.

Antes de que termine de hablar, se escucha con claridad por el altavoz del móvil como el interlocutor ha cortado la llamada. Rubén aún tiene centrada su mirada en la pantalla que mantiene con su mano izquierda, su visión periférica le permite percibir que algo ha cambiado en el despacho, su mirada deja de estar fija en el móvil que tiene frente a él. Por puro instinto su mano derecha empuña rápido la pistola que dejó sobre la mesa, junto a su teléfono. Empieza a levantarla mientras busca aquello que le ha parecido fuera de lugar, lo que llamó su atención y despertó el sentido de peligro. Lo primero que encuentra con su mirada es al bruto compañero ruso, sigue con su juego, como un niño, el único universo que le importa en aquel momento es la pantalla del móvil, está encerrado en su propia burbuja. Aquello no puede ser lo que ha percibido como peligro. Continúa con el movimiento inicial, levanta aún más su mirada a la vez que la pistola. Entonces lo ve. El negro cañón de una pistola, para ser más concreto y exacto, el de un silenciador, también percibe algo borroso a su alrededor, aunque su mirada y su mente están concentrados en el pequeño circulo negro, su mente le dice que ese es el único objetivo importante. Antes de que su sistema nervioso pueda cumplir la orden de disparar, aquel oscuro agujero se transforma en un minúsculo volcán de fuego que crece en sus pupilas. Sin llegar a comprender como ha sucedido todo, un acto reflejo le hace levantar su mano izquierda para protegerse, el móvil se sitúa frente a los ojos por este gesto, el proyectil destroza el aparato y continúa su camino sin variar la trayectoria, la mente deja de pensar en el mismo instante en el que la bala se abre paso en su cabeza y destroza todo lo que encuentra en su camino. El fuerte ruso no comprende aún que pasa, escucha un silbido y lo siguiente que ve es a Rubén caer de bruces sobre la mesa de despacho, está seguro, no le cabe duda, ha visto sangre en su frente, su primer instinto es coger la pistola, sin embargo, se la ha dado antes a su compañero. Está desarmado. ¿Cómo perdieron el control de la situación si era todo tan fácil y sencillo? Tiene que pensar qué debe hacer a continuación, está en clara desventaja, no sabe a qué o quienes se enfrenta, no tiene ningún arma, lo tiene claro, solo hay una cosa que puede hacer en esta situación. Suelta su móvil, este cae al suelo, a continuación comienza a levantar las manos, lo hace muy despacio, hasta tenerlas lo bastante altas y separadas para demostrar que no es un peligro para quien pueda apuntarle en este momento. Si de algo está seguro el sicario es de una cosa, el arma que ha terminado con Rubén le apunta y está preparada para dispararle en este preciso instante. Comienza a girar su cuerpo sin esperar a que se lo pidan. También lo hace despacio, como a ligeros golpes, en pequeños movimientos. Lo primero que ve es al cuerpo de Max, continúa tumbado en el suelo entre el sofá y la mesita rosa. Vladimir comienza a hacerse una pregunta. ¿Si Max no disparó, quién pudo ser? Gira un poco más su cuerpo y entonces la ve, una pistola con silenciador le apunta entre sus ojos, detrás de aquel peligro, la empuña con firmeza una, solo en apariencia, mujer frágil, joven, con una amplia y bella sonrisa. También se da cuenta de otra cosa, el archivador que se encuentra en la pared detrás de la joven, está en otra posición. En un instante comprende que aquel es un escondite perfecto, seguro que es una especie de habitación del pánico. Su mente borra de inmediato todos los datos inutilizables, se centra en lo que es urgente de verdad en este instante, tiene una pistola delante de su cara que apunta directa a sus ojos. La chica sonríe mientras le grita.

—¡Sorpresa!

—¡No diré nada!

—¡Seguro! No tengo otra cosa que hacer que fiarme de tu palabra, Vladimir.

—¿Me conoces?

—¡Sí! Por supuesto que te conozco. A ti y a Rubén.

—Sabes que somos buena gente, solo cumplimos órdenes.

—¡Claro! ¡Seguro! Aunque creo que mi amigo Max no piensa lo mismo.

—No es personal.

—Lo entiendo, solo haces lo que te mandan, es un trabajo más, sin acritud…

Vladimir ve un gesto de la mano que entiende como un momento de relajación, su mirada parece distraída, parece que ella comprueba en ese momento el estado de Max, la muñeca de aquella mujer ha girado un poco, la pistola deja de mirarle de forma directa, en aquel instante no le apunta. Con una velocidad impropia para un cuerpo de su tamaño, se abalanza para quitarle el arma. Lo que no imagina el ruso es que el gesto es intencionado, muestra un giro de su mano para hacerle pensar que está despistada o desconcentrada, eso unido a su juventud puede hacer pensar a su oponente que es una rival fácil de eliminar. Si en algún momento tiene intención de atacarle, un profesional aprovechará un gesto de aquel tipo para probar de cambiar la situación, si por el contrario, no hace nada, puede interpretar que no creará problemas. No es el caso. Antes de que Vladimir pueda sospechar que ha caído en una trampa, dos balas, mortales de necesidad, se abren camino en su cavidad torácica, apagan en este momento la vida del hombre.

—Creí que no terminarías nunca, Carla. ¡Tómate tu tiempo, querida!

—¡Tampoco he tardado tanto! Además, no has dicho la palabra clave para que entrase. Por cierto, campeón. ¿Tú no te morías hace unos segundos?

—¡He pagado por palizas más grandes!

—Pues creía que te destrozaron, has perdido mucha sangre.

—Es un viejo truco, me lo enseñaron hace tiempo, capsulas de sangre de halloween, son muy escandalosas, consiguen que los chicos malos piensen que te hacen mucho daño y te pegan menos. No es la primera vez que me dejo atizar.

—¡Ya me gustaría que alguien se dejase hacer esto por mí!

—Cariño, eres de las mías, si me tienen que partir las piernas para salvarte la vida, cuenta con que me dejaré.

—¡Que tierno eres! ¿Harías eso por mí?

—¡Por supuesto! Por ti y por un justo precio.

—¡Este es mi Max!¡Ahora sí te reconozco!

—¡Voy a arreglarme un poco y limpiamos esto!

—¡Te ayudo a curarte, campeón!

—Hay un botiquín preparado en la habitación del pánico.

—¡Vamos!

Los dos entran por el hueco abierto tras el gran archivador.

CAPÍTULO 25, 21 DE MAYO, 14:12. UNA COMIDA DE TRABAJO

Todo parece estar organizado a la perfección. Los trabajadores realizan las tareas que les encomendaron al principio de la jornada. La depuradora de la piscina funciona mientras los encargados comprueban los sistemas, piezas y mecanismos. Dos hombres instalan y ajustan el mecanismo de apertura electrónica de la cancela. Los de la empresa de limpieza terminan de dejar el porche en perfecto estado, se afanan en su tarea, esperan pronto la llegada de la comida.

En ese momento, una pequeña furgoneta blanca entra en la explanada y se dirige a la zona de aparcamiento. Miguel imagina quién es. Se acerca a la puerta del conductor; el cristal de la ventanilla desciende, le permite ver a una mujer de algo más de treinta años. A pesar de llevar un pequeño gorro de trabajo, se puede apreciar que su cabello es de un moreno intenso. Le muestra una agradable sonrisa enmarcada en unos carnosos labios y tiene ojos de color miel, su mirada es limpia y agradable.

—Buenas tardes. Vengo de «La vieja Marmita».

—Perfecto. ¡Le esperábamos!

—Me suele pasar. ¿Dónde le viene bien que deje la comida?

—Continúe por ese camino, hemos preparado una mesa en el porche de la casa principal, donde están aquellos trabajadores. Si le parece, la acompaño.

—No hace falta, me apaño bien. Estoy acostumbrada.

—Lo decía por otra cosa, tenemos que hablar. ¡Hay que cerrar el precio de los menús! ¿No le parece?

—¿Es con usted con quien tengo que cerrarlo?

—Conmigo mismo, me llamo Miguel.

—Encantada, yo me llamo Amelia. Dejo las bandejas y ahora hablamos. —Pone la furgoneta en marcha en la dirección que le indicó.

—¡Espero! —Se queda pensativo, ¿será ella la Amelia que busca? Desde lejos, ve cómo, con ayuda del equipo de limpieza, reparten rápido las bandejas y demás cosas sobre la mesa. Amelia se sube de nuevo a su furgoneta y se acerca a donde está él—. ¿Todo listo?

—¡Sí señor! Coman ustedes tranquilos, luego hablamos de precio y forma de pago.

—¿Si le parece bien, nos vemos esta tarde en el bar Simpson?

—Me parece bien. ¿A qué hora?

—Una vez termine aquí, cuando quiera.

—¿A las ocho?

—¿No le rompo el trabajo de las cenas?

—No damos cenas, solo comidas. Mientras pueda.

—Entonces nos vemos a las ocho.

—¡Qué bien! —Comienza a alejarse, a través de la ventanilla abierta se escucha todavía su voz—. ¡Por fin una cita después de tanto tiempo!

Miguel no sabe si lo ha dicho con la intención de que le escuche o si no se dio cuenta de que podía hacerlo. Una ligera sonrisa se dibuja en su rostro. Le cae bien esta mujer y, por otra parte, si es la Amelia que busca, ya la encontró. Se dirige a la mesa, donde se acercan todos los trabajadores, después de asearse un poco. Santi le espera, le han dejado un puesto en la cabecera. Miguel da orden a todos de que no le esperen, que comiencen a comer. Cada bandeja lleva una tapa que, además de proteger los alimentos, los mantiene a la temperatura correcta de servicio. Sobre cada bandeja hay pegada una pequeña hoja con el menú del día. Se puede leer: Fabada asturiana al estilo tradicional, muslos de pollo en pepitoria al Oporto, peras al vino, bebida y café. Se sorprende, esperaba un menú más sencillo. Minutos después, todos los comensales celebran la comida sabrosa y abundante. Amelia también dejó un termo, sirven café para todos. Hablan un poco entre compañeros, hasta que llega el momento de continuar con el trabajo. A eso de las cinco de la tarde, recogen las herramientas y procuran dejar la zona de trabajo ordenada y transitable. Poco después, algunos operarios comienzan a irse en sus respectivas furgonetas. Miguel y Santi cierran detalles en la casa de invitados.

—Miguel, si lo entendí bien, este es el plan de mañana: por una parte, vienen los de las cocinas. Primero desmontan esta y preparan todo para montar una nueva aquí, en la casa de invitados.

—Exacto.

—Me gustaría disponer de más tiempo para hacer algo espectacular.

—No es esa la idea, no te preocupes.

—También van a venir los de los baños. Vamos a dejar perfecto el de esta casa, antes de liarnos con los de la principal. Los de las cocinas también pasarán de esta a aquella. Llegarán los primeros muebles que se han pedido, hemos procurado trabajar con los que tienen disponibilidad inmediata.

—Perfecto. Ese es el plan, no voy a esperar un mes a que me envíen el sofá de diseño que quiero. Hay modelos similares que van a realizar su función a las mil maravillas.

Se levantan de la mesa y se dirigen al exterior. Miguel camina a su lado, se acercan al BMW de Santi. La furgoneta de los jardineros todavía está allí.

—Sonia se fue antes, por lo que veo, sus chicos siguen todavía por aquí.

—La verdad es que se nota el trabajo.

—¡Solo llevamos un día!

—¡Mejor! No te olvides lo que te encargué.

—Lo tengo anotado, veinte nidos para pájaros de madera y

cuarenta comederos.

—Me encanta la fauna.

—Me parece bien, aunque no sé para qué quieres tantos, aquí nos rodea un bosque que tiene toda la pinta de albergar muchas aves y otros animales.

—¡Cosas mías!

—¡Ni mil palabras más! ¡Toma! Estos son los mandos de apertura de la cancela. Ya funciona a la perfección. No tendrás que bajarte del coche.

—¡Qué rápidos!

—Ha sido sencillo, solo han tenido que acoplar un mecanismo universal. —Se gira al escuchar como llegan un par de coches junto a ellos. Uno es de la policía local de Sacedón, el otro un Mercedes negro y ostentoso, circula un poco por detrás del coche oficial. El coche de la policía se detiene junto a ellos, los agentes se preparan para descender del coche, se ponen la gorra con la intención de impresionar—. Tranquilo, déjame hablar a mí, ya estoy acostumbrado a tratar con estos Reyes de Taifas, es parte de mi trabajo.

—¡En tus manos lo dejo! ¡Sorpréndeme! —Lo último que quiere Miguel es enfrascarse en problemas con la policía, aunque sea municipal.

—¡Buenas tardes! —les dice Santiago al agente en cuanto desciende de su vehículo.

—¡Buenas tardes! ¿Quién es el responsable?

—¿Responsable? ¿De qué?

—¡De los trabajos que realizan aquí!

—En ese caso, soy yo, soy el responsable, el encargado.

—¡Venimos a comprobar su licencia de obras! Parece que se están cometiendo algunas infracciones graves.

—Debe de tratarse de un error, agente. —Santi demuestra aplomo y experiencia en situaciones similares, Miguel disfruta de la escena sin intentar formar parte de la misma, unos pasos por detrás—. Hay una solicitud presentada, que espero tramiten rápido, como es su deber, aunque no procede que nos la pidan.

—¿Cómo que no? ¡Ahora mismo presenta su licencia o le paralizo las obras y le denuncio!

—Agente, creo que debe calmarse. En primer lugar, aquí tiene mi tarjeta de visita, como verá, formo parte de una gran empresa que ya trabajó en este municipio, para ser precisos, más de una vez. Puede dirigirse a mí cuando lo necesite, ahí figura mi teléfono móvil, aunque ya le aviso que en los próximos días voy a estar por aquí, me podrá localizar con facilidad.

—¡No me cuente historias! La licencia.

—¡A eso voy! Tenemos solicitada la licencia de obras, solo esperamos que ustedes nos faciliten las tasas a pagar, con idea de comenzar cuanto antes las reformas.

—¡Han trabajado todo el día! Esto es un delito flagrante, se va a enterar usted y toda su empresa. ¡Ahora mismo levanto acta!

—¿En serio, agente? ¿De qué va a levantar usted un acta? No infringimos ninguna ley ni realizamos ninguna obra por la que tengamos que pagar licencia aún. Se lo voy a resumir muy fácil: no se necesita licencia de obras para colocar un sistema de apertura automática a la cancela, no la hemos cambiado, es la misma. Tampoco para poner en marcha la piscina. Ni mucho menos para adecentar y arreglar los jardines. En todos los años que llevo dirigiendo obras y reformas, no sabía que se necesitase un permiso de obras para limpiar las viviendas. Eso es todo lo que hicimos hoy. Como puede ver, no se ha usado ni un martillo, ni hemos puesto un gramo de cemento. ¿Preparamos toda la vivienda y la finca para realizar las obras? Sí. De la misma forma, puede comprobar que no se ha reformado nada aún. Limpiamos todo, como hacen en todas las casas. ¡Es lo mínimo! Pero obra, lo que se dice obra, aún no hemos hecho nada.

—¿Cómo dice?

—Si quiere, puedo enseñarle toda la vivienda para que comprueben que no se realizó nada que no sea lo que le he comentado: limpieza, puesta en marcha de la piscina, jardinería y colocar la apertura automática. También puede decirle a su acompañante que venga a comprobarlo. —La tranquilidad con la que pronuncia sus palabras descoloca al agente. Este, sin decir más palabra, se dirige al Mercedes. Habla un momento con el conductor y este se baja del coche. Es un hombre mayor, viste traje barato y exhibe sonrisa de circunstancias. Santi deduce rápido que se trata de un político. Dada la hora y el lugar, debe ser el alcalde. Con tranquilidad pasmosa, sonríe mientras alarga la mano a modo de saludo—. ¡Buenas tardes! Santiago, jefe de la obra. Espero no haberle causado ninguna molestia. Como puede comprobar, realizamos los preparativos para comenzar la reforma de esta propiedad. Acompáñeme.

—¡Buenas tardes! Adolfo López, alcalde de Sacedón.

—¡Un placer! Le presento a Miguel, es el supervisor por parte del propietario. —El alcalde y Miguel se saludan con un apretón de manos y un simple gesto de cabeza. El municipal hace lo mismo a continuación, saluda al propietario con la mirada fija en sus ojos. Decide quedarse detrás del alcalde, lo que aprovecha Miguel para situarse a espaldas del policía. Santi comienza su visita guiada—. Como puede ver, solo hemos puesto en marcha la depuradora de la piscina, comprobamos los filtros, instalación eléctrica y demás cosas para asegurarnos de que todo está correcto. Es una propiedad de reciente adquisición, debemos confirmar que todo funciona como debe, que no existe ninguna instalación defectuosa, algún cableado o mecanismo averiado, todas esas cosas. Quizás tengamos que cambiar algún elemento, eso lo decidirán los técnicos. En los jardines solo quitamos malas hierbas, alguna poda, quizás realicemos algún trasplante o plantaremos alguna nueva planta. Como puede ver, estos jardines necesitan, sobre todo, limpieza.

—Comprendo. Debe perdonarnos, nos avisaron los vecinos, intranquilos al comprobar que entraban varias furgonetas de gente desconocida que no es de la zona.

—¡Claro! Usted se vio en la obligación de comprobar qué se hacía en la finca. Es lo normal, es su deber.

—¡Me alegro que entienda mi delicada posición! No pude hacer otra cosa. Llamé al jefe de la policía local y nos acercamos a comprobar la situación real.

—¡Sin problema! Puede confirmar que no tenemos nada que ocultar. Al contrario, vea, esta es la casa de invitados, está igual que cuando nos la encontramos, sin contar con el trabajo de limpieza. No se imaginan cómo estaba esto cuando llegamos esta mañana. —Les facilita el acceso a la vivienda. Una vez confirman lo que dice Santi, parecen cambiar de actitud a una más relajada. Les explica por encima lo que piensan hacer y les muestra también la vivienda principal, donde aún se nota que faltan más horas de limpieza. Al salir de allí, mientras retornan a los coches, continúa con su explicación—. Mañana viernes continuaremos con estas tareas. Espero el lunes poder pagar y recoger la licencia de obras que ya está presentada. Pueden comprobarlo en el ayuntamiento, si no es posible via online ahora. Verán cómo está registrada la solicitud desde hace algún día. Solo esperamos que nos faciliten la cantidad a abonar.

—Creo que, en vista de lo que hemos comprobado, no puedo hacer otra cosa que darle un voto de confianza. Haré todo lo que esté en mi mano para que ese trámite quede terminado mañana mismo. Puede pasarse por el ayuntamiento cuando quiera. —dice con toda solemnidad el alcalde. Le hace un gesto al jefe de la policía local. Se despiden sin mediar más palabras, se suben a sus respectivos coches y se van de la explanada.

—Veo que te desenvuelves bien con esta gente —dice Miguel cuando pierde de vista a los dos últimos visitantes.

—Estoy acostumbrado a lidiar con ellos, aunque la visita del alcalde me ha parecido fuera de lo normal.

—Seguro que tiene un motivo. No es habitual que todo un señor alcalde venga a comprobar el estado de una obra.

—¡Fijo! Ya me contarás.

—¡Por supuesto! Te lo diré en cuanto lo sepa.

Santi se marcha. Miguel confirma que todo está cerrado y se dirige al pueblo con una sonrisa, después de ver la cancela de la entrada cerrarse de forma automática.

CAPÍTULO 26, 21 DE MAYO, 19:52. UNA AGRADABLE COMPAÑÍA

Después de un estresante día de trabajo, Miguel necesita una larga ducha. Todavía desnudo en la suite nupcial sobre el bar Simpson, después de secarse, se tumba en la cama, saca de su mochila el portátil y lo enciende. No espera encontrar nada nuevo, sin embargo, hay un mensaje de correo en su cuenta anónima. El asunto del mensaje no presenta ninguna rima. Tiene claro lo que eso significa, por lo tanto, sale de la aplicación de correo y toma el viejo Nokia que esconde en la mochila. Busca una SIM nueva y la coloca en el móvil. Una vez activo, marca un número sin esperar respuesta. Como suponía, salta un mensaje que dice que el usuario con el que intenta comunicar está desconectado o fuera de cobertura. Entra en una agenda y busca otro número, lo marca y suena el tono de llamada normal. Antes de que termine de sonar el segundo tono, le contestan.

—¿Dígame?

—¿Está Vicky?

—¿Vicky? ¡Aquí nadie se llama así! —Antes de que pueda contestar, cuelga. Max mira en el registro de llamadas, copia el número desde el que realizaron la última comunicación y lo anota en un periódico que tiene cerca. Toma el diario y se dirige a una pequeña habitación contigua. De un cajón que lleva tiempo sin abrir, toma un viejo móvil que tiene el cable del cargador conectado. Lo enchufa a la red. El viejo celular recobra vida. Sin esperar más, busca en otro cajón un sobre que contiene varias tarjetas SIM, elige una al azar, la introduce en el móvil y lo activa. Marca el número que copió en el periódico. Espera escuchar los tonos de llamada. Al segundo tono, le contestan. Antes de dejar hablar a su interlocutor, grita con tono de enfado:

—¿De verdad vas a seguir con tus numeritos de incógnito?

—¡No sé lo que te ha pasado! ¡Pero si piensas que es el mejor momento para bajar la guardia en cuestiones de seguridad, me lo dices, guapetón!

—¡Tienes razón! ¡Perdona! No estoy acostumbrado a que me zurren.

—¿Sabes que estás hablando conmigo? ¿No?

—Me refiero a que me zurren sin pedirlo yo.

—¡Ah! ¡Vale! ¿Te han hecho mucho daño?

—Si te soy sincero, no tanto. Utilicé el truco que me enseñaste, el de la sangre de Halloween. En cuanto ven todo de color rojo, paran.

—¡Ya te lo dije en su día! ¿Y Carla?

—¡Se portó muy bien! Es toda una profesional. En serio te digo que esta chica será de las mejores.

—Te la recomendé yo.

—Lo sé.

—¿Qué sabe el cliente?

—Como era de suponer, no vino en persona. Envió a dos sicarios, clase alta dentro del gremio. No son top, aunque se acercan bastante. Solo tiene la dirección de correo, ya sabes que te mandó el mensaje desde mi cuenta. Poco más.

—Esperará respuesta. No se la voy a dar ahora. Voy a prepararle la bienvenida. Cuando intente monitorizar el correo, activará el troyano y entonces se invertirán los papeles. Desde ese momento seré yo quien vaya tras él.

—Ten cuidado, este no es un mindundi.

—Ya me imagino. Maneja muchos billetes. Eso le convierte en un enemigo muy peligroso.

—Los dos que mandó no eran baratos.

—Ahora que lo dices, tengo una pregunta. ¿Esos sicarios? ¿Dónde andan?

—¡Carla se encargó de ellos! Algo me dice que no los localizarán jamás.

—¿No los buscarán?

—En un tiempo, no creo. Su jefe les dio orden de que me matasen y que se fueran de vacaciones un tiempo. Supongo que pensará que están escondidos, cumpliendo las órdenes que les dio.

—Mejor. ¿Has conseguido alguna información más?

—No llevaban documentación, lo normal. Ya te digo que eran de los buenos. El móvil del musculitos no tiene información relevante. Los números que tiene registrados son inútiles, solo lo usaba para jugar. El otro quedó destrozado, imposible de aprovechar.

—Mala suerte.

—Carla encontró en sus bolsillos solo la llave de un coche. También está limpio, se encargó de alejarlo de esta zona y perderlo.

—Bien hecho. Hemos activado la trampa. Ahora toca preparar nuestro siguiente paso.

—¡Bueno! A partir de ahora estás solo. Ya lo sabes, ¿no?

—Por supuesto. ¿Qué vas a hacer tú?

—Monto mi oficina en un lugar nuevo. Lo tengo todo controlado. Ya sabes que esta eventualidad está prevista.

—¡Claro que lo sé! Te conozco desde hace mucho.

—Pues como me conoces, ya sabes que vas tarde. Tienes que mandarme mi parte.

—No te preocupes, cuelgo y lo hago.

—Esta vez me la he ganado. No sé cuánta gente se dejaría partir la cara por ti.

—Yo tampoco lo sé. Imagino que tú y nadie más.

—Eso supongo yo. Hasta pronto, guapetón.

—¡Eso espero!

Corta la llamada, saca la tarjeta SIM y la parte en dos. Vuelve a su portátil y entra en uno de los bancos suizos donde tiene varias cuentas. Hace un rápido cálculo mental. El resultado es una cantidad alta. Vuelve a repasarla. Su cuenta inicial es correcta, no hay problema. La partida de gastos de este trabajo no ha llegado a la cuarta parte, aunque sume la finca y la reforma. El presupuesto admite estas cifras. Transfiere esa cantidad a una cuenta que conoce bien. Max estará contento. Además, esta vez se lo ha ganado bien. Le proporcionó el trabajo y se dejó pegar por él. Una vez realizado todo, apaga el ordenador, se viste y baja al bar a tomar algo. Esta tarde hay más clientes. En la barra están Nuria y el chico joven que llegó la tarde anterior a reforzar el servicio del turno de cena. Nuria habla con un pequeño grupo, de manera que se le acerca el chico joven.

—¡Buenas tardes! ¡Soy Ángel!

—¡Hola! ¿Qué tal todo?

—No hace falta que te presentes, supongo que eres el de la Suite Nupcial.

—¡El mismo!

—¡Perfecto! ¿Quieres un whisky de tu botella?

—¡No! ¡Es pronto todavía para el whisky! Empezamos con una cerveza, si te parece bien.

—¡Ahora mismo!

—¡Bien! —En ese momento, Nuria le mira. Él le hace un gesto que pretende hacerle entender que necesita hablar con ella. Su interlocutora puede entender cualquier cosa. Sin embargo, parece acertar con lo que él quiere decirle. Poco después se acerca.

—¿Todo bien?

—¡Oh! Sí, Nuria, todo bien. Solo un detalle.

—¿Solo uno? ¡Entonces no te puedes quejar!

—¡No me quejo!

—Como debe ser. Dime.

—Hoy han aparecido en la casa el jefe de los municipales y el alcalde. Si te soy sincero, me da igual, no tengo nada que esconder. Aunque me extraña que lleguen tan rápido y en plan inquisidor.

—Este es un pueblo pequeño, todo se sabe con relativa rapidez. La verdad es que por mi parte no creo que se enterasen. No le he dicho a nadie nada de ti, tampoco me preguntaron. Espera, que llega Amelia. Ella puede decirnos algo más. Si alguien se entera rápido de un chisme en este pueblo, es ella. —Hace un gesto a la mujer que acaba de cruzar la puerta. Esta les sonríe y se acerca a ellos—. ¡Cariño! ¿Una cerveza?

—¡Claro! ¡Hola! —Como si fuese lo más normal del mundo, le planta dos besos en las mejillas, antes de que Miguel pueda llegar a saludarle—. ¿Qué les pareció la comida a tu gente?

—¿La verdad?

—¡Por supuesto! Solo la verdad.

—Pues me han dicho solo una cosa, que os felicite.

—Gracias. No sabes lo que me alegro.

—Pues yo no tanto. Supongo que eso subirá algo el precio del menú.

—¡No lo dudes! —Ríe con una risa sincera y descarada. En ese momento le da su cerveza Nuria, que trae otra para ella. Hacen el gesto de brindar con las botellas. Los tres hacen chocar sus respectivas cervezas a modo de brindis—. ¡Salud!

—¡Salud! —Dice Nuria.

—¡Salud también! Oye, Amelia, fuera de bromas, hoy hemos recibido una visita inesperada.

—¡No entiendo!

—¡Os dejo! Hay más clientes, dejo por aquí mi cerveza, ahora vengo.

—Vale, no tardes que tendremos que pedir algo para cenar. ¿Te parece bien?

—¡Claro!

—Perdona, Miguel, sigo sin entender lo que decías.

—Es solo curiosidad. Hoy aparecieron por sorpresa a última hora el alcalde y el jefe de la policía municipal en la casa.

—¿Algún problema?

—¡Oh, no! ¡Ninguno! No tenemos nada que esconder. Me extraña que se enteren tan pronto.

—Puede que yo dijera algo al llevar los menús al ambulatorio. Quizás sea eso. Algo del tipo: «Ahora debo llevar unos menús a la reforma de la casa del alemán». ¿Hice mal?

—No, para nada. ¡De ningún modo! Eso lo explica.

—Bueno, para ser verdad, eso no lo aclarará todo. Todos en el pueblo sabemos que la alcaldesa está enamorada de tu casa.

—¡No es mía! ¡Yo solo soy el responsable de la reforma!

—Para nosotros, mientras no conozcamos a nadie mejor, tú eres el dueño.

—¡Ah! ¡Vale!

—¡Si no te parece bien, te aguantas! —Ríe con ganas su broma y da un largo trago a la cerveza, hasta terminarla. Hace un gesto a Nuria que le responde con una señal para darle a entender que la entendió—. La alcaldesa estaba segura de que se haría con esa casa por dos euros. Me parece que le rompiste todo el plan. Se puede decir que le has tocado las narices.

—No pretendía tocar las narices a nadie. Buscamos una casa para reformarla y dejarla de lujo. Esa estaba en el mercado y nos hicimos con ella.

—¡Ya! No te confundas, estoy de tu parte. Todo el pueblo comprende tu posición, todos menos la alcaldesa. ¡Tienes que entender que ella quería un regalo! Todos lo sabemos, por eso estamos de tu parte, no te creas.

—¡Me alegro, Amelia! ¿Todo bien?

—¡Más o menos!

—¿Cómo que más o menos?

—Tenemos que hablar del precio de los menús.

—Eso no será problema.

—¡Eso espero!

—Ya te digo yo a ti que no. Más que nada, porque estaba todo muy bueno.

—Eso está bien, pues ya verás mañana.

—¿Qué nos vas a poner?

—¡Oh! Eso es sorpresa, creo que os gustará.

—Mañana te contaré.

—Oye, antes de que se me olvide. Déjame una tarjeta tuya, para que te puedan llamar si algún día estoy fuera o algo. La que me dio Nuria solo tenía el nombre del negocio.

—Por supuesto. Fallo mío, te la tenía que haber dado antes.

Saca una tarjeta de su bolso y se la da. Allí aparece el nombre del negocio, como en la otra. Un poco más abajo el suyo: Amelia Hernández. Allí está una de las candidatas a ser la mujer que busca. Mientras tanto, Nuria se acerca con tres cervezas bien frías, se queda una y reparte las otras dos. Amelia toma la iniciativa y le pregunta directa.

—Nuria, si decimos de tomar algo para cenar. ¿Qué nos recomiendas?

—¡Si te fías de mí, no preguntes!

—Pues no pregunto, me fío. ¿Tú qué dices, Miguel?

—¡Me apunto!

Continúan toda la velada entre bromas, risas y pequeñas historias sin importancia. Cuando Amelia decide que es su momento para irse, Miguel también se despide de Nuria. Salen los dos juntos del bar Simpson.

—Es tarde, Amelia. Si quieres, te acompaño.

—Muchas gracias, vivo cerca. Además, he venido en mi furgoneta.

—Puedo ir contigo y luego regresar a pie, mientras doy un paseo.

—Una cosa quiero dejarte clara, Miguel. No quiero que te pienses lo que no es. No he tenido nunca una relación con un cliente. Hoy no va a ser el día que rompa esa tradición.

—Me gusta lo que dices.

—¿Y eso?

—Me acabas de dar una alegría. Por un lado, tú también te has planteado tener algo conmigo. Por otro, hoy no, aunque puede ser otro día.

—¡Podría ser! Yo en tu lugar, no me haría muchas ilusiones. —Llegan junto a la misma furgoneta en la que les llevó la comida horas antes. Abre la puerta mientras habla y se sienta mientras baja la ventanilla, antes de cerrar la puerta para continuar la conversación.

—¡No me digas eso! ¡Me rompes el corazón!

—Ya me extrañaría a mí. Es política de la empresa no mantener relación con los clientes.

—¡Tranquila! Solo pienso en una sincera amistad.

—¿Seguro?

—Bueno, y lo que surja, como dicen los cursis.

—Como amiga lo que quieras. Veo muy difícil que surja nada más. —Pone en marcha el motor de la furgoneta, saluda con la mano cuando comienza a moverse—. ¡Nos vemos!

—¡Mañana sin falta!

—Eso por descontado.

Miguel sube a su habitación. Toca descansar. El día comenzó pronto. Ha contactado con Amelia, una de las dos personas que debe investigar. Tendrá que buscar la manera de conocer más de la otra mujer. Será en otro momento. Ahora mismo necesita dormir. Antes de acostarse, prepara la ropa que utilizará el día siguiente. No puede evitar acordarse de Patricia, le ayudó a escogerla, lo pasó bien con ella, se pregunta si disfrutará del piso que le dejó. Seguro que sí, es una buena chica.

CAPÍTULO 27, 22 DE MAYO, 07:22. EN BUSCA DE NUEVAS AMISTADES

Preparado para el nuevo día, Miguel toma su inseparable mochila y baja a desayunar. Intuye que son pocos los clientes que comparten el bar Simpson con él sin saber quién es. Todos lo miran, no con curiosidad, parecen estudiarlo. Desayuna con total tranquilidad, no está Nuria, le atiende el mismo joven del día anterior. Termina el desayuno, se pone en marcha y repite el papel que ha elegido, el de persona tranquila. Circula muy despacio, sin prisa. Desde que llegó a la zona, conduce suave y a muy poca velocidad. Su intención es grabar en la mente de quien lo ve la imagen de que es un conductor lento, no prudente, lento. Su primera idea es conseguir un mismo pensamiento para todos: que su coche es pesado y poco ágil, algo muy lejos de la realidad, aunque esa es la imagen que quiere dar. Llega a la cancela de la finca, sonríe y acciona el mando a distancia que le proporcionaron la tarde anterior. Con gran suavidad se abren de par en par las dos hojas metálicas. Avanza despacio hasta llegar a la zona de aparcamiento, deja allí el coche y va a abrir la casa de invitados. Poco después llegan varios vehículos. Santi entra en el salón con carpetas y algún tubo de planos.

—¡Buenos días!

—Buenos días, así me gusta, comenzar el día con ganas.

—¡Por supuesto! Ahora te explico algunas de las cosas que hemos preparado. Vamos a estudiar juntos todas las propuestas para que tomes decisiones, si te parece.

—Me parece bien.

—Luego iré al ayuntamiento, quiero hablar con el aparejador para acelerar las cosas y recordar al alcalde su promesa de ayer. Nuestra política es llevarnos bien con los funcionarios. No es la primera vez que trabajamos por aquí y espero que no sea la última. Lo mejor es ser amigo de todo el mundo.

—No puedo estar más de acuerdo contigo. Si te parece bien, yo también voy. Quiero hablar con el alcalde para asegurarme de que todo está bien. —Olvida mencionar que también quiere reunir el máximo de información posible.

—Buena idea. Voy a repartir tareas, aunque todos saben ya lo que tienen que hacer.

—Voy contigo, tienes que decirme cuántos serán hoy para comer. Tengo que avisar al catering.

—¡Qué bueno estaba todo! Luego te lo digo. Creo que Sonia vendrá antes de comer para presentarnos sus intenciones. Hay que contar con ella.

Confirman que todo el mundo tiene trabajo que realizar. Analizan con el encargado de la empresa de piscinas todo lo que les propone. Miguel accede a mejorar todo el sistema sin ningún problema. Vuelven a la casa de invitados. Santi le muestra los diseños que han preparado para la cocina y el baño de la casa de invitados, y le ofrece también opciones para algunos de los muebles que quieren instalar. Miguel escoge los que más le gustan para la cocina y el baño, acepta unos que le parecen buenos y presentan la enorme ventaja de que el mismo lunes se pueden instalar y terminar.

—Miguel, traslado todo lo que has elegido a mi oficina. Nos acercamos al ayuntamiento a ver si conseguimos hoy mismo la licencia de obras, aunque solo sea para la casa de invitados. Si acceden, podrás dormir aquí el mismo lunes.

—No hay que correr tanto. Esperaré a que se seque bien la pintura, aunque reconozco que está bien dejar esta casa lista.

—Buena idea. Oye, ¿dónde te dejo los comederos y nidos para

pájaros que me encargaste? Los tengo en mi coche.

—Déjalos de momento ahí, luego los descargamos. Vamos al ayuntamiento en el Range.

—Pues vamos. Espero que resuelvan rápido, la idea es apretarle las clavijas.

—¡Vamos! Sube. —Miguel se sienta tras el volante, pone en marcha el motor que ronronea con suavidad.

Aparca cerca del ayuntamiento. Mientras caminan, Santi llama a su oficina para confirmar algún pedido, mientras Miguel, a su vez, llama a Amelia para decirle el número de trabajadores que comen este día. Es amable con ella, se encuentran en horario de trabajo, no alarga la conversación. Santi entra en el ayuntamiento de Sacedón y da muestra de conocer el edificio, saluda con cordialidad y familiaridad al aparejador municipal. Miguel ya le avisó que él intentará hablar con el alcalde. Localiza el despacho de la máxima autoridad del pueblo, le pide a la secretaria hablar con él.

—¿Puede esperar un poco? ¡Tiene visita en este preciso momento, no creo que tarde mucho y pueda atenderle! Tome asiento, le aviso que está usted aquí.

—Bien, no hay problema, espero.

En lugar de tomar asiento, Miguel se acerca a un mapa del pueblo, de considerable tamaño, que ocupa gran parte de una de las paredes. Localiza rápido su finca, analiza lo que ve cuando nota que llaman su atención. Al girarse puede ver cómo el alcalde está en la puerta de su despacho, le hace gestos para que se acerque, con actitud amigable. Miguel lo hace y le estrecha la mano que le ofrece.

—¡Adolfo! Buenos días.

—¡Buenos días! Pasa, por favor. ¿Todo va bien? ¿Puedo ayudarte en algo?

—Perdón, no quiero molestar. Me dijeron que estabas ocupado.

—¡Oh! Sí, algo ocupado, son asuntos corrientes, temas con mi mujer. De paso aprovecho para presentártela. —Una mujer bella y elegante se acerca para saludarle con cierta solemnidad, da la sensación de encontrarse en el lugar equivocado. Tiene aires de estar en un palacio, en lugar de en el pequeño despacho del ayuntamiento de un pueblo. El alcalde no recuerda su nombre, a pesar de que se lo dijo la tarde anterior —. Le presento a mi esposa, Soledad Pérez.

—¡Un placer! Miguel para servirle. —Saluda a la alcaldesa con una gran sonrisa. Aquí está la otra opción. ¿Será ella la Miriam que busca?

—¡El placer es mío! Adolfo me ha contado que visitó la casa del alemán ayer. Fue usted muy amable, tengo entendido que se la mostró.

—Claro, por supuesto, no puede ser de otra forma.

—Qué lástima. A mí también me hubiese gustado ver bien la vivienda y la finca.

—Puede hacerlo cuando quiera. Están invitados a pasarse cuando les parezca bien. Ahora mismo cualquier día es bueno, siempre que sea en horario de trabajo. Si todo va como debe, la semana que viene ya me instalaré en la casa de invitados. Entonces, pueden venir a verla a cualquier hora.

—Le tomamos la palabra, Miguel. —Soledad le mira directo a los ojos. Se nota que es una mujer que está acostumbrada a conseguir todo lo que quiere.

—Me temo que no va librarse usted de nuestra visita. —Sonríe Adolfo mientras frota sus manos —. ¿Qué necesita?

—No me hable de usted, por favor, puede tutearme.

—Perfecto. ¿Qué necesitas?

—En realidad, en concreto ahora mismo nada. Santi está con los trámites que te comentamos ayer, la licencia y esas cosas

Quiero comenzar cuanto antes la obra. Para mi empresa el tiempo es oro. Tampoco es esta una visita de simple cortesía. Vengo para aclarar un poco la situación. No quiero que existan malos entendidos.

—En ese caso, mejor nos sentamos, ¿te parece?

—Por mí bien.

—Si vais a hablar de negocios, política o cosas así, me voy. Esos temas me aburren mucho. Encontraré algo mejor que hacer. —Comenta Soledad, mientras muestra un mohín de aburrimiento y hace ademán de marcharse.

—Creo que lo que quiero comentar, si no estoy equivocado, puede interesarle también a usted.

—¿En serio?

—Sí. —Se sienta en una de las sillas frente a la mesa del despacho del alcalde. Este se sitúa en su lugar habitual y su mujer se sienta en la silla cercana a Miguel, a su lado. —Como decía, no quiero malos entendidos. Me han comentado que ustedes mostraron interés en adquirir la finca que nosotros hemos comprado y que reformaremos.

—Veo que nuestros vecinos no me defraudan nunca. La verdad es que sí, nos hemos interesado, por curiosidad más que otra cosa, aunque quizás no era el momento. —Adolfo adopta un semblante más serio.

—Si es cierto que tenéis algún interés, me alegra mucho poder mantener esta conversación con vosotros. Mi empresa se dedica a encargos muy exclusivos y exigentes. Para uno de nuestros clientes buscamos una propiedad muy especial. Debe estar cerca y lejos de Madrid. Encontré varias opciones, elegir la mejor es parte de mi trabajo, es mi especialidad. Al final me decidí por esta, me toca a mí dar la última palabra en todo lo concerniente a la reforma. Yo soy el que elige cuál es el resultado final.

—No sé si lo entendí bien. ¿Quiere decir que su cliente no conoce aún la finca?

—Ni la conocerá hasta que no dé por finalizada la puesta al día de la finca.

—No estoy muy segura de comprender a dónde quiere usted llegar. —Ahora es la mujer del alcalde quien muestra interés.

—Yo la voy a poner en marcha por si el cliente quiere verla. Conozco estas operaciones. Puede que terminemos las obras en un par de meses, quizás antes. Tampoco hay mucho que hacer. La finca está bastante mejor de lo que esperaba. Este cliente puede no aparecer para ver la finca por primera vez hasta el verano del próximo año.

—¿En serio?

—¡Sí! Con todo esto quiero deciros que, si estáis interesados de verdad, nuestra empresa puede estudiar vuestra oferta y, si resulta interesante para ambas partes, puedo preparar otra finca de las que tengo en cartera para nuestro cliente. Tener clara la situación. No quiero decir que no se enterará nadie. No penséis que preparo un chanchullo a espaldas de mis jefes.

—¡Por favor! Nada más lejos de nuestro pensamiento. —Adolfo dice estas palabras con un tono que da a entender que lo pensó desde el primer momento.

—Mi empresa se dedica a esto y no tiene problema con atender una oferta vuestra y aceptarla si se presenta el caso. Ni que decir tiene que el importe para vosotros será bastante menor del que le vamos a pedir al magnate.

—¿Estamos hablando sin compromiso? —Soledad pregunta mientras mantiene la mirada, como si pudiese intimidarlo.

—¡Por supuesto! Siempre dentro de la mayor confidencialidad. Nadie que no esté en este despacho o en la dirección de mi empresa sabrá nada, ni de vuestro interés, ni de si hay una oferta. Podéis visitar la obra como amigos míos, sin dar ninguna otra explicación.

—Si algo no nos gusta, ¿cómo hacemos? —La mujer del alcalde parece acostumbrada a interrogar.

—Se puede cambiar. Eso modificará el precio, como es lógico. Por otra parte, tengo la total seguridad de que vamos a hacer mucho más de lo que nunca habéis soñado para esta finca. Es nuestra especialidad, solo trabajamos con lo mejor de lo mejor. Os gustará todo. Tengo una certeza absoluta a ese respecto. Otra cosa bien distinta es que os decidáis a comprar, al final.

—El tema es que hoy ya no quedan fincas como esa en esta zona.

Pillaste una gran oportunidad. —Habla Soledad. Adolfo parece ser un convidado de piedra en esta conversación.

—La ubicación, el tamaño, el bosque, las vistas son una oportunidad única, no me cabe duda. Sabes que la operación para nosotros tampoco fue una ganga. Una vez terminemos nosotros, ya os digo que no será barata. Eso sí, es la mejor inversión posible hoy. No hay en toda la comarca mejor vivienda. Esperad a verla terminada.

—Si nos interesase la operación, en ese caso, ¿su empresa contempla facilidades y plazo?

—El plazo para que toméis una decisión tiene por fuerza que ser breve. Debemos tener tiempo de preparar una sustituta, calcula seis o siete meses. Las facilidades te las puede dar un banco. El valor hipotecario de toda la finca cubre de sobra la cantidad que vamos a pedir. Mi empresa no entiende otra cosa que no sea el cobro íntegro al contado.

—Entiendo. Otra consulta, no sé bien cómo hacerla. ¿Cómo decirlo? ¿Hay opción con vuestra empresa de realizar una parte del pago lejos de la mirada de Hacienda?

—Nuestra empresa puede realizar una parte como usted comenta.

—Te seré sincero. Eso fue lo que nos impidió llegar a la finca. Tenemos unos ahorros que no están al día, por decirlo de forma suave. Queremos darle salida por ahí. Si es posible.

—Por nosotros, no hay problema. Si no os interesa, tampoco pasa nada. Tenemos nuestro cliente. Seguimos tan amigos. Que os animáis, mejor. Me alegro de haber tenido esta conversación. Os dejo que penséis en vuestras cosas. —Miguel se levanta y saluda con afecto al matrimonio —. Un placer, espero vuestra visita, sin compromiso.

—¡Cuenta con ella! —Dice Soledad. Espera a que el visitante salga por la puerta —. ¡Te dije que teníamos que haberla comprado antes! ¡Ahora, si la queremos, nos va a costar un ojo de la cara!

—¡Por lo menos tenemos la opción de comprarla! Pensé que sería imposible. Antes no nos daban opción de pagar en negro. Ahora sí.

—Si no metemos ahí todo ese dinero, ya me dirás dónde lo podemos gastar. Es nuestra última opción. Tenemos que comprarla o nunca daremos salida a los «ahorros». Además, me gusta ese lugar. ¿Está tan bien como dicen?

—¡Está mucho mejor! Ojo querida, nadie puede saber que tenemos tanto dinero. Sole, mi sueldo de alcalde no da para tanto. Mi nómina es de conocimiento público. Todo el mundo sabe lo que gano aquí. Esa finca está mucho mejor de lo que te imaginas. Seguro que esta gente la va a dejar de dulce. El precio puede ser muy alto.

—Pues mentalízate, Adolfo. Tenemos que ir a por esa finca. Si no metemos ahí todo lo que tienes bajo el colchón, ya me dirás dónde lo vas a meter. Esa finca valdrá más cada día, cariño. Es nuestra única opción, lo sabes muy bien. Será como una inversión.

—Primero hay que conseguir que se pueda pagar con dinero feo. No lo olvides.

—Lo sé, guapo mío, lo sabemos. Ya lo has oído, se puede. La parte que verá Hacienda la conseguimos de un banco de forma legal, después de restarle el dinero que podamos con el negro y si alguien pregunta, tenemos nuestra hipoteca como todo hijo de vecino. Nadie tiene por qué saber más. De esta forma tenemos la unica salida posible a lo que tú sabes.

Durante su viaje de regreso Santi pone al día a Miguel. Todos los permisos están aprobados y pueden comenzar a realizar las obras de acondicionamiento sin problema. El alcalde cumplió con su promesa. El aparejador le ha dado todas las facilidades posibles.

—Además, te confirmo que el lunes vienen a montar la cocina de la casa de invitados. Creo que están tomando las medidas ahora mismo.

—¡Qué rápido!

—El dinero abre muchas puertas y gana tiempo al calendario. Supongo que lo sabes. ¡Qué te voy a explicar a ti de eso!

—Lo tengo clarísimo. Hablemos de otra cosa. Estoy harto de que le llamen la casa del alemán.

—Lo comprendo. Tampoco veo buena opción el nombre original. En mi opinión puedes, y debes, cambiarlo cuando quieras.

—Este fin de semana tengo que encontrar el que me guste. —Cuando entran en el aparcamiento notan que hay alguna furgoneta más que cuando se fueron, también un pequeño descapotable —. ¿Y ese coche?

—Creo que ya está Sonia con su propuesta.

—¡Me alegro! Vamos a verla. —Se dirigen directos a la casa de invitados, donde la paisajista coloca sobre la mesa un gran plano —. ¡Buenos días! ¿Qué tienes para enseñarnos, Sonia?

—Buenos días, quiero mostraros mi proyecto para estos jardines.

—Venga, estamos ansiosos. —Miguel se sitúa junto a ella, Santi en frente, ambos miran los diseños mientras esperan que Sonia les explique todos los detalles.

—En primer lugar, tened en cuenta que no quiero traer ninguna planta exótica. Me he basado en la flora autóctona de la zona, nada invasivo, estrafalario o foráneo. Además, con la riqueza que tenemos por aquí, sería un sacrilegio.

—¡Estoy de acuerdo!

—¡Bien! Mi idea se basa en aprovechar y potenciar las vistas naturales que tenemos, el maravilloso bosque que nos rodea y al pantano, mejorar todo sin que parezca que hayamos intervenido mucho. Crear un ambiente que parezca natural, no quiero grandes modificaciones que generen mucho impacto. Nada de fuentes ostentosas o pavimentos agresivos. Todo con parterres agradables, lugares discretos donde leer, pasear o incluso disfrutar de unas buenas siestas, rincones creados con setos bien situados y orientados. Mobiliario que se camufla en el entorno y una iluminación que no sea intrusiva.

—Todo lo que dices me gusta. —Comenta Miguel mientras señala una zona en el plano. —¿Qué piensas hacer para la zona de aparcamiento?

—¡Creía que nunca lo preguntarías! —Los tres ríen la contestación de la pequeña mujer y atienden sus explicaciones para esa zona. Comentan el trabajo de Sonia, al que no tienen que realizar casi ninguna modificación. Presenta un proyecto muy bueno. Poco después suena la bocina de un vehículo—. ¿Y eso?

—Creo que es la comida. —Comenta Santi.

—Dime que contáis conmigo. —Sonia había juntado sus manos, como si rezara.

—¡Claro que sí! ¿Te gustó ayer?

—¡Me encantó! Si continúa así, no me podrás impedir que supervise la obra todos los días.

—¡No espero menos!

Cuando salen de la casa de invitados, los trabajadores colaboran con Amelia a descargar las bandejas de la comida y le ayudan a llevarse las del día anterior. Todos están con buen ánimo y le agradecen lo bien que les trató ayer. Sin mucho disimulo, ella guiña un ojo a Miguel, que le devuelve el gesto con un saludo. Tras cargar las últimas bandejas, le hace un ligero movimiento con la mano, le intenta preguntar si después se tomarán algo. Él asiente mientras Amelia contesta a su gesto con una agradable sonrisa. Se sube a la furgoneta para marcharse a continuación. Cuando llegan a la mesa, todos leen la hoja que viene en cada bandeja con el menú del día. Se escucha un murmullo como en la escuela, cuando los niños pequeños leen algo todos a la vez: guiso de alitas de pollo con garbanzos, filete de lubina a la plancha con arroz blanco y ensalada, tarta rústica de pera con base de hojaldre. A continuación, todos disfrutan de la comida con excelente humor. Cuando llega el momento, retoman sus tareas de buena gana. Llega la hora de terminar la jornada, es viernes, por lo que todos se despiden hasta el lunes. Antes de irse, descargan del coche de Santi los comederos y nidos para pájaros.

Miguel se ducha en Sacedón. Mientras el agua recorre su cuerpo desnudo, su mente no deja de pensar que ha conocido a las dos mujeres que parecen haber llegado al pueblo en el momento adecuado. Por la edad, cualquiera de las dos puede ser María José. Tampoco puede descartarlas por la foto del viejo carnet de identidad. Con los retoques necesarios de cirugía y de maquillaje, puede ser tanto Soledad como Amelia. Debe buscar más información, tiene que desplegar sus encantos. Si no es posible con ellos, deberá resolver el problema con los medios que sean necesarios. Cuando por fin baja al bar Simpson, se nota que es viernes. Hay más clientes que los días anteriores. Nada más cruzar la puerta, ve cómo Nuria le hace gestos para que se acerque a la barra con ella, al rincón. Una vez está junto a ella le pregunta.

—¿Te irás fuera el fin de semana?

—¿Yo? ¡No! ¿Por qué me preguntas eso?

—¡Hay gente que tiene familia y espera pasar con ella aunque sea solo el fin de semana! ¡Es lo mínimo!

—No es mi caso, Nuria. ¡No me espera nadie!

—¡Respuesta correcta!

—¿A quién le interesa esa pregunta?

—¿En serio? ¡Te tenía por un tío listo!

—¡Perdón! Soy un poco lento en algunos casos. Entiendo.

—¿Una cerveza?

—Pon dos, otra para ti.

—Mejor pongo tres, ¡mira quién viene! «La interesada».

—¡Gracias! Lo he pillado, no soy tan torpe.

—¿Seguro?

—¡Bueno! ¡Tal vez sí!

—¿Qué os contáis? —Pregunta Amelia cuando se acerca, saluda con la cabeza a Nuria y con un ligero toque sobre el hombro a Miguel.

—¡Pregunta al tío listo! —Nuria se aleja del rincón para traer las cervezas, mientras ríe de buena gana.

—¿Tío listo?

—¡Se burla de mí! ¡Ni caso!

—¡Vosotros sabréis los líos que lleváis entre manos! Oye, hablemos de otra cosa. ¿Qué tal la comida hoy?

—¡Muy buena! Todos la celebraron. ¿Tú eres la cocinera?

—¡Sí! Como imaginas, no lo hago yo sola, tengo ayudantes, aunque debo reconocer que soy la jefa de cocina.

—Esa manera de cocinar, tan profesional, no se aprende de las abuelas. ¿Dónde aprendiste a cocinar así de bien?

—Hay muchas formas y sitios. No me gusta hablar de mi pasado, prefiero que me digan qué les parece mi trabajo.

—Pues si eso es lo que quieres, tengo que trasladarte varias felicitaciones. A ver con qué nos sorprendes el lunes. —No ha podido sonsacar mucho de primeras, lo intentará conseguir sin presionar en exceso.

—¡Sorpresa! Nunca digo los menús por adelantado, ya es una tradición.

—¿Una tradición?

—La verdad es que nunca se dice lo que se cocinará por si hay que cambiar algún plato en el último momento, para que nadie pueda saber si hemos tenido que improvisar.

—Bien pensado.

—Claro que sí. Si no me equivoco, mañana no se trabaja.

—Error, la gente no trabaja, yo iré, quiero hacer unas cosillas.

—Eso está bien.

—Cerveza para todos y un plato de bravas. —Nuria se une a la pareja.

El resto de la velada transcurre mientras hablan de muchas cosas, ríen bromas y toman varias cervezas con algunas raciones. Miguel pide su botella de whisky, se sirven algunos chupitos que saborean sin prisa. Cerca de la medianoche Amelia decide que es un buen momento para dejar el bar Simpson. Miguel se ofrece para acompañarla, ella se niega con rotundidad. Se acerca a su oído y le susurra: «Aún no, tranquilo, es muy pronto, todo llegará si tiene que hacerlo». Miguel cree entenderla, piensa que la vio receptiva, aunque no tiene prisa, su primera necesidad es la información. Le pide a Nuria un vaso ancho, no quiere rellenar el chupito, se sirve una buena cantidad y le pregunta si hay algún problema si se lleva la copa a la suite nupcial. Ningún problema. Poco después duerme a pierna suelta mientras la copa permanece intacta en la mesita de noche.

Nox Mortis

CAPÍTULO 28, 22 DE MAYO, 22:24. TOMA DE DECISIONES

Después de una agradable cena, Daniel friega los platos. Loli lleva días sin ir a su casa. Se ha trasladado a vivir con él después de que se lo pidiera varias veces. No se arrepiente, de momento, pero no quiere, por precipitarse, perder la relación. Se acerca por detrás y le besa con suavidad en el cuello. Él sonríe, se seca las manos con un paño de cocina, se gira y, con una gran sonrisa, besa con ternura los labios de ella. Loli le pregunta si quiere tomar una copa antes de ir a la cama. A Daniel le parece buena idea, ella toma una bandeja, escoge dos vasos grandes y pone una rodaja de limón en cada uno. Abre el frigorífico, llena las copas de hielo y escoge dos tónicas, se va a preparar las copas mientras él termina de recoger la cocina. Cuando llega al salón encuentra dos gin tónics sobre la mesita, ella entra poco después en el salón, lleva un pequeño picardías blanco que deja transparentar su desnudo y voluptuoso cuerpo. Con una sonrisa le invita a sentarse a su lado. Toma con delicadeza una de las copas y se la ofrece. Él recorre su cuerpo con la vista desde la cabeza a sus pies, sin prisa, quiere disfrutar del momento. Se acerca al sofá y coge la copa que le ofrece Loli, bebe un pequeño sorbo, la deja junto a la de ella, la mira a los ojos y la besa con ganas. Continúan con todo tipo de caricias por un tiempo. Ambos saben que son los preliminares, el plato fuerte llegará después. Vuelven a beber con calma, sin prisa.

—Cinco euros por lo que piensas —le dice Loli mientras desabrocha despacio su camisa.

—Cosas de trabajo.

—Es viernes, puedes aparcarlo hasta el lunes.

—Lo sé, pero no creas que soy capaz de olvidarme de todo con tanta facilidad, nunca fui un experto, me cuesta desconectar.

—Por lo que escuché al comisario, el caso con el que estabas se da por cerrado, creo que el lunes os asignan algo nuevo con lo que trabajar.

—Eso está muy bien, Loli. Sin embargo, tengo la certeza de que no hemos terminado.

—Si estás en un callejón sin salida, mientras no aparezcan pruebas nuevas, para vosotros el caso está cerrado. Podéis dedicar vuestro tiempo a algo nuevo. Si llegan novedades, lo retomas.

—Tienes razón.

—Casi siempre la tengo.

Loli se levanta, con un gesto delicado consigue que el picardías ruede por su cuerpo hasta terminar en el suelo, lo que permite a Daniel olvidarse de cualquier otra cosa que no sea ella.

CAPÍTULO 29, 23 DE MAYO, 08:12. LOS PAJARILLOS

Miguel se levanta sin la preocupación de abrir la finca para que los trabajadores puedan comenzar su tarea diaria. Desayuna con calma en el bar Simpson. Cuando termina, sube a su todoterreno, pone en marcha el motor y conduce despacio, como es habitual. Al llegar a la verja de la finca, acciona el mando a distancia y las cancelas se abren, aparca cerca de la casa de invitados y prepara algunos de los comederos y nidos de madera que le trajo Santi. Con una larga escalera dejada por los jardineros, comienza a colocar aquellos utensilios en los árboles que rodean las dos viviendas y la piscina. Los nidos a buena altura, con ayuda de la escalera, los comederos más bajos, para facilitar su rellenado, los deja llenos de granos antes de dar por concluida la instalación.

A la hora de la comida tiene muchos nidos y comederos colocados, aunque no todos. Baraja la posibilidad de acercarse al pueblo a comer, decide que unas horas de ayuno le vienen bien. Continúa con la tarea que se ha impuesto. Al terminar, puede comprobar cómo algunos de los comederos que ha colocado a primera hora ya reciben visitas. Sonríe, su plan funciona. Explora los alrededores de la vivienda; el bosque es tal como pensaba: frondoso y casi virgen. Un buen profesional puede alcanzar la casa a través de él, aunque no es tarea fácil para un aficionado. Además, en aquel trabajo, él es el cazador, no la presa. Quizás es mejor decir, en este caso concreto, rastreador que cazador. No termina de tenerlo claro, sin embargo, toda precaución que pueda tomar es poca; es algo que aprendió a base de experiencia y de algún que otro susto.

A media tarde da por concluida la exploración, ya tiene una idea precisa de lo que rodea la finca. Se dirige a Sacedón, a la suite nupcial. Se ducha con tranquilidad y conecta su portátil, comprueba que su cuenta de correo permanece sin novedad. Baja al bar, hay más gente que entre semana, lo que le parece normal y lógico. El ambiente es agradable, todos parecen conocerse desde siempre. Nuria le indica que tiene una mesa preparada para él. Lleva dos cervezas y le acompaña a la mesa más alejada de la pantalla de televisión.

—Supongo que no tendrás muchas ganas de ver el fútbol.

—¿Por qué piensas eso?

—Hasta ahora no has prestado atención a ningún partido, supongo que no es una de tus prioridades.

—Tranquila, veo que eres una gran observadora. Tienes toda la razón, esta mesa es formidable, no me interesa la televisión nada. ¿Te sientas conmigo?

—Sí, de momento están todos pendientes del fútbol. Los camareros lo llevan bien, todo lo más que me pidan que les ayude en algún momento, creo que saldrán adelante sin problema.

—Me alegro. ¿Pedimos algo de picar?

—No tienes que preocuparte, ni hacer nada, ya verás cómo hoy nos atienden de lujo.

—Para que no lo hagan si está la jefa aquí.

—Por supuesto. Mira quién entra. —Nuria levanta la mano para llamar la atención de Amelia—. Hazme un favor, cuídala, no seas un cabrón.

—¿Por qué me dices eso? Por supuesto que la cuidaré.

—Ha sufrido mucho en esta vida, no se lo merece, es un encanto.

—¿Puedes explicarte mejor?

—Ya lo hará ella en su momento. Es su vida, no te la voy a contar yo. ¡Hola, encanto! ¿Una cerveza?

El resto de la velada la pasan entre risas y comentarios variados. Cuando llega el momento de dar por terminada la noche del sábado, Amelia permite que Miguel le acompañe a su casa. Deciden no tomar el coche y pasear mientras hablan. Es el momento que ha elegido para abrirse y contar su vida privada.

—No quiero darte muchas explicaciones, Miguel, tampoco te pido ninguna. Solo debes saber una cosa: desde hace mucho tiempo no estoy con nadie, no es culpa tuya, te aseguro que tampoco mía. No te lo tomes a mal si te pido tiempo y que tengas calma conmigo.

—No tengo ninguna prisa, Amelia, solo quiero estar contigo, sin más, tu compañía me basta. Si te viene bien hablar, aquí estoy. Puedo ser el hombro en el que apoyarte, si me dejas.

Ella hace un gesto afirmativo, parece sufrir una lucha interior mientras camina al lado de Miguel. Abre la puerta de su casa y le ofrece sentarse juntos en un sofá. Se sientan, le mira a los ojos y comienza a hablar con tristeza, en un bajo tono de voz.

—No sé por dónde empezar.

—Por algo que no te moleste mucho, cuéntame hasta donde quieras, si necesitas hacerlo en varios días, lo haces. No tienes ninguna presión conmigo, haz lo que te parezca mejor, tranquila.

—Me parece bien. Por mi acento ya imaginas que no soy de aquí. Todos hemos tenido una vida anterior. Aquí tengo esta empresa que me permite continuar con mi pasión. Ya imaginas que soy cocinera, desde pequeña me gusta andar entre fogones. Tuve la desgracia de enamorarme de un camarero, aquel hombre convirtió mi vida en un verdadero infierno, hasta que pude dejarlo atrás. Para no entrar en muchos detalles, no quiero contarte toda mi odisea. Solo imagina el cuadro completo: malos tratos de todo tipo, palizas y más palizas. Se gastaba todo el dinero en juego y drogas, era todo un desastre hasta que pude huir. Conseguí una orden de alejamiento, aunque eso no le frenó en ningún caso. Juró encontrarme y matarme, ya imaginas, «o eres mía, o de nadie». Por eso estoy en este rincón perdido del mundo, con miedo a que algún día me encuentre y cumpla su amenaza.

—¿Le crees capaz de hacerlo?

—Sí, lo que es una desgracia para todo el mundo, para mí ha sido una suerte. No tengo familia, no les ha podido hacer daño. A mi mejor amiga la mandó al hospital de una paliza, intentó sonsacarle dónde estaba, no se lo pudo decir, no lo sabía. Cuando pude ponerme en contacto con ella, al tiempo, me agradeció que no le hubiese dicho nada. Ella estaría en el mismo sitio, con las mismas heridas, la paliza sería la misma, aunque tendría mi muerte sobre su conciencia.

—Ven.

Miguel la abraza, no dice nada más. Ella apoya la cabeza en su regazo, mientras ve cómo una lágrima recorre la mejilla que está a su vista. Ahora comprende las palabras de Nuria y ve una explicación para la presencia de aquella mujer en Sacedón. Él acaricia su pelo hasta que ella termina por quedarse dormida. Con cuidado, consigue dejarla en su cama sin que se despierte. Vuelve al salón principal. Si aquella historia es cierta, la orden de alejamiento debe estar al alcance, fácil de llegar a ella. Así es, en el segundo cajón que abre la encuentra. Le hace una foto para tener todos los datos: Amelia no se llama en realidad así, su verdadero nombre es Ana María González, y la joya de la que se esconde atiende por José Manuel García. Por fortuna, en la orden de alejamiento viene una dirección de Avilés y los números de carnet de identidad de ambos. Deja todo como lo encontró. Antes de salir toma una foto del rostro de Amelia mientras duerme. Deja una nota sobre la mesa: el domingo debe ir a la capital para temas de la obra que realiza, no sabe cuándo volverá, se despide hasta el lunes. Mira la hora, son casi las dos de la madrugada cuando sale de esa casa con una clara determinación. Él se encarga.

CAPÍTULO 30, 24 DE MAYO, 09:18. UN PEQUEÑO VIAJE

Conduce toda la noche, como es habitual en él, sin rebasar los límites de velocidad para no llamar la atención. Tarda casi siete horas en llegar a Avilés. En la puerta de una cafetería, donde toma un buen desayuno con dos cafés, confirma la última dirección de José Manuel, el maltratador. El navegador le guía por las calles de la ciudad hasta la puerta de la vivienda, una vieja casa de planta baja a las afueras. Aparca el coche algo lejos de la puerta, nadie se fija en él. Cuando se acerca a la entrada, sus manos ya están protegidas con guantes de cirujano. La cerradura es sencilla de abrir para alguien con sus conocimientos. No tarda en estar dentro. Una rápida comprobación de la vivienda revela que hay dos personas en la casa, en el dormitorio, en la cama de matrimonio. Una mujer con un ojo hinchado, hematomas y ropa ensangrentada. Cuando se da cuenta de la presencia de Miguel, comienza a gemir y se acurruca en el rincón de la cama, lo más alejada posible. Él le dice que guarde silencio con su índice sobre los labios. Le ayuda a pasar por encima del hombre, este no se entera de nada. Cuando salen del dormitorio, ella le susurra al oído:

—Huye. Si cree que hemos estado juntos, ¡nos matará!

—¿Y tú?

—Yo ya no tengo escapatoria. Estoy acostumbrada.

—Nadie debe acostumbrarse a esto. ¿Esta casa es suya?

—No, es mía. La heredé de mis abuelos.

—Hazme caso, por favor. Ve directa al hospital, que te curen bien. No tengas ninguna prisa en volver. Mejor, no vengas a esta casa en un par de días. José Manuel es «cosa mía», se viene conmigo, tenemos un asunto pendiente. No te volverá a molestar más. Yo me encargo. Te lo juro.

—¿Seguro?

—Seguro. ¿Comprendes bien lo que te he explicado?

—Sí.

—Si alguien te pregunta por él, ¿qué dirás?

—Que se ha ido a trabajar fuera.

—¿Y yo?

—Eres un amigo suyo, no te he visto, quizás sea por el ojo.

—Eres una chica lista que no se merece esto. Ve a que te curen los médicos, ya sabes. Aquí no vengas en un par de días. Este desgraciado no te molestará más. Si necesitas algo, cógelo.

—No tengo dinero.

—Espera un momento al lado de la puerta.

Aquel hombre es más grande que Miguel, pero eso no le asusta. Se ha enfrentado a auténticos gigantes en plena forma y siempre salió victorioso. Este hombre tiene un sueño muy profundo, además de claros síntomas de llevar una buena borrachera encima. Aprovecha su estado de embriaguez para sujetar sus manos con unas bridas de plastico. Empieza a reaccionar cuando ya está inmovilizado. No entiende nada. Encuentra su cartera, lleva bastante dinero en metálico, pero le parece poco para este caso. Saca de su mochila más dinero, se lo da todo a la mujer.

—Esto es todo lo que tenía este sinvergüenza, también algo que yo te doy. Arregla la casa y busca buena compañía, por lo que más quieras. Yo me encargo de él.

—Eres un ángel. ¿Quién te manda?

—No creo que mucha gente opine que yo sea un ángel, ni mucho menos. Digamos que me envía Ana María.

—¿Está viva?

—Por fortuna, sí.

—En alguna ocasión lo llegué a dudar.

—No me extraña. Por favor, te lo pido. Haz lo que te he dicho.

—Gracias, de verdad, muchas gracias.

Deja que se vaya. Cuando se pierde de su vista, se concentra en José Manuel. Ha vuelto a dormirse a pesar de estar maniatado. Para tener toda su atención, llena una olla de agua y se la vacía encima. Una vez bien mojado, parece despertar con dificultad. Cuando consigue verle, comienza a gruñir de enfado y cae en la cuenta de que sus manos están bien atadas. Ahora está atento.

—¿Eh? ¿Quién eres tú?

—Eso no importa ahora. ¿José Manuel?

—El mismo que te va a destrozar en cuanto me sueltes.

—Ya. ¿Reconoces a esta mujer? —Le muestra la foto que ha tomado de Amelia cuando dormía, hace tan solo unas horas.

—¡Ana María! Si estás con ella debes saber que primero te mataré a tí, después a ella.

—No pareces darte cuenta de tu auténtica situación. ¿Verdad? Te doy las gracias, acabas de confirmar la versión de ella. Ya sé que dice la verdad. Por desgracia, nunca lo dudé. Ahora tengo que ver qué hago contigo.

Al terminar de hablar, decide comenzar con la primera idea que pasó por su cabeza: la ley del talión. Ojo por ojo, diente por diente. Para acostumbrarlo un poco a lo que vendrá después, le propina dos golpes que solo algunos profesionales son capaces de dar. Las bridas impiden sus movimientos, aunque tampoco parece estar en situación de intentar realizar alguno. Le amordaza con un paño que encuentra en la cocina y precinto.

Busca en su armario y encuentra un chaquetón, se lo pone sobre los hombros, toma un cuchillo afilado, le pasa el brazo sobre los hombros, como si fuera un gran amigo. Solo un buen observador puede darse cuenta de que el filo del arma está en permanente contacto con la piel de su cuello. Salen juntos a la calle, nadie les presta atención, tampoco cuando le obliga a meterse en el maletero del Range Rover. Para asegurar sus buenas intenciones, le propina dos golpes que lo dejan sin sentido.

Un tiempo después, José Manuel recobra el conocimiento. Está en medio de un bosque, mira en todas las direcciones, continúa con las manos atadas, se encuentra sentado con la espalda apoyada en un árbol. Frente a él está el hombre que se atrevió a pegarle. Sus ojos se inyectan en sangre.

—Ya podrás conmigo amarrado. Estoy indefenso.

—Eres muy divertido, campeón. ¿Quieres decir que no te puedes defender? ¿Como Ana María, o la chica que estaba contigo esta mañana? Ellas sí que estaban indefensas. Pero no te preocupes, yo no soy como tú.

Se acerca y con el cuchillo que tomó antes corta las bridas. José Manuel sonríe, se frota las muñecas, se pone en pie despacio. Se sabe fuerte, tiene más tamaño que el desconocido, le va a dar la paliza de su vida. Este hombre no imagina que él ha sido boxeador, aún tiene el cuchillo. Si ha sido tan valiente como para soltarlo, quizás sea igual de loco y deje de lado el cuchillo. Decide probar suerte.

—Sigue siendo una pelea desigual, tú estás armado.

—¿Te refieres a esto? —Con un gesto señala al cuchillo antes de lanzarlo lejos, se pierde entre la maleza del bosque.

—¡No imaginas la que te viene encima!

Sin mediar más palabra, comienza a correr en su dirección mientras lleva atrás su brazo derecho con el puño apretado. Miguel ha invertido durante toda su carrera parte de sus ganancias en su preparación profesional. Conoce diversas artes marciales y métodos de defensa y ataque, es muy sencillo para él esquivar esta embestida sin sentido mientras golpea fuerte en el bazo de aquel hombre que le hace caer como un saco. Desde el suelo, con un fuerte dolor en su costado, José Manuel se levanta con gran esfuerzo. Ahora no quiere repetir un ataque a lo loco, esperará a que le ataque ese tipo para entonces golpearle. Su contrincante se acerca, él levanta sus brazos en posición de defensa. Miguel sonríe, reconoce el gesto.

—Vaya, practicaste boxeo y lo único que se te ocurrió hacer es pegar a las mujeres que una vez te quisieron. Valiente desgraciado estás tú hecho.

—También recibieron lo suyo tipos como tú, imbécil.

—No creo. Ahora vas a ver lo que es capaz de hacer un tipo como yo.

Miguel realiza un amago que despista a José Manuel por su izquierda. Cuando se quiere dar cuenta, recibe una fuerte patada por el lado derecho. Ya no quiere escuchar más a aquel maltratador bravucón. Golpe tras golpe, quiere que reciba de su propia medicina. Una vez ha perdido el conocimiento, decide no prolongar su agonía, aunque está convencido de que la merece. Decide poner fin al castigo. Sin dudar un instante, lo asfixia.

—Ya no pegarás a ninguna otra mujer, desgraciado.

Lo arrastra hasta el maletero del coche, ya pensará dónde dejarlo para despistar todo lo posible. Es mediodía, pone rumbo a Sacedón, le quedan un buen número de horas al volante. Con una pequeña parada para dejar el «paquete». Ha tenido una idea, ya sabe dónde lo va a dejar. Le gusta liar las cosas, nada de sencillez, este será un toque divertido. Por lo menos, para él.

CAPÍTULO 31, 24 DE MAYO, 20:27. RETORNO A MADRID

E l viaje de retorno le sirve para concentrar sus pensamientos en la única sospechosa que le queda: Soledad. Llega a tiempo para estar un poco en el bar Simpson con Nuria y Amelia. En un pequeño momento a solas, la cocinera le da un pequeño beso en los labios.

—¿Y esto?

—¿No te gusta?

—¡Me encanta! Pensé que dijimos algo de ir sin prisa.

—Esto es para agradecerte la compañía y la comprensión de ayer. Has hecho mucho por mí.

Miguel piensa: «¡No lo sabes tú bien!». Se toman unas cervezas y se va a dormir pronto ante la sorpresa de las chicas, ya que se encuentra muy cansado. Les dice que mañana no cuenten con él, debe ir a Madrid a realizar gestiones de trabajo. Descansa bien, lo suficiente para estar pendiente de la obra el día siguiente. Le pide un favor a Santi, si puede ir con él a Madrid al terminar la jornada. Como es de esperar, no hay ningún problema. Los trabajos en los jardines avanzan mucho, la cocina y el baño de la casa de invitados quedan terminados a última hora, los pintores dejan todo listo para que la pintura se seque bien durante la noche, y el martes puede instalarse en la casa de invitados, si así lo desea. Terminada la jornada, el viaje a Madrid transcurre tranquilo, y por el camino comentan detalles de la reforma. Miguel no quiere hablar de otra cosa, nada personal. Mientras viaja, realiza una búsqueda en internet. Santi está pendiente de la carretera, sigue con su conversación sin prestarle mucha atención. Al llegar a la capital, pide un taxi que lo lleva a la dirección que ha localizado. Es una pequeña inmobiliaria. Le atiende el único empleado que hay, un hombre mayor. Después de los saludos de rigor, pregunta:

—¿En qué puedo ayudarle?

—He visto que tienen una casa en alquiler en Sacedón.

—Déjeme comprobar. Sí, la tenemos.

—He conseguido una plaza de trabajo en el pueblo y necesito trasladarme allí cuanto antes. No necesito ver más, con las fotos y los datos del anuncio me es suficiente.

El trato se cierra con mucha facilidad, una vez que Miguel ha puesto sobre la mesa el importe de la fianza y el primer año completo de alquiler. El empleado agradece ahorrarse el viaje para enseñar la propiedad, además de que el cliente acepta sin rechistar las condiciones que ha presentado.

Una vez fuera del negocio, con su contrato de alquiler y las llaves en la mochila, para un taxi que lo lleva a su siguiente destino, una tienda de electrónica, donde compra un complejo sistema de videovigilancia, entre otras cosas. Con todas sus compras en diversas bolsas, regresa al piso que alquiló en Madrid. Se conecta al wifi de un vecino para reunir toda la información que puede de su última opción: Soledad.

Como espera, no es una mujer discreta. Es fácil encontrar todo lo que ha sucedido en su vida: estudios, cursos, gimnasios, viajes, y un noviazgo público. No encuentra un espacio de tiempo en su biografía suficiente para transformarse en María José Hernández Balbín. No puede ser Miriam, tiene que descartarla. Tampoco es algo que fuese compatible con la personalidad de la alcaldesa, no la ve infiltrada en una organización fuera de la ley.

Cuando llega a esta conclusión, ya es muy tarde. Quiere descansar. El otro motivo de aquel viaje a Madrid es llevarse el Mercedes a Sacedón, algo que quiere hacer temprano, antes de que nadie pueda verle llegar. Para eso se levantará mucho antes de que amanezca. No quiere que se sepa que dispone de un segundo coche, por lo que pueda pasar. En su oficio, toda precaución es poca.

CAPÍTULO 32, 25 DE MAYO, 11:40. UN NUEVO CASO

Jorge entra en el despacho acelerado. Daniel le mira intentando descubrir si está contento o enfadado. Sospecha lo segundo.

—¡Daniel, vamos!

—¿Qué pasa?

—Nos llaman al «matadero».

—Entonces, lo mejor será que vayamos, ¿te parece bien?

—Debemos. Déjate de bromas.

En el ascensor, Daniel espera a que abran las puertas para buscar con la mirada a Loli. Cuando se cruzan, ella le hace un gesto relajado, parece que no hay malas noticias. Le guiña el ojo y ella sonríe.

—Todo va bien, Jorge. Ya puedes estar tranquilo.

—Gracias. Yo me quedo calladito y detrás.

—¡A ver si es verdad!

Llaman a la puerta y entran. El comisario Sergio Romero está al teléfono. Con una mano señala las sillas frente a él, les indica guardar silencio. Los dos siguen sus instrucciones.

—Por supuesto. Eso haremos, señora ministra. Voy a pasarle este caso a dos de mis agentes más expertos. Les pediré que se impliquen al máximo, le aseguro que haremos todo lo posible y algo más para llegar al fondo del asunto. Siempre a su disposición. A sus pies, señora ministra.

Cuelga el teléfono y suspira. Mira a sus dos hombres. Toma una carpeta y se la entrega.

—Aquí tienes el encargo especial de la señora ministra.

—¿Algún comentario, Sergio?

—Te hago un resumen rápido. Ha aparecido un cadáver, para ser precisos, ayer lo encontraron. Le han pegado una señora paliza.

—Cosas de bandas, supongo.

—No creo que sea el caso. Es un tipo de Asturias, en el informe tienes todos los datos.

—¿Qué tiene de especial este caso para interesar a la ministra?

—¡Que el tío es un maltratador y lo han matado de una paliza!

—Vale, comprendo. Entonces tenemos un nuevo caso.

—Sí y no.

—¿Cómo?

—El cadáver lo ha encontrado un amigo tuyo.

—¿Un amigo mío?

—¡Sí! Mi recomendación es que empecéis con una visita para que os cuente el hallazgo de primera mano y luego visitar al forense.

—¿Puedes darme algún detalle más, Sergio? Me siento incómodo con tanto secreto.

—El cuerpo apareció esta mañana en Mejorada del Campo, cerca del puñetero chalet.

—¿Tiene relación con el otro caso?

—¡Ni idea! Ese detalle no lo conoce la ministra, no quiero imaginar que se entere. Si tiene relación o no, ese es tu trabajo, aunque mucha casualidad me parece a mí. No veo yo a un tipo de Asturias sin antecedentes por nada relacionado con bandas mezclado en el asunto que tú llevas, aunque desde el principio nunca lo catalogamos como normal.

—Lo estudiamos, Sergio.

—Infórmame de cualquier avance en la investigación, sobre todo si encuentras alguna relación.

—Por supuesto.

El comisario parece centrarse en otro documento que tiene sobre la mesa, momento que aprovechan para salir con vida del «matadero». Una vez fuera, Jorge quiere comentar algo a Daniel, pero este, que lo conoce, le hace un gesto para que no hable. Quiere preguntarle algo importante.

—¿Llevas las llaves del coche?

—Sí.

—Vamos a Mejorada y en el coche hablamos.

—Tú mandas, jefe.

Durante el trayecto, Jorge realiza la pregunta que le ronda la cabeza desde hace rato.

—Espero que me expliques una cosa, Daniel.

—Dime.

—Sabes que el asturiano este no tendrá ninguna relación con el otro caso. ¿Por qué lo has aceptado tan fácil? Ni una protesta, ni un comentario, así, sin más.

—¿No lo sabes, compañero?

—Ni idea.

—Nos ha dejado la puerta abierta para continuar con el caso del cubano y la banda del chalet. Imagina que nos da un informe que no tiene ninguna relación en la otra punta de Madrid, archivamos el viejo y nos centramos en el nuevo.

—Lo de siempre, vamos.

—Tú lo has dicho. No sabía cómo hacer para no parar de husmear en el caso del asesino de los cubanos, por tanto, en el del chalet. Ahora tengo más tiempo para ver si encontramos algo.

—Imagino que primero hay que trabajar el tema del asturiano.

—Este será rápido. Si quieres, te hago una predicción.

—A ver qué dice el pitoniso Daniel.

—Sin ver nada más, te digo que le han dado una paliza en venganza los familiares de la víctima de los malos tratos. Lo confirmamos y nos centramos en nuestro verdadero caso.

—Bien pensado. Tiene toda la pinta.

En el cuartel de la Guardia Civil de Mejorada del Campo les recibe el brigada.

—¿No hay más agentes en el cuerpo? ¿O quizás vosotros hacéis todo el trabajo?

—No, mi brigada, nuestro jefe pensó que al ser en la misma zona estaría bien que lo lleváramos nosotros, por si hay alguna relación.

—Ya te digo yo que ninguna. Este presenta signos de una paliza, no hay balas, no hay cadáver quemado, no tiene relación con bandas. Son mundos distintos que han coincidido en el mismo escenario.

—Sí, pienso lo mismo. Aunque parece que en poco tiempo ha tenido más asesinatos que en toda su carrera. —Dice Daniel, mientras Jorge lo mira extrañado.

—Eso no lo puedo negar, aunque son como el agua y el aceite, no se mezclan, no veo ningún punto en común.

—Eso espero. Déme el informe que le dé un vistazo. ¿El cadáver?

—El forense debe estar a punto de terminar su trabajo, se lo llevó hace horas. Cuando lo hizo, no se había identificado el cuerpo aún.

Mientras se dirigen al laboratorio forense, Daniel lee el informe y Jorge conduce en silencio. No encuentra nada que le haga cambiar de opinión. Si todo va bien, trasladará el caso a la comisaría de Oviedo y él podrá seguir tras la huella del asesino de los cubanos y de la banda de Mejorada. En el laboratorio central, hablan con el forense que lleva el caso.

—Imagino que has encontrado lo que se esperaba.

—¿Cómo dices? ¿Qué esperabas tú?

—Imagino que una muerte tras una paliza salvaje, realizada por una o más personas, casi seguro que es la segunda opción.

—Ya. Eso es lo que imaginaría todo el mundo. Yo también cuando recibí el cuerpo. ¡Para nada!

—No te creo.

—Tú llevas el caso, Daniel. En cuanto tenga listo el informe te lo envío.

—Hazme un favor, un resumen para saber a qué debo atenerme.

—Ha muerto de asfixia, aunque no tiene signos de

estrangulamiento. Los golpes son muchos menos de lo esperado…

—¿Qué quieres decir?

—¿Has visto el tamaño del tipo? Es un gigante, está fuerte. Una vez que lo identificamos, descubrimos que fue boxeador en su día. ¿Has visto muchos tipos así asesinados con una paliza? Por el aspecto inicial, suponía cientos de golpes, nada de eso, poco más de una decena. Eso sí, todos en el punto justo, donde más daño puede hacer.

—Estamos ante una paliza de un profesional.

—Un profesional de la muerte, sí.

—¿Por qué dices eso?

—Casi nadie sabe asfixiar a una persona sin dejar marcas de estrangulamiento. Si a eso le unimos los golpes certeros, solo puedo llegar a una conclusión. Te lo digo a ti, en el informe por escrito no lo puedo poner. Estás ante un asesino profesional.

De regreso a comisaría, con el informe de la Guardia Civil y a la espera del envío del forense, Jorge rompe su silencio por fin.

—¡Hala! Ahí tienes tu relación, Daniel. A ver cómo se lo cuentas al jefe.

—De momento no le voy a decir nada.

—¿Cómo?

—Solo tú y yo sabemos que en Mejorada y con los cubanos hay un asesino detrás que intentó borrar su rastro. Ahora aparece otro cadáver con evidentes indicios que señalan a un profesional. Puede ser el mismo o nos encontramos con varios.

—¡A lo mejor tenemos un congreso de sicarios en Madrid y nadie nos ha informado!

—Tonterías aparte, investigaremos sin decir nada más.

—¿Y si esto nos estalla en la cara en unos días? Deberíamos informar de lo que sabemos, nos dejarán trabajar mejor. De paso, demostramos que somos buenos antes de que nos pillen en un renuncio, Daniel. ¡No quiero volver a la cueva otra vez!

—¡Yo tampoco! Nadie nos podrá decir nada, no tenemos ninguna certeza, no hay una prueba definitiva. Puedo decir que no quería cagarla y dar una señal de alarma sin estar seguros del todo.

—Vale, eso me vale. Suena creíble.

—No quiero volver a lo de antes, Jorge. Quiero estar muy seguro de todo antes de levantar la voz.

—Eso espero, compañero. Eso espero. ¿Qué hacemos ahora?

—Si como me temo, alguien quiere hundirnos en la mierda, vamos a esparcir mierda para todos.

—¿Ventilador?

—¡Ventilador! Filtra a la prensa la identidad del asturiano y algunos datos, para ver qué se mueve.

—Quizás eso no le guste a la ministra.

—Diremos a quién pregunte que creemos que lo filtraron desde el ministerio para dar bombo a un caso con el trasfondo del maltrato.

—¡La que se va a liar!

—Recuerda, nosotros no hemos sido. Ventilador.

—Eso, mierda para todos lados. Ojalá tengas razón.

—La tengo, tranquilo.

Guarda silencio mientras intenta convencerse que, de verdad, tiene razón.

CAPÍTULO 33, 25 DE MAYO, 14:38. NECESITO PISTAS

Cierra la puerta de una oficina que no es la suya. Se sienta en una de las sillas destinadas a las visitas, toma el viejo teléfono y busca en su agenda el número del especialista informático. Espera respuesta mientras se acomoda en un sillón ajeno. No quiere que lo descubran en un despacho que no le corresponde; necesita terminar aquella conversación lo antes posible.

—¿Diga?

—Soy yo. ¿Alguna novedad?

—Ninguna, no hay movimientos en esa cuenta de correo.

—¡Eso es inaceptable!

—No es un chaval, jefe, sabe lo que hace. No está conectado a todas horas. Desde que me facilitó la cuenta, controlamos siempre si hay el más mínimo movimiento. Hasta ahora, nada. Tengo preparado el sistema; en el momento que entre en la cuenta, tendré su IP y estará localizado.

—Cuando eso ocurra, da igual la hora que sea, me avisas.

—Así se hará.

—Eso espero.

Se asegura que todo queda como cuando entró y se aleja tarareando una canción de moda para disimular.

Nox Mortis

CAPÍTULO 34, 26 DE MAYO, 05:22. MOVER EL AVISPERO

Miguel esconde el pequeño Mercedes en la finca, en un viejo camino del bosque cerca de la casa principal. Está fuera del alcance visual de los trabajadores que frecuentan la finca; nadie puede llegar hasta el coche por casualidad. Antes descargó en su todoterreno el material electrónico que compró en Madrid. Una vez seguro de su camuflaje, guarda en un árbol cercano la llave, preparado para cualquier situación en el futuro. Si necesita el coche, es mejor tenerlo a mano que en la cochera de Madrid. Siempre es mejor ser prevenido y estar preparado para cualquier circunstancia. Por eso lo trajo. Por eso y por el próximo paso que debe preparar.

Llegó el momento de mover el avispero. Después de la paliza que recibió Max, sabe que su cliente le ha puesto una diana en el pecho. El juego ha cambiado y él debe actuar. Será pronto, en cuanto confirme su sospecha. En la zona de aparcamiento frente a la vivienda principal, le espera el Range Rover, que dejó allí la tarde anterior. Es temprano para ir a desayunar al bar Simpson; tiene tiempo suficiente para ejecutar la jugada que tiene en mente, no debe llevarle mucho rato. Conduce hasta el centro de Sacedón, tiene suerte y encuentra aparcamiento cerca del ayuntamiento. Pone en marcha su portátil, entra en el servidor del ayuntamiento mucho más rápido que la primera vez, ya conoce el servidor municipal. Localiza de nuevo el archivo con las altas y bajas del pueblo, allí está la que busca. ¡Bingo! Sonríe, es lo que necesita. Hace copia de la documentación encontrada, sale de la red y apaga el ordenador. Desayuna como siempre y va a la finca.

Cuando llegan los operarios, Santi los distribuye y comienza una nueva jornada en la reforma. Ahora todos los trabajadores están centrados en la vivienda principal, mientras él se va a instalar en la de invitados. Con la pintura seca, los muebles nuevos colocados en su sitio, la cocina y el baño reformados, es el momento de trasladar su residencia allí. Avisa que va al pueblo a por sus cosas. En lugar de dirigirse a la habitación del bar Simpson, como dijo, llega a la casa que alquiló la tarde anterior. Antes de ver nada, confirma el buen funcionamiento del sistema wifi e instala las cámaras de vigilancia que compró en Madrid. Son difíciles de detectar, además, cuentan con una peculiaridad: en lugar de transmitir las imágenes en caso de salto de alarma, usan un sistema creado por Misha en el que las cámaras guardan todo lo que graban en un disco duro virtual alojado en la nube secreta del hacker. Es imposible de localizar para el intruso, por tanto, no las pueden borrar o destruir si logran localizarlas, algo bastante improbable. Todo lo que ocurra en aquella vivienda quedará registrado y archivado de forma automática.

Cuando está conforme con su sistema de vigilancia, después de comprobar su buen funcionamiento, busca en el portátil la confirmación de sus sospechas. La documentación que ha copiado del ayuntamiento es la prueba que necesita: aquella persona no es quien dice ser. El número de DNI no tiene coincidencia en la base de datos de las fuerzas armadas, por tanto, sus papeles son falsos. Valora enviarlos a su amigo Manuel, pero lo descarta; no necesita más información. Lo mejor es un interrogatorio directo. Aclarada la duda, solo le queda mover el avispero. Entra en su servidor seguro y comprueba si hay algún mensaje nuevo. No hay ninguno desde que llegó el aviso del último, el que no rima. Lo abre, mira el reloj del ordenador y espera que pasen un par de minutos. Hasta un mal hacker puede localizar aquella IP en un par de minutos. Si las cosas son como imagina, pronto recibirá una visita en aquella casa.

Ahora sí es el momento de ir a vaciar la suite nupcial. Recoge todo y baja al bar, Nuria está sola tras la barra.

—Nuria, me voy a trasladar a la finca. Necesito un par de cosas.

—Dime.

—Bien, te dejo elegir. Si quieres, empiezo por lo fácil o por lo difícil, tú eliges.

—Siempre lo sencillo primero, esa siempre es mi opción.

—Tienes que prepararme la cuenta, dejo la habitación.

—Voy a por la agenda para ver las notas.

En ese momento entra Amelia muy acelerada, saluda a los dos, pasa a la cocina del bar mientras realiza gestos para que la camarera la acompañe. Miguel imagina la razón de aquel revuelo. Poco después salen las dos, Nuria le hace un gesto a Miguel para que vaya a hablar con su amiga. Él se acerca y le da un abrazo, parece que ha llorado.

—¿Qué te pasa? ¿Puedo ayudarte de alguna manera?

—Nada, nada. No tiene que ver contigo, se han escapado algunas lágrimas, aunque no son de sufrimiento, te lo puedo asegurar. Son cosas de mi pasado que han vuelto a mi vida.

—Tú me cuentas lo que quieras, recuerda, no quiero que te sientas mal o forzada a hablar de algo que no te apetezca.

—Un día te contaré todo, con más calma. Ahora tengo que regresar a casa, arreglar algunas cosas y volver a mi pueblo. Tengo una vieja amiga que abrazar, hace tiempo que no lo hago.

—Bien, haz lo que debas. Por supuesto.

—No te preocupes, mis compañeras se encargan de La Vieja Marmita. No os quedaréis sin comida.

—No te miento si te digo que eso es lo que menos me preocupa en estos momentos. Resuelve tus cosas.

—Gracias, eres un sol. Estoy aquí en un par de días o tres.

—Tranquila. Tómate el tiempo que necesites, en serio.

Con la misma aceleración que entró, se marcha mientras su

pensamiento está lejos de allí. Nuria se queda pensativa un momento, mira a Miguel de reojo antes de comenzar a hablar.

—A ti la cuenta no te corre ninguna prisa.

—Si te soy sincero, no.

—Lo que te interesa es la otra cosa, la difícil.

—Eres una mujer muy inteligente.

—Siempre se dijo que los mejores psicólogos del mundo están detrás de la barra de un bar. Dime.

—Me caíste bien desde el primer momento, lo sabes. Estoy seguro de que eso lo notaste.

—Creo que sí. Un momento, esto no me gusta hacia dónde va. No te permitiré que le hagas daño a Amelia, le gustas, …

—Tranquila, no van por ahí los tiros. Necesito que confirmes mi sospecha.

—No sé si puedo ayudarte, aunque conozco bien a Amelia, no seré yo quien te cuente su vida.

—Sí me puedes ayudar, tranquila, nada tiene que ver con ella. Solo contigo.

Nuria cambia de actitud, parece tomar aire y prestar más atención a las palabras de él. No dice nada, espera que sea Miguel quien hable.

—Necesito que me digas quién eres tú, la verdad. Mi mayor duda es por qué quieren localizarte. Me da igual si tu nombre es Nuria, Elisenda, María José o Miriam.

Ella no mueve ni un músculo. Le mira a los ojos, inmóvil, sin realizar ningún gesto. Su semblante se endurece y su rostro parece tallado en piedra.

CAPÍTULO 35, 26 DE MAYO, 10:02. TRAS LA PRESA

No espera notar la vibración del viejo móvil en este momento, se asegura de que es cierto. Llaman. Con disimulo se dirige al baño, por muy urgente que sea la llamada, nunca responderá en un lugar público o donde le puedan ver con ese teléfono en la mano. Solo unos pocos elegidos saben de su existencia, ninguno en este edificio. Una vez cierra el pestillo del habitáculo, saca el viejo Nokia. Ve quién le llamó; un brillo especial en su mirada hace juego con la mueca de sonrisa que se dibuja en el rostro. Por fin una buena noticia, debe serlo. Pulsa el botón de llamada.

—Ahora sí, entró en el correo.

—¿Ha escrito algún mensaje?

—Negativo. Lo analicé, creo que solo ha comprobado si le llegó algo, lo que se espera que haga, si tengo en cuenta lo que usted me contó.

—Bien. ¿Lo has podido localizar?

—Sí, está ahora mismo en Sacedón, desde allí se ha conectado.

—¿Dónde?

—Es un pueblo de Guadalajara. Está cerca, a una hora más o menos. Tengo la dirección, se ha conectado desde una IP fija, no es un establecimiento público, es una conexión privada.

—Vale, sigue pendiente por si vuelve a conectarse hasta nueva orden, esa es tu prioridad ahora.

—De acuerdo.

El baño no es un buen lugar para la conversación que necesita tener a continuación. Sin hablar con nadie, sale del edificio, cruza la calle y entra en un bloque de oficinas. No es la primera vez que lo hace, sube al piso 18, sabe que hay un trastero fácil de abrir y lejos de todo. Nadie le ve llegar ni encerrarse. Llama a Rubén, uno de sus sicarios de confianza. El teléfono no está operativo, recuerda haberle dado instrucciones para que descansara después del último trabajo, nunca le dijo que desconectara del todo. Llegará el momento de poder hablar con él. Lo prefiere a su siguiente opción, aunque no quiere perder tiempo. Hay que actuar ya. Marca otro número.

—¿Diga?

—Lázaro, soy yo.

—¿Qué necesita?

—¿Cuánta gente tienes en tu equipo ahora?

—Somos tres en este momento.

—¿Listos para actuar?

—Siempre listos.

—Ve a Sacedón, llama al informático, te dará una dirección. Allí debes encontrar un tipo, Nox Mortis con él. Limpia todo y me llamas.

—Salimos ya.

Cuelga la llamada. Ha tomado decisiones similares en el pasado y sabe cómo manejar la situación, aunque esta no es una situación que se pueda denominar como normal. Lo tiene controlado, sabe exactamente lo que hace y no necesita más información para tomar la decisión correcta. Sin embargo, algo en su interior le dice que sucede todo lo contrario.

Unas horas después, sin motivo aparente, el caro y completo equipo informático que localizó la IP del correo se ha convertido en chatarra. Un troyano imposible de detectar ha destrozado todos los componentes susceptibles de ser destruidos. El experto ingeniero que lo maneja escuchó en alguna ocasión que era posible de realizar, él era uno de los que negaban esa opción, para eso existen los cortafuegos, antivirus y demás protecciones. Ahora tiene delante de sus ojos uno de los mejores equipos del país, inutilizado para siempre.

CAPÍTULO 36, 26 DE MAYO, 10:23. TE PILLÉ

Nuria por fin reacciona, abre los ojos y muestra más extrañeza que otra cosa. Su actitud tranquila desconcierta a Miguel. No hay sorpresa, miedo o dudas, solo tranquilidad.

—Creía que esa parte de mi vida desapareció para siempre. Ya ni la recordaba. ¿Por qué tienes esa cara?

—No lo entiendo. Estaba preparado para cualquier situación, menos para tu indiferencia.

—No sé muy bien qué pensar. ¿Qué eres tú? ¿Detective privado o contratista de obras?

—Digamos que soy un detective muy particular. Para que sepas quién tienes delante, soy caro. Para ser sincero, soy muy caro.

—Entonces lo entiendo menos todavía. Mi vida no vale nada, no puede tener ningún interés para nadie. No lo digo por ahora, jamás valió un céntimo. No imagino quién te va a pagar por localizarme. No soy importante, ni mucho, ni poco, no lo fui nunca.

—Pues alguien piensa lo contrario, pagaron para localizarte, mucho. Para que te hagas una idea de lo que vales para alguien, imagina que, en la partida de gastos corrientes, entra la finca del alemán, todo, con remodelación incluida, sin problema.

—¿Todo ese dinero te van a dar?

—No escuchas. ¿Verdad? Ya lo pagaron, yo cobro por adelantado.

—Pues dile a tu jefe que está loco y es una pérdida total de tiempo y dinero. Nunca supe nada, ni llegué a nada. Soy la última tonta de una lista muy larga de tontas.

—Veo que no tienes mucho problema para reconocer que fuiste una policía infiltrada.

—Todos tenemos un pasado. No me avergüenzo del mío, tampoco es para estar muy orgullosa. Ya te digo que no pude destacar en nada. Además, ya pareces saberlo todo, es tontería negarlo. No imagino quién tiene interés por encontrarme.

—No sé quién es esa persona. Siempre me contacta de forma anónima. Espero que tú puedas ayudarme en eso.

—Si no me cuentas más cosas, no sé cómo puedo echarte un cable.

—Te hago un resumen básico. El trabajo que me pidió es mucho más sencillo de lo que suelen encargarme. Esto es lo que me cuentan: cuando eras Elisenda, te convertiste en la pareja de uno de los miembros de una banda. Este comienza a ascender y, con la idea de protegerte de envidias y posibles peligros, decidís entre los dos que lo mejor, para evitar problemas mayores, es hacer ver que tú desapareces. Algo que haces muy bien, Nuria. Te ha buscado mucha gente sin éxito. Por último, cuando no obtuvieron resultados positivos, me contrataron a mí, la opción más cara posible. No ha sido fácil, para nada. El interés de quien paga esta fiesta es muy grande. Sé que tú eras una infiltrada. Conseguí entrar al cambiar tu identidad de María José Hernández Balbín por la de Elisenda. Aquí es donde has despistado a todo el mundo; nadie supuso que María José tampoco fuera tu nombre real.

—Por fortuna eso se le ocurrió a mi jefe directo, nadie más lo sabía.

—Parece que tomó una gran decisión. Entonces eras la pareja del que ahora es el jefe de la banda.

—No. Ni de broma. Yo tenía una misión simple y era una infiltrada de último nivel.

—Explícate.

—No tengo problema. Ha pasado mucho tiempo y nuestro trabajo nunca llegó a nada. Tenía que acercarme a una banda nueva, si era posible, infiltrarme de cualquier manera, meter la cabeza. Conseguí conquistar a uno de los últimos miembros, no fui capaz de llegar a otro. Nadie se fía de una chica nueva que se presenta por allí de buenas a primeras, excepto él.

—Raimundo Guzmán Cortés.

—El mismo.

—Según me dicen, ha conseguido ser el jefe de la banda.

—Me cuesta mucho creer semejante cosa. De ninguna manera. No puede ser.

—¿A qué te refieres? Se esforzaron mucho para que pareciera que eso fue lo que pasó.

—Miguel, o como quiera que te llames…

—Ese nombre está bien, de momento.

—Pues Miguel, entonces. Yo llegué a Raimundo por una sencilla razón: era el miembro menos importante del grupo. Era el último de los últimos. ¿Me entiendes?

—Comprendo, nadie se fijó en ti porque resultabas ser la pareja del miembro con menos valor del equipo.

—Exacto. Si sabes algo de agentes infiltrados, comprendes que ese es nuestro objetivo. Hay que entrar a formar parte de la organización o grupo, no vas a ser el jefe en la primera semana o uno de sus lugartenientes. Aspiras a ser el último de la jerarquía, con suerte. Eso es lo que conseguí, ser pareja del peor soldado de la banda. Todo un logro, no te creas. Aunque por eso mismo te digo que Raimundo, ni en el más loco de sus sueños, imaginó en ningún momento que pudiera llegar a algo más que un simple esbirro en la organización. A ver si me explico: pude hacerme su pareja porque no era el más listo del barrio, ni de la calle, ni de su casa.

—Lo pillo, enhorabuena.

—Menos cachondeo, colega.

—No te enfades, me pongo en tu situación. Si llegas a ese punto, consigues tu objetivo y te infiltras. Tengo una pregunta: ¿por qué desapareces y dejas de ser Elisenda?

—Mi jefe me dijo que mi tapadera estaba en peligro. Nadie de mi gente sabía que otro grupo de la policía había logrado infiltrar a otro agente. No podían arriesgar la operación con dos topos a la vez. Además, ese otro infiltrado avisó de que sospechaban de mí y pensaban ejecutarme para dar ejemplo. Se preparó una extracción rápida y limpia. En una redada orquestada me detuvieron, nunca más supieron de mí. Imagino que tampoco preguntaron, ni Raimundo ni nadie más. Supongo que imaginaron que me pudriría entre rejas. Ni Elisenda volvió a la calle, ni tampoco llegó a ninguna comisaría. El capitán Martos era mi superior directo. Algo no le gustó de lo que veía en aquel asunto. Me dijo que nunca había recibido las presiones de aquellos días. Por precaución, me borró del mapa del todo. Yo tampoco quise seguir; mi madre tenía una enfermedad grave y degenerativa. Conseguí convertirme en Nuria y aquí sigo. He cambiado mi aspecto, nadie sabe nada de esa parte de mi vida. La olvidé, como si nunca hubiera sucedido, hasta ahora.

—¿No crees que Raimundo se enamoró de ti?

—A las dos semanas estaría con otra, eso si no lo hizo mucho antes. No fuimos una pareja de tortolitos, para nada.

—Entonces la versión que me han trasladado no es real.

—De ninguna manera. Ni tampoco tiene sentido el interés por mí. No llegué a conocer ninguna información con un mínimo de interés. Mi misión fue una de las más inútiles de la historia de la policía. Creo que solo avisé de que conseguí infiltrarme. Lo siguiente fue mi detención y extracción.

—Algo debió pasar si me contrataron.

—Ya te digo yo lo que pasó: nada. ¿Y Raimundo?

—Oh, en eso tengo que darte malas noticias. Lo mataron hace unos días.

—Lo siento por él, no era mala persona, quizás un poco simple. Por eso no lo veo en la cima de la banda. Estoy segura de lo que digo, nadie obedece al último mindundi, y él lo era.

—Quien me pagó sí está arriba del todo. Ha movido mucho dinero en muy poco tiempo. Puedo aceptar que tu Raimundo sea uno de los testaferros necesarios para sus finanzas. Algo debes tener o conocer que es muy valioso para el jefe supremo.

—Ya te digo que no hice nada, no conocí a nadie que no fuese el último mono de la cuadrilla. Es imposible. Nunca se habló de estrategias o planes delante de las parejas. No llegué a conocer a nadie de arriba. Ya te digo que mi misión fue de las más inútiles de la carrera policial. Alguien se confunde en esta historia.

—Debo saber lo que opina tu jefe. ¿Has dicho que era el capitán Martos?

—Eso no es tan fácil.

—No imaginas hasta dónde puedo llegar. Por algo pagan una fortuna por mis servicios.

—No podrás preguntar a un muerto, hace años que falleció.

—Eso complica las cosas, sí.

—Además, ya has logrado lo que pretendían. Tu misión era encontrarme, ya lo has hecho. ¿Se lo vas a decir? ¿O bien me vas a llevar a su presencia?

—No soy de esos empleados modelos, me rebelo cuando ponen precio a mi cabeza, sobre todo cuando lo único que hice hasta ahora es cumplir por lo que me pagan.

—¿Qué quieres decir?

—Si no me equivoco, ahora mismo vienen hacia Sacedón varios sicarios, con la orden de matarme primero y localizarte después. Lamento decirte que he cerrado mucho su radio de búsqueda. No te he delatado, por esa parte puedes estar tranquila. Solo saben que te mueves por Sacedón. Si yo lo he conseguido, ellos tardarán un poco más o un poco menos, tienes que tener la certeza de que lo harán también. Sobre todo ahora, ya no tienen que buscar en cualquier sitio; saben que la solución a su enigma está bien cerca. Ellos no van a preguntar con la misma amabilidad que yo. Imagino que su orden directa será matarte, no me cabe la menor duda.

—Joder. Hablas de asesinato con demasiada facilidad y naturalidad.

—Lo normal entre profesionales, Nuria. Estamos demasiado acostumbrados a la muerte.

—¿Eres de los buenos?

—No soy yo quien debe decirlo, aunque imagino que sí. No creo que haya muchos más caros que yo. Si el precio es un indicativo, seguro que lo soy.

—No me tranquilizas mucho, no.

Traga saliva y, con toda la tranquilidad de la que es capaz, realiza su siguiente pregunta.

—¿Tú me vas a matar?

—No me dijeron nunca que lo hiciera. Se supone que era una bonita historia de amor. Quizás por eso solo debía localizarte. Aunque bien pensado, imagino que su interés es interrogarte primero. Quizás quieran saber si descubriste algo.

—No sé qué hacer en este momento, no hay nadie a quien pueda llamar.

—Tranquila, me tienes a mí. Yo voy a organizar algo. Abre los ojos, si ves a gente forastera, sobre todo si son una pareja o tres, avísame. Si hay gente delante y no quieres dar la nota, dime la mayor tontería que se te ocurra. Sabré que necesitas mi ayuda.

Miguel toma una servilleta y apunta su número de teléfono. Le pasa otra a la camarera.

—Apunta el nombre completo y todos los datos que recuerdes del capitán Martos. Organiza con tus empleados tu sustitución. Te ha tocado un viaje y vas a estar fuera unos días.

—¿Tengo otra opción?

—Si quieres seguir viva, creo que no.

—¿Cuándo?

—Muy pronto. Imagino que esta noche no duermes e casa.

—Cuánto me alegro de que Amelia esté fuera estos días…

Nuria apunta el nombre de su antiguo superior. Para de hablar, levanta la mirada y, con semblante serio, pregunta a Miguel:

—Oye, una cosa. ¿Tú no tendrás nada que ver con lo que le ha pasado a su ex?

Miguel encoge los hombros, pone su dedo índice frente a la boca para pedir silencio, mientras con la otra mano toma el papel con el nombre completo del capitán Martos. Sale del bar Simpson y se dirige a la finca, deja a Nuria sumida en un mar de dudas que se convierten en una certeza: la muerte de aquel desgraciado ha sido cualquier cosa menos fortuita o por casualidad.

Miguel llega a la finca y va directo a la casa de invitados. Se asegura de estar solo y pone en marcha su portátil. Divide la pantalla en dos. En una de las ventanas puede ver las imágenes de las cámaras del sistema de vigilancia de la casa de alquiler, donde se conectó como cebo. En la otra busca información del capitán Martos. Parece un expediente intachable. Al leer las últimas páginas, una sonrisa se dibuja en su rostro. No falleció de forma natural, fue un extraño accidente. Busca el informe del mismo y confirma su primera sospecha: huele a trabajo por encargo. Alguien borró a aquel hombre de la ecuación con la firma clara de un asesino a sueldo, uno bueno, o quizás no tanto. No fue capaz de llegar hasta la chica. ¿Por qué era un cabo suelto Nuria, Miriam o como se llame? Si es cierto lo que dice, ella no estuvo al tanto de nada, no descubrió nada importante y al poco tiempo estaba fuera de todo. Si cree la versión de esta mujer, ahora mismo no hay nada que le indique que no sea cierta. Al contrario, la naturalidad y tranquilidad con las que reconoció su pasada etapa como infiltrada parecen indicar que nunca llegó a ser importante o trascendental para ninguna investigación.

La parte derecha del ordenador está a oscuras, como la habitación que graba. De pronto un haz de luz brillante rompe aquella negrura; una persona abre la puerta despacio. Miguel minimiza la otra ventana y maximiza la de las cámaras. Puede ver cómo tres hombres entran en la casa con sus armas bien visibles. Comprueban que la casa está vacía, a continuación, comienzan a abrir cajones, mirar armarios y verificar que está todo limpio. Allí no parece vivir nadie. Miguel ve cómo el más bajo de los tres hace una llamada de teléfono.

CAPÍTULO 37, 26 DE MAYO, 11:49. DECISIONES DIFÍCILES

Por fortuna, no hay nadie más en aquel despacho. Lee un aburrido informe cuando nota la vibración del pequeño teléfono que siempre lleva escondido. Mira la pantalla, se levanta de su asiento y, con relativa tranquilidad, se acerca al baño. Comprueba que no hay nadie más, cierra la puerta y activa el seguro con la intención de que nadie moleste. Pulsa el botón verde para activar la llamada.

—Dime, Lázaro.

—Aquí no parece vivir nadie. No hay comida en la nevera, tampoco en ningún armario de la cocina. No hemos encontrado nada de ropa. Para explicarlo bien, no encuentro las cosas normales que deben estar en una vivienda habitual. Puede ser que lo utilice solo por el wifi, o quizás no se ha instalado todavía.

—¿Por qué dices eso?

—La casa la alquilaron hace muy poco, un día o dos. Quizás está todavía con la mudanza, ya me entiende.

—Comprendo. Vigilad bien ese sitio. Más pronto que tarde aparecerá de nuevo. No sabe que vamos tras él, le llevamos ventaja. Llegamos muy rápido. No quiero que lo pierdan. En cuanto tengáis oportunidad, ya sabes …

—Nox Mortis, lo sabemos, no se preocupe.

Corta la llamada, quita el seguro de la puerta mientras en su cabeza se ordenan las ideas sobre lo que debe hacer a continuación. Sonríe. Su próximo movimiento será el definitivo. Vuelve a activar el seguro de la puerta, marca un número y espera a que contesten.

—¿Sí?

—Mango, tengo un encargo para ti.

—Usted dirá.

—Hay un peligro que desactivar.

—Solo tiene que decir quién y cuándo, ya lo sabe.

—He enviado a Lázaro y su gente para localizarlo. Son muy capaces de neutralizarlo, solo quiero tener una alternativa preparada. Por precaución, quiero que estés listo para actuar si es necesario. Es posible que ellos no sean capaces de cumplir este encargo, aunque deberían.

—Siempre estoy preparado para actuar. Solo quiero hacer una pregunta. ¿Está lejos?

—Cerca, muy cerca, en Sacedón.

—En ese caso, mi respuesta es muy rápida

Una vez termina la llamada, nota algo más de tranquilidad en su mente. Las decisiones tomadas, las difíciles, darán los resultados que espera. No le cabe duda.

CAPÍTULO 38, 26 DE MAYO, 11:54. UNA VISITA INESPERADA

Miguel archiva toda la información que consigue del capitán Martos, después de confirmar que los tres intrusos abandonan la casa trampa. Ya los ha visto, sabe quiénes son, ellos no tienen idea de a quién buscan, esa es una ventaja que no piensa desaprovechar. Está enfrascado en estos pensamientos cuando Santi toca la puerta y entra sin esperar.

—Tienes visita, Miguel.

—¿Visita?

—Sí, ponte guapo, el alcalde y su mujer.

No es la visita que esperaba. Sonríe y piensa que es normal. Les invitó a ver la reforma que realiza en la propiedad de sus sueños. Puede estar bien recuperar aquel gasto una vez termine con el encargo. Saluda al matrimonio, les enseña la casa de invitados, los jardines que están casi terminados y la vivienda principal, donde las reformas avanzan rápido. Cuando han visto toda la propiedad, la alcaldesa toma la palabra.

—Veo que tiene las obras casi terminadas.

—Ha sido una pequeña reforma, yo no la considero obra, solo retoques, puesta al día y un lavado de cara. Lo importante está bien, es una magnífica propiedad, el sueño de cualquiera.

—Sí, ha mejorado mucho, debo reconocerlo. Su gente trabaja muy bien.

—Muchas gracias.

—¿Sabe ya el precio definitivo?

—Debo calcularlo.

—Hágalo cuanto antes, si está acorde con lo que esperamos, recibirá nuestra oferta y podrá buscar otra casa para su cliente.

—Pronto tendrá noticias mías.

—Eso espero, le recuerdo lo que comentamos, una parte debe estar oculta a los ojos de todo el mundo.

—No se preocupe, recuerdo ese detalle. Podemos absorber esa parte en metálico sin problema.

—Perfecto, hasta pronto entonces.

—Cuando ustedes quieran, siempre son bienvenidos.

—Adiós.

Esa fue la primera y última palabra del alcalde en aquella reunión. El resto de la jornada transcurre con relativa normalidad. Miguel aprovecha para consultar la documentación obtenida sobre el capitán Martos, es poca, pronto se concentra en todo lo que consiguió sobre Raimundo. Gracias a uno de los programas de control que le enseñó a usar Misha, su maestro hacker ruso, ve que hay otro terminal que accedió en varias ocasiones a esa misma carpeta. Busca datos de ese ordenador. Pertenece a la Comisaría de la Policía Judicial. Alguien investiga esa muerte o tiene mucha curiosidad. Piensa que es lógico, incluso normal, la policía debe trabajar hasta encontrar a los culpables de esos asesinatos. Tarda pocos minutos en estar dentro de ese equipo, ha sido muy sencillo, está dentro de la misma red donde analizaron el «portátil caballo de Troya» que les dejó. Realiza una búsqueda para estudiar los documentos guardados o creados los últimos días, los copia todos y se los descarga para ver qué hace la policía, sobre todo le interesa conocer qué saben.

Después de estudiar la información descargada, ve que el agente ha llegado a un callejón sin salida. Ha sido capaz de reunir piezas sueltas de los asesinatos en el chalet, entre los que se encuentra, sonríe mientras lo piensa, el único identificado por «casualidad». Alguien ha borrado del sistema al bueno de Raimundo y quiere encontrar a Elisenda, imagina que para interrogarla. Mira los informes de aquel agente, descubre que el cubano está muerto con la misma pistola usada en el chalet, también dos jóvenes de los que no conocía su existencia y ahora analizan el cuerpo encontrado en Mejorada del Campo. Su último regalo.

Decide divertirse un poco. Envía un correo a la dirección de este agente de policía. En este caso hay algo que no le huele bien, de hecho, su cliente pasó a ser su enemigo desde el mismo momento que decidió buscarle, cuando envió a sus sicarios a sonsacar información a Max sobre él. El encargo ha cambiado, ahora es un asunto personal. Ya no busca a ninguna chica, de hecho, ya la encontró. Ahora va a solucionar el tema de sus perseguidores, lo hará a su manera, la única que conoce.

Falta poco para que los trabajadores terminen su día de trabajo cuando suena el móvil. Miguel mira la pantalla y lee el nombre de Nuria, descuelga rápido.

—Son tres, Miguel.

—¿Te escuchan?

—No, están en la otra punta de la barra y yo estoy en la cocina. No se han fijado en mí, ahora les atiende mi camarero. Ya he explicado a mi gente que me voy a ir unos días fuera, no hay problema por eso, está controlado. Ahora tengo miedo, esta gente la tenemos aquí, tienen muy mala pinta.

—Lo sé, pasaron por la casa que puse de cebo. ¿Has visto algo raro?

—No, ya te dije que me quité del medio.

—Ahora mismo, imagino que me buscan a mí. Tú no eres su prioridad, aún. Voy al Simpson, dejaré las llaves de mi coche en la barra. Con ellas vas y te tumbas en el asiento trasero hasta que yo llegue. Tu casa, por precaución, ya no es un lugar seguro para ti.

—¡Tendré que coger ropa y mis cosas!

—Vale, cambio de planes. Aprovecha ahora. Yo llegaré en un rato, dejo el coche abierto, guarda tu maleta en el coche, solo una maleta.

¿Comprendes? Guárdala en el maletero, en el asiento trasero, te tumbas y te escondes ahí. Procura que no te vean.

—Sí. No tardaré más de quince minutos.

—Ya estaré allí.

Miguel da un pequeño paseo por los alrededores de la casa, parece pensar en sus cosas, sin embargo, sus pasos no son caprichosos, le acercan al Mercedes. Cuando está seguro de que nadie le ve, se pierde por el camino donde escondió el coche. Del maletero toma las armas que le «prestó» el cubano, el revólver y la ametralladora M3.

CAPÍTULO 39, 26 DE MAYO, 16:27. AYUDA ENVENENADA

Daniel ha terminado de redactar un informe inútil, lo sospechó desde el primer momento. No hay nada que vincule aquel cuerpo con el resto de sucesos. Pronto termina su jornada y pasará el resto de la tarde con Loli, desconectado de todo lo que tiene que ver con asuntos policiales. Antes de cerrar el ordenador, abre su correo por última vez en este día. Lo normal es no encontrar nada nuevo a esas horas, sin embargo, hoy no es el caso. No reconoce al remitente, el antivirus no lo ha eliminado y no lleva ningún archivo adjunto. No parece peligroso. Por curiosidad, lo abre y comienza a leer. Poco después llama a su compañero.

—¡Jorge, ven!

—¿Qué pasa? No busques tonterías, que es casi hora de irnos.

—¡Te he dicho que vengas, joder!

—No puede ser nada bueno si ya estás con los tacos en la boca.

Se levanta y se acerca a su mesa mientras Daniel señala la pantalla. Jorge comienza a leer el último correo recibido:

Hola, querido agente.

Veo que intenta averiguar la verdad sobre algunos casos de los que, de forma fortuita, poseo cierta información. Paso a darle algunos datos, por si son de su interés y pueden ayudarle un poco en su dura y complicada labor.

1. Raimundo Guzmán Cortés, la única víctima que han podido identificar en el crimen de Mejorada del Campo, no es ningún jefe de una banda. Nunca lo fue, era un sicario de medio pelo, uno del montón, de los prescindibles, carne de cañón. Lo pudieron identificar porque el asesino encargado de este trabajo así lo quiso.

2. El trabajo del falsificador cubano lo realizó el mismo tipo. Os dejó el arma para que cierres el caso con un lacito y te dediques a otra cosa. Por si no lo pillaste, sigue vivo.

3. José Manuel García, tu último hallazgo, era un maltratador de Avilés. Apareció en Mejorada con la única intención de que no cerraras el caso de Raimundo y el cubano tan pronto, aunque nada tiene que ver con esa gente. Aunque eso ya lo sabes, ¿verdad?

Si quieres llegar al fondo del asunto, tendrás que buscar al verdadero jefe. Seguiremos en contacto. Un abrazo, Daniel.

Jorge mira a su compañero, abre la boca, no sabe qué decir hasta que su mente encuentra la pregunta adecuada.

—¿Cómo sabe todo esto?

—Ni idea. En prensa no ha salido el nombre completo del último cuerpo, ningún medio citó Avilés. Más grave aún, nunca se hizo público lo del cubano o su relación con el caso de Raimundo. Nadie debería conocer todos esos datos. Voy a imprimir una copia del correo y lo estudiaré esta tarde.

—Yo no me voy a llevar tarea a casa, jefe, aunque ahora que lo sé, no creo que pueda quitármelo de la cabeza.

—Llama ahora mismo al informático, que localice quién envió este correo.

Mientras su compañero llama por teléfono al departamento de los «friquis», Daniel lee el mensaje con detenimiento otra vez, no encuentra ninguna razón lógica para recibirlo. No parece ser el propio asesino en un desafío, tampoco es un compañero de la comisaría con ganas de fastidiar o de broma. Por un momento imaginó al brigada de la Guardia Civil de Mejorada del Campo enfadado, con ganas de dar la tabarra. Lo descartó rápido, él no tiene ningún conocimiento o referencia sobre el asunto del cubano, no puede venir de allí. ¿Quién puede ser? ¿Cómo maneja tanta información? Parece saber más que ellos. De hecho, está seguro, sabe más que él.

—¡Que trabaje el informático!

—¿Cómo dices? —Jorge le ha despertado del pequeño trance, no entiende qué quiere decir.

—Pues eso, tienes que esperar las respuestas de los friquis. Esto es como cuando no tienes el informe del forense, necesitas esos datos, te los tienen que dar. Hasta que no nos digan nada, toca esperar. Sin información, no puedes avanzar.

—Tienes razón, mañana a primera hora comenzamos a reclamarlo.

Recoge y coloca todo lo que está fuera de lugar. Llegó el momento de fichar y descansar un rato. Esta noche cenarán pizza, Loli decidirá si salen o si la traen a casa. Daniel sonríe de felicidad.

CAPÍTULO 40, 26 DE MAYO, 17:12. COMO CONSEGUIR AMIGOS

Miguel aparca un poco lejos de la puerta del bar Simpson. Mira el asiento del acompañante, donde están las dos «herramientas» que ha conseguido y conservado durante este trabajo. Observa el revólver y sonríe. La ametralladora no está indicada para la ocasión, aunque tampoco ve con claridad dónde llevar el revólver sin levantar sospechas. Es mejor que sigan sin tener idea de a quién buscan. En su mente solo piensa en mantener un perfil bajo. Deja las dos armas un poco fuera de la vista, a los pies del asiento del acompañante, cerca, en caso de necesitarlas, pero lo bastante escondidas para que no sean fáciles de ver.

Entra con un saludo cordial, como si fuera un cliente habitual. El camarero de Nuria lo reconoce y devuelve el saludo mientras pregunta:

—¿Un poco de su whisky?

—Es un poco temprano, aunque bien pensado, hoy me lo merezco. Ponme uno.

Se acuerda de él, de la botella que compró, es buena señal. Los tres forasteros lo tomarán por un cliente habitual. Después de servirle una buena copa, le deja la botella y se va a la otra punta de la barra, donde continúa su charla con ellos. Imagina que es lo normal; tiene curiosidad por los nuevos clientes. Ellos también intentan sonsacar información. Un bar es uno de los mejores sitios para hacerlo, él mismo lo hizo muchas veces. Decide dejar pasar el tiempo para que ella pueda llegar y esconderse como ha planeado. Está pendiente del grupo y nota varias miradas furtivas. Imagina la situación: el camarero se está dando importancia, seguro que les dice desde cuándo está en el pueblo. Un primer análisis le indica que son sicarios de segunda; no tienen pinta de nada más, les falta clase. Sin contar con el detalle más importante: un asesino a sueldo de primera suele trabajar solo, allí hay tres esbirros. Las miradas son más frecuentes. Toma el teléfono y llama a Nuria. Ha llegado el momento de actuar.

—Hola, cariño. Voy para casa en un minuto. ¿Tú dónde estás?

—Vale, hay gente cerca. Tumbada en el asiento trasero.

—Perfecto. Necesito hacerte una pregunta. ¿Tus primos vienen a la boda en un coche o en dos?

—Eres complicado, Miguel, han llegado en dos.

—Cuéntame más, cariño. Necesito todos los detalles.

—El todoterreno grande negro y el blanco pequeño que está al lado. Nunca he sido capaz de memorizar los modelos de coche.

—Gracias, voy ya, no tardo ni un minuto.

Miguel aprovecha que el camarero está pendiente de los forasteros para colarse en la cocina. Da un rápido vistazo y localiza al fondo un saco de patatas. Escoge dos de buen tamaño y sale rápido del bar. En la calle, localiza los dos coches que le ha mencionado Nuria. Mira la parte trasera del todoterreno y ve dos tubos de escape. De un golpe introduce una patata en uno de los tubos de escape. El filo de acero corta el sobrante, creando un tapón perfecto. Hace lo mismo en el otro escape con la segunda patata. Los restos los tira lejos mientras se sube al coche. Hace la maniobra para salir del aparcamiento y ve por el retrovisor cómo los tres forasteros se asoman a la puerta del bar, le miran con descaro.

—¿Cómo estás, Nuria? No levantes la cabeza aún.

—Un poco asustada, si te soy sincera. He perdido la poca práctica que tenía. No tengo experiencias recientes con este tipo de situaciones, ando algo oxidada, me parece.

—Como imaginaba, se han subido todos en el coche grande. Ganamos tiempo, ya no nos ven. Siéntate a mi lado.

Ella salta hasta el asiento del copiloto e intenta ponerse cómoda mientras ve las dos armas a sus pies.

—Mis prácticas de tiro fueron hace mucho tiempo. No creo que pueda ser de ayuda.

—Tranquila, esas son cosas que encontré y requisé mientras te buscaba.

—¡No fastidies!

—Tranquila, yo me encargo de estos tres.

—¿Tú solo?

—No me escuchas cuando hablo, ¿verdad?

—¿A qué te refieres?

—Me pagan por esto, y no poco. Si soy tan caro, por algo será. ¿No crees?

—Ya, pero ellos son tres. Y nos pisan los talones.

—No veo ningún todoterreno detrás nuestro. Todavía intentan arrancarlo, seguro. En unos minutos se darán cuenta de que no pueden y entonces intentarán alcanzarnos en el pequeño coche blanco. Por cierto, es un Fiat 500. Supongo que tu camarero les habrá indicado la finca. Para cuando lleguen, estaremos listos. Les prepararé un bonito recibimiento. Mientras tanto, hazte un favor: desaparece del mundo para toda la gente. Apaga y tira tu móvil, asegúrate de que se rompa para siempre.

A Nuria no le hace gracia romper su último teléfono, lo compró hace solo un par de meses. Aun así, no protesta, comprende la situación, es lo mejor que puede hacer. Lo apaga antes de bajar la ventanilla y lo lanza lejos. El gran Range Rover circula muy rápido, aunque no lo parece. Entra en la finca derrapando al salir del asfalto y frena de forma brusca en la zona de aparcamiento.

—Nuria, toma la ametralladora. Ojo, tiene quitado el seguro. No intentes hacer blanco con ella, es muy difícil. Solo sirve para asustar. Si están muy cerca, quizás puedas apuntar y dar en el blanco, por regla general, no te servirá para mucho más.

—Pero esto es una metralleta. Seguro que puedo…

—Esto es un fusil de asalto. Dispara rápido y hace ruido. Precisión, poca o ninguna. Haz lo que te digo. Escóndete en los jardines, en el seto más feo que veas. Solo dispara si están a menos de diez metros de ti, te lo digo muy en serio.

—Vale, tú eres el profesional.

—No te quepa duda. Llévate de la maleta algo de abrigo, si son un poco inteligentes, no entrarán aún. Tardarán un rato para que nos confiemos. Aunque no me parecen los más listos del colegio, ni mucho menos.

—Lo que tú digas. No sé cómo darte las gracias. Esperaremos a tus nuevos amigos.

—No es a mí a quien buscan, Nuria. A mí solo me quieren matar.

—Eres un primor dando ánimos.

—Siempre me lo dicen.

Le hace un guiño, mientras ella coge la ametralladora, busca una cazadora en la maleta, la cierra y señala una zona del jardín detrás de la casa principal. Él asiente y ve cómo se marcha hacia la zona que indicó.

A lo lejos escucha un pequeño motor revolucionado. Piensa que son más torpes de lo que aparentan, anuncian su llegada. Supone que lo toman por una presa descuidada y fácil. Puede ser que ni les avisaran de a quién se enfrentan, por eso no toman ni las más mínimas precauciones. Se sienta en el porche de la casa de invitados. Debajo de un cojín esconde el revólver mientras lo empuña con su mano derecha. Tiene el cuerpo algo girado. Alguien que se acerque desde el frente de la casa no verá el cojín, ni el revólver, mucho menos su mano derecha. Poco después el Fiat 500 blanco entra en el aparcamiento y frena con brusquedad. El conductor resulta ser el más grande de los tres. Es un dos puertas, el acompañante deja bajar al tercero. De momento no muestran las armas que los bultos de su vestimenta delatan. Miguel los mira despreocupado, con tranquilidad.

—¡Buenas tardes! Creo que se equivocan, esto no es un hotel, es una casa privada.

Miguel habla con un tono bajo y tranquilo, da la sensación de estar despreocupado. El conductor muestra una falsa sonrisa antes de hablar.

—Perdone, al ver la puerta abierta, nos hemos debido confundir. ¿Sabe de algún hotel o casa rural por la zona?

—No puedo ayudarle, no soy de aquí, solo dirijo esta reforma.

—Le pido perdón.

Al decir su última palabra, hace un sencillo gesto, baja su barbilla. Los tres buscan algo a su espalda con gran velocidad. Ese gesto ha dado también a Miguel la señal de salida. Salta a su derecha mientras se asegura de acertar al más alto, sin duda el cabecilla de aquel trío de sicarios. Los otros dos han llegado a empuñar su arma, aunque en lugar de apuntar a su atacante, pierden unos instantes al desviar su vista en dirección al que era su líder hace un momento. Para cuando intentan reaccionar y levantar su mirada, han recibido cada uno un disparo. Miguel no necesita comprobarlo, sabe que los tres han muerto en el acto. Coloca el revólver a su espalda, dentro del pantalón tapado con la camiseta, Nuria tiene el M3 en su poder.

—¡Nuria!

Silencio.

—¡Tranquila, ya terminó! Nadie nos va a molestar, por ahora.

Comienza a registrar a los tres atacantes, primero el supuesto líder. A lo lejos se escucha una voz nerviosa.

—¿Ya está?

—¡Claro! ¿Qué esperabas?

—¡Lo normal! Un tiroteo, una gran pelea, ya sabes, esas cosas, media hora de lucha encarnizada, como mínimo.

—No era necesario.

—Joder. ¡Qué solo has disparado tres veces!

—Las justas y necesarias. Oye, necesito tu ayuda. Quítales la documentación, móviles y armas, llévalo todo dentro de la casa de invitados. Voy a registrar el coche, no creo que encontremos mucho, pero quizás pueda ser útil.

—A sus órdenes.

—Menos cachondeo. Luego tenemos que ir a por el otro.

—¿Y eso?

—Si alguien los vio llegar, debe pensar que se fueron y olvidarse de ellos. El coche aparcado en la puerta un día tras otro puede ser un recordatorio que no nos conviene.

—Joder, estás en todo. Tienes razón. Aquí están las llaves del otro coche.

Lanza las llaves a Miguel, este las pilla al vuelo y se las guarda para después. Nuria recoge armas y todo lo que llevan en los bolsillos. Sigue las instrucciones de Miguel, deja todo sobre la mesa de la casa de invitados. Los móviles se rompen, todo lo que no aporta nada vuelve a los bolsillos de los dueños, la documentación también, después de ser fotografiada para poder buscar información, si fuese necesario. Miguel coloca el Fiat 500 frente al barranco de la finca que va a dar directo al pantano. Sienta a los sicarios en el coche, les abrocha sus correspondientes cinturones para escenificar la escena.

—Nuria, hay que poner las armas de estos desgraciados a sus pies, en el coche.

—Podemos necesitarlas.

—Es posible, sí, aunque prefiero usar las del cubano. Estas mejor que se pierdan con ellos. Si alguna vez los encuentran, que sepan a qué jugaban. Pueden tener un peligroso rastro que no nos interesa.

—Tú mismo.

Ella trae las armas y las pone a sus pies. Mientras tanto, el agua permanece tranquila treinta metros por debajo de la finca. Aunque la capacidad del embalse está muy por debajo de lo normal en aquellas fechas, la profundidad en aquel punto es considerable a pesar de la sequía. Los tres cadáveres están bien sentados, mantienen la posición gracias a los cinturones de seguridad. Ha tenido la precaución de dejar las ventanillas abiertas. Algún pez o cangrejo se dará un macabro festín. Pone en marcha el motor. Desde fuera del coche, agachado junto al conductor, su mano izquierda aprieta el pedal del embrague. La mano derecha engrana la segunda marcha. Es algo que aprendió de un trabajo anterior. Ningún forense se fía si encuentra un coche con la primera marcha accionada, solo se utiliza para iniciar el desplazamiento. La segunda es más difícil de controlar en el momento de poner en movimiento el coche, aunque es más creíble en un análisis posterior. Pone el pie del más alto en el pedal del acelerador, más que nada para facilitar la maniobra que va a realizar. Cuando el motor tiene buenas revoluciones, su mano izquierda deja que el pedal del embrague se levante e intente recobrar su posición natural con mucha suavidad y despacio. El coche se mueve por fin, muy lento, Miguel con él. Si suelta rápido aquel pedal, el motor del coche se parará. Llega por fin el momento indicado. El coche ha tomado tanta velocidad que ya no puede seguir a su lado. Suelta del todo el pedal. El coche se queja un poco, aunque sigue su avance. La puerta del conductor se cierra por pura inercia. Pocos segundos después, ya oscurece. El pequeño coche blanco se precipita a las aguas del pantano con sus tres ocupantes en el interior. Pasado algún minuto, un pequeño lucio observa, sin comprender nada, cómo un extraño cacharro se acomoda en el fondo del pantano. Sus instintos perciben que hay alimento en su interior. Con el miedo a lo desconocido natural en esta situación, introduce su cuerpo en aquella especie de gruta extraña nunca vista en el pantano. Hay un cuerpo cerca. Con su fuerte mandíbula, arranca un pedazo de la mejilla de Lázaro. Aquel lugar promete ser un gran festín para la fauna local.

CAPÍTULO 41, 26 DE MAYO, 21:15. ESTO SOLO ES EL COMIENZO

El pequeño Fiat se pierde en las oscuras aguas del pantano. Desde arriba, Miguel y Nuria observan en silencio como el numeroso grupo de burbujas desaparece. Cuando el agua queda en calma ella lo rompe.

—¿Y ahora qué?

—Esto solo es el comienzo, el comité de bienvenida, por así decirlo. Vamos a hacer desaparecer el otro coche.

Ella asiente. Se suben al Range para dirigirse a Sacedón. Al llegar al pueblo, Miguel deja que Nuria lleve su coche y aparca a distancia del todoterreno. Se acerca a pie, sin llamar la atención, con un cuchillo quita las patatas que hicieron de tapón para impedir que el motor se pusiera en marcha. Sin ellas, el coche arranca a la primera. Se aleja del bar sin que nadie le preste atención. Al pasar junto a su coche, Nuria le sigue sin problema. Entran en la finca, ella aparca el Range Rover, mientras él acerca el todoterreno al acantilado por donde ha caído el Fiat Quinientos un rato antes. Registra el coche, salvo dos armas de pequeño calibre, no encuentra nada de interés. Cuando está satisfecho, realiza la misma maniobra: pone el coche en marcha y lo lanza al pantano. En esta ocasión es más sencillo, el coche tiene cambio automático.

Cuando los dos coches y sus tres ocupantes quedan perdidos para siempre en un olvidado rincón del embalse de Entrepeñas, Miguel y Nuria se dirigen a la casa de invitados. Allí estudian las fotos de la documentación de los tres esbirros, no encuentran nada llamativo. Analiza las armas requisadas en el segundo vehículo.

—Al final vas a reunir un pequeño arsenal.

—Es lo normal en estos casos, casi siempre trabajo con el armamento que requiso. No me gusta tratar con los vendedores, no suelen ser gente de fiar, no me interesa que sepan de mí, por dónde me muevo o qué revólver llevo. Plan para mañana: nadie debe verte, no pueden saber que estás aquí. Los trabajadores ya terminaron su trabajo en esta casa, solo entrarán en la principal. Yo disimularé, cuando los empleados de Amelia traigan la comida, te guardo un menú para ti. Yo lo pido de más, nadie se va a dar cuenta. Mientras tanto, me pasaré para verte cada poco rato. Tranquila, no estarás sola, aunque para todo el mundo estés fuera de viaje. Como Amelia está fuera, puedes aprovechar y decir que estás con ella. Toma mi móvil, llámala y dile que no vuelva a Sacedón hasta que tú le digas. No le expliques nada, dile que se lo contarás cara a cara.

—Vale, es cabezota, no sé si podré convencerla.

—Dile que, si hace lo que le dices, le explicarás lo que le sucedió a José Manuel.

—Ese es un buen argumento. Oye una cosa. ¿Cómo vamos a dormir? No pretenderás que tú y yo…

—Tú en ese dormitorio principal, yo en el sofá. Es más grande y cómodo que muchas camas.

—Si es así, vale. No quiero que pienses cosas que no son.

—Tranquila, soy todo un caballero.

—¿Olvidas que te he visto matar a tres tíos sin despeinarte?

—No lo olvido. Recuerda, todo un caballero.

Nuria asiente con la cabeza, disimula una sonrisa y cierra la puerta del dormitorio. Miguel comprueba las documentaciones de los tres sicarios con su portátil, no quiso hacerlo delante de Nuria. Hay cosas que es mejor que no sepa, como, por ejemplo, su facilidad para colarse en según qué sitios. No hay información, son tres documentaciones falsas, no tienen nada que las respalde. Apaga el ordenador, se tumba en el gran sofá e intenta dormir.

CAPÍTULO 42, 26 DE MAYO, 23:12. SILENCIO

Mira el reloj y suspira mientras unas gotas de sudor pueblan su frente. Debería tener noticias. Sin embargo, solo hay silencio a su alrededor. Durante toda la tarde ha esperado una llamada, o como mínimo un mensaje explicativo. Todos saben que, si te encargan una misión de forma directa, debes informar cada cierto tiempo de los avances en la misma, o la falta de ellos. No es lo normal. Comprueba que está en completa soledad, nadie le ve. Toma su móvil, busca el contacto de «Lázaro» y pulsa el botón verde. Al instante escucha el mensaje de que ese abonado no se encuentra disponible.

Abre los ojos y el sudor parece aumentar.

¡No es posible! No le cabe duda: ese desgraciado terminó con Lázaro y su gente. Es un equipo de tres sicarios, un trío de asesinos a sueldo profesionales, de los mejores que se pueden comprar. O eso era lo que pensaba hasta este momento. No puede esperar, sin embargo, tampoco puede localizarlos; ni ellos dan señales de vida.

Llegó el momento. Debe utilizar su triunfo, su carta marcada. En su móvil busca entre los contactos «Mango» y pulsa el botón verde. Antes de sonar el tercer tono de llamada, contestan.

—Diga.

—Debes ir a Sacedón, el equipo de Lázaro no da señales de vida.

—A estas horas no debo llamar a ninguna puerta.

—Lógico, debes pasar desapercibido. Mañana te quiero allí. Ahora te envío toda la información que necesitas.

—De acuerdo.

Necesita una ducha y cambiarse de ropa. Este puñetero juego va a terminar con sus nervios. ¿Una copa? No, decide continuar con la idea de ponerse bajo el agua. Necesita la cabeza despejada; ya sabe cómo puede terminar la noche si bebe más de lo que debe. Eso no es aceptable en esta situación.

CAPÍTULO 43, 27 DE MAYO, 08:02. NOVEDADES

Daniel se despide de Loli en el aparcamiento de la comisaría, tienen la costumbre de llegar e irse juntos, aunque cuando llega el momento de aparcar se separan, ella se baja y se dirige a su puesto. Todos conocen su reciente relación, sin embargo, no quieren proclamarla con descaro a los cuatro vientos. Deja que ella entre mientras él se entretiene al aparcar el coche. Cuando lo hace, entra con la suficiente diferencia de tiempo para no hacer pensar que han llegado después de pasar la noche juntos. Cuando se acerca a la puerta principal de la comisaria, al otro lado del detector de metales está Jorge, le hace gestos que él prefiere ignorar, hace como que no lo ve. Cuando se dirige al ascensor, no puede volver a pasar de él, está pegado a su brazo.

—¡Vamos!

—¿Esas prisas? ¿Qué te pasa esta mañana?

—El informático está en nuestro despacho, nos espera.

—¿Seguro?

—Eso me ha dicho cuando me llamó.

—¿Cuánto hace de eso?

—Debe estar muy cerca de la media hora.

—Vale, vamos, tranquilo. ¿Te adelantó algo?

—Que yo pueda entender, nada.

Suben en el ascensor con mucha compañía, mantienen un prudente silencio, aunque nadie parece prestarles la más mínima atención. Cuando llegan a su despacho hay un joven que espera, está de pie, levanta la mano y les saluda con relativa cordialidad, no recuerdan haberlo visto en la vida.

—Hola, soy Daniel, llevo esta investigación. ¿Tú eres…?

—Yo soy Álvaro, uno de los «friquis» de los ordenadores de la comisaria, ayer dejasteis vuestro correo para que en nuestro departamento se entretuviesen en el turno de noche.

—¿Turno de noche?

—Otro que se cree que los hackers tienen horario de oficina. El noventa por ciento de los intentos de ataque tienen lugar en horarios poco habituales, siempre hay un experto de guardia, las veinticuatro horas, todos los días del año.

—Comprendo, siempre alerta.

—Exacto.

—Imagino que estás desesperado por soltar tu informe y largarte a dormir.

—No. Para nada. Quiero saber todo de este mensaje. Eso que no me habéis contado hasta ahora.

Para dejar clara su determinación, va a la puerta y la cierra para evitar que nadie escuche lo que se hablará en aquel despacho a partir de ese momento. Jorge es quien rompe el silencio.

—Creo que te pasas un poquito. ¡No sé! Llámame loco.

—Un momento, compañero, aquí el informático está muy interesado en nuestro correo. A ver, Álvaro dices que te llamas. Algo has descubierto, digo yo. ¿Se puede saber qué es?

—No hay nada en el mensaje, para colmo de todo, después de más de cincuenta saltos de servidor, ha sido imposible seguir la ruta de envío.

—Eso no es posible, aunque tengas que dar doscientos saltos, como tú dices, tienes que llegar al punto inicial.

—No cuando el mensaje pasa por un servidor de correo que desaparece a las veinticuatro horas.

—¿Como dices?

—Es la primera vez que nos lo encontramos, para que os hagáis una idea de lo que tenemos entre manos, con toda la información que reúna hoy voy a preparar un informe que tendré que explicar en los próximos congresos de ciberseguridad. Esto que vosotros pensáis «es una tontería o un callejón sin salida», va a ser mi trampolín profesional, ese golpe de suerte que nunca tuve.

—Sigo sin entender nada.

—¡Seguimos! Yo también estoy en blanco. —Aclara Jorge.

—Por lo que he podido averiguar, el correo pasa a través de una ruta preestablecida con la misión de borrar su rastro o, como mínimo, dificultar la localización del punto de envío. Esto es habitual entre profesionales, un novato no está preparado para realizar más de un par de saltos, con suerte.

—Hasta el momento te sigo, no subas mucho el nivel, habla para la gente llana del pueblo. ¿Me entiendes?

—A la perfección, te lo explico cómo hago con mis padres.

—Me gusta, continua por favor.

—Cuando sobrepasamos el salto cincuenta, el ultimo servidor utilizado, ha sido desconectado. Ya no está operativo, las rutas que utiliza quien envía el mensaje son imposibles de rastrear. ¿Comprenden lo que ha hecho este individuo? Al contrario de todo lo visto hasta el momento, tiene unos puntos de reenvío que no son fijos, desaparecen al tiempo. No se le puede seguir la pista.

—¿Cuánto tiempo está activa esa ruta completa?

—Esa es una buena pregunta, creo que se desactiva en cuanto nota el rastreo, mientras es seguro, utiliza ese enlace, en cuanto existe la posibilidad de un infiltrado, se desconecta. Puede estar activo unos meses, o una hora. Se adapta a la situación de tal manera que es imposible llegar hasta el punto inicial de ese correo.

—Vale. Eso parece ser la leche para cualquier informático…

—Es algo que no hemos visto hasta ahora.

—Vale, eso es lo encontrado en el rastreo. ¿Alguna información a través de la dirección de correo usada?

—Ninguna, es una cuenta que se creó solo para enviar este correo, no ha sido utilizada nunca más y para nada más.

—Entiendo, quieres decirme que no tenemos nada.

—Eso me temo. Digamos que es la parte mala de la noticia. Perdón, bien pensado no tenemos parte buena por ningún lado.

—Entonces ahora nos sentamos a mirarnos las caras mientras no tenemos nada. Aceptamos sugerencias, Álvaro.

—Yo les diría que rezasen, a ver si esta persona os envía otro correo. Solo vas a recibir lo que quiera esta persona, ni más, ni menos. Por favor, tenerme al día. En mi informe tenéis mi teléfono, por favor, llamadme, da igual el día o la hora.

—Ok, lo entendí bien, lo llevaremos al departamento, hablaré con tu jefe.

—Perdón, quizás no me expliqué bien, yo soy el jefe del departamento informático, al poco de recibir vuestro encargo, mi experto de guardia me llamó y me contó lo que pasaba, desde ese momento, yo llevo el caso.

—Mil gracias, entonces te tendré bien informado.

—Eso espero.

Salió de aquel despacho y dejó cerrada la puerta.

—Nos quedamos sin opción, Daniel.

—Al contrario, compañero. Nuestro secreto ayudante nos ha abierto los ojos en algún punto. Siempre que pensemos que actúa de buena fe.

—¿Cómo dices?

—Imaginemos que el correo nos dice la verdad, que es fiable, por tanto el maltratador no tiene que ver con Raimundo.

—No hay la menor prueba de eso, lo suponíamos.

—Ya, por eso mismo voy a pensar que todo lo demás también es cierto, eso me interesa.

—Me pierdo contigo.

—Voy a pensar que el jefe de la banda sigue al mando, que tiene alguna relación con el cubano y que el último cuerpo no nos interesa para nada, ha sido un adorno para que no cerremos el caso.

—Si lo entendí bien, en lugar de recibir las ordenes de quien nos paga, el comisario, vamos a bailar con la música que nos pone en un correo un desconocido imposible de rastrear.

—Cuando quieres, te explicas como un libro abierto, querido Jorge.

El aludido sale de la oficina con un portazo. Se dirige a la máquina del café, no quiere reconocer delante de su compañero que tiene razón, él tampoco ve ninguna salida, fuera de contar con la ayuda del mensajero secreto. Consigue dos cortados y vuelve al despacho para hacer las paces con Daniel y continuar con la investigación.

CAPÍTULO 44, 27 DE MAYO, 09:23. MANGO

Después de organizar los trabajos del día con Santi, Miguel hace una visita a la casa de invitados. Si alguien se da cuenta, puede llegar a pensar que tiene algún ligue y no le prestará más atención. Es el jefe, paga bien y puede hacer lo que quiera. Lleva un par de cafés.

—Vaya, servicio a domicilio. Muchas gracias.

—Me acerco al pueblo, necesito llenar la nevera para ser autosuficientes aquí.

—Vale, tráete algunos libros. Recuerda que no tengo mi teléfono y no me gusta nada de lo que ponen en la tele.

—Tienes razón. Voy a darte un viejo móvil; solo hace llamadas y envía SMS. No es posible rastrearlo con GPS, tampoco navega por internet. Es seguro y difícil de localizar. El único contacto que tiene grabado es el mío. Por seguridad, no llames a nadie más. Por otra parte, voy a buscarte algo de entretenimiento. A partir de ahora, tienes una tarea.

Conecta la televisión con un canal de internet. Pocos segundos después, la gran pantalla se divide en cuatro y se ven cuatro estancias vacías.

—Nuria, esta es la casa cebo que preparé en Sacedón, a la que entraron los tres sicarios ayer. No sé cuándo, en algún momento, alguien va a entrar en ella. Necesitamos saber quién está tras nuestros pasos para tener esa ventaja.

—Comprendo. Imagina que me duermo y entran en ese momento. ¿Nos enteramos?

—El sistema de grabación se activa cuando hay algún movimiento. ¿Ves ese punto en cada pantalla? Si ha captado algo, se ilumina. En ese caso, solo tengo que retroceder la imagen y veríamos qué activó la grabación.

—Está todo pensado.

—Eso me gusta creer. Necesito que estés atenta, aunque luego pueda ver si hay movimiento, es mejor que lo sepamos cuando se produzca, para que no puedan sorprendernos. ¿Lo comprendes?

—Por supuesto, cuenta conmigo.

Entre los dos preparan una larga lista para la compra. Con ella en la mano, Miguel se dirige al pueblo después de avisar a Santi. En la tienda, llena varias bolsas con todo tipo de productos y las coloca con cuidado en el coche. Está a punto de ponerse en movimiento cuando recibe una llamada.

—Miguel, han entrado.

—Vale, tranquila. ¿Están dentro?

—Es un hombre solo. Sí, todavía está dentro.

—Bien. Estoy contigo lo antes posible.

Miguel deja todo dentro del coche y comienza a caminar en dirección a la casa que alquiló. Se detiene en seco y vuelve al Range Rover. Coge una bolsa con barras de pan. Si alguien le ve, parecerá un hombre que fue a comprar a una panadería, algo normal antes de comer. Se esconde en la sombra de un zaguán, toma su móvil y lo acerca a su oído. Parece que atiende una llamada; de vez en cuando asiente o niega para hacer más realista su actuación. Poco después, un hombre sale de la casa, mira a ambos lados, no parece fijarse en nadie. Cruza la calle y se sube a un gran BMW X6, lo pone en marcha y avanza despacio. Pasa por delante de Miguel, este simula continuar con la imaginaria conversación telefónica, la bolsa con las barras de pan bien visibles delante de su cuerpo, su cabeza baja aunque su vista está pendiente del conductor. Mango no repara en ese hombre; no le da importancia. Miguel gira su cuerpo y comienza a caminar en dirección contraria. Sube al Range Rover y se dirige a la finca. Al llegar, descarga la compra y empieza a colocarla cuando Nuria le pregunta.

—¿Y esa tranquilidad?

—Ahora hay mucha gente. No va a venir hasta que estemos solos. Si fuera yo, entraría entre las tres y las cuatro de la mañana. Si quieres un buen consejo, intenta dormir. Esta noche tenemos fiesta.

—¿Perdona? ¿Cómo puedes estar tan seguro?

—No tengo ninguna certeza. Es lo que yo haría en su caso: buscar la hora más propicia para entrar y cumplir el contrato.

—Te veo muy calmado.

—Él va a venir. Hará las mismas preguntas que sus tres compañeros, llegará a las mismas conclusiones. Vendrá. Lo conozco.

—¿Lo conoces?

—Le llaman Mango. Tiene algo que ver con una obsesión por una canción. No sé decirte nada más sobre eso.

—¿Es bueno?

—Sin duda, sí. Se puede decir que es eficaz. Ahora puedes elegir. Yo te aconsejo que te vayas. Te diré un sitio donde esconderte por un tiempo. Yo me encargo del tema. Tranquila, tengo mis motivos. Soy su objetivo en este momento.

—Pensaba que era yo.

—Ahora mismo, yo soy la parte difícil de su encargo. Si resuelve esta parte, se supone que tú no opondrás mucha resistencia. Vuelvo a decirte lo que creo que debes hacer: piérdete antes de que llegue.

—Cuéntame tu plan.

—Voy a reunir todas las armas que tengo. Descansaré esta tarde y esta noche espero cazarlo.

Nuria no dice nada más. De las bolsas que ha traído Miguel, toma unas latas de conserva y busca un armario donde guardarlas.

Nox Mortis

CAPÍTULO 45, 28 DE MAYO, 01:48. SUENA MI CANCIÓN

Es el momento, ha llegado la hora. Nox Mortis. En muchas profesiones con obligación de trabajar en estos instantes, la conocen como la hora tonta, de las brujas o del sueño; para él es la hora clave. Debe comenzar su ritual. Coloca el primer auricular en el oído derecho, el otro en el izquierdo. Busca el botón del Play en su viejo MP3 y lo acciona. En ese instante, la música repetitiva del inicio de la canción inunda su mente y aquel ritmo taladra su cabeza como la primera vez que lo escuchó. Sin prestar mucha atención, comienza a canturrear la letra en su mente, los labios están preparados para dibujar las palabras. Cuando llega el momento, se mueven, aunque no sale ningún sonido de su boca, por lo menos antes de terminar el trabajo.

Es la despedida
me creas o no, es la verdad
veo que has llorado
tú lo sabías, ¿desde cuándo?

Mango abandona su coche lejos de la finca. No avisa su presencia. Avanza en silencio, despacio, no tiene prisa. Solo es un objetivo, es una actuación que conoce de memoria, la prepara a conciencia. Debe tomar ciertas precauciones, en este caso se trata de un profesional. No es un trabajo habitual. Es alguien que conoce, como mínimo, procedimientos parecidos a los que él utiliza, por tanto, debe actuar con la mejor predisposición y el máximo cuidado posible. Cuenta con el efecto sorpresa; imagina que no espera otra incursión. En la primera pudo acabar con el equipo de Lázaro, eran tres, debe ser bueno, aunque él es el mejor, sin duda. A su favor tiene otra baza, supone que no espera en tan poco tiempo un segundo ataque. Comienza bien, debe buscar cómo entrar en la finca, la cancela principal permanece cerrada. Aunque eso no es problema, el denso bosque que rodea la propiedad le proporciona muchos puntos de acceso fácil y sencillo. Realiza un primer control por si hay detectores de presencia o movimiento. No encuentra ninguno, se cuela en la propiedad sin ningún problema.

Noche encantada
estrellas que brillan
radiantes de luz
me siento cansado
no quiero hablar nada, habla tú

Una vez deja atrás el límite de la finca, avanza despacio. No conoce el terreno, no sabe bien qué puede encontrar. Esta tarde estudió una vieja imagen satélite que solo define una zona arbolada y dos viviendas, una pequeña y otra más grande. Se acerca a la pequeña después de avanzar un buen rato a paso seguro, en silencio, sin percibir ninguna señal de vida. Decide probar suerte en la de mayor tamaño.

Tal vez soñé
que vivías feliz junto a mí
siempre feliz entre mis brazos
Pensé que a ti
te bastaba llegar hasta aquí
escapada quizás de algún naufragio
Oh la la la la la la la

Encuentra una ventana fácil de forzar en la casa grande. Sin hacer ruido, se cuela en la vivienda. Tras un primer registro, reconoce su error. Aquella casa está todavía en reformas. Sale por donde entró y retrocede sobre sus pasos. Busca el mejor acceso a la pequeña vivienda. No es fácil, aunque lo intenta con los ventanales, aborta esta vía; no puede abrir uno de los ventanales sin hacer ruido, por tanto, sin despertar a quien duerme dentro. Quiere evitar avisar de su presencia mientras no sea necesario, en el último momento.

Pálidos fuegos
somos dos zíngaros en el invierno
los cálidos juegos
duraron muy poco
y la noche se los llevó lejos

Rodea la pequeña residencia hasta encontrar en un lateral una ventana que puede intentar abrir, ve en ella un acceso fácil. De día lo hubiera conseguido rápido y sin problemas, a oscuras le va a costar más trabajo, sin contar con la necesidad de mantener absoluto silencio. Toma aire, despacio, utiliza el cuchillo de cazador que lleva en la funda de la pierna derecha. Se arrepiente de no traer las gafas de visión nocturna.

Nox Mortis

CAPÍTULO 46, 28 DE MAYO, 02:32. SILENCIO

Miguel ha trazado su plan. Nuria debe estar protegida y lejos de cualquier posible problema. Aunque ella quiere participar en su propia defensa, su mentalidad no se lo permite. Ella debe permanecer ajena a todo esto, su seguridad es su principal misión ahora, no en vano es la prioridad de su adversario. Debe protegerla por varios motivos, no solo por llevar la contraria y mantener sus principios, sino porque el objetivo de su enemigo es, por estricta necesidad, su amigo. Miguel no tiene ninguna duda. En este momento, quien le ha pagado una suma desproporcionada de dinero por aquel trabajo es su mayor contrincante, el auténtico, verdadero y único peligro.

Primero, le ha mentido. Esto es algo que en realidad no le importa. No necesita ningún pretexto para realizar su trabajo. Le marcan un objetivo, le pagan y lo cumple. Él no necesita excusas, ni motivos. No es necesario montar una mentira gigante para convencerlo de que realice un trabajo. Es algo fuera de lugar, nunca juzga qué es lo correcto. Esa no es la función de un asesino a sueldo.

Segundo y más importante, ha ido a por él y a por los suyos. Esto cambia la naturaleza de la relación. Ya no es una simple transacción comercial: «Quiero un servicio, ¿cuánto cuesta? Aquí tiene lo que pide. Objetivo cumplido». Ahora es un tema personal.

Él considera a Max parte de su equipo. Lo atacaron, ademá dio la orden de eliminarlo. Desde ese momento, él también se puede considerar objetivo de su cliente. Por tanto, Miguel considera roto su contrato. Ya no puede considerarlo igual. Para resolver cualquier posible duda, envió a tres sicarios con la intención de acabar con su vida.

Tercero, si existe alguna remota opción de equivocarse, esto lo confirma: Mango está aquí.

Lo reconoció en su furtivo encuentro al salir de la casa cebo. Hoy es mucho más peligroso que la primera vez que lo vio trabajar. No tiene piedad, solo sabe hacer una cosa: matar. Miguel tiene una ventaja: sabe quién es Mango y, sobre todo, cómo trabaja. Mango desconoce todo sobre él.

Está a la espera, agazapado y preparado para convertir su defensa en el ataque definitivo. Sabe que algo ocurre a su alrededor, en la finca. No va a suponer quién lo provoca, lo tiene claro.

El momento ha llegado. Sabe que algo pasa a su alrededor gracias a una vieja lección.

El bosque por la noche permanece en silencio. Un silencio distinto al de otros sitios, no tiene nada que ver con un desierto, ni punto de semejanza con una ciudad abandonada. Él conoce estas sutiles diferencias. Por eso llenó la zona de nidos y comederos. Aprendió en un bosque similar a aquel que hay animales diurnos y nocturnos. Estos últimos se alimentan de noche. Agradecen el buffet libre de los comederos y los utilizan a todas horas. Los animales están ajenos a los movimientos del hombre que avanza despacio en la oscuridad, no les preocupa en exceso, aunque provoca reacciones.

Miguel sabe que alguien se mueve por la zona. Ha escuchado aves que se han desplazado desde varios sitios en una franja muy corta de tiempo. De día, los pájaros asustados provocan silencio dentro del ruido normal del ambiente. Durante el silencio de la noche, si algo los asusta, huyen y producen un sonido distinto. Allí está Mango, no hay nada más que lo pueda justificar.

Poco después nota una leve brisa por su lado derecho. Está seguro, no hay otra posibilidad: ha abierto la ventana de aquella zona. Su mirada se centra en esa dirección, las sombras permanecen estáticas.

El sudor comienza a cubrir su piel. Traga saliva. Su vista parece querer engañarlo, su mente no se deja; una sombra más oscura que las demás avanza en su dirección. Desde el momento en que notó la brisa, el revólver de Miguel apunta en esa dirección. La oscuridad se acerca. No duda, dispara tres veces, su objetivo es claro: los dos primeros disparos al cuerpo, el tercero a la cabeza. Sin embargo, no puede apuntar con precisión, no ve con claridad al blanco. Por intuición parece acertar con las dos primeras balas, la tercera se pierde. Un sonido sordo confirma su suposición: ha dado en el blanco. Un cuerpo pesado cae al suelo.

CAPÍTULO 47, 28 DE MAYO, 02:44. ESCAPADA QUIZÁS DE ALGÚN NAUFRAGIO

Abrir la ventana ha sido más fácil de lo que suponía. Mango se toma su tiempo para entrar, es primordial no hacer ruido mientras se cuela como un furtivo. Sus labios dibujan la letra de la canción mientras vuelve a cerrar la ventana sin romper el silencio.

Tal vez soñé
que vivías feliz junto a mí
siempre feliz entre mis brazos
Pensé que a ti
te bastaba llegar hasta aquí
escapada quizás de algún naufragio
Oh la la la la la la la

Como es de esperar, la casa permanece a oscuras. No ha encontrado ninguna señal de que lo esperen, hasta el momento es un allanamiento fácil, a pesar de no ver ningun signo de peligro, actúa con prudencia. El grupo de Lázaro no da señales de vida, es un buen motivo para ser prudente y tomar precauciones. Su vista se acostumbra a la oscuridad; adivina una cama y la esquiva. Es un pequeño dormitorio, vacío. La puerta de la habitación está abierta. Si él estuviese en su lugar, habría cerrado con más seguridad las posibles vías de acceso, además de poner trampas sonoras que delaten al intruso. Nada de eso, vía libre. No le esperan, mejor Se va a llevar una buena sorpresa, algo de nueve milímetros. Con el mayor de los sigilos cruza el umbral de la puerta, supone que la habitación en la que entra despacio es el salón comedor. Intuye la cocina a su derecha y a la izquierda cree adivinar una chimenea, frente a él una mesa baja y un gran sofá. Intenta buscar el dormitorio principal para acercarse a la puerta e intentar sorprender y eliminar a su presa. Allí debe estar, seguro.

Cierra los ojos
y siempre estarás junto a mí
siempre feliz entre mis brazos
y pensarás que otra vez
has llegado hasta aquí
escapada quizás de algún naufragio

De pronto, un fogonazo ilumina parte del salón. No tiene tiempo para esquivar la primera bala; deduce que el punto del que parten es el suelo, entre la mesa y el sofá. Un segundo disparo suena y se deja ver. En lugar de intentar devolver el fuego, se deja caer de espaldas, lo que ayuda a esquivar un tercer disparo. Siente cómo la bala pasa sobre su cabeza mientras él se acerca al suelo. Un fuerte dolor en el pecho le deja claro que le han dado. Por fortuna para él, en contra de su costumbre, por la desaparición del grupo de Lázaro esta noche utiliza el chaleco antibalas que ha recibido los dos primeros impactos. Durante la caída, levanta su mano derecha y busca la dirección del objetivo. En el momento que su espalda contacta con el suelo, por instinto de supervivencia, aprieta el gatillo y dispara con la intención de asustar a su adversario. Sabe que no acertará con el objetivo.

Miguel, después del tercer disparo, intenta ponerse de pie. El disparo de Mango le indicó dónde está el arma. Con dificultad, logra lanzar una patada; su pie golpea primero la mesa para alcanzar después la pistola, que vuela lejos de ellos para perderse en la oscuridad. La firmeza con la que el agredido mantenía el arma le confirma el uso del protector antibalas. Se centra entonces en el cuerpo que permanece tumbado en el suelo. Sabe que no está quieto, se mueve con rapidez. Imagina que busca otra arma, no puede dejarle disparar otra vez. Debe mantener su ventaja. Dispara a donde supone que tiene la cabeza. Se equivoca, aunque sabe que ha dado otra vez en el cuerpo de él.

Mango nota cómo un volcán de fuego abrasador se abre camino en su hombro izquierdo, una parte no protegida por el chaleco. Una leve queja sale de sus labios; se retuerce de dolor. En realidad, se quejó para engañar a su enemigo. Gira todo su cuerpo con la intención de dejar menos blanco a su oponente mientras su mano derecha busca el cuchillo que tiene en la pierna. Maldice la decisión de llevar una sola pistola.

Miguel dispara de nuevo; esta vez la bala se incrusta en la madera del suelo. Lleva cinco disparos y el revólver solo dispone de seis cartuchos. Solo le queda uno a su disposición. Debe intentar que sea el bueno. Intenta apuntar por última vez al bulto que se ha desplazado cuando nota un desgarro en su brazo. Le ha acertado con un arma cortante. Lo peor es que ha disparado por acto reflejo; su última bala ha destrozado un cuadro colgado en la pared.

Mango también lleva la cuenta de los disparos. El sonido al moverse el tambor es inconfundible. Sabe que los viejos sicarios utilizan revólver, su principal ventaja es no dejar casquillos en la escena. Él no tiene ese problema, utiliza balas limpias y prefiere disponer de más opciones de tiro. Está seguro de que su adversario no tiene más proyectiles en el arma. Espera que no cuente con otra y aprovechar la situación. Prepara el mejor momento para realizar su ataque. Además, tiene una gran ventaja: ya lo ha herido. Él, por su parte, a pesar de los disparos recibidos, solo tiene las contusiones bajo el chaleco antibalas y la herida en su hombro izquierdo, no es mortal, se curará. Intenta ponerse de pie, sus ojos buscan en la oscuridad algo que le confirme la posición de su enemigo. Sabe que es un gran luchador, aunque él tiene doble ventaja: es más corpulento y fuerte.

Los dos están heridos; espera que su corte haya provocado más daños. Con suerte, no lleva ningún arma más encima. No escucha los típicos sonidos que produce un revólver cuando lo recargan. Necesita asegurar su próximo ataque, intenta que delate su posición.

—Nox Mortis.

—¡La Noche de la Muerte! ¿Hablas en latín, Mango?

—Vaya, tienes ventaja. Tú sabes quién soy. Yo no sé nada de ti.

—Nadie lo sabe, no te preocupes.

—¡Tienes una fama bien merecida! Debo reconocer que eres bueno.

—¡Tú también lo eres, Mango! No vengas de modesto, no va con tu personaje.

—Tienes razón, ya sabes, ¡Nox Mortis! ¡Estás muerto!

Mango avanza hacia donde escucha la voz de la presa, con el cuchillo preparado para dar el golpe mortal. Su mente cree adivinar lo que sus ojos no pueden ver. Le ha parecido distinguir una sonrisa que se aleja. Se queda paralizado un breve momento; esa no es la imagen que espera de alguien que va a morir. ¿Una sonrisa?

Miguel sonríe, se deja caer de espaldas entre el sofá y la mesa, en el lugar donde espera su visitante que esté. Cuando la espalda roza el suelo, su brazo derecho se extiende hasta alcanzar la ametralladora M3 que dejó allí, bajo el sofá. La empuña con cierta firmeza y da un leve giro de muñeca. El cañón apunta a la zona donde está su rival. Su dedo índice aprieta el gatillo y suelta rápido. Procura realizar ráfagas cortas, entre tres y cuatro disparos cada una, para evitar que el retroceso del subfusil aleje los proyectiles del blanco deseado. Cuando dispara cuatro ráfagas, quita el dedo índice del disparador. No quiere volver a la situación de no tener munición disponible, tampoco está seguro de cuantas balas quedan en el cargador en este momento. Un pesado golpe indica que el cuerpo de Mango ha caído al suelo, en el peor de los casos, con varias contusiones bajo el chaleco. El interruptor de la luz está lejos y no quiere alejarse de él. Se pone en pie y busca el mando de la televisión donde lo dejó, sobre la mesita. Lo acciona y la tenue claridad de la pantalla le permite ver el cuerpo ensangrentado de Mango. Recibió varios impactos en las extremidades, la cara está destrozada, dos balas acertaron en pleno rostro. Mango está muerto mientras su mp3 repite su canción una y otra vez.

Es la despedida
me creas o no, es la verdad
veo que has llorado
tú lo sabías, ¿desde cuándo?
Flor de verano, ya
todo acabó
Noche encantada
estrellas que brillan
radiantes de luz
me siento cansado
no quiero hablar nada, habla tú

CAPÍTULO 48, 28 DE MAYO, 03:16. ADIÓS

Nuria escucha los disparos desde el lugar donde Miguel le pidió que permaneciese escondida para estar protegida. Ella se ofreció para ayudar, siempre es mejor cuatro manos que dos, en una pelea. Le convenció con un argumento sencillo: de noche, a oscuras, un pequeño error basta para recibir un disparo; las balas no distinguen entre amigos y enemigos. Permanece escondida en el bosque, dentro del Mercedes que nadie más sabe que se encuentra allí. Al oír las cortas ráfagas de la ametralladora M3, decide que ya no puede esperar más. Sale del coche en silencio, empuña una pistola recuperada del todoterreno de los sicarios, se asegura de que tiene una bala en la recámara y el seguro quitado. En silencio se acerca a la casa de invitados. Ve un extraño resplandor en su interior; tarda poco en deducir que se trata de la televisión. Acelera el paso y abre la puerta principal con ansiedad.

—¿Miguel?

—Tranquila, estoy bien, más o menos.

—¿Más o menos?

—Si me comparo con este, bastante mejor. Enciende la luz, tenemos tarea. Si te parece, hay un botiquín de los obreros que está bien surtido.

—Lo he visto. ¿Estás herido?

—Un poco, tráelo, por favor. Vamos a realizar una cura de urgencia; tenemos pendientes varias tareas.

El corte es más escandaloso que grave. Una vez limpio y desinfectado parece que no tardará en curar; dejará una cicatriz como recuerdo. Un pequeño vendaje cubre su antebrazo. Se reparten tareas: él registra los bolsillos del cadáver y solo encuentra un mando con el símbolo BMW y tres cargadores completos de munición. Nuria busca el coche en el que debió llegar. Sigue las instrucciones que le ha dado Miguel, camina en dirección al pueblo mientras acciona cada poco tiempo el botón de apertura. Ya en la carretera principal, ve una ráfaga de los faros de un potente coche escondido en un camino. Lo pone en marcha y onduce hasta la puerta de la casa de invitados. Después de registrarlo a fondo solo encuentran unas llaves imposibles de rastrear si no conocen la dirección, además de un móvil. Miguel acerca el móvil a la mano de Mango, prueba con todos sus dedos hasta que consigue desbloquear el teléfono con el pulgar. No tiene agenda; solo recibió llamadas y mensajes en Telegram de un solo número. Mira el patrón y reconoce las fechas de envío. Coinciden con el trabajo del chalet de Mejorada del Campo y la muerte del cubano. En ambos casos ha recibido unas cortas instrucciones, las palabras «Nox Mortis», una dirección y el nombre del objetivo. Solo encuentra una respuesta a cada encargo por parte del dueño del teléfono: un mensaje con una sola palabra: «Listo». La respuesta siempre ha sido la misma: «Piérdete hasta nueva orden». Abre los ajustes del móvil y cambia el desbloqueo de la pantalla; anula la huella digital. No quiere tener que cortar un dedo y llevarlo como llavero, el móvil le interesa. Activa la contraseña numérica: cuatro ceros. Una vez tiene el móvil preparado para utilizarlo, envía un mensaje al único contacto con la misma palabra que ha visto utilizar a Mango en sus conversaciones: «Listo». Guarda el teléfono en su bolsillo.

Entre los dos realizan la misma maniobra que la tarde anterior. El BMW y su ocupante terminan cerca del Fiat 500 y el todoterreno. A diferencia de este último, el recién caído trae una presa de buen tamaño para júbilo de la fauna local.

—Miguel, supongo que ahora tenemos que limpiar todo esto.

—Nada de eso, nos vamos. Ya no quiero esperar a ningún sicario más. Gracias al mensaje de Mango, espero que dejen de buscarme, aunque no sé a quién le encargarán que te localice. Ya he tenido mi ración; ahora vamos a cambiar las cosas. Tengo una buena y una mala noticia para ti, elige.

—Siempre la buena, recuerda.

—Hicimos bien en guardar en el Mercedes todas nuestras cosas.

—Eres muy previsor, sabías lo que pasaría.

—Era fácil de adivinar. La mala: te toca conducir a ti. El corte no es grave, aunque me viene mejor si evto mover el brazo.

—No es problema. ¿A dónde vamos?

—Yo te guio, vamos a perdernos durante un tiempo.

Se suben al coche. Nuria pone en marcha el motor; las luces iluminan el viejo camino. Ella le mira antes de preguntar:

—¿A dónde vamos?

—Pon en el navegador «Playa de los Muertos».

—El nombre perfecto.

—Tranquila, te gustará.

El Mercedes comienza a devorar kilómetros con relativa facilidad. Cuando amanece, Miguel nota una vibración extraña en su bolsillo. Saca el móvil de Mango, ha recibido ahora la contestación al mensaje de la noche anterior: «¿Y la chica?». Piensa mientras Nuria conduce y sonríe. Quizás tenga la solución para evitar que los busquen durante una temporada. Poco después responde con otro sencillo mensaje; imagina que el difunto asesino era parco en palabras, escribe: «Lista también». Aún tiene el teléfono en la mano cuando se ilumina la pantalla con la respuesta: «Piérdete hasta nueva orden». Guarda el móvil y toma el suyo para realizar una llamada.

—Dime, Miguel.

—Santi, lo tienes todo controlado. ¿Verdad?

—Sí, a la reforma le quedan los últimos remates, ya lo sabes.

—Bien, ha salido un trabajo extra. Puedo ofrecérselo a otros, aunque creo que tú estás bien capacitado.

—Sabes que puedes contar conmigo.

—No es un trabajo normal.

—No puede ser peor que muchos de los que ya hice.

—Vale, entra tú solo, de momento, en la casa de invitados, está abierta.

—Espera, estoy cerca.

Santiago, con el móvil en la oreja, entra en la casa y ve una gran mancha de sangre. Poco después se da cuenta de los disparos de bala.

—¡Miguel! ¿Estás bien?

—Sí, solo un pequeño rasguño, no pasa nada. Tranquilo.

—¿Algún problema?

—Es una larga historia y no quiero dar explicaciones. Ahora estoy en comisaría con la denuncia y todos los trámites que llevan estas cosas. No te preocupes.

—¿Y los ladrones?

—Han escapado, creo que conseguí herir a uno de ellos. Ahora lo importante: no quiero que nadie sepa nada de esto. Por eso, si necesitas contratar a otra gente para evitar explicaciones, hazlo. Necesito la casa perfecta, como si no hubiera pasado nada. Llámame y dime el importe, te haré la transferencia al momento, ya sabes cómo trabajo.

—No te preocupes, nadie se enterará.

—Sé que puedo contar contigo. Como gratificación para ti, el Range Rover te lo quedas. En la rueda del conductor tienes la llave, en la guantera la documentación lista para que lo pongas a tu nombre.

—¿Es que no vas a volver?

—No creo, debo realizar un trabajo urgente en Belgrado, mis jefes son así. Pásame fotos e infórmame de los avances, cuanto antes lo tengas mejor. Por cierto, en la guantera también encontrarás un sobre con un agradecimiento para ti y que cubre estos gastos imprevistos. Eso y el coche son personales, nada que ver con la empresa.

—No sé qué decir…

—No digas nada. Sé reconocer el trabajo hecho hasta ahora, incluido lo que te queda por hacer. Me llaman, recuerda tenerme al día y pasarme los gastos extra.

—Me gustaría despedirme de otra manera.

—No te preocupes, nuestras vidas pueden volver a cruzarse en cualquier momento. ¡Seguimos en contacto!

Cortó la llamada y comprueba cómo Nuria conduce con cara desencajada.

—¿Así de fácil?

—No te comprendo, perdona.

—¿Crees que eso borra la batalla de ayer?

—Estoy seguro. Quitarán las balas de las paredes, cambiarán los objetos rotos, limpiarán todo. Una mano de pintura y nadie sabrá nunca lo que allí pasó.

—¿El coche lo regalas así?

—Él lo aprovechará. Es eso o dejarlo tirado para siempre, mejor así.

—Con dinero se soluciona todo.

—Ayuda, no te lo voy a negar. Recuerda que es el dinero del que me quiere ver muerto y localizarte a ti.

—Pues al ritmo que lo gastas, te pagó un pastizal.

—Ya te lo dije, por adelantado, además.

—No quiero pensar en el pasado. ¿Y ahora?

—Haré un par de llamadas para preparar nuestro desembarco. Tranquila, vamos a territorio amigo.

CAPÍTULO 49, 28 DE MAYO, 10:47. LA PLAYA DE LOS MUERTOS

Nuria sigue las instrucciones de Miguel, deja el asfalto y toma el camino que lleva a los tres pequeños cortijos. En el porche de uno de ellos hay un hombre que les espera. Está sentado a la sombra, al ver acercarse el coche, se levanta y saluda con una mano. Su cabeza luce menos cabellos de los que corresponden a su edad, sus ojos claros se esconden detrás de unas pequeñas gafas. El coche se detiene delante de él. Miguel se baja y, sin mediar palabra, da un abrazo a aquel hombre. Nuria decide darles un poco de espacio y tiempo.

—Balta, qué alegría verte.

El aludido sonríe y hace un gesto hacia el coche. Miguel lo entiende a la primera; quiere saber algo de la conductora.

—Ella es mi nueva amiga, Nuria. Ahora te la presento.

—¿Otro daño colateral de tus trabajos?

Sus palabras no pueden disimular su procedencia rusa. Su físico lo insinúa; su forma de pronunciar, lo confirma.

—En este caso, ella era la protagonista principal de mi trabajo.

—¿Era?

—Sí, el cliente cambió de opinión y me convirtió a mí en el objetivo. Eso cambió un poco las cosas.

—Ese cliente no sabe lo que ha hecho, ¿verdad?

—No resulta ser tan inteligente como piensa. Ya sabes cómo funciona esto y cómo debe terminar. No hay muchas opciones: o él, o yo.

—Entiendo.

—Necesitaré algo de tu magia.

—Sin problema, cuando quieras, ya lo sabes.

—Eso será después. Ahora toca realizar las presentaciones correspondientes. Luego le enseñas dónde dormirá; llévala al cortijo que ahora está vacío.

Miguel invita a Nuria a reunirse con ellos. Ella desciende del Mercedes y se acerca en silencio.

—Nuria, te presento a Baltasar. Es buena gente, puedes confiar en él. No te extrañes si alguna vez le digo Misha, son cosas nuestras.

Se saludan con un par de besos en la mejilla. El ruso sonríe y acompaña a Nuria para que se acomode. Poco después, entra en su cortijo y sale al porche con dos cervezas en la mano. Da una a Miguel, quien se ha sentado en una de las sillas del porche que rodean la mesa redonda. Chocan las botellas a modo de brindis cuando un pequeño todo terreno destartalado llega a la era que hay en el centro de la cortijada. El coche frena delante de ellos y desciende su único ocupante. Levanta las manos para saludar con un efusivo abrazo.

—¡No me lo puedo creer! Nunca imaginé verte de nuevo aquí.

—Yo tampoco imaginé ver otro Suzuki Santana sin capota por aquí. Dime la verdad. ¿No hay otro coche?

—Es el mejor para estar aquí.

—Eso no te lo voy a discutir. ¿Cómo estás, Carlos?

—Parece que mejor que tú —dice mientras señala el vendaje de su brazo—. ¿Cómo debo llamarte?

—Miguel, de momento me vale Miguel. Esto no es nada. No hay que preocuparse.

—Tranquilo, no quiero conocer ningún detalle; esos son asuntos que no me incumben. Lo aprendí por las bravas. Por otra parte, ¿puedo ayudarte en algo?

—Creo que sí. Solo necesito reponerme un poco, debo terminar un trabajo y, aquí viene vuestra tarea, debéis cuidar de esta mujer hasta mi regreso. Yo dormiré con Balta, tú en tu casa habitual y ella en el cortijo que queda libre.

—Me parece bien. Hablaré con Luis…

—No hace falta. Hasta ahora no lo sabías, no era necesario. Compré la cortijada hace un tiempo, desde entonces, Luis hace las veces de administrador. No pongas esa cara, la compré como inversión y para tener un refugio perdido para mis amigos o para mí mismo, siempre a disposición, como este caso. No se lo tengas en cuenta, le pedí que lo mantuviera en secreto.

—Tranquilo, imagino que tienes tus motivos. Por lo que sé, tanto Balta como yo te debemos la vida. Imagino que Nuria también entra en este grupo.

—Si lo cuentas así, me vas a hacer llorar. Cambio de tema. Un favor voy a pedirte.

—Dime.

—Tengo cosas que hacer con este ruso del demonio…

—No lo trates así. Es buena gente, y lo sabes.

—¡Vaya si lo sé! Como te decía, debo hacer alguna averiguación con él, tenemos tareas pendientes. ¿Puedes preparar algo para comer todos? Prefiero salir lo menos posible, que no me vean en el pueblo.

—Eso está hecho. Os aviso cuando esté listo.

Carlos dice esto y se marcha a ver qué pone en la mesa para la cena. Cuando lo ve alejarse, Miguel entra en el cortijo. Baltasar tiene varios ordenadores preparados para comenzar a trabajar en una habitación preparada para él, le espera sentado frente a las pantallas con su eterna sonrisa de tipo bonachón. Minutos después, Nuria se tumba en su nueva cama mientras intenta asimilar todo lo que ha pasado en los últimos días. Después de un tiempo de relajación, decide vestirse cómoda, hace calor. Se acerca al cortijo de Balta; la puerta está entreabierta. Golpea la puerta, asoma la cabeza en el salón. Le llaman desde una habitación y entra en ella. Los dos hombres están frente a varias pantallas que iluminan sus rostros. Les habla con voz tranquila.

—¿Se puede?

—Pasa, pasa. No quería molestarte por si descansabas.

—No podía dormir después de todo lo que sucedió esta noche.

—Eso ya es pasado, ven. Este buen hombre es un experto en todo lo que tiene que ver con informática o internet. Hemos buscado todo lo que hemos podido encontrar de «tu querido» Raimundo.

—No habréis encontrado mucho, tampoco fue nunca «mi querido».

—Tienes toda la razón, no hay donde rascar. Es un callejón sin salida.

—¿Puedo mirar?

—¡Por favor! Ven con nosotros. Puede que tú veas algo que se nos escapa a nosotros.

Nuria toma una silla y se sienta junto a ellos. Poco después, Carlos abre la puerta y les habla sin entrar.

—Señores, la cena está servida. Descansen un rato mientras comemos algo, luego, si quieren, vuelven a su tarea.

—Te has vuelto muy formal desde que no te veo.

—Sabes que es todo fachada.

Ríen la pequeña broma y se dirigen todos al porche, donde les espera una mesa con muchas cosas preparadas para picar. Beben y comen sin hacer preguntas incómodas. A ninguno le importan los problemas de los demás. Miguel es el único que conoce las circunstancias personales de cada uno, procura llevar las conversaciones por temas que no incomoden o molesten a nadie.

—Carlos, una pregunta. ¿Continúas con aquella rutina de correr y nadar?

—Siempre que el tiempo me lo permite, ya sabes que aquí eso es casi todos los días.

—Algún día debo intentarlo.

—Cuando quieras, te vienes y hacemos una pequeña carrera.

—Deja primero que se reponga; esa herida debe cicatrizar —

intervino Nuria.

—Puede que tengas razón.

Poco después, el cansancio vence a Nuria, les deja con su conversación mientras ella va a dormir. Suspira, debe hacerse a la idea, ahora mismo, su vida es otra.

CAPÍTULO 50, 1 DE JUNIO, 09:37. OVILLO ENREDADO

La mañana promete ser tan aburrida como las anteriores. Por lo menos, el comisario no les ha vuelto a llamar. Daniel no ha sido capaz de encontrar nada nuevo, salvo la comprobación de uno de los puntos de aquel correo. El maltratador no tiene nada que ver con Raimundo Guzmán Cortés o con el cubano. Sin querer reconocerlo del todo, eso le hace pensar que el resto de puntos tienen todas las papeletas de ser ciertos.

Jorge disimula frente a la pantalla; su compañero imagina que lee la prensa deportiva con cara de preocupación por si alguien le mira, con la idea de crear la ilusión de estar concentrado en algún caso. Su mente está perdida en esos pensamientos cuando un aviso llama su atención. Al verlo, abre el cajón superior de su mesa, busca una nota, la encuentra y marca el número que figura en ella.

—Álvaro. Sí, soy Daniel. Ha llegado. No, tranquilo, no lo abrí, te espero. Date prisa. Gracias.

Cuelga el auricular bajo la atenta mirada de su compañero.

—¿Ha llegado un nuevo correo?

—Sí, Jorge.

—¿Como el último? Ya sabes, ese que no se pudo rastrear.

—Comienzo a comprender por qué te hiciste policía. Ese instinto y poder de deducción es innato.

—¿Te burlas de mí?

—Nunca, en ningún momento pasó por mi cabeza.

En ese momento, el joven jefe de los «friquis de los ordenadores» entra rápido en el despacho, cierra la puerta y se dirige al ordenador de Daniel, quien le señala su silla para que se acomode.

—¿Cuándo llegó?

—Segundos antes de llamarte. Ha sido ver el mensaje y darte aviso. Creo que es del mismo remitente.

—Tienes razón, eso parece. Ha saltado el antivirus general. Debe ser inofensivo, aunque voy a asegurarme primero. Los adjuntos son PDF normales, no hay ningún troyano oculto, ni tampoco ejecutables. Puedes abrirlo y estudiarlo. Yo me voy a mi cueva para ver si esta vez puedo llegar a localizarlo.

—¿Y si no lo logras?

—Espero conseguir algo más de información.

—¿No te interesa lo que nos dice?

—Eso es cosa vuestra, a mí me interesa cómo borra sus huellas. Si encuentro algo, te llamo.

Con la misma rapidez con la que entró, se va del despacho y cierra la puerta al salir.

—Bien, Jorge, vamos a ver qué nos cuenta esta vez.

Comienza a leer el nuevo correo en voz alta:

Hola, querido agente.

Imagino que has confirmado los puntos explicados en mi anterior mensaje.

Ya sabes que el desgraciado maltratador nada tiene que ver con los otros dos casos.

Has buscado información de Raimundo Guzmán Cortés y has comprobado lo que te dije, no fue más que un simple esbirro. Su nombre se utilizó como testaferro. Sigue el dinero si quieres, aunque no creo que te lleve a ningún lado.

El cubano conocía una identidad secreta que lo ha llevado a la tumba. Los otros dos chicos estaban en el sitio equivocado en el peor momento.

Tranquilo, estoy aquí para ayudarte. En los adjuntos tienes todas las empresas en las que Raimundo figura como socio o propietario. Recuerda que debes encontrar al jefe de todo. El de verdad.

El asesino que realizó los dos trabajos es conocido como «Mango». Es de los más caros y mejores que se puedan contratar.

No creo que necesites más ayuda, por el momento.

Un abrazo, Daniel. Aquí un amigo.

Imprime dos copias del mensaje y de los PDF; una se la da a Jorge.

—Pide los favores que sean necesarios, busca a los mejores en rastreo de cuentas y fondos. saca lo que puedas del rastro del puñetero Raimundo. Yo busco al tal Mango. ¿Te suena?

—Si te soy sincero, nada. No recuerdo ese nombre.

—Manos a la obra. Yo voy a dar novedades y a ver cómo se mueve todo.

—Vas a agitar el avispero. Ten cuidado, no te piquen mucho.

—¿Quieres venir conmigo?

—Tengo cosas que hacer. Suerte, Daniel.

Daniel lleva su copia en la mano, sube en el ascensor, imagina la posible conversación para tener preparada alguna respuesta. Se acerca al «matadero», por lo menos tiene la bella sonrisa de Loli antes de entrar.

—No sé si podré resistir sin darte un sonoro beso y que lo vean todos.

—Tranquila, disimulemos aquí, por favor, esta tarde nos damos todos los del mundo. ¿Está el comisario disponible?

—¿Te ha llamado para algún caso nuevo?

—No, ha surgido una cosilla que quiero comentarle.

—Mejor le aviso, no vaya a ser que le pilles con los cuernos retorcidos.

—Mejor.

Descuelga el el teléfono de su mesa y aprieta una tecla.

—Señor Comisario, el agente Daniel Iglesias quiere verle. Comprendo. Ahora mismo le digo que pase.

Hace un gesto con la cabeza mientras cuelga y le lanza un beso al aire. Daniel sonríe mientras le mira. Su semblante se vuelve serio cuando gira la cabeza y se acerca a la puerta del «matadero». Abre y se encuentra al comisario de pie, quien le señala la silla que tiene delante de su mesa para que tome asiento.

—¿Querías verme?

—Sí.

—¡Bien! Dime qué tienes que contarme.

—¿Recuerda el caso del chalet de Mejorada del Campo y el del tatuador cubano?

—Sí, lo recuerdo. Yo tengo esos casos como cerrados.

—Hemos recibido este correo, Sergio.

Le pasa la copia que imprimió antes y continúa con su explicación.

—Recibí un correo parecido hace unos días. Solo decía que los dos crímenes estaban relacionados, algo que nosotros sabíamos por balística, aunque nadie fuera de aquí tenía esa información. No le di mayor importancia.

—Supongo que localizarían a quien lo envió.

—Los «friquis» no pudieron encontrar el punto de envío.

—¿Está en el extranjero?

—A ver si te lo puedo explicar bien: al parecer, el mensaje rebota de un servidor a otro para dificultarnos encontrar el punto de partida.

—Eso es lo normal, sí.

—Este hacker consiguió que uno de esos servidores desapareciera, con lo que no pudimos seguir el rastro.

—Entiendo.

—Ya he pasado la información a los informáticos para ver si esta vez pueden llegar más lejos y localizarlo.

—No creo que fuese capaz de borrar su rastro en el primer correo y no lo haga en el segundo. Esto no es una broma y está demasiado bien informado. Que miren si encuentran algo en esas cuentas y busca lo que puedas de ese tal «Mango». Infórmame en el momento que tengas algo.

—Jorge ya busca información de esas cuentas, yo me pongo con el asesino ahora.

—¿Hay algo más que quieras decirme?

—Creo que no se pueden dar por cerrados los casos del cubano y del chalet.

—¿Por algo en concreto?

—¿Recuerda la llamada que avisó de los disparos en el polígono?

—Sí, la recuerdo.

—¿Cómo pudo escuchar los disparos si el arma llevaba silenciador?

—Entiendo. ¿Qué sospechas?

—Que el verdadero asesino fue el que avisó. Si hago caso a esos correos, hablamos de ese tal «Mango». El escenario nos lo preparó para borrar de un plumazo el caso del chalet.

—Así me gusta, eficacia de la vieja escuela. Continúa con esto. Nos han querido engañar y eso no lo podemos permitir. ¡Venga! ¡A trabajar!

Daniel sale del despacho, se cruza con Loli mientras ella escribe en su ordenador. Con disimulo, le hace un gesto de duda. Él le contesta con el pulgar hacia arriba, ella sonríe. Bien, ahora toca buscar quién puede ser Mango.

CAPÍTULO 51, 1 DE JUNIO, 10:06. EJERCICIO

Miguel está en la ducha. Esta mañana acompañó en su rutina diaria a Carlos: desde la cortijada bajan hasta la Playa de los Muertos, corren a buen ritmo, dejan las zapatillas y la camiseta en la arena para nadar hasta la Cala de la Media Naranja, descansan un rato y vuelven a la playa, donde comienza la dura ascensión hasta el Faro de Mesa Roldán. Luego recuperan mientras bajan a la cortijada, desde donde salieron. No está tan oxidado como pensaba, aunque necesita recuperar la buena forma física.

Baltasar abre la puerta del baño sin contemplación.

—¡Ven rápido! ¡Ha dado señales de vida!

—¿Quién?

—Manda un mensaje a Mango, un encargo.

—¡Voy!

Casi no se seca, solo se pone un pantalón de deporte para acudir al lado de su amigo ruso. Cuando regresó, dejó que Baltasar realizara dos tareas: la primera, el análisis de la copia que realizó su troyano destructivo del disco duro del ordenador que localizó la IP trampa; la segunda, que monitoreara el móvil de Mango, con la idea de localizar la posición del único número que tenía relación con él, por lo menos a través de aquel móvil. El análisis del disco duro sería muy interesante para la policía, pues tenía toda la información de contrabando de todo tipo, cuentas y muchas acciones delictivas, aunque no le ayudan en su interés por localizar a quien le contrató.

Baltasar confirma que aquel móvil no se ha vuelto a utilizar hasta el momento, también que nunca se conectó a internet, ni es posible el rastreo por GPS. Saben que se trata de alguien tan profesional como ellos, usa teléfonos de primera generación, solo es posible localizarlos por triangulación de antenas repetidoras. Miguel lo evita al cambiar de tarjeta SIM tras cada uso. En este caso, debe ser siempre el mismo número, no puede eliminar esa tarjeta, apaga el móvil mientras no tiene un encargo activo. Ahora se ha producido esa conexión.

—¡Cuéntame!

—Mandó un mensaje, parece un próximo objetivo.

—¿Has podido localizarlo?

—¿Qué pregunta es esa? ¡Claro que lo hice! Ahí viene el problema. Mira desde dónde envió el mensaje.

Miguel busca la localización que señala en la pantalla del ordenador. La triangulación de las antenas repetidoras marca un edificio sin posibilidad de error. ¡No puede ser! La Comisaría Central de la Policía Judicial.

—No creo que alguien de paso por la comisaría envíe desde allí una orden de asesinato. Espera otro momento y lugar para hacerlo. Tiene que ser alguien de dentro.

—Muchas bandas tienen infiltrados en el cuerpo o gente pagada para avisar sobre rutas sin vigilancia.

—Tienes razón, Balta. Sin embargo, las órdenes de asesinato solo las dan los de arriba en la organización, no puede ser un mando medio, debe ser el mandamás.

—Cierto.

—A ver el mensaje.

En la pantalla solo se ve las palabras que significan muerte, más la profesión y dos nombres de las próximas víctimas. Miguel lo lee en voz alta.

—«Nox Mortis. Agentes de policía Daniel Iglesias y Jorge

Andrada». Si no me equivoco, estos son los que llevan la investigación de lo del cubano y el chalet. ¿Cuándo mandaste el segundo correo?

—No hace ni una hora, cuarenta minutos. Me dijiste que lo enviara esta mañana.

—Perfecto, lo has hecho bien. ¿Has borrado el rastro?

—¡Por favor! Claro que se eliminó, no pueden llegar jamás, ya sabes cómo trabajo.

—Pensemos un momento. En cuarenta minutos no han podido hacer mucho. Lo han leído, analizado e imagino que han avisado al equipo informático y a sus superiores. Si no han realizado otra cosa, debe estar dentro de ese círculo la persona que envió este mensaje. Tiene que existir relación causa/efecto.

—Perdona, hay cosas del español que no entiendo bien.

—Digo que no puede ser casualidad que le enviemos el correo y en menos de una hora ordenen la muerte de los dos. Hay una relación directa.

—Comprendo. Tienes razón. ¿Qué quieres hacer ahora?

—Si quiero pillar al que dio la orden de matarme, tengo que hacerle salir de su madriguera. Toca hacer desaparecer a esos policías.

Los ojos de Balta se abren como si fueran a salirse de sus órbitas. Miguel le hace un guiño para tranquilizarlo, mientras comienza a hilvanar su próximo plan. Le pide a Baltasar acceso total al ordenador del agente Daniel Iglesias. Si le han dado orden de ejecutarlos puede ser por localizar alguna pista. Necesita estudiar toda la información que han conseguido, también debe preparar cómo eliminarlos para descubrir a quien manda sin que este sepa que Mango ya no está «a sus órdenes».

Nox Mortis

CAPÍTULO 52, 6 DE JUNIO, 09:21. MEJORADA DEL CAMPO

Daniel mira el paisaje desde la ventanilla, con la mente perdida en ningún asunto concreto, mientras Jorge conduce feliz el Audi. Tiene pocas ocasiones para disfrutar del coche. Esta mañana se presentó una al recibir el aviso del brigada de la Guardia Civil de Mejorada del Campo. Deben hablar con él sobre una novedad importante para el caso y recoger las pruebas y el informe correspondiente. Jorge aparca en el lugar reservado para coches oficiales. El guardia que está en la puerta da un primer paso para pedirles que lo quiten cuando se detiene al ver las credenciales que Jorge se apresura a sacar. Mientras tanto, Daniel permanece aún en el coche.

—¿Te pasa algo?

—No sé, hay algo que no cuadra.

—¿Algo que no cuadra? Todo en este caso está mal, todo. No hay por dónde cogerlo.

—Ya, y ahora el brigada encontró algo nuevo. No me cuadra, este hombre cerró y olvidó el caso.

—Tropezaría con algo por casualidad.

—Puede ser.

Se acercan a la entrada y Daniel pregunta al mismo agente de la puerta.

—Buenos días, queremos ver al brigada. ¿Sabes dónde se encuentra?

—Si dijo la verdad, debe estar en las Islas Canarias.

—¿Cómo dices?

—Prometió que cuando se jubilara se marcharía un mes con su

373

mujer allí para celebrarlo. Desde que se fue no le hemos vuelto a ver. Si cumplió con su palabra, estará en Tenerife. No puedo decirle más.

—¿Quién está al mando de este cuartel ahora?

—Un sargento.

—¿Podemos verlo?

—Por supuesto. Primer despacho a la derecha.

Una vez presentados ante el sargento al mando, la conversación no aclara mucho.

—Entonces usted no me ha mandado nada. Ningún correo electrónico, ni mensaje.

—Ni yo ni nadie de este cuartel, se lo puedo asegurar. Mire el ordenador, en correos enviados, desde ayer, ninguno.

—Y usted sustituye al bueno de nuestro brigada desde hace una semana.

—Correcto, una semana.

—Será un error. Perdón por las molestias.

Sin entender nada, salen del cuartel y se suben al coche en silencio. Jorge lo pone en marcha. Poco después, mientras circulan, escuchan una voz metálica.

—*Jorge, no te asustes, tranquilo. Lo mejor es que entres en el aparcamiento de ese supermercado que tienes a la derecha.*

—Pero…

—Haz lo que te dice, es una especie de walkie. Ahora lo busco.

—*Tranquilos. Está en la guantera.*

—¿Y si nos quieren disparar, Daniel?

—Ya lo habrían hecho, no somos tan importantes. Imagino que es el mismo que me envió los correos. —Mientras habla, saca con cuidado el transmisor de la guantera.

—*Sí, ese soy yo. Si quisiera liquidaros, en lugar del walkie habría puesto una bomba para dar espectáculo, o dos sencillos disparos. No encontrarás huellas, si es lo que piensas, Daniel. Tampoco tienes que apretar el pulsador para hablar.*

—¿Por qué nos has hecho venir hasta aquí?

—*Cierto, también soy responsable de esto. No puedo mantener esta conversación con vosotros cara a cara, tendría que liquidaros después. Sin embargo, tengo otra opción: hacerlo así, en resumen, para que lo entendáis, era esto o liquidaros.*

—¿Cómo?

—*Jorge, tranquilo. Hace días que soy vuestra sombra, no quiero haceros nada. Sin embargo, puedo aseguraros que han ordenado a Mango vuestra muerte.*

—Si es así, ¿para qué nos avisas?

—*Antes de ordenar vuestra muerte a Mango, le ordenaron la mía. Ahora es un asunto personal. Para vuestra tranquilidad, ya terminé con él. No tuve el detalle de comentárselo al jefe de esta banda, mafia, o lo que quiera que sea. Me quedé con su medio de contacto, por si las moscas, ya sabéis. Hace poco he recibido un mensaje con vuestros nombres, o lo que es lo mismo, la orden de mataros. Esperad que lo lea, aquí está. Dice: «Nox Motis. Agentes policiales Daniel Iglesias y Jorge Andrada». Bien, ahora viene el meollo del asunto.*

—No sé qué debo pensar. Tengo curiosidad por ver a dónde quieres llegar.

—*Engañé al jefe de la forma más sencilla y tonta. Vi cómo se comunicaban por el móvil, y contesté de la misma forma que hizo este sicario el día que terminó con los chicos del chalet de Mejorada o con el cubano y los otros dos. Le hice creer que terminó conmigo, utilicé el mismo procedimiento de las veces anteriores. Por tanto, piensa que Mango está todavía vivo y obedece sus órdenes. Solo quiero haceros una pregunta y hay poco tiempo para responderla. Tenéis solo dos opciones desde mi punto de vista. Opción uno: No queréis saber nada de mí ni de todo esto, no hay problema, yo desaparezco, no volvéis a tener noticias mías. Al poco tiempo el capo se da cuenta de que no contesta Mango, suma dos y dos, una vez tiene claro el resultado, contrata a otros que terminarán el trabajo sin dudar ni un instante. No os doy más de un par de semanas o tres de vida.*

—¡Eres la alegría de la huerta!

—*Puede que tengas razón, Jorge.*

—¡Daniel, está aquí al lado! Sabe quién de los dos habla.

—*O tengo unos prismáticos de la leche. Escucha bien que no lo voy a repetir. Opción dos: Tenéis que desaparecer como si os hubiera liquidado Mango, envío el mensaje que dice que realizó el encargo, mientras tanto, intento pillar a nuestro enemigo común.*

—¿Cómo que tú intentas pillar a esta persona? Eso es trabajo para la policía.

—*Vosotros debéis desaparecer, no podéis investigarlo. Es alguien de vuestra organización. Todo indica que trabaja en la comisaría o tiene poder en ella. Por otra parte, creo que hasta el momento os llevo mucha ventaja.*

—¿Por qué no cumples las órdenes? Consigues lo mismo, al final.

—*Ya os he dicho que esto ya es personal. No voy a seguir sus instrucciones. Si quiere veros muertos, entonces procuraré que continuéis con vida. Soy el espíritu de la contradicción. Por otra parte, puedo necesitar vuestra ayuda en un momento dado.*

—Para estar seguro de que lo entendí bien, tenemos que simular nuestra muerte.

—*No. Nada de simular, mucho más sencillo. Vosotros desaparecéis, vuestros cuerpos no aparecerán, por tanto, no os declararán fallecidos de manera oficial. Solo hay que cumplir una norma básica y necesaria. Nadie, os lo digo muy en serio, es vuestra vida la que os jugáis, nadie debe saber que seguís con vida.*

—¿Ni a mi mujer puedo avisar?

—*Es alguien de dentro. No lo olvides. Desde mi punto de vista y por mi experiencia, solo podemos saberlo nosotros tres. La pareja debe actuar y pensar como todo el mundo, debe estar convencida que habéis desaparecido, si queremos que esta trampa funcione.*

—¡Joder! ¿Tú que piensas, Daniel?

—No me vas a creer, creo que debemos hacer lo que propone.

—*Es vuestra mejor opción, aunque no lo parezca.*

—¿Cómo lo hacemos? Seguro que ya lo tienes pensado.

—*Supongo que tenéis algún sitio perdido que nadie más conozca para ocultaros allí.*

—Mi mujer conoce los mismos sitios que yo, Daniel, no tengo dónde escondernos.

—Yo sí. Conozco una cabaña perdida del mundo, un refugio de caza al que ya no va nadie.

—*Bien, ese es vuestro destino. Apagad vuestros móviles, quitadles la batería, aunque debéis llevároslos con vosotros, las armas también. El coche dejadlo aquí, cerrado, la llave al bolsillo. Aparcado más adelante hay un Mercedes clase A gris. En la guantera hay un sobre con dinero, gentileza de quien nos quiere matar.*

—¿Dinero?

—Bien pensado. No podemos usar nuestras tarjetas y tendremos que comprar comida por el camino, nada de dejar rastro digital. Hay que pagar en efectivo.

—*Exacto, es preferible en tiendas pequeñas, sin cámaras, lejos de aquí, en cualquier sitio a mitad de camino. En la guantera también hay un móvil que no controla nadie. Yo os llamaré para contaros cómo va la cosa o si necesito vuestra ayuda. No lo descarto.*

—¿Así de fácil va a ser? ¡Se va a liar gorda, Daniel!

—Peor será si tienen que ir a nuestro funeral.

—*Si todo sale como debe, me acusáis de secuestro, eso no será problema. Si te meten un tiro en la cabeza, tiene peor solución, créeme.*

—Fuera móviles. Como nos la juegues, te encontraré.

—*No os la voy a jugar, aunque tampoco me dejaré pillar nunca. Chicos, lleváos el walkie también. Este coche lo van a analizar en cuanto lo localicen, que será pronto.*

Poco después, un pequeño coche se aleja de la capital de España mientras el conductor y su acompañante planean en qué van a gastar la exagerada cantidad de dinero que encontraron para ayudarles a perderse con discreción.

CAPÍTULO 53, 6 DE JUNIO, 11:43. LISTO

Nota una vibración poco después de devolver la vida al viejo móvil. Es un mensaje que llegó mientras estaba apagado. No hay nadie pendiente de sus movimientos, sin embargo, espera estar a solas para leerlo. Entra en un archivo que no se utiliza casi nunca, se dirige a la zona más alejada de la puerta y, cuando tiene la certeza de que nadie puede observarle, lee por fin el mensaje. Este solo tiene una palabra: «Listo».

Sonríe. Ya nadie puede hacerle ningún mal. Piensa la respuesta y, poco después, la envía: «Piérdete durante un largo periodo de tiempo. No necesitaré tus servicios por ahora».

Guarda el teléfono y vuelve a su mesa rebosante de felicidad. Sonríe. Ya nada, ni nadie, puede molestar su mandato en la organización. Ahora puede crecer sin límite. Sus planes de expansión no encontrarán obstáculos. Es el momento de aprovecharse y escalar el negocio al máximo.

Nox Mortis

CAPÍTULO 54, 6 DE JUNIO, 13:19. PERDIDOS

Loli intenta llamar a Daniel, hasta ahora siempre le contestó con rapidez. No encuentra normal el mensaje recibido: «El teléfono al que usted llama se encuentra apagado o fuera de cobertura». Busca el número de su compañero, Jorge, puede ser que se olvidara cargar la batería la noche anterior, o que haya roto el móvil, una caída le puede suceder a cualquiera.

Poco después recibe el mismo mensaje al intentar contactar con su compañero. No puede esperar más, quizás se arrepienta, con toda la determinación de la que es capaz se dirige al despacho del comisario Sergio Romero, si algo pasa, él debe estar al tanto, es quien manda.

—Comisario, debo comentarle una cosa que me tiene muy preocupada.

—Dime Loli.

—Los agentes Iglesias y Andrada no dan señales de vida.

—¿Cómo?

—No tengo forma de contactar con ellos. Les he llamado y parecen tener los móviles apagados.

—¿Los dos?

—Por eso me he decidido a comunicárselo, no es habitual.

—Comprendo. Tienes razón. —El comisario descuelga el teléfono y con el auricular en su oreja da una orden tajante. —Soy el comisario Romero. Localiza la posición del coche que lleva el agente Iglesias. ¿No llevan todos los nuevos un dispositivo GPS para conocer su localización? ¡Pues eso! Rápido. Espero, no cuelgo. Supongo que solo tienes que mirar en una pantalla, no debes tardar más de un minuto.

¿Dónde dices que está el coche? ¿Puedes ver desde cuando está ahí parado? Vale, envía a algun compañero para que lo comprueben, cuando estén allí, diles que me llamen.

—¿Qué pasa?

—¡Tranquila! Entiendo tu preocupación. Sé que tienes una relación con Daniel. Su coche está cerca de Mejorada, en el aparcamiento de un supermercado. Lleva allí unas horas, pueden estar detrás de alguna pista, no saquemos conclusiones precipitadas. Será una tontería de la que nos reiremos en unos días.

Lejos de reír, la secretaria comienza a llorar desconsolada. Da media vuelta y se dirige a su mesa entre sollozos y lágrimas. El comisario supone que su llanto solo ha comenzado, va a llorar mucho.

CAPÍTULO 55, 6 DE JUNIO, 14:46. UN PEQUEÑO GUSANO

Los virus informáticos hoy infectan más teléfonos móviles que ordenadores. Aunque no es muy conocido por la mayoría de usuarios, los hackers se aprovechan de esto. Muchos de esos virus son simples y no causan daños graves a los dispositivos. Baltasar preparó uno especial. El inconveniente principal era el equipo usado por la víctima: un móvil de primera generación, sencillo y funcional, algo que puede frenar a un novato.

Baltasar no lo es, ni mucho menos. Ha preparado un gusano indetectable oculto en un sencillo mensaje SMS, para ser más preciso, lo escondió dentro del mensaje enviado por Miguel unas horas antes. La simpleza y poca capacidad de los aparatos viejos impiden el uso de virus modernos. Para evitar su detección, el experto hacker ruso programa sus virus y troyanos de forma que no se activan de inmediato. Debe esperar tres horas para realizar su primera tarea. La orden es sencilla: debe buscar las antenas de telefonía más próximas durante un segundo, sin iluminar la pantalla ni nada que pueda delatarlo, en segundo plano. El dueño del teléfono no notará nada y esta instrucción se llevará a cabo aunque el aparato esté apagado. Lo único que puede impedir su buen funcionamiento es si agotan o quitan la batería. Esta señal se repetirá cada hora. Lo que Miguel debe hacer es sencillo: esperar la localización enviada por su troyano desde el móvil infectado.

Mira su reloj, sabe que su plan ha comenzado a funcionar. Llama a su viejo amigo.

—¡Hola, Balta! ¿Lo tienes?

383

—Cómo eres, ni un cariño, ni un cómo estás, tú directo a lo que te interesa.

—Sí, eres tú el que me pide siempre rapidez, que no pierda tiempo. Además, nos despedimos hace nada, déjate de historias. Vamos a lo que interesa. ¿Funciona?

—Sí, tenías razón, está en la comisaría de la Policía Judicial.

—Bien, ya sabes, envíame ese listado de los empleados con su dirección habitual. Espero que más pronto que tarde, la señal indique de quién se trata.

La señal es captada hora tras hora en el mismo sitio. A las siete de la tarde indica las mismas coordenadas de otras veces. Como cada hora, el hacker ruso llama para decirle que no ha variado la posición del teléfono.

—Miguel, debes plantearte una nueva hipótesis. Dejó el móvil en la comisaría.

—No creo. Si es como imagino, dirige un grupo peligroso que mueve mucho dinero. Su teléfono secreto debe ir con él. No tiene lógica desconectarse de su organización tantas horas. El teléfono lo lleva encima.

—Puede que tengas razón, aunque quizás trabaje con varios móviles con tarjetas clonadas. Es algo que se puede hacer con cierta facilidad.

—Explícate, Balta.

—Es complicado que lo realice esta gente. No creo que se haya hecho nunca hasta ahora. Imagina esta situación: varios móviles de primera generación, con la misma SIM clonada. Ahora enciende el de la comisaría, luego enciende el de casa, puede tener otro en el gimnasio.

—No lo veo, debe poder comunicarse mientras se traslada.

—Bien pensado, otro en el coche.

—No sé, creo que eso es demasiado complejo hasta para este personaje.

—Ya no queda nadie.

—Se han ido muchos funcionarios, aunque han entrado otros. Puede que alguien haga horas extras hoy.

—Entonces toca esperar.

Desde un edificio cercano, en la azotea, Miguel controla con unos prismáticos el aparcamiento de la comisaría, cada vez con menos vehículos. No espera que su plan falle. Si lo hace, tendrá que buscar otra forma. Quizás la loca idea del ruso tenga algo de razón.

Nox Mortis

CAPÍTULO 56, 6 DE JUNIO, 19:31. APARIENCIAS

No le apetece seguir en su despacho, aunque no ve otra opción. No está bien visto que dos de sus agentes hayan desaparecido sin dejar rastro y que él se marche temprano a su casa tan tranquilo; como mínimo debe guardar las apariencias. Llama al departamento científico por si hay alguna novedad en el coche, lo imagina desmontado en un inútil intento de encontrar alguna pista que pueda explicar aquella extraña situación. No encontraron nada, aún, eso dicen. Mira su reloj, cree que ya cumplió con holgura su deber. El comisario suspira y apaga el ordenador.

Deja atrás un largo día de trabajo, esa es la imagen que quiere dar, la que toca en una situación semejante. No queda nadie en su planta. Consiguió su primer objetivo, ningún compañero puede decir que se fue más tarde que el jefe el día que desaparecieron dos agentes. Respira con tranquilidad. Su idea hoy es pasar desapercibido, lo consiguió. Sonríe mientras cruza el aparcamiento casi desierto. Tiene la seguridad de que todos le han visto preocupado cuando se confirmó la desaparición de Daniel y Jorge. Esa es la imagen que debe proyectar un buen comisario, la que él necesita tener ahora que preparó su jubilación, la que todos deben recordar.

Antes de arrancar, piensa en ir a tomarse algo antes de llegar a su casa. Sus ojos se iluminan de ilusión y ganas, se apagan al instante. No puede permitirse que lo vean hoy en algún lugar público con una copa en la mano. Después de un día de trabajo tan estresante y complejo como hoy, alguien puede pensar que está de celebración, esa no es la imagen apropiada para un comisario preocupado. Con cara de fastidio se dirige a su casa, allí se puede tomar la copa que necesita tranquilo y a solas. Mientras tanto, alguien vigila y controla todos los movimientos en aquel aparcamiento.

CAPÍTULO 57, 6 DE JUNIO, 20:07. LA CUEVA

Baltasar llama para dar la localización facilitada por el gusano enviado camuflado en un simple SMS. Miguel comprueba las direcciones de los empleados y esta no figura en el listado. No es la facilitada por ninguno de ellos como residencia habitual. Desde que dejó su coche a los agentes Iglesias y Andrada, se mueve en un ciclomotor comprado la tarde anterior; nadie se fija en él. Es un hombre en chándal con una bolsa de deporte que se mueve con facilidad entre el tráfico de Madrid, parece dirigirse a un gimnasio o a realizar algún deporte. Ha dejado la azotea desde la que controlaba el aparcamiento de la comisaría para dirigirse a una dirección concreta, un chalet de lujo en una de las urbanizaciones más exclusivas de Madrid, La Finca en Pozuelo de Alarcón, algo muy lejos del sueldo del funcionario mejor pagado de la Policía Judicial. Una vez aparcado el ciclomotor en un lugar discreto, cerca de la vivienda, se coloca un auricular inalámbrico y llama a su amigo ruso.

—¿Qué me puedes decir del sitio?

—No es una casa normal.

—Explícate mejor. Ya veo que es un pedazo de chalet.

—Me ha costado mucho entrar en su sistema de seguridad, tiene más protecciones que un banco suizo.

—Es alguien que se preocupa por su bienestar, lógico, si es quien nos imaginamos, ¿no crees?

—Sé lo que me digo. No es normal tener una triple barrera de cortafuegos en una instalación para una vivienda. Mis mejores alumnos habrían caído en las trampas, yo casi lo hago también.

—Bien, ahora lo importante.

—Vale. Ya estoy dentro y lo controlo todo. ¿Qué quieres que haga?

—Necesito una vía de entrada.

—Eso es fácil, la domótica completa de la vivienda la tengo en una pantalla, dime por dónde quieres entrar, te desconecto la alarma de esa zona y te facilito el acceso.

—Perfecto. ¿Cuántas personas hay en la vivienda?

—Una, solo una, está en la piscina toma una copa mientras disfruta de los últimos rayos de sol de este día.

—¿Solo una? ¿No tiene nadie de protección?

—Está en su cueva. Nadie se atreverá a entrar en su zona de seguridad, tiene un buen sistema de seguridad montado, está en su nido.

—Valiente cueva tiene.

—Ya sabes lo que quiero decir, la cueva de cada uno es el sitio donde se encuentra seguro y protegido, la mía está aquí, en la Playa de los Muertos, la suya allí. Creo que se fía más del sistema electrónico que tiene montado, que de tener cuatro guardaespaldas.

—Pues contigo no le vale de mucho.

—Tú lo has dicho, conmigo. No te engaño si te digo que no hay en el mundo más de tres hackers capaces de llegar hasta donde he llegado yo. ¿Por dónde quieres entrar?

—¿Desde donde está puede ver la entrada principal?

—No, la piscina está en la parte opuesta de la finca.

—Pues entremos como la gente importante.

—Desconecto cámaras y alarma de la zona cuando me digas.

—¿Lo tienes todo controlado?

—Todo, ahora mismo deja la copa en la mesita, toma el teléfono y mira la pantalla.

Miguel mira en todas direcciones y no ve a nadie, abre la bolsa de deporte, busca entre varias armas hasta encontrar la que quiere, una pistola Glock a la que coloca un silenciador. No hay más personas en la casa, sin embargo no quiere que algún vecino escuche un disparo y dé la señal de alarma. Espera a que su amigo ruso le facilite el acceso, agradece no tener que escalar los altos muros de este chalet.

Nox Mortis

CAPÍTULO 58, 6 DE JUNIO, 20:26. LA LLAMADA

E l comisario Sergio Romero deja la copa cuando suena su teléfono, mira la pantalla del móvil con cierto malestar. No le apetece atender la llamada, aunque va en el cargo. Suspira y pulsa el botón verde.

—Dime, Loli.

—Comisario, ¿no sabe nada aún?

—Nada. No te preocupes, en cuanto tengamos la más mínima noticia de Daniel o de Jorge, lo primero que hago es llamarte para ponerte al tanto. Todos imaginamos vuestra desesperación con esta situación. También tengo presente la familia de Jorge. Sabes que todos los compañeros buscamos respuestas. Este es nuestro objetivo ahora mismo. También están implicados el resto de cuerpos del estado. Nuestra máxima prioridad son ellos, no lo dudes.

—Gracias. Por favor, no lo deje.

—No lo haremos. ¿Puedo hacer algo más por ti?

—Encuéntrelos, por favor se lo pido.

—Lo haremos, no te quepa duda. ¿Dónde estás?

—En su casa, espero por si aparece aquí. No sé dónde puedo buscarlos.

—No, no, haces bien. Ahí es donde debes estar, por si vuelve. Intenta descansar esta noche. ¿Quieres que envíe alguna patrulla para que te haga compañía?

—No, comisario. Si hay algún agente disponible, prefiero que trabaje en la búsqueda. Yo no necesito más compañía que Daniel.

—Tranquila, hacemos todo lo que está en nuestras manos. Pronto lo tendrás de vuelta. Esto solo será un mal recuerdo.

—Eso espero.

Un momento de silencio después aprieta el botón rojo. Esta llamada le incomoda, le deja mal cuerpo. Gajes del oficio, él tiene que realizar el papel de buen comisario delante de todos sus empleados, eso es lo que hace, encoge sus hombros y decide tomar otro trago de su copa.

CAPÍTULO 59, 6 DE JUNIO, 20:28. EL ENCUENTRO

Baltasar desconecta el sistema de vigilancia. La alarma no sonará, de la misma forma que las cámaras transmiten, aunque no graban lo que sucede en la casa desde hace unos minutos. La puerta principal se abre y Miguel sigue las instrucciones de su viejo amigo. Rodea la vivienda por el lado derecho, quiere llegar hasta la persona responsable de todo. Por fin la ve: parece mantener una conversación por el móvil. Habla con voz calmada, no escucha lo que dice. Al poco, mira la pantalla, aprieta un botón y deja el teléfono sobre la mesa junto a la tumbona. Toma la copa que se encuentra al lado y le da un sorbo.

Miguel retrocede para alejarse, quiere preguntar y que no lo escuche. Cuando considera que está lo suficientemente lejos, habla.

—Balta, dime que estoy en el sitio indicado.

—Lo estás.

—¿Nadie ha entrado o salido?

—Nadie.

—¡Esto no me lo esperaba!

—Con sinceridad, yo tampoco, lo siento, es lo que hay.

—No imaginé que fuese …. ¿Todo sigue igual?

—Más o menos. Se ha dado media vuelta, ahora está de espaldas para que el sol broncee esa zona.

—Busca todos los datos que puedas encontrar de esta vivienda, sobre todo a nombre de quien está la propiedad.

Miguel vuelve a su posición anterior. Confirma que está en la tumbona boca abajo, su cabeza mira al lado contrario. Aprovecha para acercarse mientras apunta con la Glock a su cabeza. No le pillará desprevenido en ningún caso. Avanza despacio, sin hacer ruido, hasta encontrarse tan cerca que su sombra cubre parte de su voluptuosa figura. Al notar la diferencia de temperatura en la piel, se da la vuelta con mirada furiosa.

—Quién eres y qué haces aquí.

—Yo puedo preguntar lo mismo.

—Te has colado en mi casa, deberías saber a quién vas a intentar robar.

—¿Quién habló de robar? ¡Yo no dije ni una palabra de eso! Contestar a quien te apunta con una pistola suele ser una buena costumbre. Nox Mortis, querida, ¿te suena?

—¿Conoces nuestra clave para ordenar una muerte?

Mientras hablan, Baltasar localiza a que nombre está registrado el chalet de lujo. Al mismo tiempo que lo escucha por el pinganillo, Miguel lo repite en voz alta mientras se sienta en la tumbona de al lado, sin dejar de apuntar directo a la cabeza de la mujer.

—Dolores Sanz Martínez, bien.

—Sabes mi nombre, por lo menos. Llámame Loli, como todos.

—Eso no me dice qué eres. —Por el pinganillo escucha la profesión que figura registrada de forma oficial, también la dirección del piso que tiene registrado en el listado de empleados como su dirección habitual—. Una secretaria de la Policía Judicial no puede permitirse este chalet. El pisito que figura como tu vivienda, sí. Todo esto, va a ser que no.

—¿Te haces una idea de a lo que te enfrentas?

—¡Sigues desafiante!

—¡Siempre! No se llega hasta donde yo lo hice con dudas. Ahora dime quién eres y por qué estás aquí.

—No me hace mucha ilusión que ordenen matarme, entre otras cosas.

—¡He mandado matar a tantos! ¡Especifica!

—Joder, me gusta cómo eres. Estás sola, desarmada, perdida y continúas al mando en tu imaginación.

—Lo estoy, aunque tú no lo veas ahora, lo estoy. Te lo aseguro.

Por el pinganillo, Baltasar le explica: «El sistema de videovigilancia transmite las imágenes a su seguridad privada. En algún lugar hay un equipo que está pendiente de las pantallas, supongo que monitorizan todo en directo. Tranquilo, he creado un video que están viendo en bucle con ella tumbada mientras toma el sol, tampoco pudo lanzar una señal de alarma. Eso no significa que tienes todo el tiempo del mundo. Anochece, pronto será de noche, en el momento que alguien se dé cuenta de que la luz del día que ven no coincide con la real, irán a por ti. No creo que tarden mucho en darse cuenta del detalle. Para tu tranquilidad, también estoy pendiente de las cámaras de la urbanización. Si veo algo raro, te aviso».

—Bien, yo quiero respuestas. Mientras me respondas con agilidad, sigues viva y esperas a que ocurra algo que te ponga al mando de la situación. Si no, termino la conversación con una bala entre tus ojos y hasta aquí nuestra charla.

—Si necesitas las respuestas, esperarás el tiempo que sea necesario.

—No has entendido bien la situación, Loli. Yo no «necesito» respuestas, las «quiero», me apetece conocerlas. En el momento que no me las des o que tardes en proporcionarlas, esta conversación se dará por terminada.

—Bien, pregunta.

—¿Por qué me mandaste matar?

—No te lo dije en broma, he ordenado la muerte de mucha gente. No sé quién eres, creo que no te vi nunca.

—Tienes razón, no nos hemos visto antes. Soy el que contrataste para localizar a Elisenda García Santisteban.

La cara de seguridad que ha mantenido Loli hasta este momento desaparece. Abre los ojos con asombro y fija su mirada en el rostro que tiene delante. La situación es mucho más grave de lo que suponía.

—¡Tú estás muerto!

—Es gracioso que lo digas, tu amigo Mango comentó algo parecido.

—Me llegó el mensaje de confirmación. El encargo se cumplió.

—Ya ves que no es así. La cosa no salió como tenías previsto. Responde.

—Localizado el lugar donde se escondía esta mujer, cualquiera de mis sicarios se podía encargar de eliminar ese cabo suelto. Cuanto menos supieras tú, mejor.

—¿Por qué necesitas encontrarla?

—Por seguridad. Las dos nos infiltramos en la banda, aunque yo no supe nada de su existencia hasta hace poco tiempo. Ella solo llegó a contactar con un don nadie. Yo tuve la suerte de encandilar a un pez gordo. Encontré una buena oportunidad, le confesé que era una infiltrada. No soy tonta, prefiero el dinero fácil y el lujo, a la vista está, mira a tu alrededor. Entonces invertí los papeles, dejé de ser infiltrada al servicio de la Policía y me convertí en una informadora de la banda. Los muy inocentes, como premio por el trabajo de infiltrada, me dieron a elegir un puesto cuando retorné al trabajo normal. Escogí el puesto de secretaria del comisario. De esta forma tengo acceso a toda la información que puede interesar a nuestra organización. Redadas a la competencia, dónde se guardan armas, drogas. Cualquier información, bien utilizada, es beneficiosa para la banda. Todos los que tenían conocimiento de mi trabajo dentro de infiltrada fueron eliminados. Nadie podía relacionarme con mi propia banda. Mi pareja ascendió hasta ser el máximo jefe, gracias a los triunfos que yo le proporcionaba. Confiaba en mí más que en nadie. Conseguí convencerlo de trabajar de forma indirecta. Todos reciben las órdenes sin ver la cara de quien las da. Cuando tuve todo bien amarrado, ordené su muerte. Desde entonces, ocupo su lugar en la cima de nuestra banda. Solo unos pocos lo saben, el resto obedece sin problema mientras el negocio funciona mejor que nunca, gracias a la información que consigo por estar «infiltrada» en la comisaría.

—Elisenda, María José, o como quiera que se llame, tenía olvidado el caso. Ni se acordaba de ti.

—Hasta ahora, eso es cierto. Pronto van a aplicar una nueva norma. Para completar el banco de muestras de ADN, todos los funcionarios van a estar metidos en él.

—Y tú apareces en él, entiendo.

—Yo no aparezco en ningún lado. En su día cambié las muestras en las que yo podía estar implicada. Busqué a uno de los prescindibles de la organización. Raimundo fue el elegido, lo tenían como testaferro en alguna sociedad.

—Como con la que me pagaste.

—Eres bueno, cabrón. Sí, esa sociedad y el rastro de ese dinero se marcarían si alguien investigaba. Por eso no me importó pagarte. Era eso o perderlo para siempre y que se lo quedase el banco suizo.

—¿Qué tiene que ver todo esto con Elisenda?

—Al cambiar la muestra de ADN de Raimundo encontré un

documento vinculado a él. Durante el tiempo que estuve infiltrada, el capitán Martos consiguió que una de sus agentes entrase también en la organización. Pasó poca información, nada más que sobre Raimundo. De ella no se acuerda nadie, de mí no se suelen olvidar. Alguien podía recordar que yo estaba allí. Tuvo trato directo con uno de mis testaferros. Me pudo ver, quizás no supiera quién era en su momento. Puede sumar dos y dos y reventar mi tapadera. No se llega hasta mi posición sin tomar este tipo de decisiones. Los testigos hay que callarlos, tú debes saberlo mejor que nadie. Debía encontrarla y eliminarla. El capitán Martos murió sin decirnos nada. Bueno, eso no es cierto del todo. Conseguimos el carnet de Elisenda que te pasé a ti. Después de mucho investigar, llegué hasta María José. No pudimos avanzar más. El resto ya lo sabes. Me dijeron que eras bueno, joder, lo eres. Aquí estás con una pistola que apunta a mi cabeza. Cuando me dijo tu amigo Max la tarifa que cobras, pensé que era una locura, aunque tenía ese dinero perdido en un banco suizo. Era un buen destino para esos fondos, mejor que la basura, desde luego. Un momento. ¿Max tampoco está muerto?

—No, de ninguna manera.

—Necesito gente como tú, sabes que pago bien. Muy bien.

—Ya imagino, sobre todo ahora que quedó vacante el puesto de tu amigo Mango.

—Ahora eres más necesario que nunca. Di tu precio.

—No tengas prisa. No he resuelto todas mis dudas. Ya conozco tus motivos para buscar a Elisenda. ¿Qué tienen que ver en esto Daniel y Jorge, o es por otro tema distinto?

—No se dan por vencidos. Les cerré el caso con un lacito para enviar al olvido a Raimundo, al cubano y por último le tocaría el turno a Elisenda, o como quiera que se llame.

—Por eso los mandaste matar.

—Sí, por eso están m... ¡Un momento! ¡Mango no los ha matado!

—Me temo que no. Tampoco mató a estos.

—Tú los has quitado de en medio.

—Solo por unos días.

—Somos profesionales. Tratemos este tema como debe ser. Tú te mueves por dinero. Sabes que puedo pagarte mucho, más de lo que ya has cobrado.

—Me interesa tu oferta, aunque no puedes llegar a mi tarifa.

—Bien. Ya pediste un elevado precio una vez y te lo pagué sin rechistar. Dime cuanto me va a costar que te unas a nosotros.

—No puedes pagarlo.

Miguel se levanta y comienza a caminar por la terraza, detrás de la tumbona sin dejar de apuntar a la cabeza de aquella mujer.

—Te aseguro que sí. No imaginas lo que puede acumular una red bien organizada, con información directa de todo lo que hace la Policía Judicial, la esquiva siempre y cubre los huecos dejados por otras bandas encarceladas. Pide.

—No lo has entendido, Loli. No puedes pagarlo. Nadie que ordene mi muerte puede pagarlo.

Miguel se situa tras ella, deja la pistola en el suelo. Cuando Loli se da cuenta intenta escapar, es tarde. Ya la aferra por el cuello con ambas manos. El oxígeno no llega a sus pulmones. Patalea con el vano intento de escapar mientras aquellos fuertes dedos aprietan hasta que el cuerpo de la mujer deja de moverse. Se asegura de que está muerta y va a buscar la bolsa de deporte que dejó cuando decidió acercarse. De ella toma unos guantes y se dirige al interior.

—Balta, tú que me recomiendas.

—Busca portátil, tablets y no te olvides del móvil que está en la mesa de la piscina.

—De acuerdo, tienes razón. Llama al otro, al secreto. Si no está en silencio, lo podemos encontrar. Fijo que puede ser de ayuda.

El teléfono secreto no está en silencio. Lo encuentran en un bolso que ha dejado Loli, junto con su ropa en un dormitorio. Ahí encuentran un portátil, Miguel lo guarda en la bolsa, junto al móvil.

—Si lo piensas bien, es una secretaria. Tiene que tenerlo todo apuntado por algún lado. Busca una agenda, una libreta, algo así.

—Tienes razón.

Poco después, encuentra un diario. Cuando lo abre, ve números muy largos. Imagina que son las cuentas con las que se mueven los fondos de la banda y también las contraseñas. Mete el diario en la bolsa. Por el pinganillo, Balta avisa de que tres grandes todoterrenos negros han entrado a toda velocidad en la urbanización. Se echa la bolsa al hombro.

—¿Qué sugieres, ruso del demonio?

—La puerta del garaje da a la calle opuesta a la puerta principal. No te cruzarás con esta gente.

Piensa si dejar a Loli allí, pero imagina que será más desconcertante para sus sicarios si no la encuentran. La levanta como si fuera un fardo y se la echa al hombro. Balta le guía y le dirige a la cochera, donde hay varios coches de lujo y un viejo Seat Ibiza. Decide que es mejor coger un vehículo con gran maletero. Todos están abiertos y con las llaves en el salpicadero. No imagina dónde puede esconder a Loli en un Ferrari o Lamborghini, así que abre la puerta del copiloto de un hermoso Aston Martin DB11, coloca a Loli y sujeta el cuerpo con la ayuda del cinturón de seguridad. Deja la bolsa sobre sus piernas. Mientras tanto, la puerta del garaje se abre.

—Tranquilo, campeón, he sido yo.

—Gracias, Balta.

—Te guío. Vas a dar un poco de vuelta, aunque con esta ruta esquivas la puerta principal de la urbanización. Sal por tu izquierda.

—A sus órdenes.

—No tengas prisa. Antes de salirme de su sistema de seguridad he activado todo el sistema de alarma, menos el garaje. Además, he cambiado las contraseñas. Tienen que estar locos ahora mismo. En cuanto salgas, cierro la puerta y activo también esa zona.

Mientras tanto, un numeroso grupo de hombres intenta abrir la puerta principal de aquella vivienda sin conseguirlo. Los vigilantes del acceso a la Finca reconocen el Aston Martin de su vecina y le facilitan la salida, abren la barrera mientras saludan. Por la hora y la falta de luz, no distinguen bien a su conductor. No es necesario; el coche está más que autorizado.

Miguel indica al navegador que busque la mejor ruta para llegar a Sacedón. Ha imaginado que puede ser un bonito final para Loli terminar junto a Mango en el fondo de un pantano.

CAPÍTULO 60, 7 DE JUNIO, 11:16. RETORNO

Daniel y Jorge reciben de madrugada la llamada que esperan. Está todo resuelto. Ya nadie les amenaza. Miguel puede darles la información del portátil de Loli, no lo hace. Se aprovechará de ella si puede hacerlo, tampoco tiene obligación de ayudar a las fuerzas del orden.

Mientras se dirigen a la comisaría, los dos agentes piensan en sus cosas. Jorge ya llama a su mujer y la tranquiliza, no sin esfuerzo; todo está bien. Sobre todo desde que abrió un sobre escondido en el coche con un montón de dinero a repartir entre los dos. Su misterioso ayudante les dijo: «Ese dinero no es para comprar vuestro silencio, es para cubrir los innecesarios sufrimientos que ha provocado la persona que quiso veros muertos. Tenéis que cumplir dos únicas condiciones. La primera, olvidaros de mí y de este día perdidos del mundo. Inventad la historia que queráis, mientras no aparezca yo por ningún lado. La segunda condición es sencilla, lo siento, Daniel. No puedes, ni debes, buscar a Loli. Está implicada en el caso, no os interesa saber nada más. El coche os lo podéis quedar. Cualquier gestoría puede hacer la transferencia con los papeles que tenéis en la guantera».

El silencio lo rompe Jorge.

—Me gusta conducir, y me gusta este coche. Si te parece, me lo quedo yo.

—Puedes hacer lo que te salga de los mismísimos…

—¿Todavía estás enfadado por Loli?

—¿Por ser utilizado y engañado sin saber por qué? ¡Sí! Estoy jodido, mucho.

—Me sorprendes, con todo lo listo que eres para unas cosas, lo tonto que puedes llegar a ser para otras.

—Ilumíname.

—Estás así por perder a la chica, sin darte cuenta de que fue ella quien quería matarte. Matarnos a los dos, mejor dicho. Que le den, disfruta de tu vida. Con este dinero puedes conseguir muchas Lolis que no querrán verte muerto.

—¡Visto así!

—Yo no puedo verlo de otra forma. ¿Qué vamos a decir?

—Pues que una banda de sudamericanos nos secuestró, no fue fácil escapar.

—Me parece bien. ¿Se lo tragarán?

—Diremos que tienen algo que ver con Raimundo. Ve al polígono donde encontraron a los cubanos, diremos que nos escapamos allí.

—¿Y eso?

—No querrás que nos vean llegar en un Mercedes nuevo al aparcamiento de la comisaría. Vamos al polígono, aparcamos el coche y buscamos el mejor sitio para aparecer, despistados y con lagunas de memoria. Luego llamamos desde la misma cabina.

—¡Tienes razón! Cuando quieres, eres bueno, muy bueno.

—Cuando pase un día o dos, recoges tu nuevo coche.

Poco después, se recibe una llamada en la central de la comisaría: los agentes Iglesias y Andrada han aparecido. Mientras tanto, días después se activa una búsqueda para la administrativa Dolores Sanz Martínez, más conocida por Loli. Ella es quien no da señales de vida ahora. El comisario Romero no puede entender esta racha de mala suerte, justo ahora que piensa jubilarse de una vez por todas.

CAPÍTULO 61, 14 DE JUNIO, 10:16. DETALLES

Ya tiene planeado su nuevo destino. Dentro de poco tiempo, toda la identidad de Miguel desaparecerá para siempre dentro de un contenedor de un pequeño puerto de la Costa Brava. Con su nuevo y flamante DNI, recogido el día anterior de manos de Manuel, formalizó la compra de un buen velero. Ha sido una ganga. Ahora mismo no tiene ningún problema económico. Hace tiempo que no lo tiene, en este momento mucho menos. Baltasar ha abierto todas las cuentas de la banda gracias al diario recogido en el chalet y transfirió casi la totalidad de los fondos a la cuenta indicada por él. No las dejó secas para no llamar en exceso la atención de la entidad bancaria, aunque supone que no es algo que les importe mucho. Sus instrucciones eran claras: dejar un cinco por ciento de fondos en cada una. De lo recaudado, el setenta por ciento para él, el veinte para Baltasar y el diez para Nuria. Carlos se conforma con estar libre de alquiler para siempre, ahora que ya conoce quién es su arrendador.

Mientras tanto, Loli descansa en el fondo del pantano, no muy lejos de tres coches y sus correspondientes inquilinos. Ella no está sentada al volante de ningún coche, tiene amarrados a su cuerpo unos bloques de hormigón y una bolsa de deporte con varias armas de fuego.

Mira a ambos lados y nadie está pendiente de él. Tira la bolsa de basura con todo lo que recogió del barco y alguna cosa más. Además de los desperdicios de la cena y el desayuno, están todos los documentos a nombre de Miguel. Ese hombre está a punto de desaparecer de este mundo conocido. La embarcación navega tranquila, sale del puerto y abre velas. El viento es flojo y se desplaza tranquilo rumbo a Cerdeña, donde piensa estar una temporada. Antes de que desaparezca el móvil android relacionado con Miguel y lanzarlo a la profundidad del Mediterráneo, la enciende por última vez.

Lee un mensaje de Santi. Corto y sencillo: «Todo terminado, gracias por la propina. La inmobiliaria tiene la documentación como pediste para la venta. Un placer trabajar contigo, aquí estoy para cualquier otro trabajo».

Laura, la amable chica de la inmobiliaria, le ha llamado muchas veces. Suspira; será mejor ver que quiere con tanta insistencia. Busca su contacto en la agenda y lo marca.

—¿Dígame?

—Hola, Laura, soy tu cliente favorito.

—Y tanto que lo eres. ¿Cómo estás, Miguel?

—Bien, con trabajo. Dime.

—Es solo para informarte que hemos seguido tus instrucciones. El dinero se transfirió a tu cuenta.

—¿Ya?

—Sí, se vendió la finca el mismo día que la subimos a la plataforma. Pago al contado, sin hipotecas ni nada.

—Perfecto. ¿Tu comisión y propina como te dije?

—¡Sí! Mil gracias, no sé cómo podré pagarte lo que has hecho por mí.

—No ha sido nada especial, te lo mereces. Imagino que lo han comprado el alcalde de Sacedón y su mujer, Soledad Pérez.

—No, para nada. Ha sido a partes iguales un tal Baltasar y Nuria, su pareja.

—Mucho mejor. Si no tienes nada más, me quedo sin cobertura.

—Nada más. Un beso.

—Otro.

Apaga el móvil, saca la tarjeta SIM, la parte por costumbre y la tira al mar, donde desaparece en las azules aguas del Mediterráneo. Gira su cuerpo y mira cómo la costa se aleja poco a poco mientras piensa en el demonio de Misha, lo pronto que se adaptó para ser Baltasar y lo fácil que se ha relacionado con Nuria. Hacen buena pareja. Se pone al timón para corregir el rumbo y activar el piloto automático con una sonrisa en su rostro. Aunque su corazón sabe que algún día volverán a comprar sus servicios, por el momento permanecerá perdido del mundo por un tiempo.

Por ahora intentará disfrutar de lo que la vida le ofrece. Decide entrar en el barco mientras este navega con cierta placidez. Al escuchar sus pasos, una voz surge desde el camarote principal.

—¿Vienes?

—Por supuesto, Patricia, voy.

El velero avanza rumbo a Cerdeña con suavidad. Mientras tanto, en otras aguas, dulces en este caso, en el pantano de Entrepeñas, la fauna local da buena cuenta de los restos que se encuentran en un apartado rincón de su fondo, justo debajo de la finca recién bautizada como «La media naranja» en recuerdo del lugar donde se conocieron sus nuevos propietarios.

FIN

Nox Mortis

ACERCA DEL AUTOR

JF Sánchez nació hace demasiado tiempo cerca de Barcelona, donde estudió de joven. Con dieciséis años, su mundo cambió al trasladarse su familia a Almería. Cosas de crisis, trabajos y ancestros. Desde entonces vive por estas tierras.

Ya en su infancia fue un voraz lector de cualquier género, aunque prefería la novela de misterio e intriga. Con el tiempo y la experiencia de los años también se convirtió en un gran contador de historias.

En 2017 escribió su primera novela, «Alguien ronda la Playa de los Muertos». Una historia que no pensó compartir, pero que, al ser publicada, fue bien acogida por crítica y público, sorprendiendo con una trama de suspense totalmente novedosa. Esta es la primera novela de la Serie Sicarios de Lujo. Esta novela, como todas las del autor, se puede leer independientemente, son autoconclusivas.

Su segunda novela, publicada a finales de 2019, «El asesino del Andarax», confirmó el buen hacer de un escritor capaz de llevar una intriga hasta un sorprendente final. Es la primera novela de la Saga Padre Ramón, donde presenta al protagonista. La novela fue recibida con excelentes críticas, tanto por el público como por los expertos, aunque vio truncada para siempre la promoción de este libro por el coronavirus. En lugar de maldecir su suerte, continuó escribiendo.

Publicó después «El oro de Hitler», la segunda novela de la Saga Padre Ramón, donde el personaje protagonista evoluciona. Novela basada en hechos reales con una gran dosis de intriga.

La cuarta novela publicada es «17 pies», una intriga independiente que no tiene nada que ver con sus novelas anteriores, es un misterio imposible ambientado en la América profunda.

Ahora tienes en tus manos su quinta novela: Nox Mortis (La noche de la Muerte)

OTROS LIBROS DEL MISMO AUTOR

ALGUIEN RONDA LA PLAYA DE LOS MUERTOS

Primera novela de la Serie Sicarios de Lujo, la segunda es Nox Mortis

Todo lo que quiso saber sobre asesinos a sueldo y nunca se atrevió a preguntar, puede encontrarlo en esta novela

Sinopsis: Una madre no cree en la muerte accidental de su hijo y de su nuera. Contrata a quien puede confirmarle sus sospechas, y si tiene razón, le puede proporcionar la venganza que desea. La búsqueda destapa una verdad incomoda, con políticos corruptos y asesinos a sueldo. El camino de la venganza lleva a los personajes al idílico paraje de la Playa de los Muertos, donde nadie es lo que parece, ¿o tal vez sí?

Dentro de la novela negra, este thriller rápido y ágil nos descubre como proceden los sicarios, asesinos a sueldo para completar sus macabros encargos.

Los lectores han dicho:

- Nos encontramos varias muertes accidentales, gracias a que una madre sospecha desde el principio se van a ir declarando asesinatos. Sólo que la muerte, lleva a más muerte. Por lo que nos espera una historia llena de giros, de cambios radicales, donde a medida que avanza la historia vas empatizando con algún personaje y dices no, no puede ser; pero ¿puede ser o no?

- Se estructura en 13 capítulos cortos. Y pese a que se lee estupendamente me he encontrado capítulos en primera persona, otros en tercera, bastantes diálogos, en conjunto el libro es realmente ameno de leer y se te pasan las páginas volando.

- Este libro nos acerca mucho a la forma de trabajar a los sicarios, vamos que documentado está bastante bien (cómo si yo conociera la vida de los sicarios. Enhorabuena al autor, porque a saber donde se ha documentado (casi prefiero no saberlo).

- El libro está genial. Nos encontraremos corrupción política, muertes accidentales que no lo son, el mundo de los sicarios, como se ocultan, cómo trabajan y de lo que son capaces de hacer por dinero

- GUSTARÁ: A los lectores de novela cinematográfica, negra, tensa y visceral, sobre venganzas y falta de escrúpulos de los de arriba y de los de abajo. También será del interés de todos aquellos que disfrutan con los parajes patrios en sus lecturas. En este caso, la costa almeriense más solitaria y perturbadora.

- Un thriller epistolar del gato y el ratón. De asesinos que ejecutan órdenes, huyen y se esconden, de mercenarios que atan cabos y respiran en su espalda hasta darles caza.

- Una historia de venganza clásica de aquel que no es capaz de seguir viviendo con la duda del pasado que lo atenaza. En este juego de asesinos a sueldo se producirá un duelo de incógnito que atravesará la novela hasta el desvelamiento final a lo O.K. Corral. La presente novela nos remite al clásico duelo atemporal entre dos mentes brillantes en el que solo puede quedar uno. Espoleados por intereses contrapuestos, entre la venganza y la vil plata, los personajes protagonistas de este Duelo al sol, encontrarán la expiación de sus pecados al final del polvoriento camino.

- Alguien ronda la Playa de los Muertos vuela alto con una correlación entre los largos pasillos de la moqueta política y los barros de los ejecutores que tratan de mantener el status quo de los primeros.

- Muestra el celo del anonimato, la pulcritud de la investigación, la profesionalidad en cada etapa de la búsqueda, el orden y la disciplina personal, y, sobre todo, la desenvoltura llegado el momento de pasar a la acción. Plata y plomo son el pan nuestro de cada día de aquellos que se dedican al negocio del crimen y que son contratados por aquellos que se quieren lavar las manos a pesar de que sus intereses más vitales estén en juego.

EL ASESINO DEL ANDARAX

Un joven cura se enfrenta a un despiadado asesino en serie

Sinopsis: A principios de los años sesenta, en un tranquilo pueblo de Almería situado cerca de la capital y en la Vega del Andarax, entre naranjos, encuentran asesinado cruelmente a su párroco. El padre Ramón, recién ordenado cura, es el asignado para sustituirlo con la secreta tarea de averiguar rápido quién y por qué mataron a su antecesor. Sin embargo, el asesino del Andarax continuará matando sin miedo, nadie tiene ninguna pista de su identidad. La única persona que parece seguir el rastro del criminal es el joven cura que quiere llegar a descubrirlo.

Descubre al protagonista de la Saga Padre Ramón mientras resuelve el misterio de los asesinatos que se esconden entre las ramas de los naranjos de la vega del Andarax.

Los lectores han dicho:

«Debo reconocer que deseaba saber en cada página quién era el asesino del Andarax.»

«El autor ha conseguido atrapar la atención por conseguir descubrir el culpable de unos crímenes en serie que es imposible imaginar por lo imprevisible del final.»

«Me ha sorprendido tanto, que he comprado la segunda parte de la serie, y la he leído a continuación»

«Una historia donde los personajes traban sus vida en una madeja de la que resulta difícil desenmascarar al culpable, todo muy bien narrado que nos muestra una parte de nuestra historia que no debe caer en el olvido»

«Un libro muy ameno y entretenido. Se lee muy rápido, vamos, ni un día me ha durado!! La trama está completa y los personajes definidos y sin fisuras.»

«Una novela trepidante que te arrastra por lugares emblemáticos de Almería mediante una historia contada desde un punto de vista muy original y cuyo final, te dejará sin palabras.»

«Me ha encantado esta novela de suspense. Sus trama te engancha y es muy fácil de leer. El padre Ramón es grande y no digo nada más»

«Novela de suspense ambientada en la España de los 60 (Almería).

Engancha mucho. Recomendada 100%»

«Se lee de un tirón, manteniendo el suspense hasta el final, sin saber el desenlace hasta el último momento. Además con una muy buena ambientación de los años 60, haciéndolo todo muy creíble. Espero que la saga pueda seguir con más títulos porque promete y mucho.»

EL ORO DE HITLER

Descubre uno de los secretos mejor guardados de la Iglesia y de la Historia.

Sinopsis: En 1939 Hitler cree que podrá manejar al Vaticano y, por tanto, a la Santa Alianza (Su servicio de información) si compra la elección del nuevo Papa de Roma con tres millones de marcos en lingotes de oro. Contra todo pronóstico es engañado y el metal preciado nunca apareció.

En 1964 el padre Ramón, cura recién ordenado, con destino en una pequeña parroquia rural, será el encargado de dar con el oro de Hitler, una búsqueda que lo llevará desde un pueblo de Almería hasta el Vaticano, Venecia y Lora del río, rodeado de espías, estafadores y asesinos bajo la suave luz de lámparas de Murano.

Sumérgete ya en una intriga que te atrapará hasta encontrar la verdad.

Los lectores han dicho:

«El libro me ha gustado y me ha enganchado desde el principio.»

«La parte de novela histórica me ha llamado la atención, no la conocía. El misterio se resuelve delante de los ojos del lector sin dejar ningún cabo suelto, lo que es de agradecer. La trama me ha enganchado desde el principio.»

«Un cura detective, el padre Ramón, es el protagonista de esta curiosa y entretenida historia. Un viaje, en realidad, muchos, para descubrir el paradero del conocido como oro de Hitler. La trama se desenvuelve con suavidad y sin pausa, avanza con cabeza, sin trompicones ni palos de ciego, manteniendo el suspense y el interés en todo momento. Tiene ese gusto a las novelas clásicas de investigación, con unas ubicaciones muy logradas y unos ambientes soberbios, en el Vaticano, y demás lugares del recorrido que realiza el protagonista. Para disfrutar de una placentera lectura. No es la primera historia basada en las andanzas del padre Ramón, espero que no sea la última.»

«Es una historia bastante adictiva. El padre Ramón va poco a poco, paso a paso, desentrañando el misterio que rodea al oro.»

«Me ha gustado mucho este libro, me llamó la atención la sinopsis y ha superado mis expectativas. Además, aunque sea el segundo libro de la saga, se puede leer de manera individual ya que es auto conclusivo.»

«Me gustó mucho la primera novela de la saga, la del asesino del andarax, tenía curiosidad por ver como seguía el personaje del padre Ramón, y la verdad es que me ha gustado mucho, tanto que tengo ganas de otra entrega.»

«Una historia que ha logrado engancharme desde el principio, donde el misterio estara presente, recorreremos Italia y España en los años sesenta , con buena ambientación. El autor ha logrado mantener la intriga hasta el final.»

«Este es un libro de los que te adentras en la historia sin casi darte cuenta y vives todo lo que ocurre junto a los protagonistas. Es un misterio que te mantiene en tensión hasta casi el final de la novela cuando todas las piezas, como si de un puzzle se tratara, van encajando poco a poco.»

«El autor logra mantener la intriga hasta el final, en una trama hilada con exquisitas puntadas sin dejar ningún cabo suelto. Novela muy muy interesante, no te la pierdas, la he disfrutado desde la primera hasta la última página.»

17 PIES

Sumérgete en un misterio imposible, no hay cuerpos, no hay escenarios de los crímenes, no se conocen las identidades de las victimas, solo 17 pies. ¿Te atreves?

Sinopsis: En un pequeño pueblo de Dakota del Sur, un perro encuentra 17 pies humanos cortados.

El FBI envía para resolver el caso a su pareja de agentes más dispar, al veterano que le queda una semana en activo acompañado de la más joven de la oficina local. Ambos intentarán descubrir al misterioso asesino que se esconde tras los 17 pies.

Una novela que te invita a descubrir «quien», pero sobre todo, «el motivo» para enterrar en un bosque perdido de la América profunda los pies de sus víctimas.

Los lectores han dicho:

«La mezcla de un policia veterano a punto de jubilarse con una novata es de diez. No tiene el ritmo frenético de una serie policiaca lo que me encanta ya que la investigación se va resolviendo poco a poco, encontrando callejones sin salida que van resolviendo intentando meterse en la mente del culpable al más puro estilo de mentes criminales. Sencillamente me ha encantado y la recomiendo 100%...a ver qué opinas de la extraña rutina del pequeño pueblo de Oldham.»

«Me ha encantado la historia, engancha y se lee muy rápido. Es muy fácil de leer. Se ha convertido en uno de mis libros favoritos. Sin duda una gran compra. Lo recomiendo 100%»

«Una historia potente, comenzando por el misterio de los pies y las dudas sobre cuántas víctimas hay. Quién los ha cortado, por qué nadie ha echado en falta a alguien de la zona, por qué aparecen justo ahora, cuando Tom está a punto de regresar al pueblo para quedarse a vivir. Secretos del pasado, tanto de Tom como del resto de habitantes. Una peculiar relación de la protagonista con su madre ante el primer caso importante de su carrera. Las relaciones de la pareja conforme avanza la investigación, una con bastantes incógnitas por resolver.»

Milton Keynes UK
Ingram Content Group UK Ltd.
UKHW030846151124
451262UK00001B/402

9 798227 822710